伯爵令嬢の恋愛作法 II

# うたかたの夜の夢

★　★　★

サブリナ・ジェフリーズ
小長光弘美　訳

JN287214

ハーレクイン®
MIRA文庫

A NOTORIOUS LOVE
by Sabrina Jeffries

Copyright © 2001 by Deborah Martin

Japanese translation rights arranged with
HarperCollins Publishers
through Japan UNI Agency, Inc., Tokyo

® and TM are trademarks owned and used
by the trademark owner and/or its licensee.
Trademarks marked with ® are registered in Japan and in other countries.

All characters in this book are fictitious.
Any resemblance to actual persons, living or dead, is purely coincidental.

Published by Harlequin K.K., Tokyo, 2013

# うたかたの夜の夢

★ 主要登場人物

ヘレナ・ラブリック……………伯爵令嬢。
ロザリンド・ナイトン…………ヘレナの上の妹。
グリフ・ナイトン………………ロザリンドの夫。貿易会社経営。
ダニエル（ダニー）・ブレナン……グリフの親友。投資アドバイザー。
ジュリエット・ラブリック……ヘレナの下の妹。
ロジャー・クラウチ……………密輸団のボス。
ジャック・スワード……………クラウチの仲間。密輸業者。
ジョン・ウォーレス……………密輸業者。
クランシー………………………ジン・ショップの経営者。
セス・アトキンズ………………農家の若者。
ウィル・モーガン………………謎めいた大尉。

# 1

ロンドン
一八一五年十月

これから話す英雄は、背が高くて真っ正直。
そびえるポプラの木のごとく、立派な体でありました。
枝葉を広げて天を突く、成長ぶりはまさにもみの木。
広い肩に揺れるのは、黄色い髪でありました。

作者不詳
アイルランドのストリート・バラッド『ロディ・マコーリー』

〝気品ある若いレディは、品位を疑われるどんなふるまいもしてはなりません〟
誰もいない玄関ホールを見まわしながら、ヘレナ・ラブリックはいやでもその一文を思い出さずにはいられなかった。訪れたのはセント・ジャイルズにある下宿屋だった。自分はこれから、その教えとは正反対の行動をとる。

亡き母が愛読していた『若いレディのためのミセス・ナンリーの行儀作法集』だが、妹のロザリンドは前々からこの内容に批判的だった。守れるときは守るけれど、実情にそぐわない作法は無視する……というのがロザリンドの考え方だ。勝手な言い訳だとヘレナは思っている。おてんばな妹は自分の行動を縛る教えが気に入らないだけなのだ。

しかし、今度ばかりはロザリンドの流儀にならいたかった。末の妹のジュリエットが後先考えずにとった軽率な行動のせいで、本の教えにそむかなければ、もうどうにもたちゆかない。というより、見ず知らずの下宿屋――四方八方でねずみがはいまわり、灯心草ろうそくが獣脂のにおいを充満させているこの場所に足を踏み入れた時点で、ヘレナはすでにいくつもの作法に反していた。

〝気品ある若いレディは、ひとりで長旅に出てはなりません〟

守れなかった。ウォリックシャー州からロンドンまで、ヘレナはひとりで旅してきた。事態に対処しようにも、ロザリンドとその夫であるグリフ・ナイトンは新婚旅行で大陸にいるし、父は病床にあってベッドから出られない。残った誰かが動くしかないのだ。

〝気品ある若いレディは、侍女を連れずに外出してはなりません〟――これは考えるより先に笑いが出た。秘密の行動を知る使用人の数は少なければ少ないほどいい。使用人というのは、概してみんなおしゃべり好きだから。

傷だらけのオーク材の扉の前で、ヘレナは杖《つえ》をきつく握りしめた。この扉の向こうにミスター・ダニエル・ブレナンがいる。彼は義弟の会社で実務を担当している独身男だ。ミセス・ナンリーの作法集のなかでもとりわけ重きの置かれた一文に、今ヘレナはそむこうとしていた。

〝気品ある若いレディは、監督者なしに殿方の部屋を訪ねてはなりません〟

なかでも明け方はいけない。大家の婦人には彼を起こすなんてまっぴらだと断られた。こんな早朝に起こしたりすれば、どんなに怒られるかしれないと。

自分がミスター・ブレナンを怒らせたときを思い出して、ヘレナの背筋はぞくりとした。あれは今年の夏、彼とグリフがヘレナたち家族の住むスワンパークに客として滞在したときだった。彼に怒る権利はなかった。悪いのは彼のほうだ。恥知らずにもグリフから金をもらってみんなをだまそうとした。言い寄るようなそぶりを見せながらも、腹のなかではヘレナたちを嘲笑《あざわら》っていたに違いない。あの親切なふるまいも嘘《うそ》、優しい言葉も嘘……。

いけない、考えるのはよそう。肝心なのはジュリエットを助けることだ。そのためにはプライドを捨てて、勇気を振り絞って、ミスター・ブレナンを起こさなければ。ぐずぐずしてはいられない。急な階段をあがってきたせいで、悪いほうの脚に痛みが出ている。あんな男に痛がっている姿を見られるのは、このうえない屈辱だ。だから自分がおじけづく前にと、ヘレナは急いで扉をノックした。

何も聞こえなかった。来る場所を間違えたの？　ミスター・ブレナンならもっといい暮らしができるはずだし、だからなぜセント・ジャイルズのようなスラム街に住んでいるのかと、ヘレナは最初首をかしげた。でも、グリフの御者がここですと断言したのだ。

もう一度ノックした。今度は強く。返事がない。わざとなの？　あせったヘレナは、杖の銀色の持ち手で続けざまに扉を叩《たた》いた。これなら死人だって起きるはずだ。

やっと反応があった。薄い壁越しに重い足音が聞こえ、男の不機嫌な声がした。「くそっ、今行く！」大事な目的がなかったら、たぶんここで逃げだしていた。引き返すわけにはいかないヘレナは、何があっても動じるものかと気を引きしめた。

しかし、初めて目にするその姿は覚悟できる範疇《はんちゅう》を超えていた。彼は筋肉の発達した巨人だった。下ばきだけを身につけて、上半身は裸のままだ。

言葉もなく、ただ呆然《ぼうぜん》とミスター・ブレナンを見つめた。妹たちはそうは思っていないが、ヘレナとて異性にそれなりの興味はある。ここまで立派な体で、しかも半裸とくればなおさらだ。ミスター・ブレナンはまさしく、聖書に出てくる力持ちのサムソンだった。ボクサーを思わせる発達した肩、労働者さながらのくっきりと浮きあがった広い胸。その胸を濃く覆っているのはダークブロンドの体毛だ。筋肉隆々のたくましい腕を見ていると……サムソンのように神殿を引き倒すところが容易に想像できた。

だが今は、そのサムソンがヘレナを困惑顔で見つめていた。「レディ・ヘレナ？」彼は霧を払うようにかぶりを振った。「本当にあなたなんですか？」

熱くなる頬を意識しながら、ヘレナはじっと彼を見返した。「おはようございます、ミスター・ブレナン。もし寝ていたのなら、ごめんなさい」本当はひと目でわかった。ダークブロンドの髪はくしゃくしゃで、まともに服も着ていない。寝ていた証拠だ。

「スワンパークは問題ありませんか？　お父上はお元気で？」

「ええ……いえ、つまり……」なんとか上手に話そうとしたのに、たちまち言葉が続かなくなった。彼が太い腕をあげて戸枠に寄りかかったのだ。ヘレナの前で、彼のあらゆる筋肉がしなやかに動いた。

無理だ。こんな立派な体を前にして、とても筋の通った会話などできない。大柄な彼だが、ぷよぷよした印象はかけらもなかった。胸にも腕にも余分な肉がなくて、腰まわりもすっきりしている。十五歳より上の女性であれば、下ばき姿のミスター・ブレナンを見てひとり残らず同じ感想を抱くだろう。彼の肉体はすばらしい。

「大丈夫ですか、お嬢さん？」

はっと顔を起こしたところで、彼の下ばきのふくらんだあたりを見ていた自分に気がついた。「ええ！」変に声に力が入ってしまい、そこから口調を落とした。「大丈夫。平気です」

ミスター・ブレナンは片眉をあげた。ヘレナが自分の裸に動揺していることくらい先刻承知といった表情だ。「こんな格好で申しわけないが、こっちも明け方に客が来るとは思わない」

「謝らないで。気づかなかったんです。あなたの下……つまり、服をちゃんと着ていない――」ああ、なんて間抜けな話し方なの。落ち着いて言い直そうとしたが、徒労に終わった。「何も気づきませんでした。本当です」

「何も？」灰色の瞳にいたずらっぽい光が躍った。「ぼくのプライドをずたずたにしたいんですか、レディ・ヘレナ？」

「いいえ、そんなことは！　ただ……その……」

「いいですよ」濃い毛に覆われた胸をぼんやりとこする。ヘレナの目はその仕草に釘《くぎ》づけになった。「それで、あなたはなぜロンドンにいて、なぜこんな非常識な時間にぼくを訪ねてきたんです？」

「そうでした」ヘレナは背筋をのばし、さっきからはがれっぱなしの品格をとり戻そうとした。「ミスター・ブレナン、実は……その……あなたの助けが必要なんです。うちうちの問題で」

「助けがいる？」彼は眉根を寄せた。「聞いていないんですか？　ぼくはもうあなたの義弟《おとうと》の雇い人じゃない。グリフが戻るまで〈ナイトン貿易〉を任されてはいるが、もう雑務を引き受ける立場じゃないんだ。そのつもりで来たのなら——」

「違うわ！　グリフとは関係ありません。そうじゃないの」

「だったらどういう関係なのか、早く言ってもらわないと」はずみをつけて戸枠から離れた。いらついているようだ。

「実は……」階段をあがってくる別の下宿人が視界に入り、ヘレナは口を閉ざした。小汚い男がけだるい足どりで部屋に消えるや、声を低めて言った。「お願い、ミスター・ブレナン、人には聞かせられない話なんです。なかに入れてくださいません？」

彼は薄く剣呑《けんのん》な笑みを浮かべた。「ここに？　ぼくの部屋ですよ。ご自身の評判は大事じゃないのかな？　悪評まみれのこのぼくと、いっしょなんですよ？」

いやみっぽい言い方だが、あながち間違いとも言いきれない。今でこそ堅気の生活をしているミスター・ブレナンだが、若いころは密輸をする一団と暮らしていた。悪名高い追いはぎがどこかの女性に産ませた子供で、奔放な生き方が世間の評判になっている——と、これはロザリンドから聞いた話だ。実際この格好から考えても……。

「もちろん、服は着てもらったほうが助かります」

「ぼくはできたらベッドに戻りたい。あなたは自分の宿に戻るといい。午後にぼくがそっちに行くとしましょう。そうすれば、好きなだけうちうちの話ができる」

「だめ、今でないと。緊急の用件なんです」

「ねえ、ダニー・ボーイ?」歌うような声が突然奥から聞こえてきた。「あたしがいいものの見せてあげるわよ」

ヘレナはかたまった。不安はあったけれど、ここまでひどい想像はしていなかった。彼は女性と朝を迎えたのだ。

ミスター・ブレナンは舌打ちをした。「寝ていろ、サリー。すぐに行く」

しかし、言われて素直に待つ相手ではなかったようだ。硬直したヘレナが目を見開いているところへ、そのサリーが奥から姿を現した。乱れた髪といい、はしたない態度といい、彼女がそういう女性で今ベッドから出たばかりなのは明らかだ。当然ながら裸で、これがミスター・ブレナンよりもひどかった。

サリーは一糸もまとっていなかったのだ。

明るい時間に裸で歩きまわれる女性がいること自体、ヘレナには理解できなかった。生まれてこの方、一度だってそんなまねはしたことがないし、もちろん他人のそういうふるまいを見た記憶もない。たとえ姉妹のあいだでもだ。とはいえ、人間の裸を描いてみたいと思うときもたまにはあって、でも、裸をそのまま絵にするのは恐ろしくはしたない行為だとわかっているから、間違っても実行はしない。

サリーは何も教わってこなかったのだろう、堂々とした態度で戸口に近づいてきた。「あら、どうも」サリーはなまめかしい腰に両手を置き、上品なボンネットから隠そうにも隠せない杖の先まで、ヘレナの全身をしげしげと観察した。「ダニーったら、ほかにも呼んでたのね。見かけない顔だけど、紳士専用のご商売？　ダニー・ボーイはジンが好みだとばかり思ってたけど、シャンパンも欲しいたちなんだ。面白いわ」

「サリー――」息をのむヘレナの横で、ダニエルが注意しようとした。

「いいのよ、ダニー。あなたが三人での遊びも嫌いじゃないってことはわかってるから、早くなかに入れてやって。ひょっとして、その子の脚を見て萎えてるの？　だとしても、三人で楽しみだしたらそんなのぜんぜん――」

「サリー！」ミスター・ブレナンがとめてくれたのは幸いだった。「ベッドに彼女を引っ張りこむ前に教えといてやるが、ここにいる女性はグリフの奥さんの姉、レディ・ヘレナだ。楽しむために来たわけじゃないと思うぞ」

サリーはひっと小さく声をあげ、ミスター・ブレナンの陰に隠れて彼の背中を叩いた。「もう、なんで早く言わないの。あたしったらレディの前でべらべらと……」そこまで言って、突然笑いだした。「わかった、からかってるのね。図星でしょ？　お嬢さまはバカリッジ通りなんかにひとりで来ない。あたしだってそこまでばかじゃないわ！」

「あの、ミス……ええと……サリー」ヘレナは早口で説明した。「ミスター・ブレナンはからかっているんじゃありません。わたしは本当にミスター・ナイトンの妻の姉です」

気まずい沈黙がおり、ヘレナは部屋に置かれた椅子だけをひたすら見つめた。ミスター・ブレナンの顔はとても見られなかった。彼はきっと面白がっている。

サリーの言葉が耳の奥でよみがえった。〝その子の脚を見て萎えてるの?〟きくまでもないだろう。ヘレナは自身のつらい経験から悟っていた。どんな男もこの脚を見れば萎えてしまうものなのだ。ミスター・ブレナンだってきっと同じ。

「サリー」彼はサリーに優しく声をかけた。「寝室で待っててくれるね? おまえのせいでお嬢さんが緊張している」

「わかった。でも、あんまり待たせないで」サリーに怒った様子はなかった。彼女が最後にくれた一瞥《いちべつ》に、ヘレナは女としての不完全さを強く意識させられた。

腰を振りながら早足で寝室に消えていくサリー。うらやましいと思った。あられもない格好でベッドでミスター・ブレナンを待つなんて、彼を〝楽しませる〟なんて、いったいどんな気分なのだろう。

思わずぞっとした。わたしったら、なんて破廉恥な! 何があろうと、わたしはそんな下品なふるまいはしない。断じて、絶対に。いくら男の人に望まれてもだ。

ヘレナは自分を鼓舞して、ミスター・ブレナンの顔を見返した。

そこにあったのは気づかわしげな表情だった。「サリーのあの……恥知らずな態度だが、許してやってほしい。あなたのような女性は見慣れていないんです」

わたしのようなって、つまりどんな? きいてみたかった。育ちのいい女性? それとも、脚が悪くてあんなふうに色っぽく腰を振れない女性？

いやな嫉妬心はのみこんで、小さな声でつぶやいた。「そうでしょうね」

「ぼくから出向いたほうがいい。お嬢さんのきちんとした宿で話しましょう。住所を家主に渡しておいてくれれば、あとで――」

「だめ、本当に一刻を争うの」彼に助けを求めるのは癪《しゃく》だったが、ほかにどうしようもない。「邪魔するつもりはありません」何を、と自身に問いかけた。お楽しみを？　乱痴気騒ぎを？　「そう長くはかからない。少しだけ時間を割いてくれたら、心から感謝します」

息をつめて待った。ミスター・ブレナンは遊び人で、ほかにもどんな悪癖があるか知れない。だがグリフとロザリンドが不在の今は、彼だけが頼みの綱だ。希望を託せるのは彼だけなのだ。

彼の目がヘレナをとらえた。警戒しながらも興味津々といった様子だ。なかなか返事をしてくれず、一分が永遠にも感じられた。

そして、彼のため息が聞こえた。「いいでしょう。階下《した》の談話室で待っていてください。着替えたらすぐに行きます」

安堵《あんど》が全身を包んだ。「ああ、ありがとう、ミスター・ブレナン。本当に――」

「さあ行って。ぼくの気が変わらないうちに」きびすを返したヘレナの背中に声が飛んだ。

「家主にお茶をいれるよう言づけてもらえますか。お互い必要になりそうだから」

お茶ですって? ヘレナは笑いそうになった。話の内容を知れば、お茶より何倍も強い飲みものが欲しくなるはずだ。

だとしても、文句を言うつもりはない。協力がとりつけられるなら、ヘレナはどんな要求でものむ覚悟だった。

# 2

かわいいウナは心がきれい。
村のどんな女性よりも優しくて、
誰よりきれいな瞳を持っていて、
若者の胸を熱く焦がした。

作者不詳
十九世紀のスコットランドのバラッド『ウナの錠』

三十分後、ダニエルは下宿の談話室に入る手前で足をとめた。この位置からだと、古い鏡にぼんやりとレディ・ヘレナの姿が映っているのが見える。顔をあげないかぎり、向こうはダニエルが来たことには気づかない。

こんなスラム街になぜ彼女が？　玉ねぎくさい下宿にいるヘレナは、沼地で泳ぐ白鳥ほどに場違いだった。今は家主の大事にしているオーク材の書きもの机に座り、小さなスケッチ帳を開いてかさかさと一心に鉛筆を動かしている。そういえば、とダニエルは思い出した。スケッチをしたり細密画を描いたりするのが彼女の趣味だった。やけに熱心だが、いったい何を描いているのか。

さてはぼくだな。頭に角をつけて、尻からは先の割れたしっぽを生やして、足には蹄《ひづめ》。どう思われているかはだいたいわかる。下ばき一枚の姿を見られたのだ。朝だからあっちのほうも半分かたくなっていた。

ダニエルは笑いをこらえた。あのおかたいレディが下着姿のぼくにどぎまぎしているところ——あれは見ものだった。そのくせ何も見ていませんみたいな芝居でごまかそうとした。誰がごまかされるか。お偉い貴族かもしれないが、彼女はまだ男を知らない。好奇心は誰にでもあるものだ。実際、彼女は下ばきの前あたりをこそこそ盗み見ていた。

おかげでそこが完全に目覚めてしまった。よりにもよって貴族のお嬢さんに反応するとは。サリーに欲情したのならわかる。裸ではしゃいでいたし、ゆうべも牝馬《ひんば》の前に引きだされた種馬並みに興奮させられた。だが、今朝の原因は違う。レディ・ヘレナだ。

説明がつかないことはない。もう少しよく見ようと、ダニエルは戸口に足を進めた。

確かに、彼女と自分とでは住む世界がまるで違う。彼女の父親の爵位に関してはグリフが欺瞞《ぎまん》を明らかにしたが、世間から見ればヘレナはやはり伯爵令嬢だ。その地位にふさわしい教育も受けている。もちろん、脚が不自由な点も無視できない。

しかし、少しでも見る目のある男なら、彼女を抱きたいと思うはずだ。女性の持つ多様性に大いなる理解を示す男であれば、なおさらそうだろう。

　気づかれていないことに感謝しながら、ダニエルはヘレナをくまなく観察した。完璧な姿だ。貴族的な目鼻立ちに、新品の象牙にも似たなめらかな肌。細身の体に白いモスリンをまとい、白鳥のように優美な首には青い小さなスカーフをかわいらしく巻いている。わずかにのぞくふわふわした巻き毛の美しさはどうだ。ボンネットで頭がすっぽり覆われているのが、いつもながらいまいましい。

　見てみたい、と思った。あの帽子の下には、豊かでつややかなマホガニー色の髪が押しこめられている。ほどいてくれる男の手を待っている。ほどかれた髪は白い肌へと流れるだろう。男はそこに手をすべらせて、顔をうずめる。柔らかな髪には女のにおいが……。

　ズボンのなかが再びざわつき、ダニエルはうめいた。ヘレナのような女性を求めるのは愚かなことだ。ぼくは何を考えているんだ。どんな男であれ、あの麗しい白鳥には近づけない。〝野獣のダニー・ブレナン《ワイルド・ダニー・ブレナン》〟の息子が近づこうものなら、それこそ死人が目を覚ますほどの大きな悲鳴をあげるだろう。白鳥はそこが問題なのだ。離れて見ている分にはかわいいが、近づけば悪魔のごとき態度で抵抗される。

　だからこそ、なぜ自分に助けを求めてきたのかと興味がわいた。しかも、ほとんど懇願せんばかりだった。ヘレナがダニエルに粗暴な印象を抱いているのは確かで、おそらくは節操がないとも思っている。そんな男に今さらなんの用がある。

ダニエルは戸枠から離れた。待たせるのも限界か。どんなばかばかしい理屈でセント・ジャイルズまでやってきたのか、そろそろ教えてもらうとしよう。

「お茶が来たな」部屋に入ると、スケッチ帳のすぐ横に置かれた盆が目に入った。

体をびくりとさせて、ヘレナがスケッチ帳を閉じた。「ええ。注《つ》ぎましょうか？」

「ああ。今朝は喉がからからで」そこでいたずら心が生じた。「夜の半分を楽しく過ごしたあとだからね、喉も渇きますよ」

思ったとおり、ヘレナはみるみる真っ赤になった。こんなからかい方をする自分も悪い男だとは思うが、頬を染める彼女がすこぶるかわいいのだからしかたがない。

ヘレナはうつむき、上品なしぐさでお茶を注いだ。「ミルクとお砂糖は？」

「両方お願いできますか？」

ミルクを入れる彼女の口もとがふっとほころび、ダニエルはいぶかしんだ。理由がわかったのは受けとったカップを口に運んだときだった。「冷めきってるぞ」

「温かいと思いました？　運ばれてきたのは二十分以上前なんですよ」

声に明らかなとげがある。小癪《こしゃく》な女だ。

「これだけ急いでも、お嬢さんには不服でしたか」ダニエルはカップを机に置いた。「だったら時間をかけて服を着ないほうがよかったかな。下着姿でいたほうが、かえって喜んでもらえたとか？」

　うれしいことに、ヘレナはさらに真っ赤になって外套《がいとう》の前をかきあわせた。「自分が女性に裸を見せるのが楽しいからといって、女のほうが喜ぶとはかぎりませんわ」

　ダニエルは机に片手をついて身をのりだした。ぼくはどこまでいたずらなんだ。「文句を言われたことは一度もないが」

「選ぶお相手がお相手ですもの、別に驚きませんわ」

　ダニエルは笑った。すると、彼女はますます気を悪くしたようだった。まだサリーやサリーの奔放なふるまいにいらだっているのか？　大胆な売春婦とは、もうキスもせずに別れてきたというのに。「ぼくの趣味が悪いと言いたいわけだ」

「あなたが誰とおつきあいしようと、興味はありません」上品に鼻を鳴らす。

「興味はなくても、どういう女性ならいいという基準は持っていそうだ」ダニエルはからかうのに夢中になった。「たとえば、お嬢さんのような女性ですか？」

「まさか！」否定するのは失礼だったと、言ったとたんに気づいたのだろう、ヘレナは口ごもった。「あ、あの……そうじゃなくて……」

「いいんですよ」面白くはなかったが、もとはといえばからかった自分が悪いのだ。ダニエルは背筋をまっすぐに起こした。「心配しなくていい。あなたにおかしなちょっかいをかけたりはしませんよ。ぼくは下着姿の男を見て喜ぶ女のほうが好みですからね」

そのときだった。ばつが悪そうだったヘレナの表情が、氷のそれへと一変した。彼女はついと視線をそらした。「でしたら、そういう女性もたくさんいますし、ここはあなたにぴったりな住まいでしたのね」

彼女を侮辱した、というおかしな感覚にとらわれた。何が悪かったという自覚はない。だが奇妙にも、ヘレナのつれない態度にいらついている自分がいる。「ではあなたは、どんな場所がぼくにふさわしいと思うんです？　お嬢さんのように田舎に引きこもれと？　世間とかかわらなければ、厄介な問題も避けられる」ダニエルは声を落とした。「田舎じゃ、ぼくみたいにでかくて不愉快な男が、かわいい婦人を困らせることもない」

彼女は冷たい表情を変えず、ダニエルの背後にあるひびの入った炉棚に視線を据えたまだった。「ミスター・ブレナン、これだけははっきり言えます。わたしたちが不愉快な男と呼ぶべき人物は、ストラトフォード・アポン・エイボンにいます。平気で他人を不幸にできる人です。だから、わたしはここに来たんです」

ダニエルは動きを止めた。「どういう意味です？　誰かがあなたを困らせているんですか？」だとしても驚く話ではなかった。何しろ、激したときの彼女は言葉に容赦がない。どんな男でも怒らせてしまうほどなのだ。

「いえ、わたしじゃなくて。違うんです」彼女は手もとに視線を落として、スケッチ帳をいじりはじめた。「ジュリエットです」

「ジュリエット？」どうしてだ。社交界に出るか出ないかくらいの無垢《むく》な娘だろう。そんな娘を傷つけるばか者がいたというのか？

ヘレナはダニエルの驚きを別の意味に解釈したようだった。「覚えてらっしゃらない？」

自分の正しさを疑わない、きらきらした瞳が彼を見つめる。「わたしの末の妹です。あなたの雇い主がロザリンドを誘惑しているあいだ、あなたはジュリエットを口説くふりをしていたわ」

なるほど、まだ根に持っているわけか。「元雇い主です」ダニエルは訂正した。「ああ、あなたの妹さんのことはよく覚えてますよ。彼女はぼくの非を責めないでいてくれた。考えてみれば、そちらの家族のなかでぼくを恨んでいるのは、あなたひとりだ」

「それは、家族のなかでもわたしだけが冷静で、口のうまいどんな悪人にもだまされずにいるからです」

なんなんだ、その言い草は。ダニエルはぐいと体を倒し、彼女の手のすぐ横に片手をついた。「その口のうまい悪人が、今朝はずいぶん協力的に接しているつもりなんですがね。それでいて、いまだになんの説明もしてもらっていない」

ヘレナは反射的に唾をのみ、顔をそむけた。「ごめんなさい、そうでした。本当にあなたはよくしてくれているわ。感謝はしているのですけど、今はただもう心配で」

「だから、何がですか？　妹さんがどうしたんです？」

「さらわれたんです」

口にしたとたん、ヘレナは後悔した。正確な表現ではなかった。ミスター・ブレナンの驚きと怒りの表情からしても、このままでは間違った解釈をされかねない。

「さらわれた?」彼は声を荒らげ、背筋をのばした。「犯人は? どいつのしわざなんだ? 金の要求は? あなたの父上は当然当局に連絡を――」

「ああ、そういう意味ではなくて。その、無理やりさらわれたんじゃないの」ヘレナはひと呼吸置いた。「つまり……どう説明したらいいのか……」

鋭く細められた目がヘレナを見つめた。「なんなんです?」

ヘレナは拳を握った。「家出です。妹は駆け落ちしたんです――男の人と」

心配するかと思いきや、ミスター・ブレナンは狐《きつね》につままれたような顔になった。「ちょっと待った。ぼくたちは同じ女性の話をしているのかな? 恥ずかしがりやの、あの妹さんの話? ぼくが話しかけるたびに、夏にはうさぎのようにびくついていた。あの子の話なんですか?」

「ええ」かたい口調になった。「でも今度はびくついていなかった。あの子をさらったあの……悪党が話しかけてきたときには」

彼の顔つきが変わった。毅然《きぜん》とした表情だ。「そうか。レディ・ジュリエットは彼女に不釣りあいな、家柄にはそぐわない男と出奔したわけですね」皮肉にこめられた意味は明らかだった。きみたちは相手が見つかるだけでも幸運なんだよ、と彼は言っている。

ヘレナは気のめいる想像を頭から振り払った。「きっと財産目当てです」自分を弁護するように言った。「それよりもっとひどい男かもしれない」

長い間があいた。険悪な雰囲気を漂わせながら、ミスター・ブレナンが腕組みをした。

「わからないな、その話はどこでぼくとつながるんです？」

「はっきりしています。さらった男たちを捜す手伝いをしてほしいんです。手遅れになる前に」

「ぼくに頼むんですか？　どうしてボウ・ストリート・ランナーを雇わない？」

ヘレナはとまどった。「ボウ・ストリート・ランナー？　なんですか、それは？」

彼はため息をついた。「あなたが田舎からほとんど出ないことを忘れていた。お嬢さん、ボウ・ストリート・ランナーというのは、失踪人捜しとか、ほかにもいろいろやってくれる人たちですよ」

「ああ、でも、どこに行けば見つかるのか」

「ぼくを見つけたでしょうに」そっけない声が言った。

見つけてはいけなかったの？　困窮している姿を見られたくなくて、セント・ジャイルズに隠れていたの？　好きで住んでいるとはとうてい思えなかった。窓の外に目をやれば、煤《すす》だらけで今にも壊れそうな建物ばかりが並んでいるし、こうしていても、薄っぺらい壁越しに下宿人の言い争う声が聞こえてくる。「見つけるのは簡単でしたわ。あなたのところに行ってほしいと、グリフの御者に頼んだだけですから」

「そうしたらセント・ジャイルズに連れてこられた?」彼はいかにも不愉快そうにかぶりを振った。「愚鈍なやつめ。あの男は首だな」

「それはだめ。緊急の用だとわたしが言ったんです。誰にも叱られないようにするから、と約束して連れてきてもらったんです」

「そうでしたか。うまい手際だ。だったら今度も、グリフの使用人にきけばいい。レディ・ジュリエットを捜してくれるような人間はどこにいるのかと」

「使用人は口が軽いものです。グリフの使用人には絶対に知られたくない。うちの使用人たちだって、苦労してごまかしてきたんです」

「どうやって?」

「ジュリエットはロザリンドを訪ねてひとりでロンドンに行ったと。わたしもジュリエットのあとを追うと。だって、しかたなかったわ。ジュリエットがどこの馬の骨ともわからない男と駆け落ちしたなんて、そんな噂《うわさ》がもし広まったら……」

「家の名声は地に落ちる」最後はミスター・ブレナンが引きとった。

「おかしなこと言わないで。家なんてどうでもいいの。心配なのはジュリエットの将来です。あの子は自分を幸せにしてくれる人との結婚をずっと夢見てきた。でもあの男といたって幸せにはなれない。駆け落ちなんて噂が広まったら、妹の将来は終わりです。見つけたときにたとえあの子がまだ……きれいな体だったとしても。あなたの言うボウ・ストリート・ランナーがどんなに優秀かは知らないけれど、この件に関しては、誰かれ簡単に信用して話をするわけにはいかないんです」

「なのに、ぼくは信用するんですか？」彼は驚いている。

「口のかたさを信用するかって？　もちろんですわ。グリフが頼りにして留守のあいだ自分の会社をまかせているくらいですもの、わたしが信用できない理由はありません」

「それは別だ。グリフを支えるのはぼくの役目なんだ」彼は大股でせかせかと部屋のなかを歩きはじめた。「信じられないでしょうが、ぼくも事業を始めていましてね、財産の運用法を貴族たちにアドバイスしている。顧客も増えて、今ではさばききれないくらいだ。不釣りあいな男と家出する愚かな娘にかかわっている時間などぼくにはない」

「グリフがいたらグリフに頼んでいます。大陸には急いで知らせを出したけれど、届くのは数日先。そんなには待てない。だからここに来たんです。論理的に考えた結果です」片方の眉をあげる彼を見て、ヘレナは穏やかに言った。「あなたはジュリエットを知っているし、好感を持ってくれてもいる。話を最後まで聞いてくれたら、わたしがなぜこんなに不安になっているのか、きっと理解してくれるはずです」

思うところがあったのだろう、ミスター・ブレナンは足をとめた。ゆっくりと近づいてきて、机の端に尻をのせる。ヘレナが座っているすぐそばだ。「聞きましょう」

聞く態勢にはなったものの、彼は大きな体でのしかかるように接近してきた。汚れた窓から入ってくる鈍い外光を彼の背中が遮断した。なぜそんな姿勢になるの？　まるで、敵に飛びかかろうとしている戦いの神だ。これではぜんぜん落ち着けない。

できることなら椅子から立って離れたかったが、苦労してよろよろと立ちあがる姿など彼には死んでも見せられない。

代わりに、彼のカップを盆に戻したり、縁の欠けた茶道具をきれいに置き直したりして冷静になろうとした。「グリフとロザリンドが結婚して一週間くらいたったころでした。ウィル・モーガンと名乗る大尉がストラトフォードに現れたんです。部隊がイーヴシャムに宿営していて、休暇を利用してシェイクスピアの生地を見に来たという話でした。でも三週間近くたっても帰らない。おかしいでしょう？　まわりは彼に好感を抱く人がほとんどでしたけど、わたしは最初から信用できなかった」

彼は鼻で笑った。「でしょうね。あなたは男全般を信用していない」

鋭すぎるまなざしに、ヘレナは一瞬たじろいだ。スワンパークでもそうだった。彼は生徒の弱点を探す教師のような目でヘレナを観察していた。その瞳に何が映ったかは想像がつく。脚が悪くて、男の見せるわずかな好意にも感謝して当然の女。男が約束をたがえてもそれを非難してはいけない女。不自由な体を自覚して、男から女と認められることを期待してはいけない女。

ヘレナは昂然《こうぜん》と顔をあげた。どうとでも思えばいいわ。わたしは平気。「それでもウィル・モーガンの態度はふつうとは違っていました。ジュリエットやわたしの相続財産について、ひどく熱心に知ろうとするんです」

「いくら大尉でも、結婚となると実際的な考え方を強いられる」

「それが、大尉というのは嘘《うそ》だったんです」最悪なのはここからだ。「ミスター・モーガンとジュリエットがいなくなって、わたしはすぐに彼の部隊に行ってみました。そうしたら、そんな名前は聞いたこともないと。彼は最初から町のみんなをだましていたんです」

ミスター・ブレナンはゆっくりと、何度も額をさすった。彼のなめらかな指先や驚くほどきれいな爪からヘレナは目が離せなかった。

「そいつは妙だ」彼はなかばひとり言のようにつぶやいた。「なぜ軍人のふりなんか？　自分を偉く見せたかったのか？」

「さあ。確かなのは、彼が父についてありとあらゆる質問をしていたということです。領地に、友人関係に、ほかにもいろいろ」

「結婚を考える男ならそのくらいする」

「それでも打算的すぎると思いません？　実際、恐ろしい発見があったんです。父の馬車でふたりを追いかけてみてわかったことですけれど」

彼は呆然《ぼうぜん》とヘレナを見返した。「追いかけた? あなたひとりで?」

「あたりまえです。だからこうしてロンドンにいるんです」

ミスター・ブレナンは再び神経質に歩きだした。その姿が力強い金色の牡牛《おうし》を思わせる。見ているだけで鳥肌がたった。早朝の光が髪に金色の縞模様《しまもよう》を描きだし、灰色の瞳を銀色に輝かせている。たくましい胸や広くて角張った肩――質素なリンネルのシャツと丈夫そうなフロック・コートでふわりと包まれたあの体には、いったいどれほどの力がひそんでいるのだろう。

「追いはぎに襲われたらどうする? ひとり旅の女をねらって、ほかにもどんな無法者が迫ってくるかわからないんですよ。お父上は了解したんですか?」

「もちろんですわ。許すしかありませんもの。父もわたしも、道徳観念のない財産目当ての男になんかジュリエットを嫁がせたくはないんです」暖炉の火はすでに消えていて、薄いモスリンの外套の下でヘレナは震えた。

ミスター・ブレナンがそれに気づいて唇を険しく引き結んだ。すぐさま暖炉へと近づき、石炭を火格子に足して炎があがるさまをじっと見つめている。「はたして、本当に財産目当てなのかどうか。ジュリエットは魅力的な女性です。男が恋におちたとしても不思議じゃない。愛だけで結婚する男はいないとあなたは思っているようですが、若いうちはかわいい女性にすっかりのぼせてしまったりもするものですよ」

彼の非難にヘレナは自分を抑えられなくなった。「でも、今度ばかりは違う。それとも、簡単にしょっちゅうのぼせる男だったのかしら」

「どういう意味です?」

「彼は最初、わたしを口説いてきたんです。断りました、当然――」

「当然ですね」冷めた声が言った。

ヘレナは広い背中をにらんだ。「断ったのは、彼が詩人みたいな表現をするようになったからです。〝ひと目見たときから夢中だった〟とか〝神々しいほどの美貌に心を奪われた〟とか。もちろん、心にもないお世辞だとすぐにわかりましたわ」

「なぜ心にもないお世辞だと?」

「五体満足でない女など、殿方に用はないでしょう」振り返る彼を見て、露骨すぎる表現だったかと後悔した。すべてを見透かす彼の視線が、心の奥に突き刺さる。と、その瞳がすっとかげり、視線がじわじわと体のほうにおりていった。なんなのだろう、おかしな熱っぽさを、見られている場所すべてに感じる。

「世の中は、そういう愚かな男ばかりじゃない」ハスキーな声だった。

彼の表情に切ない欲求をかきたてられて、ヘレナは苦しくなった。病気で体が不自由になってからは、男の人にこんな視線を向けられることなどなかった。そうなのだ。すっかり忘れていたけれど、男の人のなかには、一瞬の熱いまなざしだけで女をその気にさせてしまう人も存在する。

よりによって、どうして彼が？

決まっているわ。放蕩者《ほうとうもの》だからよ。甘い言葉も気を引く表情もお手のもの。年配のご婦人たちに化粧道具を買わせるときの商売人にも劣らない。そのことは、誰よりもヘレナがいちばんよくわかっているはずだった。

咳払《せきばら》いをして気持ちを落ち着けた。「別にどうでもいいんです。ミスター・モーガンがわたしをどう思ったかなんて」

「わかってますよ」

その口調が優しげで、ヘレナは反応しやすい自分をあわてて制した。「どんな状況であれ、彼はわたしが好意を抱くような人間ではなかったわ」

いっとき間があいた。ミスター・ブレナンが涼しい顔でうなずく。「そうでしょうとも」

ヘレナは威厳をかき集めて防御の壁を築いた。「そのあとの彼の行動が証明しています。ミスター・モーガンを信用しないわたしの判断は正しかったと」

「だが、あなたの妹さんは別の考えだった」

ため息が出た。「ええ、あの子は若くて世間知らずです。わたしの忠告など、右から左に聞き流してしまって。わたしが男の人を……その、どう思っているかを知っているから、不当な先入観で判断されていると思ったのかもしれない」

「彼女がそんな考え方をするとは思えないが」ミスター・ブレナンは異議を唱えた。「さっき、ふたりを追いかけて恐ろしい発見をしたと言いましたね？」

ヘレナは目をしばたたいた。しっかり聞いてくれていたのだ。ああ、でも、彼にかかれば、女は言葉のひとつひとつまで大事にされていると勘違いする。これも彼お得意のごまかしだ。「途中、ミスター・モーガンの似顔絵を何人かに見せました」

「彼の似顔絵があった？」

「ええ。ジュリエットの家出に気づいてすぐ、わたしが描いたんです。記憶を頼りに、できるだけ正確に。そのスケッチとジュリエットを描いた細密画のおかげで足どりがたどれて、ふたりが南に向かっているとわかりました。結婚しやすい北のグレトナ・グリーンではなくて、南のロンドンですよ。結婚したいのなら、どうしてロンドンになんか？」

「いい質問だ」ミスター・ブレナンは眉間に皺《しわ》を寄せている。

「恐ろしく不安になったのは、エールズベリーにある宿屋でひとりのメイドに会ったときです。彼女はミスター・モーガンを、ウォリックシャー州に来る前の彼を見ていました」

喉がふさがれるようだった。「ミスター・モーガンはロンドンからの旅の途中、数人の仲間といっしょだったとか。彼は仲間を宿に残してストラトフォードに向かった。でも、その仲間というのがかなり怪しげな男たちだったらしくて」

ヘレナは言葉を切った。あのときのメイドの言葉、そして背筋に走った恐ろしい寒気を思い出していると、ミスター・ブレナンが机に近づいてきた。「怪しげだった？　どういうふうに？」

「その、自分たちの仕事について声高に話していたと。それから……」ヘレナは真剣な顔で彼に向きあった。「メイドは自信を持ってましたわ。彼らと彼らの仲間であるウィル・モーガンはきっと、密輸をやっている一味だと」

# 3

それは舞踏会の夜のこと。
いとしのウィリーにわたしは会った。
背が高くて品がいい。
趣味のいい服装に、色白の端整な面立ち。
そして手足はすらりと長い。
わたしの胸は張り裂けそう。

作者不詳
アイルランドのバラッド『ラブリー・ウィリー』

ダニエルは笑いをこらえるのがやっとだった。密輸だって？　イングランドの中心、エールズベリーで？　ばかばかしい。密輸業者が仕事をするのはもっと遠い場所だ。そのウィル・モーガンとやらが仮に密輸にかかわっているとして、なぜわざわざウォリックシャー州まで出かけて並みの持参金しかない若い女をさらったりする？　裕福な女なら、ロンドンにごまんといるじゃないか。

だが、青ざめた表情を見るかぎり、レディ・ヘレナはメイドの勘を信じているらしい。どこかの間抜けな若者が妹を連れて消えたとたん、その男を犯罪人と決めつけている。

もっとも、話を聞けば確かに金目当てではあるようだ。ストラトフォードにはまともなビジネスの所用で出向いたのではないか。そこで男はジュリエットに――ジュリエットと彼女の持参金に、目をつけた。大尉と名乗ったのは、おそらくそのほうが女の気を引けると思ったから。

しかし、財産目当ての男と密輸業者とでは同じ悪でもまるきり種類が違うだろう。楽しんでいる内心を、ダニエルは苦労してごまかした。「男たちが密輸業者だとメイドが判断した理由は？」

「ずいぶん気前がよかったそうですわ。フランス製の小物を従業員全員に配ったりして。そのメイドはフランス製のレースのショールをもらっています。収税吏をごまかして持ってきたんだと、そのとき男が言ったそうです」

今度こそ力が抜けて吹きだした。「若い男がよく吹くほらだ。ショールはロンドンで買ったものでしょう。それをさも危険な冒険をしたみたいに言ったのは、尻軽そうなメイドと甘い一夜を過ごすため。男なら誰でも使う手ですよ」

「あなたのような方なら、お詳しくて当然ね」ヘレナが顔をつんと上向けた。おかげで彼女のきれいな喉が観賞できた。

「用心したほうがいいな、お嬢さん。冷たい言葉ばかり口にしていると、そのうち舌が凍ってぽろりととれてしまいますよ」そう言うと、冷たく一瞥《いちべつ》された。からかいすぎた感はあるが、そうさせているのは彼女のほうだ。密輸が聞いてあきれる。「男たちを怪しんだ理由について、メイドはほかに何か？」

「宿の主人にフランスのブランデーを売っていたと」

さっきよりはまともな理由だ。だが、問題の男が密輸をやっていた証明にはならない。

「モーガンは本当に彼らの仲間なんですか？　ひとりで飲むのがいやだっただけとか」

「わたしの印象では、飲み仲間を欲しがるような人には見えませんでした。見かけは上品で態度も紳士的でしたけれど、どこか冷酷な感じで」

「だから犯罪者に違いないと」

「そうは言っていません！　何かあるとは疑っていましたわ。でも、犯罪者だと思ったのは彼の仲間のことをきいたときです」

「その仲間がまったくの他人だった可能性もある」

「あなたがそう言うのなら」ヘレナは突き放すように言った。「ともかく、わたしはエールズベリーを出てロンドンに向かったんです。昨日ロンドンに着いて、でも、そこから先のふたりの足どりがわからなくて」

その点はおおいに感謝すべきだろう。ゆうべのうちに来られても、こっちはサリーと酒を飲むやら何やらしていた最中だ。

「どこを捜していいのか。このままではもうふたりを見つけられないと思いましたわ。そのとき、あなたのことを思い出したんです」

「ぼくにミスター・モーガンと妹さんを捜させようと？」

「ええ。あなたには経験がありますもの。その……」

真実にはたと気がつき、ダニエルは衝撃に打ちのめされた。楽しい気分がいっきに吹き飛んだ。「密輸業者だった経験か」

ヘレナが首をすくめ、ボンネットの広いつばに顔を隠す。忘れていた怒りがふつふつとこみあげてきた。気づかなかった自分もどうかしていた。信用しているうんぬんは口からでまかせだったのだ。

「ぼくが自由貿易商とつながっていたから」皮肉な言い方になった。「だからぼくに頼もうと？」今度ばかりは言葉づかいを気にしてはいられなかった。ならず者だと思われているなら、それらしくふるまってやるまでだ。「そうなんだろう？」

ヘレナはダニエルを見ようとはしなかった。「そういうわけじゃ……。ロンドンにいる知りあいはあなただけで、確かに少しは考えたわ……つまり、昔の――」

「いや、聞くまでもないね。つまりこう考えたんだ。かつて犯罪者だった男なら、同じ犯罪者を見つけるのも楽だろうと」

「違います！」さっと彼女の顔があがった。「そんなこと、わたし――」

「がっかりさせて申しわけないが、密輸業者が集まる紳士クラブなんてものはない。毎晩酒を飲みながら昔の話で盛りあがったりはしない」彼女の座っている机に身をのりだし、拳を握った両手を置いた。「今は会うこともないんだ。男を追うのに犯罪者が必要だと考えているなら、ぼくに頼るのはお門違いだ」

「誤解だわ」ヘレナの顔から血の気が失《う》せた。「あなたを犯罪者だなんて言ったつもりはないの。本当です。密輸業者と過ごしたのは子供のころだったと、それはわたしも聞いています。ただの男の子……そんな子が大それた悪事を働くはずありませんもの」

ダニエルははっと身を引き、一瞬言葉を失った。知らないのか？　ああ、考えられなくはない。グリフが彼女に話すはずはないし、ロザリンドも何から何まで知っているわけではないだろう。

言葉のとげを引っこめて慎重にたずねた。「ならば、何をしていたと思うんですか？その……密輸業者と暮らしながらぼくは何を？」

「わたしにわかるはずありませんわ」手袋をしたヘレナの手が、スケッチ帳の表紙の文字を意味なくなぞった。「馬が逃げないように見ているとか、収税吏を見張っているとか、とにかく子供がまかされそうな仕事でしょう」

子供といっても十七歳だ。十七には見えないほど体が大きくて、しかも機転がきいた。馬を見る、収税吏を見張る……そんな役目は序の口だった。

「あなたが犯罪者でないのは、誰が見たってわかります。それにグリフが本当の密輸業者を雇うはずありませんもの」

危うくほほえみそうになった。なんとまあ純粋な。ロザリンドと出会う前のグリフは、会社のためなら悪魔でも雇いかねない男だったというのに。「お嬢さん、あなたの考える本当の密輸業者とはどんな人間なんです？」

ヘレナは手を振った。「お酒とかいろんなものを外国で買って、国内に持ちこんで、売りさばくんです。沿岸の警備隊には躊躇《ちゅうちょ》なく発砲する。儲《もう》けのためなら母親でも売り飛ばす。とても邪悪でおぞましい人たちだと聞いています」彼女は頭を低くし、秘密めかした口調で続けた。「前に小冊子で読みましたわ。ホークハースト・ギャングのこと。ああ、なんて恐ろしい」

大笑いしていいのか首を絞めてやればいいのかわからなかった。ホークハースト・ギャングは確かに血も涙もない冷酷な集団だが、密輸をする者すべてが暴力的だとはかぎらない。それから、十七歳の少年が〝本当の〟密輸業者だったはずはないという彼女の考え方にも、首をかしげたくなる。

といって、認識の誤りを正してやる気は毛頭なかった。「〝本当の〟密輸業者でないと思うなら、なぜぼくを頼ろうとしたんですか？　ぼくは自由貿易とは何年も前に縁を切っているんだ」

「それでも、わたしが捜している男の考え方くらいはわかるかと。どこに行きそうだとか、何をするだろうとか。それだけでも役に立ちます」ダニエルが黙っていると、ヘレナは言い添えた。「ジュリエットに危害が及ばないと確信できるなら、あなたにこんな迷惑はかけていません。でも、もしあんな男に妹が……妹が手荒な扱いを受けたら……それをわたしがとめられなかったらと思うと……」言葉をつまらせてため息をつく。聞きとれるかどうかの小さなため息だった。聞き流すほうが賢明だったろう。

だがダニエルは無視できなかった。くそっ、男を動かす方法がよくわかっているじゃないか。

歯噛《はが》みしながら姿勢を正した。「モーガンの似顔絵は手もとに？」

ヘレナが期待に顔を輝かせた。「ええ」スケッチ帳をさっと開いて彼にさしだす。うまい絵だった。整った顔立ちの若者だ。髪は黒くて目も黒い。ちらと見ただけでダニエルはそのページを破りとった。折りたたんでポケットにしまい、スケッチ帳は彼女に返した。まさかこんな愚かな仕事に手を貸すはめになろうとは。〈ナイトン貿易〉と自分の仕事とのかけ持ちで忙しい今、本来ならばレディ・ジュリエットの駆け落ちになど間違っても首を突っこむべきではないのだ。

「妹さんの細密画ももらいましょう」ダニエルは手のひらをさしだした。

「どうして？」

「必要だからですよ。ウィル・モーガンとレディ・ジュリエットについて聞いてまわるときにいるんです。そうでしょう？」

彼女は目を見開き、だが何も言わずにおしゃれなビロードの手提げ袋《レティキュール》をあさった。

男が密輸業者である確率は低いとダニエルは踏んでいた。だが、万一を考えてそちらの可能性は最初につぶしておくべきだ。それから、もっと上等な宿屋と酒場で聞き込みをする。運はダニエルの味方だろう。ふたりはたぶんまだロンドンにいる。今すぐ捜索にとりかかれば、解決まであっという間かもしれない。いや、そうでもないのか。ロンドンにはうらぶれた地区も無法者が集まる売春宿も無数にあるから、ひっそり隠れることくらいなんでもない。たとえ上等な宿屋の主人でも、金のにおいがすれば嘘《うそ》もつく。

すでにロンドンを離れていた場合は？

冗談じゃないぞ、とダニエルは思った。勘弁してほしい。そうなると、いつまでこのばかげた捜索が続くか知れたものじゃない。

ヘレナが細密画をさしだした。「助けてくれるんですね？　捜してくれるんですね？」

「そうしてほしいんでしょう？」

「ええ。ですけど、さっきまでは気乗りしないようでしたのに」

「心配いらない。大喜びで引き受けるわけじゃないが、居所は突きとめますよ」長引かないのを祈るばかりだった。「最後にふたりがいたと確認できた場所は？」

「〈熊と鍵亭〉という、ロンドンの郊外にある宿です。ふたりが馬車を最後におりたのがそこなんです。わかったのはそこまでです」

「いつの話ですか？」

「わたしがストラトフォードを出たのが三日前で、すでにふたりからは丸一日遅れていました。最初に男から聞いていた部隊に行って、それが時間の無駄で、なのに先を急ごうにも、夜は危険だからと父の御者が馬車を出してくれなくて」

「分別のある御者が少なくともひとりはいたわけだ」

「おかげでよけいに遅れてしまいました。向こうは夜も馬車を飛ばしているんです。ですから、彼らがロンドンを離れて、今日でもう二日になるはずです」

「離れたとすれば、だな」

ヘレナの顔が恐怖にゆがんだ。「町にいるなんてありえない。そうでしょう？　いるとしたら彼は……あの子たちは駆け落ちではなかった！」

ダニエルは自分の舌を呪った。「いや、町を出たのは確かでしょう。結婚できるスコットランドまでどこをどう進むのか、ぼくたちはそれを見つければいいだけだ。ロンドンに来たのは、船の乗船予約のためだと思いますよ」

彼女はきれいな白い歯で唇を噛んだ。「ええ、でも、それならなぜブリストル海峡に向かわなかったのか。ウォリックシャーからならそっちのほうが近いのに」

駆け落ちではなかったのかもしれない。ダニエルは浮かんだ懸念を胸の奥に押し戻した。駆け落ちだ。そうに決まっている。「ここで考えていても始まらない。とにかく調査をしないと」細密画を外套《がいとう》のポケットに押しこんだ。「あなたはずいぶん大変な旅をしてきたようだ。仕事はぼくが引き受けますから、あなたはグリフの屋敷へ。何かわかったら、すぐに知らせが行くようにします」

「わたしもいっしょに」

「とんでもない」上品なヘレナを連れて売春宿を一軒一軒あたっていくなど、考えただけで身がすくむ。

「どうしてだめなんですか?」

「レディには見せたくないような場所にも行くからです」

「かまいませんわ」胸を張り、口もとをきっと引きしめて決意のほどをうかがわせる。

「何もせずに待っているなんて、そのほうが気がおかしくなります」

「気がおかしくなるほうが、喉を切られて路地で倒れるよりましだと思うが」

ヘレナは目を丸くして上品なレティキュールを抱きしめた。その薄っぺらなビロードが

〝邪悪でおぞましい〟男たちから身を守ってくれるとでもいうように。

「そんなに危険なの?」

ああ、確かに少し誇張はした。ダニエルは顔が知られているから、どこのスラム街に入ろうと、彼の連れに手を出す者はひとりもいない。だが、ひとりのほうが仕事は速い。

「危険ですよ」ダニエルは答えた。「それに、お嬢さんの姿をひと目見れば、連中はひとり残らず口を閉ざす。得られる情報も得られなくなる。情報を持っていそうな人物というのは、自分たちよりずっと上にいる人間を信用しないものなんです」

ヘレナはいっとき考えているふうだった。

「服を着替えます」

ダニエルは鼻を鳴らした。「同じですよ。その言葉づかい、歩き方、立ち居ふるまい。育ちのよさは隠しきれない。あひるの群れに白鳥を隠すようなものだ」

「注意なさって、ミスター・ブレナン」乾いた声が言った。「今のはほめ言葉にも聞こえそうですわ。あなたにそんな気がないのはわかっています」

小生意気な田舎娘め。「どこがどうほめているとお思いで?」

侮辱された彼女は、かわいい鼻をつんと上向けた。「ごめんなさい、あなたの好みはまるきり教養のない女性のほうでしたね」

「それは違う。ぼくは人生の楽しみ方を知っている女性が好みなんだ。育ちがよかろうと悪かろうと関係ない」

かわいい瞳がくるりと動き、あえぐように唇が半開きになった。ダニエルはほくそ笑んだ。この娘には荒療治が必要だ。なんでも知っているつもりでいるが、ダニエルについての知識やたまたま知った世間についての知識があるだけで、彼女はアフリカのまんなかに立っているのとさして変わらない。

「あなたは自分のいるべき場所に戻ったほうがいい。ナイトン邸に戻るんです」反抗を許さない口調で言った。

何か言いたそうな顔だったが、次に聞こえたのはため息だった。「わかりました。ふたりの行き先がわかったらすぐに知らせてください」

「もちろんですよ」

「どのくらいかかりそうですか？」

「大丈夫。大急ぎで見つけだします」

助かった。どうにか納得したようだ。金目当ての小悪党の足どりを追うだけでも厄介なのに、かわいらしくも腹立たしい貴婦人が横にいるとなれば、ダニエルにとって最悪の一日になるところだった。

外まで見送り、セント・ジャイルズに彼女を連れてきた御者を非難しようと足をとめた。だが、叱ることはできなかった。ダニエル自身、彼女の頼みごとを不安になるくらいすんなりと聞き入れてしまっている。

貸し馬屋へと歩きながら、ダニエルはすっきりしない気分だった。あの女のどこがよくて、ぼくは頼みを断りきれなかったんだ？　彼女は魅力的だ、それは認める。だが簡単に抱ける女ならいくらでもいるじゃないか。男をそそる美人だってぞろぞろいる。彼女たちはお高くとまったり、とげだらけの茂みのように人をいらつかせたりしない。

だが彼女たちには、妹を思って途方に暮れるか弱げなところもない……。

みぞおちに重く居座る不快感を、ダニエルは無視した。この不安はレディ・ヘレナとはなんの関係もない。レディ・ジュリエットのことが引っかかっているだけだ。モーガンという男には腹黒さを感じる。ダニエルは女性が苦しむのを見ていられないたちだった。ラブリック家の無垢《むく》な三女となればなおさらだ。

罪もない人たちが苦しむところを、ダニエルはいやというほど目にしてきた。最初は救貧院のなかで――救貧院は追いはぎの罪で両親が縛り首になったあと、彼が入れられていた場所だった。次は救貧院を出て密輪団と暮らしたとき。密輪業者とてふつうの男だ。妻子にはいろいろな形で優しく接する。だが法にそむいた生き方を続けていると、傍若無人にふるまう者もなかには出てくる。そういう輩《やから》をダニエルは嫌悪した。

小さかったころは、図体《ずうたい》のでかい男がか弱い少女を平手で殴っていても、その場所に背を向けることしかできなかった。大きくなると、黙ってはいられなかった。そのせいで何度もけんか騒ぎを起こした。ゆえに十七歳で密輸団の根城を離れたときは、彼自身も逃げだしてせいせいしたが、密輸団のなかにも喜んでいる者はいたようだ。

もっとも、いくら逃げたところで過去はついてくる。新しい悪だくみの最中なのか、若いごろつきどもがたむろしている横を通りすぎながら、ダニエルは自分がヘレナにどう思われているかを考えた。すべてを知ったら彼女はどう言うだろう。

若いころの暮らしを恥じているわけではなかった。グリフと出会うまではそういう暮らししか知らなかったのだ。だから、自由貿易とかかわっていた過去が今そっくり誰かに知られたとしても、正直痛くもかゆくもない。

ただ、レディ・ヘレナにだけは〝邪悪でおぞましい男〟だと思われたくはなかった。心のなかでいくら否定してみても、やはり自分は彼女に頼られて喜んでいる。少しは信用してもらえたとうれしく思っている。

信用といっても、吹けば飛ぶような信用だ。この夏の騒動で、彼女にはろくでなしの悪党だと思われてしまった。彼女自身がはっきりそう言ったのだ。それでも、たまに考える。状況が違っていたら、スワンパークでは何が起こっていただろうかと。もしグリフのふりなどしていなかったら、レディ・ヘレナを正直に口説いていたら、と……。

ダニエルはかぶりを振った。無益な想像だ。自分にとって何が得策かを考えれば、彼のような男は良家の淑女になど近づかない。なかでも、レディ・ヘレナのように気むずかしくて容易に人を信じない女からは、いちばんに遠ざかる。ダニエルが手でも触れようものなら、彼女は高貴な知りあい全員に彼の悪行を触れまわるだろう。今抱えている貴族の顧客にダニエルの過去を気にする者などいないが、レディを侮辱したとなるとただではすむまい。つまり、自分のような男がヘレナに近づいてもろくなことはない。下半身がどんな意見を持っていようとだ。

貸し馬屋を出たダニエルは〈熊と鍵亭〉に向けて馬を駆った。そこで話を聞いてから、ほかのまともな宿屋にもあたってみるつもりだった。モーガンを密輸業者だとは思わないが、怪しげな集団がたむろする場所にも、いちおうは行っておきたい。〈黒馬亭〉のブラックマンなら、変わった男を見かけていればそうと教えてくれるだろう。別のスラム街にいたなら、たぶんその情報も入っている。

十二時間後、予想よりも多くの銀貨が手から手に渡ったが、得られた情報は皆無だった。ダニエルは安堵《あんど》していた。モーガンとジュリエットを見かけた者は、〈熊と鍵亭〉の主《あるじ》を除いてほかには誰もいなかった。その〈熊と鍵亭〉でも、ふたりは軽い食事をとっただけだという。やはり駆け落ちだったと考えてよさそうだ。

ジュリエットが身分違いの男との結婚を望んでいて、相手の目的が彼女のたいして多くもない持参金だったとしても、結婚をとめる権利はダニエルにはない。実際、モーガンが本気でジュリエットにほれた可能性だってあるわけだ。本気なはずはないとレディ・ヘレナは言うが、その言葉をうのみにすることはとうていできなかった。

ダニエルを乗せた馬が速歩《はやあし》でセント・ジャイルズに戻ったのは真夜中近い時刻だった。クランシーの経営するジン・ショップが目に入った。通りすぎようとして、すぐに考え直した。クランシーは密輸業者とも親しくしていて、ダニエルにとっては自分と過去とをつなぐゆいいつの接点だ。このアイルランド人がウィル・モーガンについて何も知らないというなら、本当に何もなかったのだろう。自信を持ってヘレナを安心させられる。それに、今はジンを引っかけたい気分でもあった。

ダニエルはクランシーのことが気に入っていた。もっとも、彼を嫌う者などいない。酒飲みからはいちように慕われている。陽気な性格で、酒を注《つ》ぐにもけちけちしない。当然ながら話もうまくて、嘘か本当かわからない話を次から次に聞かせてくれる。丸く突きた腹に、時代遅れの白いかつら。どこからどう見ても間の抜けたサンタクロースだが、その目は鋭く、頭脳には切れがあった。そして、ダニエルには特別優しかった。ダニエルにはアイルランド人の血が半分しか流れていないが、クランシーにとってはそれで充分らしく、祖国についてダニエルと話しているときの彼はとても楽しげだ。ダニエルがアイルランドの土を踏んだことがないという事実さえ気にならない様子だった。

ダニエルは馬を見ていてくれるよう小僧に金を渡し、たばこと安酒と小便のにおいのするぼろぼろの建物へと入っていった。

「おお、ダニー・ボーイじゃねえか」クランシーの明るい声に迎えられ、ダニエルはバーと食堂をかねた狭い店内で、六つあるテーブル席のあいだをゆっくりと進んだ。「サリーを呼びにやったほうがいいか?」

「呼ばなくていい。ぼくが来たことも言わないでくれ」カウンターのスツールに腰をおろした。

クランシーは注文を待たずに棚からジンの瓶をとり、グラスに注いでダニエルのほうに押しやった。「あいつ、すねてたぞ。どこかのしゃれた商売女のせいで、今朝はおまえに追いだされたってよ」

ダニエルはグラスをいっきにあおり、喉が焼ける感覚を楽しんだ。「レディ・ヘレナは商売女じゃない。サリーだって知っている」

「ほう、貴族のお嬢さんか? それで合点がいった。あのすね方は嫉妬だ」

「ばかな。サリーは嫉妬の意味も知らない女だ」

「だとしてもだ、最近おまえさん、女たちに冷てえだろ。みんな不満そうだぜ」赤ら顔の店主はにかっと笑った。「みんなおまえさんの相手で懐がうるおってたんだ。たまにただでサービスしてもおつりがくるくらいだった。前は毎晩のようにひとりかふたりは呼んでたのが、今じゃ一週間に一度だ。月に一度になるのも、もうじきかね」

ダニエルはグラスの上に背を丸めた。「女と派手に遊べる年でもないよ」

「年でもないときたか！　三十前のくせしやがって。そもそも、女と遊ぶのに年は関係ねえぞ。年が問題なら、おれなんかとうの昔に〈ミセス・ビアードの店〉から遠ざかってる。グリフの影響でしみったれになってきたってとこか」

「かもな」軽く笑って答えたが、本当はそれも違っていた。女を買っても以前の半分ほども楽しめない、というのが本音だ。若いころはやたらと血がたぎって、とにかく女を抱かずにはいられなかった。だが最近は、手っとり早くことをすませるやり方に飽きがきている。娼婦《しょうふ》たちは彼の財布や下半身にしか興味がない。

もしくは、相手が悪名高き〝野獣のダニー・ブレナン《ワイルド・ダニー・ブレナン》〟の息子だというので新鮮味を感じているだけだ。

こういう女たちは、男と真に寄り添おうとはしない。妙な話、女を束にして自分に寄り添わせていても、ダニエルは恐ろしく孤独だった。グリフとロザリンドの楽しげな姿を見ているせいだ。ひとりで独占できる女性が、今は欲しくてたまらなかった。

だが、どこで見つければいい？　グリフの交友関係はだめだ。気どった雰囲気にはいまだになじめない。古くからの友人に頼るのもまずい。中途半端に洗練されたおかげで、こうした環境とも微妙にそりが合わなくなっている。それがまた腹立たしかった。

「そのレディ・ヘレナとはどうなんだ？」クランシーがわかったような顔を向けてきた。

「結婚したいとか、そういう話なのかい？」

「彼女と結婚？」ダニエルは笑い飛ばした。「まさか」空のグラスでカウンターを叩《たた》き、二杯目が欲しいという意思を伝えた。

クランシーは喜んで応じた。かつらのカールをひょこひょこ揺らしながら、酒瓶に手をのばす。「見てくれが悪いか」

「いや、美人だ。美人なんだが、ちっともかわいげがない。彼女の楽しみはぼくに突っかかることでね。そうやって言葉の鋭さに磨きをかけてる」

「がみがみやられて征服するのを諦めた、なんて言わねえよな、ダニー？　おれはこの目で見てるんだ。どんな気性の荒い女でも、おまえさんから甘い言葉をかけられりゃ、すぐにおとなしくなってた」

「気性の荒い娼婦なら手なずけるのも簡単だ。ひと筋縄でいかないのは、自分だけが正しいと思いこんで男の玉を縮みあがらせる独身女さ。それに、彼女はぼくなんかとは違って洗練されている。向こうもそれはようくわかっているよ」

だからこそ、レディ・ジュリエットの問題にはけりをつけておくべきなのだ。それでスワンパークの女王さまもダニエルを放ってウォリックシャー州に戻ってくれる。クランシーが変なことを言うから、急がないと本気で彼女を手なずけたくなりそうだ。

「おやじさん、ここはいつもひと部屋あけてあるんだろ？　例のなじみの連中が町に来たときのために。最近、変わった顔が泊まりたいと言ってこなかったか？」

「変わったって、どういうふうに？」

「たとえば女連れとか。男ひとりに、女ひとり」

クランシーはかぶりを振った。「自由貿易の連中はうちの狭さを知ってる。かみさんや愛人がいっしょなら、行くのはブラックマンのとこだ。あっちのほうが広い」

体のこわばりがすっととけた。「道理だな」

「待てよ、そうだ。何日か前にひとり来たな。あの夜はふさがってたんで泊まりは断ったんだ。ああ、だから忘れてたんだな」

ダニエルは背筋をのばした。「女もいっしょだった？」

クランシーはうなずいた。「それも、かわいらしい女だ。若くて、ブロンドで、いい身なりをしてたな。だが、男のほうもぱりっとした格好だったぞ」

「自由貿易商ではなかったんだな？」

「いいや、自由貿易商だ。そうなんだが、態度も言葉も紳士みてえでよ。妙だと思ったなあ。部屋のことは〝陽気なロジャー《ジョリー・ロジャー》〟に聞いたってんだ。クラウチっていやあ密輸業者でもいっとう紳士らしくない男だ。そんなやつがなんで親切に他人の世話なんか」

ジョリー・ロジャー・クラウチ。なんてことだ。「その男はクラウチの下で働いているんだろうか？」

「いや、違うだろう。おまえさんも知っているように、自由貿易の連中ってのは外に仲間をつくらねえ」

ダニエルは騒ぐ心を落ち着かせた。よし、あせるな。モーガンは密輸業者でクラウチとも知りあいだ。だが、密輸業者だからといって女と駆け落ちできない法はない。イングランドの密輸業者の半分は、裏の仕事は片手間でふだんは正業についている。罰あたりにも密輸業者の事務仕事でこづかい稼ぎをする牧師もいるくらいだ。恐ろしい事態と決めてかかるのは早計だ。「若い女は？　どんな関係か、男から聞いてないか？」

「許嫁《いいなずけ》で、これから結婚するって言ってたな。かわいい子だったぞ。男は壊れものを扱うみたいに大事にしていた。おれから思いっきり遠ざけやがったが、あれはおれが何かするとでも思ったんだな」楽しげにかっかと笑う。

その情報はダニエルをおおいに元気づけた。「男は名前を言ったのか？」

「言った。ええと、なんだっけな」かつらを持ちあげて額をかいた。「ミスター……ミスター……プライスだったか」

「ひょっとして、モーガンじゃ？」

クランシーはカウンターを叩いた。「モーガン！　それだ。モーガン・プライス」

「本当か？　名字じゃなくて名前がモーガンなんだな？」みぞおちにはすでにいやな感覚があったが、そこは確認した。なぜ偽名を？

「ああ、モーガン・プライスだ。ウェールズに多い名前だと思った記憶がある」

ウェールズ出身のモーガン。おそらくは、髪が黒くて瞳も黒い……。ヘレナのスケッチをとりだした。もう汚れてくしゃくしゃだ。カウンターで広げ、隣にジュリエットを描いた細密画を並べた。「このふたりだった？」

クランシーは眉間に皺《しわ》を寄せ、ろうそくを引き寄せて二枚の絵を間近で見つめた。「うん、似てるな」視線をあげた。「何があったんだ？」

「なんでもない」そっけなく返したのは、誰にも知られたくないというレディ・ヘレナの言葉を思い出したからだった。「ほかにふたりのことをききに来るやつがいても、よけいなことは言わないでほしい」

「おまえがそう言うなら」答えるクランシーの顔には、好奇心がありありと浮かんでいた。

ダニエルは二枚の絵を外套のポケットにしまいながら考えた。この件はどうも奇妙だ。駆け落ちで間違いはないだろう。だが、男のほうは密輸業者で偽名で旅をしている。おそらくは万一誰かが追ってきたときの用心のため。しかし……。

ささいなことだが引っかかった。それに、男はクラウチを知っている。これには何か意味があるのか？

ばかな。クラウチとはもう何年も会っていない。ただの偶然だ。

それでも気になるダニエルは、ヘレナにボウ・ストリート・ランナーを雇わせる考えを捨てた。彼らが駆け落ちしたのなら——すべての状況がそうだと言っているが——すばやい対応が必要なのはもちろん、外聞もおおいにはばかる。

それにしても気が重かった。ヘレナにはウィル・モーガンの仕事が想像どおりだったと伝えなければならない。幸い、あとまわしにはできる。まずはふたりの向かった先をはっきりさせることだ。おそらくスコットランドだろう。手段は？　船か？　馬車か？

ダニエルは財布をカウンターに置いた。「さっきのふたりを見つけたい。理由はきかないでくれ。きかれても答えられない。ただ、ふたりをどこに行かせたかは教えてほしい」

財布をクランシーのほうに押しやった。「好きなだけとってくれ」

クランシーは心外だというように鼻を鳴らし、財布を押し戻した。「金なんて受けとれねえよ、ダニー・ボーイ。当然だろう。おまえさんにはせがれともども世話になったんだ。そんなおれが金を受けとると思うのか？　とっとと引っこめねえと、そっちに行って張り倒すぞ、この大ばかやろう」

でっぷり太ったクランシーが自分をせっかんしようとする光景を想像すると、ダニエルの口もとは自然とほころんでいた。「ぼくに恩義を感じることないだろう」

「ないことあるか。おまえさんの下で事務仕事ができて、せがれは大喜びしてる。あいつにおれみたいな生き方をさせずにすんで、本当にうれしいんだ。だから金は出すな。そんなものなくても、おまえさんにはなんだって教えてやる」

「ジン代だけなら、払ってもいいだろう？」

クランシーは相好をくずした。「ああ、ジン代なら受けとるぞ。おれはただ酒はふるまわない主義だ」

ダニエルは小さく笑って硬貨を出した。

クランシーはそれを現金入れにしまい、それからカウンターに身をのりだした。「さてと、プライスの話だが……」

# 4

「ねえウィリー、お父さまの庭には家があるのよ」彼女は言った。

「公爵も伯爵もみんなそこでわたしに会うの。みんながぐっすり眠っているときに、わたしはあなたについていく。あなたがいちばん好きだから」

作者不詳
アイルランドのバラッド『ラブリー・ウィリー』

翌朝になってヘレナが足を踏み入れたのは、ロンドンの中心にある小さくて小ぎれいな建物だった。ナイトン邸にミスター・ブレナンから手紙が届いたのだ。

〈正午にぼくの事務所で〉

やきもきしながら何時間も待ったのに、書かれていたのはたったそれだけ。

それでも、連絡がもらえたことにヘレナはほっとした。詳細を何も伝えてこない態度には腹が立ったが、この繊細な問題に関するかぎり、今はミスター・ブレナンの指示にしたがうしかない。

扉を抜けると小さめの受付があった。調度品こそ少ないものの、部屋に配された椅子はどれも上品で、敷かれているのも趣味のいい東洋の絨毯《じゅうたん》だ。別の事務所と間違えた？ミスター・ブレナンにこんな上品さがあったなんて、とても信じられない。

部屋の端、重厚なオーク材の机で書きものをしていためがねの事務員が、顔をあげてヘレナに気がついた。そして、はじかれたように立ちあがった。「おはようございます！レディ・ヘレナですね？」まるで女王さまを見たかのようなあわてぶりで、勢いあまってめがねを床に落としてしまっている。

「はい」答えたヘレナは、めがねをかけ直す彼の様子を興味深く見守った。でも、どこかおかしい。理由はすぐにわかった。

「所長のミスター・ブレナンからあなたが来ると聞いていました。でも、妹さんとはぜんぜん似てないし、聞いてなかったらわからなかったと思います。妹さんのほうはそんなに黒っぽい髪じゃないし、それに――」

「あの、ごめんなさい。さっきめがねを落としたときですけど、レンズがはずれたんじゃありません？」心配して、話の途中で声をかけた。「いっしょに捜しましょうか？」

「レンズ？」彼は当惑している。それからはたと気づいたようだった。「あ、レンズですね。心配いりません。このめがねにレンズは入ってないから」

「だったらどうしてめがねを？」思わずきいてしまった。

事務員は自慢げにほほえんで、すっと背筋をのばした。「そのほうがいっぱしの事務員らしいって父ちゃんが。父ちゃんは頭がいいんです。クランシーっていうんです。ジン・ショップをやってます。だから、父ちゃんがかけたほうがいいって言うなら、かけたほうがいいんです」そこで、内緒話をするように声を落とした。「レンズ入りのも試したんですけど、頭は痛くなるし、しょっちゅう何かにつまずくし。で、こっちのほうがいいやって。そう思いませんか？」

「本当ね、ずっといいわ」ヘレナは頬がゆるみそうになるのをこらえた。変わった若者だ。居酒屋の主人の息子を事務員にしたとは、なるほどミスター・ブレナンらしい。「ミスター・ブレナンはあなたのめがねについてなんと？」

「かけなくても大丈夫だと。仕事をちゃんとしてれば、それがいちばん事務員らしく見えると。でも本当は、ぼくの手間を省いてやりたいだけなんだと思います」

「きっとそうですわね」丁寧に答えてから、ヘレナは首をめぐらせた。「そのミスター・ブレナンですけれど、今いらっしゃいます？」

「ああ、すいません！　お伝えするのを忘れてました」彼はさっと気をつけの姿勢になり、用意された文言を暗唱するように先を続けた。「ただいまミスター・ブレナンは来客中です。どうぞ座ってお待ちください。所長はすぐにまいります」そこまで言って力を抜いた。

「そんなにかからないと思いますよ」

「ありがとう」

来客中――ミスター・ブレナンがヘレナほどのあせりを感じていないのは確かなようだ。昨日ヘレナがちくちくいやみを言ったりしたから、それでわざと待たせているのだ。だからといって、非難はできない。彼の部屋であんな破廉恥な場面に遭遇したとはいえ、ヘレナ自身ももう少し〝気品〟を持って接するべきだった。

今日は品よくふるまおう。彼のやり方を非難しない。大きな声をあげない。非の打ちどころのないレディとして行動する。彼には感謝の気持ちを伝えよう。たとえ苦々しく歯噛《はが》みしながらでも。

〝気品ある若いレディは、吐く息に丁子のかぐわしさを、言葉に蜂蜜の優しさを感じさせるものです〟

頭のなかで作法集の一文を繰り返した。悲しいことに、最近のヘレナは蜂蜜のような言葉とは少々疎遠になっている。

ミスター・クランシーの好奇の視線は気にせず、足を引きずっていちばん近い椅子まで歩いた。ウォリックシャー州から出ない暮らしにも、明らかな利点はある。故郷ではヘレナの脚が不自由だと誰もが知っている。この状態になってもう八年だ。だから、心ない視線にわずらわされることはない。

ヘレナが椅子に座ると、それを待っていたようにミスター・クランシーも腰をおろした。ヘレナは手提げ袋から丁子《レティキュール》の小袋をとりだし、ひとつとって口に含んだ。歯で噛むと苦味がはじけ、その苦みに今の困難な状況が重なった。時間の過ぎるのは速い。こうしているあいだにも、妹とあの卑劣なミスター・モーガンはどんどん遠くに離れていく。

もし、ミスター・ブレナンが何も見つけていなくて、捜索は無理だと言いだしたら？　そうしたらわたしはどうすればいいの？　ボウ・ストリート・ランナーを雇う？　こっちの事務所あっちの事務所と、他人ばかりのなかにこの脚で入っていく自分を想像すると、ヘレナの身はすくんだ。けれど、かわいいジュリエットがミスター・モーガンからどんな目に遭わされているかと思うと、身がすくむどころの話ではない……。

緊張が体を駆けた。最悪の想像をしてどうするの？

とはいえ、実際、昨日から悪い想像しかしていなかった。ゆうべはとりとめのない不安や凶事が起こる予感で頭がいっぱいだった。夢にしても……ああ、思い出すのも恐ろしい。ひとつの悪夢のなかで、ヘレナは裸の女が群れる売春宿で服を着たまま立っていた。女たちはヘレナを引っ張って仲間に入れようとする。抵抗しているところへミスター・ブレナンが下ばき姿で現れ、ヘレナの服をどんどん脱がせて、ついには青いスカーフ一枚の姿にしてしまった。彼がさらに身を寄せ、そのスカーフがほどかれそうになった瞬間、ヘレナは目が覚めた。ほてった体が落ち着かず、両手が触れていたのは……。

顔が熱くなり、苦しい声がもれた。だめ。そんなこと、考えるだけでもいけない。

今の声を聞きつけたのだろう、ミスター・クランシーが言った。「つらいですか？　何か持ってきましょうか？　クッションがいいかな。ここにはないんですけど、ぼくがちょっと店まで行って――」

「いいの、このままで充分快適ですから」ああどうか、赤くなった顔からおかしな想像をしていたと悟られませんように。

ミスター・ブレナンの雇った事務員についてひとつわかったのは――それはとても気さくで人なつっこいということだ。彼はすぐに話題を転じた。

「ミスター・ナイトンがあなたの妹さんと結婚したときは、ぼくたちみんな喜んだんですよ。妹さんはすばらしい女性です。本当にすばらしい」

ヘレナは噛み砕いていた丁子をのみこんだ。「ありがとう。あなたにそう言われて、妹も喜んでいると思いますわ」グリフといっしょにいたロザリンドに彼の言葉が届いていればだけれど。幸せいっぱいのロザリンドには、今はグリフしか見えていない。

「とってもお似合いでした。ふたりともすごく幸せそうで」

「ええ」ほかにどう言えばいいだろう。今でもこのうえなく、それはもう、見ていて腹が立つくらい幸せそうなんですよ、と？

まさにいやみだ。わかっているけれど、ロザリンドの幸せそうな顔を見ていると、うらやましくてならなかった。そして、深い寂しさに襲われた。〝スワンリーの嫁《い》き遅れ三姉妹〟などと世間からうれしくない呼び名をつけられていても、今年の夏まではまだ慰めがあった。ひとりじゃない、ロザリンドもいっしょだと。ジュリエットはいつか結婚する――あのかわいさで結婚しないはずがないから。でもロザリンドは年をとってもずっとそばにいると思っていた。なのに、またひとりぼっちだ。

「今ごろは大陸で楽しんでいるんだろうなあ」ミスター・クランシーのおしゃべりはとまらない。「旅行にはいい季節だし」前のめりになってヘレナに目くばせを……いや、ウインクをしてきた。「それに、新婚のふたりなら少々雨が降ったって――」

「ミスター・ブレナンのところでは、もうどれくらい働いてらっしゃるの？」彼が新婚のふたりの幸せぶりを想像して語りだす前に口をはさんだ。

いきなりの話題の変化にも、彼はすんなりついてきた。「二カ月近くになります。それまでは〈ナイトン貿易〉にいたんです。でもミスター・ブレナンが八月に独立して、ぼくを事務員にしてくれて。もう光栄なんてものじゃなかった」

八月？　スワンパークに来て大騒動を起こしたすぐあとに？　あの事件がきっかけでグリフと別々の道を行くことになったとは思えない。とはいえ、グリフが結婚するという、たったそれだけの理由で〈ナイトン貿易〉を離れたりはしないだろう。そんなことをしても意味がない。

自分の雇い主の話になると、ミスター・クランシーは饒舌《じょうぜつ》だった。

「ミスター・ブレナンはこれから有名になりますよ。絶対です。独立するずっと前からいろんな人の相談にのって、彼らの財産を殖やしているんです。本気で言いますけど、もし投資にまわせる財産があるのなら、ミスター・ブレナンに相談されるのがいちばんですよ」

「覚えておきますわ」ミスター・ブレナンのような無節操な人種がどこでその手の知識を習得したのか、想像するのは容易だった。お金をあずけたところで、どんな怪しげな事業に投資されるかわかったものじゃない。ええ、わたしはけっこうよ。

そのとき、奥のほうから話し声が聞こえてきた。ミスター・クランシーがぱっと立ちあがり、あたふたと机をまわって、部屋の反対側にあるコートかけから、ケープつきのボックスコートとビーバー皮の帽子を手にとった。まもなく身なりのいい、一見して紳士とわかる若者が受付に現れた。すぐ後ろにいるのはミスター・ブレナンだ。

たくましいミスター・ブレナンを目の前にして、ヘレナの胸はわれ知らず高鳴った。わかっている。原因はゆうべのあの悪夢だ。あのせいで、若い娘みたいな情けない反応が起きている。変な感覚は早いところ振り払わなければ。

ゆうべの首尾はどうだったのだろう。表情から探ろうとしたけれど、彼はヘレナのほうを見ようともしなかった。顧客を相手に、熱心に実業家の役を演じているばかりだ。

それがまたずいぶんと似合っていた。丈夫そうな外套《がいとう》とズボンという昨日の格好とは違い、今日は上等な濃茶色の燕尾服《えんびふく》を着ている。その下の柔らかい革製の膝丈ズボン《ブリーチズ》といい、縞柄《しまがら》のチョッキといい、仕立てのよさは驚くばかりだった。すっきりと魅力的に見える。まさに紳士だ。

しかし、本来紳士に備わっているべきほかの資質はかけらも見えない。いつもと同じだ。ミスター・ブレナンの上品さはうわべだけで、絵画の絵の具ほどに薄っぺらい。ひとたびナイフでこすれば、粗いカンバスが現れる。

それもひととおりの粗さではない。言葉づかいや立ち居ふるまいでよくわかるが、本当の彼は無作法でやりたい放題だ。彼のような仕事をしていれば意見を言うにも言い方というものがあるだろうに、その言葉は率直で遠慮がなかった。驚くべきは、顧客のほうに気にする様子が見えないことだ。もっとも、ミスター・ブレナンの気さくな物腰にある種の魅力があるのは否定できない。それはいつも感じている。

彼みたいになれたら、と思う気持ちもどこかにあった。結果を気にせず、ミセス・ナンリーの教えも頭から追い払って、好きなように話し、好きなようにふるまってみたい。けれどそういう無謀さがどこに行き着くかは、今回のジュリエットを見れば明らかだ。

妹のような間違いは犯さない。それに、ミスター・ブレナンは妹にとってもヘレナにとっても、近づくだけで無謀な相手だ。

「今日にも投資をさせてもらうよ、ブレナン」ミスター・クランシーから外套と帽子を受けとりながら、顧客が言った。「ナイトンもきみを手放すとはどうかしている。だが、彼の損失はわたしの儲《もう》けだ。そうだろう?」

「別の提案のほうにも目を通しておいてください」ミスター・ブレナンの口調はそっけなくも自信に満ちていた。「あのウェールズの炭鉱に投資すれば、儲けは三倍ですよ、公爵」

公爵も顧客にしているの? そんな人物を相手に、こんなものおじしない話し方をするなんて。ミスター・ブレナンの助言は本当に貴重なものらしい。

「わかっているとも」公爵が答える。「じっくり考えてみるさ。わたしとしてもチャンスは逃したくない。きみが旅から戻るまでには決めておくよ」

今、旅と言った? そのひと言で、公爵の存在が頭から消え去った。

ヘレナはミスター・ブレナンの表情に答えを探した。目が合ったとき、ヘレナは理解した。

ジュリエットもミスター・モーガンも、ロンドンにはいなかったのだ。

続いているふたりの会話をよそに、ヘレナはただ呆然《ぼうぜん》と座っていた。おしゃべりな公爵を追いだせないのが腹立たしかった。ミスター・ブレナンはどうするつもりなのだろう。ふたりを追いかけるの? だとしてもわからない。助けてほしいと言ったときには、あんなに不満そうだったのに。

ひとりの考えに没頭していて、公爵がちらちらとこちらを盗み見ていたと気づいたのは、次のような声が耳に入ったときだった。「そろそろ失礼するよ。ほかのお客をいつまでも待たせては申しわけない」

はっとして顔をあげると、公爵が興味深げにヘレナを見ていた。表情から察するに、ミスター・ブレナンの相手をしに来た売春婦だと思われているのだろう。ヘレナの顔はほてった。

幸いミスター・ブレナンが気をきかせ、ヘレナを紹介することなく急いで公爵を見送ってくれた。彼が戻ってきたときには、ヘレナはもう椅子から立っていた。

「お待たせしました、お嬢さん」彼は腕をさしだした。「奥で話しましょうか?」

「ええ」出された腕に手は置いたものの、彼につかまっていると気恥ずかしくてたまらなかった。しかし、手袋をした彼の手が自分の手に重なると、今度は別の警鐘が大音量で鳴りだした。この優しさは何、礼儀正しさは何?　わたしはそんなにも悪い知らせを聞かされるの?　血の気が引いて、悪くない脚までが鉛のように重くなった。

「だいぶ待ちましたか?」受付から廊下へとゆっくり進みながら、ミスター・ブレナンがきいた。

不安すぎて無愛想な返事しかできなかった。「ええ、丸一日。もうお忘れなのかしら?　もっとも、あなたには公爵さまのほうが大事ですわね。妹のことなんてうっとうしいばかりでしょうし――」

こほんと聞こえた咳払《せきばら》いに視線をあげると、意味ありげに事務員のほうを見やる彼の顔があった。いけない、もっと慎重にならなければ。言葉づかいにも気をつけて。

蜂蜜よ。自分に言い聞かせた。言葉に蜂蜜の優しさを感じさせるの。

まわりを見まわし、口もとに笑みを貼りつけた。「きれいな事務所ですわね。内装にも趣味のよさが感じられます」

「ぼくは何もしていない。全部ミセス・ナイトンの手柄だ」

「ロザリンドが?」妹は器用ではあるけれど、趣味がいいほうではなかったはず。

「ばかな」強く反応した彼だが、すぐに誰と話しているのかを思い出したようだった。

「ぼくが言ったのはミセス・レナード・ナイトン。グリフのお母さんですよ」

「ああ」それならわかる。ロザリンドにまかせたら、四方の壁に金房つきの紫色の絹を垂らすとか、そういう何か……刺激的な内装になっていただろうから。

「グリフのお母さんといえば、今もスワンパークであなたのお父上のそばに?」

「ええ。わたしがロンドンに出てくるときも父のそばにいてくださって、感謝しています」

ミスター・ブレナンは何も言わなかった。あたりさわりのない話題もつきて、あとは互いに無言のまま、暗い廊下の突きあたりまで歩いた。

促されて入ったのは、新聞や本がうずたかく積まれた狭い部屋だった。彼が扉を閉めると、ヘレナは周囲に目を走らせた。ここのほうが想像していた雰囲気に近い。机にはさまざまな書類が乱雑に置かれていた。新聞の切り抜きに手紙、それから請求書や受領証らしき紙切れ。どれにもしるしがつけてある。一部を円で囲んであったり、端に走り書きがしてあったり。ひとつの書類の山の上には、織機の一部にたくさんのビーズをつけたような、見慣れない道具が鎮座していた。

その視線に彼が気づいた。「そろばんですよ。グリフの貿易商仲間がそれを使って計算する方法を教えてくれた」ぼんやりうなずくヘレナに彼が続ける。「だが、貿易商が使う道具に興味があって来たわけじゃないでしょう。座ってください。話しあわなければならないことが山ほどある」

鼓動が激しく乱れた。

「ふたりは今どこに？　見つかったんですか？」

ミスター・ブレナンはため息をついて、机の後ろにまわった。「いや。ロンドンにはいない」

覚悟していたこととはいえ、衝撃は大きかった。ふたりの早い発見をどれほど強く望んでいたのか、ヘレナは自分の気持ちにようやく気づかされた。「本当なんですね？」

「ああ。いたことは確かなんだが、今はいない。三日前の晩、ふたりは〈金獅子亭《きんじしてい》〉という宿で複数の人間に目撃されている。翌朝には、ジュリエットが貸し馬車に乗りこんでいて、その姿を別の何人かが見かけている。プライスもいっしょだったようだ」

「プライス？　誰ですの？」

「ウィル・モーガンというのは偽名だったらしい。本当の名前はモーガン・プライス」

偽名――息ができなかった。あの男は名前を偽っていた。「名前を偽るなんて、よほど後ろ暗い事情があるんでしょうね」

「それはわからない。追跡されづらいように、という理由だけならいいんだが」

「あの男は密輸をやっていたんですか？」

彼は答えづらそうだった。「可能性は……ある」

「やっぱり！　思ったとおりだわ！　悪い男だと思ってました。ジュリエットをどうしたいのかしら？　いいえ、わかっているわ。あの子を破滅させたいのよ、苦しめて――」

「落ち着いて。それは違う。彼はジュリエットのことを自分の許嫁《いいなずけ》だと何度も口にしているし、聞いたかぎりでは、手を触れるときも常に礼儀正しい態度だったらしい。どうやら、彼は本当にあなたの妹さんと結婚したいようだ」

「だとしても財産ねらいです。あなただってわかっているはずだわ！」

「決めつけるのは早計だ」口調にじれったさが感じられた。いらだっているようにも見える。「とても丁寧に接していたと誰もが言っている。あの男に関するあなたの想像は間違っているのかもしれない。自由貿易商だから悪人だとはかぎらないんだ。彼にしても、強く結婚を望んでいるだけかもしれない」

不安が怒りに転じた。ふだんのヘレナからは考えられない感情だった。

「だったら、同じ密輸業者の女性とでも結婚すればいいんです。わたしの妹は絶対に渡しません！」

「もう渡っている。だから問題なんだ」

「すぐにとり返します。手を貸してください。あなたの助けがいるの！」

「助けますよ。ゆうべはあちこちの酒屋や宿屋で聞き込みをして、今日は朝から旅支度だ。いったいなんのためだと思うんですか？」言葉の端々に諦めがにじんでいる。「それにぼくはレディ・ジュリエットが嫌いじゃない。男との恋に酔っているんだろうが、彼女は自分のやったことの重大さに気づいていない」

「当然です！　ジュリエットはイングランド一世間知らずで、簡単に人を信用する子なんです。きっとロマンチックなつくり話であの子を夢中にさせたんだわ」憎しみをこめて絨毯を杖《つえ》で突いた。「妹の目を覚まさせないと。こんな事態は我慢なりません！」

彼の広い肩に目がとまった。この肩ならどんな重荷でも背負えそうだ。

「出発はいつにします、ミスター・ブレナン？　わたしの支度ならすぐにできます。待たせはしません」

ミスター・ブレナンの眉があがった。「あなたの支度？　いっしょに行くわけじゃありませんよ。あなたはナイトン邸に戻って、ぼくが妹さんを連れ帰るまで待っていればいい」

「そんな……冗談じゃないわ！　あなたが走りまわっているときに、ロンドンでじっと手をこまねいて待っているなんて。わたしも行きます」

彼はすっと背筋をのばし、いかにも独力で道を切り開いてきた男らしい、一歩も引かないかまえを見せた。「どう言われようと無理だ。連れてはいけない」

「それなら例のボウ・ストリート・ランナーを雇って連れていってもらいます」

驚いたことに、彼はいきなり笑いだした。「ランナー？　何を言うのかと思えば。昨日は彼らの存在だって知らなかったでしょう」そこで真顔になった。「妹さんの世評に傷をつけたくないあなたに、彼らは雇えない。実際、心配して当然の状況ですからね」

どこまで腹立たしい男なの。「わかりました。だったら、ひとりで追いかけます。誰にも頼れないのならしかたないわ。あなたと同じ道を通るからって、だめだとは言いませんよね」

ミスター・ブレナンの顔から余裕の表情がすっと消えた。「あなたはそこまで愚かじゃない」

「妹を助けるためにできるかぎりのことがしたいんです。それが愚かだと？」

「ぼくを追いかけても妹さんは救えない。あなたが彼女の二の舞になるだけだ。街道に跋《ばっ》扈《こ》するならず者やごろつきにとって、あなたは格好の獲物なんだ。金を奪われるだけではすまないかもしれない。そうなったらどうするんです？　戦うんですか？」

「ええ、必要なら。自分のことはどうでもいいの。大事なのはジュリエットです」

ミスター・ブレナンは大股で机をまわって、ヘレナの前に立ちはだかった。大柄な彼が迫ってくると、やはり少しだけ怖いと感じてしまう。男性を恐れたりはしないヘレナだったが、ミスター・ブレナンだけは例外だった。何しろ、ヘレナの背丈をもってしても鼻先がようやく彼の肩に届くくらいなのだ。彼の肩……そのたくましい肩からは、ヘレナなどひと振りで倒してしまいそうな腕が続いている。

もはや彼との距離はほとんどなく、頬に温かい息がかかるほどだった。「ヘレナ、せめて今度くらいはぼくを信用してくれないか？」柔らかい口調に、本気で心配している様子がうかがえる。〝レディ〟の称号なしに名前を呼ばれたのは初めてだった。生々しい感じでどぎまぎし……けれど心に楽しいさざなみが広がるようでもあった。「妹さんはぼくが無事に連れ戻す。あなたまで行く必要はない」

「必要ならあります。わたしはあの男の顔を知っているの。似顔絵だってそれほどうまく描けているわけではないし、わたしが行けばこの目で――」

「この目でぼくが妹さんを見分ける。それで充分だ」

ヘレナは攻勢に出た。「なぜそうまでしてわたしを置いていこうとするんです？　さっきのばかげた理由のほかに、何があるんですか？」

「ばかげた理由？」彼は小さく悪態をついて後ろにさがった。「あなたを心配することがですか？　もう一度言うが、モーガン・プライスは密輸業者かもしれないんだ。怪しい酒場やいかがわしい宿でも話を聞かなきゃならない。あなたにとっては、一歩たりとも入らないほうがいい場所ばかりだ」

「わたしが全部の場所に入ることありませんわ。あなたが入るときは、邪魔にならないように離れて待っています」

「離れて待っている、か。それはありがたい。できればあなたにふさわしいこのロンドンで待っていてもらいたいものだ」

「あなたに決める権利はないわ、ミスター・ブレナン。いくら助けてほしくても、あなたがわたしを連れていかないというのなら、助けなんていりません。ロンドンまではちゃんと追ってこられたんです。この先だってひとりで追えます」手のひらをさしだした。「似顔絵と細密画を返してください。あとはふたりの進んだ方向だけ教えてもらえば――」

「何を考えてる！　ふたりに追いついたらどうするつもりだ？　お嬢さまの威厳ある態度でプライスをにらみつけて、妹を渡しなさいと命令するつもりか？　軽蔑に満ちたまなざしで、やつをひざまずかせるのか？　あなたの世界のお仲間なら冷ややかな言葉ひとつで震えだすんだろうが、ぼくの世界じゃ怒りを買うだけだ。偉そうな態度を見せれば殴り倒される。その上品な尻を地面に打ちつけて、ばったりだ」

侮辱の言葉はあえて無視した。粗野な言葉づかいは言うまでもない。「ジュリエットに自分の愚かさをわからせます。うまくいかなかったときは……巡査を呼ぶわ。ミスター・プライスにお金を支払ってもいい」左右に首を振るミスター・ブレナンを見て、ヘレナは怒りをかきたてられた。「ええ、わかりませんとも、どうするかなんて。でも、どんな手を使ってでも、妹はとり返します」狡猾《こうかつ》なモーガン・プライスをおとなしくしたがわせたい。ミセス・ナンリーの教えにそむくことになるのは重々承知だった。ただ、どうすればいいかはまるでわからない。「あなたといっしょだろうとひとりだろうと、わたしはふたりを追いかけます」

「あなたご自身の評判は？」

思わずミスター・ブレナンを見あげた。「評判って？」

「ぼくとふたりで旅をするというのは、世間からどう思われてもいいということだ。レディにふさわしいふるまいじゃないでしょう。あなただってよくわかっているはずだ」

「侍女を連れていくのは問題外だと思いますけど？」

「問題外に決まっている！」彼は声を荒らげた。「こういう状況だ、ひとりの女を連れて旅をするだけでも大変なのに、ふたりなんて冗談じゃない！」

ヘレナは鼻であしらった。「おかしな質問をしてごめんなさい。でも、きくのがそんなに悪いことでしたの？」ミスター・ブレナンがすっと背筋をのばす。鼻息荒い牡牛《おうし》が襲いかかってくるかのようで、ヘレナはあわてて言い添えた。「ともかく、わたしは自分の評判なんて気にしていません」つんと顎を上げる。「それより、あなたはいつから正しい行いなんて気にかけるようになったのかしら？　裸同然で客に応対するような人に、礼儀作法を口にする資格はないはずですわ」

「あなたこそ、腹を立てるくらいなら、レディらしいふるまいに徹するべきだ」

「この状況ではこうするしかないんです。それに、ふたりで旅をしたって、誰にも知られなければいい話です」

ミスター・ブレナンは気の触れた人間を見るようなあきれ顔になった。「出入りする宿は？　馬を借りる駅舎は？　道中そのものだって問題だ。あなたはどう思うか知らないが、上品なレディがぼくのような卑しい生まれの男と旅をしていれば、人目につかないはずはない。噂《うわさ》になるのがわからないんですか？　噂はどんどん広がる。あの世にも伝わる勢いでね」

ヘレナは唾をのみこんだ。正直、そこまで考えてはいなかった。「それなら……いっしょにいる理由をごまかします。あなたを兄だということにしましょう」

小ばかにする笑いが返ってきた。「それはいい。あなたとぼくはうりふたつだから。だって、そうなんでしょう？　愛人と言ったほうがまだましだな。こんなぼくを兄で押しとおそうとしたって、相手は愛人だとしか思わない」

愛人！　とんでもないわ！　ヘレナは肩をすくめ、赤くなった顔をボンネットのつばに隠そうとした。「あなたがわたしの……使用人のふりをすればいいわ」

「ああ、そうなると、あなたのほうは楽しいでしょうね。正当な口実ができて、好きなだけぼくをいたぶれる。だが、ぼくは使用人の役などごめんだ。だから、そんな考えは即刻捨ててもらいましょうか、お嬢さん」

「わ、わたしは別に――」

「ひとつだけ、まわりを納得させられるかもしれない説明がある。〝かもしれない〟というのは、これもやっぱりばかばかしい案だから、ですけどね。あなたがぼくの妻になればいい。夫と旅する女性ならば、誰も変には思わない」

ヘレナはミスター・ブレナンの目を見返した。本気なの？　表情を探った。口もとに不敵な笑みは浮かんでいないか、灰色の瞳に計算高さは見えないか。

わからなかった。でも、夫婦のふりだなんて、考えただけで胃が変になりそうだ。「妹になるのとどう違うんですか？」

彼は肩をすくめた。「ぼくのような男に育ちのいい妹がいてはおかしいでしょう。だが、育ちのいい女性との結婚は不自然じゃない。不自然じゃない証拠に、モーガン・プライスはあなたの妹を連れ去ることに成功している」

「ばかばかしい」そうは言っても納得はできた。だけれど今、彼の表情によぎったのは満足感では？

彼は大げさにため息をつき、おもむろに机の後ろに戻っていくと、革製の小さなかばんに荷物をつめこみはじめた。「だったらもうどうしようもないな。あなたはここに残るしかない。つき添いなしにぼくと旅をすれば、あなたの世間体は台なしだ。でも、夫婦のふりはできないと言う。残念ですよ」

「できないなんて」とっさに言い返した。「やらないとも言っていません」

さっと彼の視線があがり、熱いまなざしがヘレナをとらえた。「ぼくの妻として旅をするんですか？　必要があるなら、同じ部屋でも寝られると？　あなたを連れていける方法はそれしかないんですよ。妻として旅をするなら、ぼくはあなたの将来を台なしにせずにすむし、まわりも疑問を抱かない」

なるほどね、やっぱり彼は本気じゃなかった。同じ部屋で寝る？　よく言うわ、わたしのことなんて好きでもないくせに。結局はおびえさせて諦めさせたいだけなのよ。

なんていまいましい。

ヘレナはきっと顔をあげた。「そうするしかないのなら、ええ、やりましょう」

「何が〝やりましょう〟だ！」反応の激しさが、先の想像の正しさを教えてくれた。ミスター・ブレナンは髪をかきむしり、それでなくても不ぞろいな金髪をさらにくしゃくしゃにした。「あなたのような頑固な女性は初めてだ」

「諦めさせようとしても無駄ですわ。危険は承知しているし、あなたに好かれようとも思わない。あとでどんな噂が流れたって平気です。ジュリエットさえ帰ってくれれば、わたしはそれでいいんです」手の震えを意識しながらも、苦々しく眉をひそめる彼を見てさえ、ヘレナの言葉はとまらなかった。「わからないんですか？　妹を見つけたら……見つけたとしてだけれど、あなたにはわたしが必要になる。あの悪党と結婚してはいけないとわからせるだけでも、あなたひとりでは無理なんです。問題が問題だし、あなたが説得してもジュリエットが聞くわけはない。それでなくても、わたしはいやなの……じっと座って待っているだけだなんて。何かせずにはいられないんです」彼の表情が一瞬ゆるんだのを見て、ヘレナはすかさずたたみかけた。「わたしがいれば役に立ちます……本当です。わたしの地位や性別が、どこかできっと役に立つはず。あなたが情報を集めているあいだ、あなたが快適に過ごせるように宿の家具や備品をそろえておくとか、ほかにも——」

「もういい、お嬢さん。ぼくにそんな気づかいは無用だ」ヘレナを凝視するミスター・ブレナンからは奇妙な感情が伝わってきた。憤りだけではない何かの気配を感じる。強烈で、黒々としていて、危険な何かだ。彼は乱れた息を吸った。「どうしても来たいというなら、条件がある。すべての条件をのまないかぎり、ふたり旅など問題外だ」

希望が胸に広がった。「わかりました。あなたが何を言おうと、何を望もうと、それにしたがいます」

「早まらないほうがいい。あまり面白くない条件ですからね」そう言って厚い胸の前で腕を組む彼は、どこからどう見ても、洞窟の入口で宝の番をしている屈強な魔人だった。「まず、その魔人の視線がボンネットから靴の先まで、冷ややかにヘレナを値踏みした。「まず、その服を着替えること。上等なドレスでは人目を引く。盗賊に目をつけられるのはもちろんだ。できるかぎり質素な服でないと困る。レースもなし、ひらひらもなしだ」

「そうします」

彼は眉間の皺《しわ》を深くした。「ふたつ目、ぼくの指示には素直にしたがうこと。食事、休憩、宿に入る場所と時間……すべてぼくにしたがってもらう。いいですね？」

力強くうなずいた。

「どうせ本気じゃないとたかをくくっているのかもしれないが、ぼくは本気だ。どんな主人よりも厳しく接するつもりですよ」

「わたしはどんな使用人よりも従順についていきますわ」

彼はふんと鼻で笑った。「さて、実際に旅に出たらどうなるか。三つ目、これがむずかしいところなんだが、他人のいるところでは、あなたには黙っていてもらう」

「どうして？」

「あなたが何か言うたびに男は身の丈が縮んで、玉を抜かれた気分になるからですよ」

下品な表現に身がすくみ、遠まわしの非難にも腹が立ったけれど、試されているのだろうと思って黙っていた。正確には、舌を噛んでどうにか耐えていた。

彼は期待に満ちたまなざしを向けてきたが、返答がないとわかるや、鋭い口調で言い添えた。「あなたがしゃべりだすと、もう何も情報は得られない。相手を萎縮させるような物言いをされては困るんだ」

「そんな物言いはしてません！」強く言い返した。彼が眉を大きくあげてヘレナを見返す。「いえ、その、しているのは男の人の前だけです」

「ああ、だが、話を聞く相手はほとんどが男ですからね」彼は小首をかしげた。「いや待てよ、あなたにはずっと黙っていてもらうほうがいいかもしれない。そうすれば、一キロごとにその首を絞めつけてやろうかと思わずにすむ」

にらまれてヘレナは身をすくめた。彼のところに来たのは結局間違いだったの？　ボウ・ストリート・ランナーを雇ったほうがよかったの？　彼らに頼んでいれば、少なくともあれこれ命令されることはない。

いいえ、あるのかも。その手の男はたいてい尊大だ。同じ尊大なら、ミスター・ブレナンのほうがまだ扱いに慣れている。いっしょにいると腹は立つし、首を絞めるなんて物騒な言い方もされるけれど、それでも、彼が実際に手を出してくるとは思えない。

「目的を果たすためなら、どんなことでもやってみせます」

「ほう？」彼はたっぷり時間をとってヘレナを観察し、それから盛大にため息をついた。

「いいでしょう。よけいな議論で時間を無駄にしてしまった。荷づくりは一時間ですませること。荷物は最小限で、ひとつのかばんにまとめる。ぐずぐず待たせるようなら、あなたを置いてとっとと出発します」

「じゃあ、いっしょに行っていいんですね？」ほっとしたとたん、めまいがしてきた。

「条件をのむ？」

「ええ、ええ、のみます！」

「そうか。ならばいっしょに行くしかなさそうだ。でないと勝手に追いかけてきて、どんな問題を引き起こしてくれるかわかったもんじゃない」

「ありがとう！　後悔はさせません。本当よ」

ミスター・ブレナンは自嘲ぎみに笑った。「後悔ならとうにしている。こんなばかげた決断をしたのは、生まれて初めてだ」革財布のふたを閉め、それを外套のポケットに押しこんでから、机の前に出てきた。「さあ、行きますよ、お嬢さん。旅の始まりだ」

# 5

彼は北からやってきた偽りの騎士。

わたしを口説きにやってきた。

きみを北の国に連れていくよ。

ぼくの花嫁になってくれるね。

作者不詳
スコットランドのバラッド『レディ・イソベルと妖精の騎士』

がくんと揺れた反動で、ジュリエット・ラブリックは深い眠りから目を覚ました。気づけば座席に手足を投げだしていた。走っている馬車のなかだ。顔を窓に押しつけている。こんなところでわたしは何を？

「昼寝はできたかい？」深みのある男の声がした。「気分はよくなった？」

向かいに視線を振り向けると、整った顔立ちの男性がいた。そうだった。わたしはウィル・モーガン大尉と……大好きな彼と駆け落ちをしたのだ。

「ええ、だいぶいいみたい。ありがとう」ああ、わたしったら。小さな子じゃあるまいし、脚を座席に投げだすなんて。あわてて床に足をおろし、照れ隠しにほほえんだ。

しかしウィルはもう見ていなかった。横を向いてひたすら窓の外を眺めている。「よかった。きみには休息が必要だったからね」額にひと房垂れた漆黒の髪が、彼の小粋な魅力を何倍にも増幅させていた。「もうすぐハースト・グリーンだ。そこでお昼にしよう。食事をとれば、今よりずっとすっきりするはずだよ」

優しい気づかいがうれしかった。追っ手がかかるかもしれないと危惧しながらも、彼はそういう優しさを忘れない。もちろん、誰かに追われるなんてありえない話だし、彼にも繰り返しそう言った。考えるだけでもばかばかしい。姉のヘレナはストラトフォードのなかでもめったに出歩かないくらいだから、遠出なんてまずしない。父にしたって、たとえグリフのお母さんの手助けがあったとしても、追ってこられる状態ではない。だから自分とウィルは安全なのだ。

なのにウィルはこの過酷なペースをくずそうとしなかった。わずか数日でいったいどれだけ走ってきたことか。今では常に体が揺れたり、眠りがさまたげられたり、食事を急いで喉に流しこんだりしているほうが、感覚としてふつうになっている。ここまでの道中、彼は見事なくらいに紳士だった。〝礼儀〟を忘れず、どの宿でも部屋を別々にしてくれるのはいいけれど、そこまで行儀よくしなくてもと、ジュリエットはときどき思う。ストラトフォードを出たあとは、正直、期待していたのだ。もう少し……その、情熱的に接してくれるのかと。

けれどウィルは相変わらず礼儀正しくて、それがひどくじれったかった。恋して気持ちが高ぶっているジュリエットは、彼の顔にキスの雨を降らせたいと何度も思った。でも実行には移せなかった。彼を驚かせてしまう。それはもう、絶対に。ウィルは感情をしっかりと制御するタイプだ。自分も見習うべきだとは思うけれど、そばにいると日に日にそれがむずかしくなっていく。

「ウィンチェルシーまではあとどのくらい？」ジュリエットはたずねた。

「今夜には着くだろうな」

「あちらでは、あなたのお友達の船が待っているのよね？」

「ライ・ハーバーにドック入りするのがいつになるかによるけどね。船が来るまではウィンチェルシーにある彼のコテージに滞在する予定だ。二日も待てば大丈夫だろう」

「ブリストルで乗船していれば――」

「言ったろう、そうしたくても金がないんだ。ぼくの友人なら、スコットランドまでただで乗せてくれる」ぶっきらぼうだったと気づいたのか、ウィルは口調を改めた。「きみは心配しなくていいんだよ。何もかもうまくいくからね」

甘やかすようないつもの態度に、ジュリエットは鼻白んだ。最初は気にはならなかった。それ以外のところでは、とてもすてきな人だったから。彼は内気なジュリエットをわざとからかって会話に誘ってくれた。大陸の戦争の話で楽しませてくれた。彼くらいの年格好の男性に注目されたのは初めてで、誰からも相手にされずにいたジュリエットは、自分のことをわかってもらえるのが本当にうれしかった。

　怒りっぽいヘレナのことで愚痴を言うと、ウィルはおおいに同情してくれた。父の世話をしているミセス・ナイトンについても〝世話のしかたが充分じゃない〟とこぼし、わたしがしてきたようにしてほしいのにと不満をもらすと、本当にそのとおりだねと言ってくれた。姉のロザリンドが嫁いだあとの気の抜けたような感覚も、自分の暮らしや将来を思ったときの満たされない心情も、彼は理解してくれた。

　ロザリンドとグリフのように、自分とウィルも寄り添う定めなのだと確信した。きみの父上は結婚を認めないだろう、だから駆け落ちしようと彼に提案されたとき、この人になら喜んでついていきたいとジュリエットは思った。言葉で言われていなくても、愛されているという自信があった。まったく言われなかったわけじゃない。〝きみといると楽しいよ〟とか〝好きだよ〟とか、言葉少なに言ってはくれたのだ。ただ、愛していると言わないだけ。感情を表に出さない性格なのだろうと、不安は脇に押しやった。心配しようにも、彼への愛で胸がいっぱいのジュリエットには無理だった。

ところが、だんだんとその寡黙さが気になりだした。ときには自分がまったく恋人として見られていないと感じたりもする。恋人というより子供扱いだ、ふたりの姉のやり方となんにも変わらない。

ヘレナの忠告を聞き流したのは、もしかして軽率だったのかもしれない。ウィルに抱いた最初の印象が間違っていたとしたら？　姉の直感のほうが正しかったのだとしたら？　だめ、だめ。こういう問題で姉にしたがうなんて、想像するのも愚かしい。姉のヘレナはときに冷淡で、男と見れば悪人だと考える。それに、ヘレナはほとんどウィルと言葉を交わしていない。彼の優しさや感じのいい物腰に気づいていないのだ。

本当のところ、ジュリエットが気になるのはあるひとつの事柄だけだった。ずっと黙ってきたけれど、もう限界だ。「ウィル？」

「なんだい？」

「どうしてキスをしてくれないの？」

驚いた顔がさっと見返した。父の猟犬が台所で調理されている羊肉を見るときのように、視線がゆっくりとジュリエットの上をはった。ぞくりとした。こんなにも熱い、何かを求めるようなまなざしを向けられたのは初めてだった。警戒心が働いた。

同時に、期待に胸が高鳴った。

「ぼくにキスをしてほしいのか？」やっと聞こえたかすれ声は、意思に反して無理やり押

「もちろんよ！」なんてつつしみのない台詞だったかと、ジュリエットはあわてた。「あ、つまり……もうすぐ結婚するのに、あなたは手にキスをしてくれただけでしょう。ストラトフォードの若い男性でも……」ああもう、何を言いだすの。「いえ、わたしははねつけたのよ。ただ、そういう態度を見せられたのは確かなの。ひとりかふたりに」

ウィルはにっこりと笑った。「そうだろうとも」

紳士に逆戻りした彼を見て、ジュリエットは心底じれた。「わたしのことを、本当にきれいだと思ってくれている？」

ウィルは視線をはずした。「思っているさ。それはきみ自身がよくわかっているはずだよ」

「だったら、どうしてずっと——」

「今は考えることが多すぎてね。結婚すればそういう時間はたっぷりあるんだ。船旅に備えてひとまず体力を温存しておかないと。船旅は退屈でくたびれるよ」

あなたの胸に抱かれていれば、退屈なんてしないのに。ジュリエットはウィルの反応にがっかりした。何を期待していたのだろう。話を聞くなりぱっと席を立って、グリフが口ザリンドにしていたような、ああいう情熱的なキスをしてくれると？ そうよ、それを期待していたの。そうであってほしいと思ってた。

ジュリエットの落胆を感じとったのか、ウィルが優しく言い添えた。「きみというすてきな女性に、ぼくは敬意を持って接したいだけなんだ。結婚するまでは、何があろうときみの名誉は守りたい。わかってくれるね?」

わからなかったけれど、とんでもなくふしだらな娘だと思われそうで、反論はしなかった。それでも、やっぱり考えてしまう。紳士すぎるのも少し寂しいと。

もうこれで何度目だろう、ダニエル・ブレナンにもう少し紳士的なところがあったらと考えるのは。紳士なら女性をせかしたりしない。紳士なら頼みごとがあっても柔らかく伝えて、命令口調で告げたりしない。

紳士なら女性に荷づくりを急がせたりしない。

一時間ですって?　いったいどこの女性が一時間で荷づくりができるというの?　それでなくても、ヘレナの持っているのは条件に合わない服ばかりなのだ。実際、どうにか使えそうな服を二着選ぶだけで三十分かかってしまった。さっき着替えたのがそのうちの一着だ。あとは持っていくものの選択だった。なくても我慢できるものは何か、ジュリエットを見つけたときに必要になるものは何か。

かばんはひとつだと暴君は言った。あれもきっと、ついていく意欲をなくさせるための手だ。荷物くらいグリフの馬車にいくらでもつめるのだから。

まあいいわ。ひとつにまとめたから……特大のかばんだけど。

かばんの口を閉め、待っている従僕に渡そうとしたとき、ふとミセス・ナンリーの作法集が目に入った。持っていくべきだろうか？

もちろん、持っていこう。邪魔になるわけでなし。本があれば正しいふるまいを、つまり、まだそむかずにすんでいる教えを思い出すことができる。ミスター・ブレナンのような男と話していると、礼儀も行儀も投げ捨てたくなるけれど、そんなことをするのは愚の骨頂だ。

作法集をかばんに押しこんで従僕に持っていくよう手振りで示すと、ヘレナ自身も従僕のあとから寝室を出た。寝室はナイトン邸の二階だった。大階段に近づくにつれ、ヘレナは不安になってきた。約束の一時間はもう過ぎている。それは間違いない。無骨なミスター・ブレナンがヘレナを待ってくれない可能性は、おおいにあった。何しろあの傲慢さだ。

従僕の後ろから階段を見おろすと、そのミスター・ブレナンがまさに玄関へと歩いていくところだった。

「待って、ミスター・ブレナン！」悪い脚を精いっぱい速く動かして階段をおりた。「今行きます！」

彼が振り返り、かばんを持っている従僕に目をとめた。「荷物は最小限だと言ったはずだが」

「これでも限界まで軽くしたんです」

ミスター・ブレナンは通りすぎようとする従僕をとめた。「荷物はここに。あとはぼくがやる」

「まさか、置いていけなんて恐ろしいことは言いませんよね？」ヘレナは腹立たしい巨人に噛《か》みついた。階段をおりきり、彼の少し手前で足をとめた。「男の人と違って女性には入り用な品が多いんです。どんな長旅になるかもわからないんですよ」

「それでも……」言いながら、ヘレナの顔に視線を移す。そこで突然、動きをとめた。

「お嬢さん、最初からそんなふうでは先が思いやられるな」

おびえてはいけない。相手の思うつぼだ。「わたしを連れてはいけないと言いたいの？いくら荷物が大きすぎるからって――」

「ぼくが言っているのは荷物のことじゃない。そっちだ」ヘレナの首に顎をしゃくる。

「レースはなしだと言ったでしょう」

思わず首もとに手がいった。幅一センチほどの縁どりがあるとはいえ、レースがついているのはそこだけだった。だからこそ選んだ服だった。

「手持ちの服ではこれがいちばん質素なの」自然といやみな言い方になった。「つまらない飾りがついていてごめんなさい。時間があれば、ちゃんとはずせたのだけど」

ミスター・ブレナンは片方の眉をあげた。ポケットから細身の品をとりだしてヘレナのほうに近づいてくる。そして、いきなりレースの端をつかまれた。彼の手があがり、金属的な光を目にしたそのとき、ヘレナはようやく彼の意図に気がついた。

「やめて！」声にならない声で抵抗したが、ときすでに遅かった。

ペンナイフの器用なひと振りで、レースにはもう切れ目が入っていた。はずみをつけて引っ張られたそれは、帽子屋がリボンを裂くときのように一度できれいに襟からとれた。

冷ややかな目がヘレナを見た。「ほら。こんなものはあっという間だ」みじめな長紐《ながひも》と化したレースをポケットに押しこみ、ヘレナの荷物を持ってずんずんと歩きだす。

ヘレナは顔をしかめて彼に続いた。内心の怒りが手にあふれ、大理石の床に突く杖《つえ》の音がどんどん大きくなった。「レースなんて、乳搾りをしている女性の服にだって見かけるわ」低い声で不満を吐きだした。

ミスター・ブレナンの足がすっととまった。突然のことで、ヘレナは危うく彼の大きな乗馬靴につんのめるところだった。「何か言いましたか、お嬢さん？　ぼくの条件には、文句を言わずに素直にしたがう、というのもあったはずですね。あなたもちゃんと同意している」

そんな条件、もううんざりよ！　ミセス・ナンリーの教えじゃないけれど、守りとおせたら奇跡だわ。そう声にしたいのはやまやまだったが、〝わかっていたよ、どうせ守れないんだろう〟と言っているような不敵な笑みを前にしては、口にできるはずもなかった。

彼から視線を引きはがすと、ヘレナは胸を張って横を通りすぎ、開け放されていた扉を抜けた。「聞き間違いでしょう、ミスター・ブレナン。あなたが女性の服にあまりにお詳しいから、賞賛の言葉が口をついただけです」

「ほう、そうでしたか？　だったら賞賛するのも控えてもらいたいな。また〝聞き間違える〟と厄介だ。いっしょに行くのがいやになったかと思ってしまう」

「あなただってわかっているはずです、わたしは……まあ、あれは何？」

玄関ステップの下り口で、ヘレナはかたまった。大きな馬がたたずんでいた。鞍《くら》をつけられ、屋敷の前でじれったそうに乗り手を待っている。馬番が頭部を支えているが、その馬番にも緊張の気配がうかがえるほど、鹿毛の牝馬《ひんば》は巨大だった。

「ぼくの馬だ」背後でミスター・ブレナンの声がした。「大柄なぼくが乗るのに、あなたはどんな馬を想像していたのかな？　かわいらしいポニーか？」

雌馬の後ろには、横鞍をつけた去勢馬がいた。雌馬に比べればまだ小さいが、それでもヘレナを不安にさせるには充分な大きさだ。

ミスター・ブレナンが平然とステップをおりていき、馬番に歩み寄った。「これを」ヘレナのかばんを馬番に渡す。「彼女の荷物だ。できるかぎり鞍袋におさめてくれ」

「わかりました」馬番は小声で言うと、さっそく仕事にとりかかった。

「まさか、そんなはず……馬って……馬車はどこ？」あせって早口になった。

「馬車は使わない」さらりと答えたミスター・ブレナンは、ステップをあがってヘレナの横まで戻ってきた。「大型の馬車では速度が落ちる。あなた自身が言ったように、これは一刻を争う問題なんだ」ヘレナに腕を出し、ステップをおりる手助けをしようとした。ヘレナの手がのびないのを見ると、彼は言った。「そうか、うっかりしていたな。あなたは乗馬をしないんですよね？」

ヘレナはミスター・ブレナンをにらんだ。うっかりが聞いてあきれる。小賢《こざか》しい。こんな見え透いたお芝居でわたしを諦めさせようだなんて。「いいえ、馬くらい乗りますわ」

彼は首をかしげた。「夏にあなたの父上から聞いた話とは違う」

「あら、うっかり忘れていたんじゃなかったんですか？」引きつった彼の唇を見ながら、毅然《きぜん》と顔をあげた。「父は勘違いしているのね。わたしはどんな馬だって乗りこなせますもの」

〝気品ある若いレディは、いかなる嘘《うそ》もついてはなりません〟作法集の一文がむなしく頭をよぎった。天気がよければ毎日馬に乗っていた、というのは昔の話で、八年前に病気で脚を悪くしてからは、完全に乗馬から遠ざかっている。ぶざまな姿を人に見られるのがいやだった。

とはいえ、この無謀な旅では、これまでにもいろいろな困難をのりこえてきたのだ。今度も同じ。正面からぶつかってのりこえるだけ。ミスター・ブレナンに何を言われようと、置いていかれるのだけはまっぴらだ。

ミスター・ブレナンは疑《うたぐ》り深いまなざしになった。「その脚だと乗りにくいんじゃないか?」

乗りにくいに決まっている。でも、意地でも彼には悟らせない。ヘレナは彼の腕に手を置いた。「いいえ、ぜんぜん」

彼はそれ以上何も言わず、ヘレナを連れてゆっくりと去勢馬に近づいた。そばで見る馬は、冗談かと思うくらい大きく見えた。ヘレナは心を落ち着かせた。乗馬台がいるわ。それも、あとふたつ重ねるくらい高くしなくては。何しろ左脚が使えないから、ふつうのようには飛び乗れない。

そもそもこの脚で大丈夫なのだろうか。以前の乗馬の感覚を思い出そうとした。体重はどうやって支えていたか。

しかし、思い出したところで意味はない。横鞍で乗るときに左脚はどのくらい使っていたのだ。馬を操っていたのはこの体で、頭じゃない。今と違って、あのころは体を自由に動かせたせない。左脚に歩き方を思い出させることすらできずにいるくらいだ。

ミスター・ブレナンが頭を低くした。瞳に心配そうな影がよぎった。「本当にいいんだろうね?　けがをされても寝覚めが悪い」

自尊心がヘレナを突き動かした。自尊心と、ラブリック家特有のほんの少しの頑固さが。

「いいんです。乗るときに助けがいるだけです」

「なるほど」彼はヘレナの手から杖をとり、それを鞍の後ろの荷物に押しこんだ。わけがわからずにいるヘレナを自分に向きあわせ、両手を彼女の腰に置いた。「準備ができたら言ってくれ」

「わたしは踏み台のことを言ったのよ！」不安がいっきに襲ってきた。「こんなに高く抱えられるわけないわ」

彼は小さく笑った。「ずいぶん賞賛してくれる。ぼくでは無理だと思うのか？」

ヘレナは動揺しつつミスター・ブレナンを見あげた。彼は合図を待っている。自信にあふれ、不安のかけらも感じさせない。違う、ヘレナが疑っているのは彼の力ではなくて、ヘレナ自身の能力のほうだ。抱えられたときにうまく鞍に座れなければ、そのまま彼の上に倒れてしまう。悪くすると、石のステップに体を打ちつけてしまうかも。

彼が顔を近づけた。「ぼくを信じて」ヘレナにささやいた。頬をかすめた吐息は、意外にも甘いにおいがした。「あなたのような細い女性なら、片手でも持ちあげられる。落としはしない。絶対だ」

不思議なことに、その言葉で気持ちが楽になった。腰に感じるずっしりとした手の重み。薄いモスリンの生地を通して彼の体温が伝わってくる。体温と、もちろんたくましさも。ミスター・ブレナンの筋肉は昨日この目で見て知っている。鞍までヘレナを持ちあげられる人がいるとすれば、それは彼以外にありえない。

それに、躊躇《ちゅうちょ》している時間が長ければ長いほど、嘘に気づかれる可能性も大きくなる。

「いいわ」大きく息を吸った。「お願い」

言ったと思うと、もう体が浮いていた。たくましい腕の力だけで高々と宙に抱えあげられ、ふわりと馬の背中におろされた。なんの痛みもなく、まるで窓の下枠に舞いおりるつばめのようだった。そこで思いもかけないことが起きた。昔の勘が戻って、即座に乗馬の姿勢をとることができたのだ。右脚の膝を足かけに引っかけ、鞍の上ですんなりとバランスがとれた。

脚の位置とスカートを整え、あとはミスター・ブレナンの手を借りてあぶみに足を入れるだけという段階になって、ヘレナは彼を見おろした。自分で自分に驚きながらも鼻高々で、すごいでしょうと言いたい心境だった。

ミスター・ブレナンは感心したようにほほえんで、あぶみに手をのばした。「これはこれは。本当に乗れてしまった。少なくとも座り方は問題ない」

ほめ言葉の余韻が、頭をくらくらさせる香水のようにヘレナを包んだ。そうでしょう？　だってほら、脚が使えていたころと変わりなく座れているわ。現実をしみじみと噛みしめるうち、純粋な喜びに体が震えだした。馬に乗っているなんて！　もちろん助けてはもらったし、動きだしたらどうなるかわからないけれど、それでもここまでやりとげられた！

もうすぐ馬で出発する。本当の乗馬ができる！

ヘレナの興奮につられたのか、あぶみの位置調整をしている彼もまた、笑顔でヘレナを見あげてきた。この夏スワンパークでヘレナをからかうときの彼がいつもそうだったように、瞳をきらきらと輝かせている。ヘレナの足をあぶみに入れる段になると、彼は手もとに集中した。笑みが消え、何やら考えこんでいる様子だ。

ミスター・ブレナンは足首を固定した。「スカートの問題もあるし、馬のことは話しておくべきだったな」かすれ声でつぶやく。「これは少し短い」

確かに、ウールの靴下越しにひんやりと風を感じて、脚が冷えそうな予感はあった。あがったスカートの下から少しだけ脚が見えている。スカートを引っ張って隠そうとしたけれど、どうやってもふくらはぎ全部を隠すことはできなかった。ブーツの上端から十五センチは見えている格好だ。

その十五センチがずいぶん気になるとみえ、ミスター・ブレナンは足首からふくらはぎまで、筋肉の具合を確かめるようにゆっくりとなであげた。ごつごつした手がふくらはぎの下あたりを軽く握った。

「本当にいいのか？　脚に負担がかかることは？」

彼の手が何を感じたのかと思うと、恥ずかしさに身がすくんだ。薄い靴下をはいていても、筋肉の衰えはごまかしきれない。いっぽうで、ヘレナは彼の手の感触を苦しいくらいに意識していた。優しい手が、愛撫《あいぶ》するようにふくらはぎの下をかすめている。開いた指になでられると、その場所が熱を帯びた。もしこの手が上に進んだら？　膝の後ろ、スカートの奥と、売春婦にするような触れ方をされたとしたら？　ふくらはぎに触れる優しさで、腿までなでられたとしたら？　靴下どめまで進んでさらにその上へ、丸みが生まれるその場所に彼の手を感じたら……。

頬がかっと熱くなった。こんな恥ずかしい想像をするなんて！　母の言ったとおりだ。いつも聞かされていた。一度でも品のないふるまいをしたレディは、川の土手がくずれるように礼儀を忘れてしまうものなのよと。

「いいえ……大丈夫」小声で言った。「できたらその手は離して、もう自分の馬に乗ってもらえません？　そうすれば出発できます。とにかく急がないと」

ミスター・ブレナンは手を離しながら、ゆっくりと、誘うような笑みを頬に浮かべた。ヘレナの注意にも腹を立てた様子はなかった。「わかっているとも。だが急いだところで同じだ。男たるもの、うるわしい女のスカートの下を探索する機会があれば逃しはしないよ」

ウインクをすると、厚かましいミスター・ブレナンは自分の巨大な馬のほうへと歩いていった。今の言い方はどういうこと？　いけない想像をしたヘレナを嘲っているようだった。こんなにも腹立たしい男性には会ったことがない。しかも、反省を知らないときている。

うるわしい女のスカートの下を探索する機会って！
でも、どうしてなのだろう。今の台詞に好奇心をそそられた、というのか……そういう光景が頭に浮かんでしまった。騎乗の様子を見ていると、馬をまたぐときに鹿革のズボンの下の筋肉が動いて、頭のなかの光景がより鮮明になった。彼が鞍に腰を落ち着けたときは、彼が売春婦を膝に抱くところが想像されて、口のなかがからからになった。

考えてはいけない。ばかげているし……下品だ。とんでもなく下品だ。それこそ、彼がわたしのスカートの下を探索するのと同じくらいに。

彼の触れた左脚はまだほてっている。

馬番がミスター・ブレナンに近づいて、いくつか積みきれなかったヘレナのかばんのなかの品を見せている。遠目で見ても、とくに必要な品ではなさそうだった。けれど、それらに一瞥《いちべつ》をくれただけで屋敷に戻せと命じているミスター・ブレナンには、やはりいらだちを覚えてしまう。

まったく、やりたい放題の暴君だ。

「待て」突然、ミスター・ブレナンが馬番を呼びとめた。いくつかの品のなかから何かをとって外套《がいとう》のポケットに入れた。何かはわからず、ヘレナは好奇心を刺激された。「準備はいいかい、お嬢さん？」手綱を持った彼が声をかけてきた。

好奇心が一瞬で吹き飛んだ。ヘレナはあわてて手綱を握った。新たな不安が最前列に飛びだしてきた。

今度こそ、本当に乗れると証明しなければ。できるのかどうかは、自分でもまったく予測がつかなかった。

# 6

彼女は美しい茶色の馬に乗り、
彼はまだらの葦毛《あしげ》に乗った。
行きついたのは広い水辺。
日の出までにはまだ二時間ある。

作者不詳
スコットランドのバラッド『レディ・イソベルと妖精の騎士』

ふたりは一時間かかってロンドンを抜けた。荷馬車や人を乗せた馬車の音に、商売人たちの声。昼間の通りはどこも騒々しい。この繁雑さにダニエルは感謝した。ごちゃごちゃした場所では馬を操ることに集中し、隣にいる女性を忘れていられる。

しかし、街道に出て馬をゆっくり走らせはじめると、彼女から気をそらしているのはもう不可能だった。レディ・ヘレナは思っていた以上に巧みな乗り手だった。馬に乗れるというのは反抗心から出た真っ赤な嘘《うそ》だと思っていた。乗れないと思うからこそ、ああいうちょっとした策を弄したのだ。馬を見れば尻ごみするだろうし、そうなったら厄介払いができる。できれば恐ろしく品のない旅になりそうだと彼女が感じて、侍女を伴わずにはとても行けないと言いだしてくれたら、なおありがたかった。

ところが、ヘレナは尻ごみもしなければ残るとも言わなかった。あくまでも馬に乗ろうとする姿を見て、これは本気で旅に出る覚悟なのだとダニエルは知った。

どうしようもない衝動だった、あれは——婦人用だという珍奇な鞍《くら》にこの手でヘレナを抱えあげたのは。馬番に頼むか、彼女が言ったように踏み台を用意させればよかったのはわかる。はっきり言ってしまえば、ダニエルは出会ったときから彼女に触れたくてうずうずしていたのだ。

ヘレナのようなおかたい女性はコルセットをつけるものだと思っていたが、触れてみて驚いた。あの細い、両手ですんなりつかめるほどの腰まわりに邪魔な感触は何もなかった。震える彼女を見ていると、腰に手を置くだけでは物足りなくなった。不安をとり除いてやりたい。言葉で安心させてやりたい。もっと体を近づけて、心臓の鼓動を感じたい。実際に体を寄り添わせたときはぞくぞくした。ばかみたいにうれしかった。

そして、脚に触れたときのあの感激——楽しすぎて癖になりそうだ。

そんなこんなを考えれば、次の休憩では、ヘレナの馬の乗りおりは誰かほかの人間に手伝わせたほうが無難だろう。ああいう接触が何度も続けば、そのうち冷たい川でおのれの〝セント・ピーター〟をなだめずにはいられなくなる。社会の退屈な決まりごとにも、それなりの理由があったということか。つまりどんな状況であれ、ダニエルのような男が女性とふたりで旅をするというのは問題の多い行為なのだ。その女性に興奮してしまうとなれば、なおさらだろう。

背後で錫製《すずせい》のらっぱがうるさく鳴った。ふたりが速度をゆるめて右端でとまるや、郵便馬車が地響きをたてて近づいてきた。車輪の緋色《ひいろ》がさっと視界を横切り、蹄《ひづめ》と馬具のうるさい音がひとかたまりになって通りすぎる。黒とえんじ色で塗られた馬車には、荷物と乗客とがいっぱいに積まれているようだった。たちのぼる砂煙のなか、レディ・ヘレナが馬を急がせてダニエルの隣にまでやってきた。

「どうしてタンブリッジに向かっているんですか?」

なるほど、どこに通じる道かはわかっていたらしい。「プライスとあなたの妹さんがそこに向かっていたとの情報があってね」

「でも、南に向かうなんて」

ダニエルはうなずいた。南、つまりはタンブリッジだ。いやな予感があった。サセックスにはクラウチの率いる一団がいる。だが考えすぎだろう。サセックスには密輸をやる人間がうじゃうじゃいて、年がら年中、収税吏を手こずらせているのだから。

「自由貿易商の多くは、サセックスやケントの沿岸に船を隠している。プライスの船もそこにあるのかもしれない。そう考えればつじつまは合う」

見たところヘレナは納得していなかった。というより、やけに気分が悪そうだ。顔は青白く、唇はかたく引き結ばれている。

「あなたが心配するようなことじゃない」不安をなだめてやろうとした。「こっちが思っていたのとは違う道を通っている。それだけのことです」

「わかっています。そうじゃないの」浮かんだ笑みは弱々しく、レディのヒップをふくらませるクッションほどにつくりものめいていた。「ちょっとおなかがすいて。朝食が早かったから」

こっちはその朝食も抜きだった。「ブロムリーで食事にして馬を休ませようと思っていたんだが、まだ一時間ほどかかる。行けそうかな?」

ヘレナの顔を凝視していなければ、一瞬のぎょっとした表情には気づかなかっただろう。彼女がすぐにごまかしたため、ダニエル自身、今のは錯覚だったかと思ったほどだ。

「ええ。でもこの速度だと、一時間では無理でしょうね」

ダニエルは小さく笑った。いちいちうるさい女だ。だが間違ってはいない。確かに急ぐ必要はある。ダニエルは馬に向かって舌を鳴らし、速歩《はやあし》に戻してから、ゆるい駆け足にまで速度をあげた。ちらと振り返ると、レディ・ヘレナも遅れずについてきていた。

行く手を照らす陽光。雨の名残が払われて、体の芯までもが心地よく暖かい。小麦畑を通ると、脱穀作業の真っ最中だった。雑木林の脇を通るときは、驚いたうずらがぱっと飛び去った。その次はのぼり坂で、どんどん進むと起伏の多い景観を見おろすように風車が立っていた。

疲れるだけの旅かと思ったが、そうでもなかったようだ。広い外では気分が上向きになる。空はすっきりと晴れわたり、一面の青空をよぎるのは急降下するはやぶさだけ。ロンドンでは煤《すす》と霧とがうっとうしくて、なんの因果でこんな街に住んでいるのかと思ったりもする。あくまでたまにだ。田舎に行けばそれこそ死ぬほど退屈だろうから。だが、上流階級の人間の相手をしていると、うんざりすることもたびたびだった。彼らがダニエルに友好的なのはグリフとのつながりがあるから、もしくは金儲《かねもう》けのためにほかならない。

刺激的な経験がしたいとよく思う。ひょっとすると、この旅がそうなってくれるかもしれない。ただし、プライスとジュリエットが逃げきってしまえばおしまいだ。沿岸地帯まで出たふたりがすぐ船に乗ったとすれば、もう自分たちに打つ手はない。だが船の到着を待つ必要があるとすれば、追いつく可能性はまだ残っている。

なんとしても追いつきたかった。ときにいらいらさせられるレディ・ヘレナだが、打ちひしがれた顔を見るのはつらい。海まで行ったはいいが、妹はもう船でスコットランドへ行ってしまったあとだった。そんな結末にでもなったら……。

勇敢な彼女のことだ、船を追って泳ぎだすかもしれない。考えると口もとがほころんだ。認めるのは癪《しゃく》だが、ヘレナの頑張りにダニエルは感心させられていた。ひとりでロンドンまで旅をしたのだ。いろいろな宿に入り、他人からの見くだすような視線に耐える。精神的にもきつかったろうし、誇りも傷つけられたことだろう。これだけははっきり言える――彼女は何がなんでも妹を助けだす気だ。ところが、悲しいかな、レディ・ジュリエットはどうやらその救助を望んでいない。

一時間以上走ったころ、草ぶきの家々が見えてきた。この先はもうブロムリーだ。ダニエルにならって、レディ・ヘレナも走っていた馬に制御をかけた。馬を並足にしたのは、道端で村の子供たちが輪投げ遊びをしていたからだ。

「ミスター・ブレナン？」ヘレナが呼びかけてきた。

「ん？」

「宿に着いたら、あなたのことはどう呼べばいいのかしら」

質問の意味がわからなかった。「今の名前じゃ変だとでも？」

待っても返事がなかったので、ちらとヘレナのほうを見た。すると彼女もダニエルを見た。目のまわりに皺《しわ》ができていた。背筋をぴんとのばしていて、そんな姿勢でよく背中が痛くならないものだと感心してしまう。

「わたしが言いたいのは……その、あなたはどういう……」震える手が手綱をぎゅっと握った。「いっしょに旅をしている理由です。宿ではどう説明するんですか?」

ああ、とダニエルは気がついた。心配していたのはそのことか。妻のふりをしろと言ったのがきいたようだ。気位の高い彼女は、それを想像して強い警戒心を抱いているようにも見える。好きな口実をつくればいいさ。来ると言いはったのは彼女なのだ。「どう説明してもらいたい?」

「どうと言われても……」ヘレナが前を向き、ボンネットのつばで顔が見えなくなった。

「選択肢はそんなにないのでしょう?」

「そうだな、考えてみてあとで教えよう」

困ったことに、選択肢がないのはヘレナの言うとおりだった。筋の通る説明はかぎられている。上流階級の女性がいっしょに旅をする男といえば、父親か兄弟……。でなければ夫だ。

ふと思った。本当に彼女を妻にするのはどんな感じだろう。ベッドにすべりこんでくるヘレナの姿が脳裏に浮かんだ。このときはさすがに笑顔だ。身にまとったしなやかで気だるい雰囲気は、その気になれば彼女もこうなるだろうとの想像だった。その髪は……。

髪についてはさまざまな想像が働いた。猥雑《わいざつ》な絵画どころの興奮じゃない。裸の肩に無造作におろされた髪。その髪を指に巻きつけると、絹に触れたようなこそばゆさを手のひらに感じる。片方の胸を覆うように流された髪と、それを見てうずうずしている自分。たまらず邪魔な髪を払って、きれいなふくらみに手を……。

　ダニエルは悪態をついた。頭に浮かぶのはレディ・ヘレナをベッドに引きこめたときのことばかりだ。それも、裸になっている想像ばかり。

　だが、おかげでひとつはっきりした。同じ部屋で寝てはいけない。絶対にだめだ。そんなことになれば彼女の胸が脳裏にちらつき、裸に髪をおろしただけの姿が想像されて、一睡もせずに朝を迎えてしまう。

〈青い豚亭《ブルー・ボア》〉に着くと、具合のいいことに、前に彼らを追いこした郵便馬車が出発するところだった。食堂が混雑せず、食事が静かにとれるのはありがたい。ダニエルはすぐにも食事にしたかった。食欲を満たせば、別の欲求のほうも忘れられるのではないか。

　いっぽうのヘレナも、木骨づくりの宿を見てほっとしていた。左脚全体がずきずきと脈打っていた。右の脚もわずかにましという程度で、お尻にいたっては感覚がなくなっている。分厚い革でできていたのかと思うほどだ。

　早く馬からおりて、次の出発に備えて体力を回復させたかった。正直なところ、これ以上はどうやっても走れそうにない。

　宿の表に馬をとめると、馬係の少年と馬番が走ってきた。ミスター・ブレナンは馬からおりてもすぐヘレナのほうには来ず、馬番と話をしはじめた。別の馬番が近づいてきて手を貸しましょうかと言ってくれたので、ヘレナはその言葉に飛びついた。これでミスター・ブレナンのあの温かい手に触れられずにすむ。前みたいにどぎまぎせずにすむ。ほっとした。そして……ほんの少しだけがっかりした。

馬番には脚のことを説明して踏み台を持ってきてほしいと頼んだが、長身で体格のいい馬番にはヘレナをおろすことくらいなんでもなかったようだ。しかし、抱えられて足が地面についたとき、ヘレナは問題に気がついた。膝ががくがくして立てないのだ。倒れそうになって馬番にしがみついた。どうしよう。ひとりでは歩けそうにない。馬番がすぐに鞍から杖《つえ》を抜いて渡してくれたけれど、それでも無理だった。

「歩くのはむずかしいようですね」馬番が言った。「よければ、抱えていきますよ」

「いいの！」ヘレナはミスター・ブレナンを盗み見た。よかった。馬番にしがみついている姿はまだ見られていない。「少し手を貸してくれたら大丈夫だから」

「少しじゃ無理でしょうに」

ヘレナは声を落とし、ミスター・ブレナンのほうに小首をかしげた。「お願い、彼にはこういう状態だと知られたくないの。あなたにもたれてもいいかしら？　彼に気づかれないようにしてくれたら、一シリング払うわ」

情けない。ミセス・ナンリーの教えから、わたしはどれだけ遠ざかってしまったのだろう。今度は罪のない使用人に、お金で嘘をつかせようとしている。

しかし、その使用人は眉ひとつ動かさずにヘレナをしっかと支えてくれた。幸い、杖と馬番の支えとがあればどうにか宿に入ることができた。暖かさが心地いい食堂では、がらんとした室内でミスター・ブレナンが料理の注文をしているところだった。彼がヘレナのいるオーク材のテーブルに近づいてくるころには、ヘレナはもう椅子に座っていた。だから問題に気づかれていない自信はあった。

とはいえ、少し体を動かすだけで声が出そうになるし、筋肉という筋肉が悲鳴をあげる。それに比べて、疲労感のかけらもないこの涼しい顔はなんなのか。ご立派だこと、とヘレナはひとりごちた。きっとお尻が鉄でできているのね。

疲れているどころか、彼はかなりな上機嫌でヘレナの向かいに腰をおろした。

「牛の骨つき肉とゆでたにんじんくらいしか出せないそうだ。それと、パンとチーズと鳩《はと》のパイ。たいした量じゃないが、これで夜までは持つだろう」

「ええ、ほんの二日分ですものね」そっけなく答えた。「ハムと羊の脚も残ってないなんて。わたしたち、どうやって生きのびればいいんでしょう?」

ミスター・ブレナンは少し驚いた様子で、顔をヘレナのほうに傾けた。「あなたはばかにするが、ぼくみたいな男の腹はちょっとやそっとじゃ満たされない」瞳をきらきらと輝かせる。「うまいイングランドの牛を大量に食ってこそ、あなたのようなレディを横鞍に抱えあげる力も出せるというものだ」

彼のユーモアも、頭から足の先まで全身に痛みがある今のヘレナにはうっとうしいだけだった。「おいしいイングランドの牛が、牛並みの粗雑な態度の源というわけね」

「いいや、感謝するならむしろ救貧院で牛が食えなかったことだな。牛というよりどんな肉も食えなかった。飢えた子供は、一杯のシチューのためなら母親だって売り飛ばす。礼儀になどかまってはいられない」

さらりと語ってはいるが、子供時代を救貧院で過ごし、のちに仕事で成功した彼のような例はそうそうあるものではない。

「でも、あとで学んだはずですわ。大きくなって……洗練されたお仲間と交際するようになって――」

「洗練されたお仲間、か」彼は笑った。「密輸団のことか？　それとも彼らと離れて、グリフに雑務をまかされて、グリフと密輸団との橋渡しをしていたときの仲間のことか？」

鋭く目を細める。「ああ、わかったぞ、今ぼくが仕事でつきあっている、たとえば事務所にいたモンフォール公爵みたいな男だな。彼らを――それと、彼の好きな娼婦《しょうふ》たちを、あなたはそう呼ぶわけだ。あの公爵はみだらなお遊びが大好きでね。ぼくとどこで出会ったと思うんです？　あなたのような女性がいれば公爵らしくふるまうんだろうが、ミセス・ビアードのところの女たちの前じゃ、上品さはみじんもなくなる」

「ミセス・ビアードというのは？」たずねてから気がついた。きっと、そういう世界の女性なのだ。

困ったような笑みが一瞬浮かんだ。「あなたとはたぶん一生会うことがない女性。そういう答えで充分でしょう」

「会うかもしれないわ。あなたの〝女たち〟のひとりにだって会ったんですもの」

わたしったら。ヘレナは自分の耳が信じられなかった。〝気品ある若いレディは会話のなかで娼婦に触れてはなりません。男性の前ではとくに気をつけること〟

からかうように眉をあげたミスター・ブレナンは、いつにも増して妖しく魅力的だった。

彼は体を斜めにかしげ、気楽な調子で片腕を椅子の背にかけた。「このお嬢さんは、やけに娼婦に興味をお持ちのようだ。たしか、前にもサリーに言及していた。そんなに気になるのかな？」

「気になる？　どうしてわたしが？」実際、ヘレナは気になった。それも、ものすごく。理屈に合わない。どうでもいいじゃないの。百人の恥知らずな女性が彼の部屋で裸でうろついていたって、わたしには関係ないわ。

「好奇心だろうな」

「好奇心って？」

「この大騒ぎの正体はなんなのか」

「お、大騒ぎ？　どういう意味？」

「ああいう女たちが何をするのか。男といっしょに、閉ざされた部屋のなかで」

頬がほてってきた。「そういう女性が何をするのかなんて、わたしが考えるはずありません」

「本当に？」

「本当です」

本当は考える。ミスター・ブレナンもわかっていたようで、浮かんだ笑みに反省の色は見られなかった。彼はやすやすとヘレナの心を読みとってしまう。どういうわけか、秘めた願望にも気づかれているようだ。本当は……そういう女性の行為について知りたいのだと。

興味は前からあった。初めてロンドンに来たときからずっとだ。あれは父に連れられて社交界にデビューする日だった。馬車で舞踏会の会場に向かっていると、前方の街灯の下に女性が立っているのが見えた。女性は紳士と話をしていた。そこはロンドンでもみすぼらしい地区で、いつもなら父がカーテンをぴったり閉じるのだが、考えごとに夢中になっていた父は、その夜だけはうっかりしていたらしい。

だからヘレナにも男女の姿が見えた。あれから何年にもなるけれど、細かなところまで、ヘレナは昨日のことのように思い出せる。

男性のほうはごくふつうの整った外見で、ヘレナの目を引いたのは女性のほうだった。

くすんだ明かりに真っ赤なドレスが浮かびあがり、深い襟ぐりからふたつの山がのぞいていた。いくら体にぴったりくっつく薄手のドレスが流行していたとはいえ、彼女の服は皮膚と区別がつかないほど薄かった。情熱の炎が肌をなめ、恥じらうべき場所を浮きたたせたかのようなあられもない姿に、想像の余地はほとんど残っていなかった。

けれど、ヘレナがもっと驚いたのはそのあとだった。馬車がふたりに近づいたとき、男性が女性にキスをした。そして、あろうことか片手を女性の胸もとにさし入れたのだ。誰が見ているかもわからない往来で。

しかも、女性はそれを許していた。許しているばかりか、自分から体を押しつけていた。不思議だったのは、恥ずかしげもなく唇を重ねたり……派手に体に触れあったりしているあいだ、女性がずっと目を開けていたことだ。馬車がふたりの横を通りすぎるとき、その目がまっすぐにヘレナを見た。

ヘレナは馬車の窓から飛びすさった。屈辱を感じて、激しく動揺して、興味をそそられた。父には何も話していない。あのとき父は、反対側の窓をぼんやりと眺めているだけだった。ロザリンドもジュリエットも知らないことだ。

ずっと忘れられなかった。まわりに誰もいないと、ふとした拍子にあの女性の顔を思い出している。得意そうな顔はこう語っていた。〝あんたやあんたの世界にいる女たちには、一生わからない暮らしよ。でも、あたしはこれが好きなの〟

ばかげてるわ。どこの女性があんなことを……す、好きになったりするの？　ロザリンドによれば、男女のそういう行為はとても楽しいものらしいけれど、具体的に話を聞かされたあとでは、楽しいだなんてとても信じられなかった。男の人に裸を見せるの？　体にさわらせるの？　それも胸まで？　男の人の……ものが入ってくるの？　ああ、考えただけでもおぞましい！

でも、男性に胸をさわられていたときのあの女性の表情は……。

〝気品ある若いレディは、男性に胸をさわられるところを想像してはなりません〟ヘレナは自分にぴしゃりとそう言い聞かせた。これもミセス・ナンリーの作法集にはない一文だった。レディとしての正しい行いからここまで遠ざかってしまうと、もはや自分で新しい教えをつくらなければ地の底までも落ちてしまいそうだ。

ヘレナは体をわずかに動かした。そのちょっとした動きにも筋肉が抵抗して、思わずうっと声が出た。

「どうした？」ミスター・ブレナンが即座に反応した。

「なんでもないわ」嘘をついた。

彼がまだ何か言おうとしたところへ、折よく若い娘が料理を運んできた。彼女といっしょに、いたちのような顔をしたやせぎすの女性も現れたが、雰囲気からしてこちらは宿の女主人だろう。

「あなたと奥さんがこの量で満足してくださるといいんですけどね」あとから来たほうの女性が、ミスター・ブレナンに対して明らかに険のある口調で話しかけた。

奥さん？　ということは、彼はもうその設定で芝居を始めたの？

ミスター・ブレナンがすかさずヘレナに目で警告した。「これでけっこうですよ。そうだろう、お嬢……きみ？」

「ええ、充分よ、あなた」ヘレナは話を合わせながら、心のなかで彼の混乱ぶりを楽しんだ。

皿を並べていた娘が、飛んできた女主人の叱責の言葉に青くなった。「ぐずぐずしないの。ほら、厨房《ちゅうぼう》に戻って。仕事はまだあるんだから」

娘が足早に去ったあと、テーブルを離れようとした女主人に向かって、ミスター・ブレナンが言った。「ああ、ちょっと。さっきはパイがあると聞いたんだが」

「なくなりました」女主人はうなるように言って、さっさと戻っていく。そのあと小声でこうつけ加えたようだった。「あんたみたいな客には、あっても出すもんかね」

ミスター・ブレナンの眉間に皺が寄り、彼にも聞こえていたのだとわかった。女主人が厨房に行きつくと、自分の娘に注意する声が、今度ははっきりと聞こえてきた。

「大事な銀の食器なんだから、ああいうアイルランド人からは目を離さないように。人の持ちものをごっそり盗んでいくような連中だよ」

硬直していたミスター・ブレナンは、ヘレナの視線に気づいて力を抜いた。目玉をぐるりとさせて皿を手にとった。「すまない。アイルランド人の泥棒の奥さんになってしまった」前のめりになって肉をとり分けてくれる。「もっとも、あなたの持ちものをごっそり盗むようなまねはしないつもりだよ」

「盗んでやればいいんです、彼女からは。あの人はそれくらいされて当然です」いくら侮辱を受けた当人が平気そうでも、ヘレナのほうは怒りがおさまらなかった。「ごっそりでも、がっぽりでも、たっぷりでも盗んでやればいいのよ」

彼はくっくと笑った。「アイルランド人じゃなくても、あなたにはアイルランド人に通じるウィットがありそうだ」

「ありがとう。ほめ言葉と受けとっておきます」

ミスター・ブレナンは顔をあげ、温かいまなざしをヘレナに向けた。「ほめ言葉だ」

心がどこか通じあった気がして、そのうち下腹部が奇妙な具合にほてってきた。彼のまなざしはときどき……。

ヘレナはさっと下を向き、粗雑きわまりないナイフで皿の肉を切りはじめた。

一拍置いて、彼が咳払《せきばら》いをした。「その、妻役の芝居だが、神経質になることはない。泊まる予定の宿に着いたら、部屋は別々にする。貴族はたいてい別々に寝ているからね、誰も変には思わない」

よかった、とヘレナは深く安堵《あんど》した。ミスター・ブレナンと同じ部屋で寝るなんてとても……むずかしいと思っていた。

〝気品ある若いレディは、男の人と同じ部屋で――〟

ああ、まただ。対処できないばかりか、考えてもいけないことまでわたしは規則にしようとしている。

けれど、料理のにおいをかぐなり、規則だの作法だのは頭から飛んでいった。脚の痛みさえ感じなくなった。それほどにヘレナは空腹だったのだ。牛肉を口に運ぶと、どこの宿でも出るような料理なのに、これが意外とおいしかった。火が通りすぎてはいるものの、味のほうは悪くない。

パンをちぎって、バターをたっぷりと塗った。「いろいろ助けてもらって、あなたには感謝しています、ミスター・ブレナン」

自分の皿の肉に肉汁をかけながら、彼はかすかにほほえんだ。「ぼくの妻としてふるまうなら、呼び方もダニエルにすべきだな。そのほうが役に入りこめる」

「ダニエル？　〝ダニー・ボーイ〟じゃなくて？」からかってみた。

ミスター・ブレナンの笑みが引っこんだ。「そうだ、お嬢さん。ただの〝ダニー〟でもだめだ」

ヘレナはそこではっとした。そうだ、追いはぎだった彼の父親の呼び名が、たしか

〝野獣のダニー・ブレナン《ワイルド・ダニー・ブレナン》〟だった。よけいなことを言ってしまった。「あの、あなたのほうも〝お嬢さん〟扱いはやめたほうがいいわ。ヘレナと呼んでもらってかまいません」

「本当かい？　ぼくみたいな男に、名前を呼ぶ許しを与えてくださると？」

からかい半分とわかる笑顔だったが、それでも彼の言葉は胸に刺さった。ヘレナはフォークを置いた。「あなたの言いたいことはわかるわ。ごめんなさい、今のわたしにレディの称号を使う資格なんてないのに、でも、つい忘れてしまって」

ミスター・ブレナンは食事の手をとめ、困惑顔をヘレナに向けた。「そんな意味で言ったんじゃない」

「そうかしら。お互いにわかってるはずよ、わたしは……わたしの父は本当は――」

「いや、どこからどう見てもきみはレディだ。グリフは決して、お父上の過ちを公にはしない。きみたち姉妹のことを、それはもう深く気づかっている。スワンリー伯爵の称号を受け継ぐのはお父上のあとでいいと、のんびりかまえているんだ」

「そうね」でも、心の霧は晴れなかった。本当の伯爵令嬢でなかったことなどどうでもいい。高い地位にいたからこその幸せなんてひとつもなかった。ただ、今の立場は微妙すぎる。自分に与えられる財産は、グリフ・ナイトンの温情のおかげだ。そのグリフに父がどんな仕打ちをしてきたか。それに、ミスター・ブレナン――いや、ダニエルからはきっと、詐欺師のように思われている。

なぜ彼の気持ちが気になるのか、ヘレナは自分でもわからなかった。彼はこの夏、スワンパークでヘレナたちみんなを欺いたのだ。ああ、だけど……裕福な貴族のふりはお世辞にもうまいとは言えず、彼は力をなくしたサムソンのように居心地が悪そうだった。本当は、だましているのを心苦しく思っていたのかもしれない。

ヘレナが皿の上のにんじんをもてあそんでいるあいだ、彼のほうは、まさしくサムソンばりの食欲で料理を胃におさめていた。

「ひとつきいてもいいかしら？」

彼はうなずき、またパンを盛大にかじった。

「ずいぶん苦労した？　グリフのふりをしていたときだけど」

「まあ、そうだな。伯爵の跡継ぎなんて役柄は性に合わない。見ていてわかったろう」表情がすっと真剣になった。「グリフが何をたくらんでいたのか、ぼくが計画の真相を聞かされたのはずっとあとになってからだ。最初に聞いていたら、いくら金を積まれても引き受けなかった。正義のためにちょっとした手助けをするだけだと思っていたんだ。それでこっちにもいくらかの実入りがあるなら悪くない。真実を知ったときは、すぐにも手を引きたいと思った。グリフにきいてくれ。彼が証人だ」

ダニエルがいつ独立したかを事務所で聞いていたこともあり、嘘ではないとヘレナは思った。そして温かい気持ちになった。こうなると話は違ってくる。ダニエルも自分たちと同じで、だまされたと感じていたのだ。「わかってほしいのだけれど、父がグリフを脅して娘のひとりと結婚させようとしていたなんて、本当に誰ひとり知らなかったことなの。知ったときはどんなに驚いたか」

「わかるよ」ダニエルは言葉を切って、ヘレナにほほえんだ。「お父上のことを悪者だとは言いきれない。娘を守りたくてやったことだ。父親なら誰だってそうする」

「ええ」でも、とヘレナは思った。ダニエルならしないだろう。まっすぐな性格が邪魔をしそうだ。

穏やかな静寂のなかで食事は進んだ。家を出てから初めて、ヘレナは重い不安からいくぶん解放された気がした。体の痛みはひどくなるいっぽうだけれど、そのほかはすべて順調だ。たくましいダニエルに不可能などないように思える。愚かな妹のことも、きっと見つけだしてくれるだろう。実際、これまではうまくいっているのだし、方向性は間違っていないのだから、そう遠くない時期に決着はつきそうだ。

食事も終わりに近づいたころ、例の感じの悪い女主人が近づいてきた。「ほかにご用はありますか、ミスター・ブレナン？　なければお勘定にしますけど」

何を考えているのだろう。早く代金をもらわないと食い逃げされるとでも？　むかむかして黙ってはいられなかったが、先に口を開いたのはダニエルだった。それもヘレナの心中とは違う、ずっと穏やかな口調だった。

「それが、あるんですよ」彼は親しげな笑顔で言い、ジュリエットの細密画とモーガン・プライスの似顔絵をとりだした。「このふたりをちょっと見てもらえるかな……妻とずっと捜していて。この道を通ったと思うんだが、見かけてはいないだろうか？」

女主人は赤くなった両手を骨ばった腰に置くと、二枚の絵にちらとだけ視線を向けた。

「見た記憶はありませんね」つっけんどんな言い方だった。

「確かですか？　宿を立派に切り盛りしているおかみさんだから、忙しいのはわかるんだ。でも、女性のほうは記憶にあるんじゃないかな？」細密画のほうをずっと押しやった。

「妻の妹でね。スケッチのほうは、金欲しさに彼女をさらった悪党だ」

「財産ねらいかい？」女主人の目が細くなった。

「そう。見たところ、おかみさんは働き者だ。そんなおかみさんだったら、きっと許さないと思うんだが。たとえば、人の稼ぎで遊んで暮らしたいだけの男に、自分の娘がいいようにだまされたとしたら……」含みを残して言葉尻を消した。

女主人の態度がわずかに軟化した。「そりゃあね」しげしげとダニエルを見る。「ロンドンから来なさったね？　ふつうの人のしゃべり方だ」

「ああ、今はロンドンなんだが、育ったのはサセックスだ。イングランド人の母がひとりで宿を切り盛りしていた。おかみさんと少し似た感じだよ」

「あたしに？　お母さんの名前は？」明らかに興味を引かれた様子だ。

「モリー。父はアイルランドの軍人だった。今でも夫婦仲よく暮らしている」

「サセックスのモリー・ブレナン。そういえば、そんな名前の人がいたね。たしか、気立てのいい女性だった」

「最高の母ですよ」敬意をこめてダニエルが言うと、女主人の物腰が一段と柔らかくなった。ヘレナはあきれた内心を悟られずにいるのが精いっぱいだった。ありもしない話を、よくもまあ。彼の母親がワイルド・ダニーといっしょに絞首刑にされたことは、ヘレナだって知っている。それに、追いはぎの仲間が宿の経営なんてするわけがない。

女主人は、今度はじっくりと似顔絵を見つめた。そして細い指で絵の顔をつついた。

「似た男が二日前に来ましたよ。ぱりっとした紳士だったけど、悪いやつだとあたしにはぴんときた。ずいぶん急いでいる様子だったっけ」

「女性はいっしょじゃなかった？」

「いたとしても、あたしは見てませんね。連れは馬車に乗ったままだったから。ここに来たといっても馬を替えただけで、そのあいだにこの男が駆けこんできて、食べものを買って、また走って出ていったんですよ。ほかに誰が乗っていたかまではねえ。だけど、ひとりじゃなかった。パンをひとかたまりと、あとは全部ふたり分持っていったから。りんご二個と、チーズふたつと、コップがふたつ。コップにも代金を払っていきましたけどね」

「ありがとう、おかみさん。おおいに助かった」ダニエルはずっしり重い財布をとりだした。「じゃあ、そろそろお勘定を。十シリングと九ペンス、だったね？」

「そうですよ」女主人は厳しい目つきになり、コインをとりだすダニエルの手もとをじっと見つめた。

「おいしい料理の代金が十一シリング」彼はまずクラウン銀貨を二枚とシリング銀貨を一枚テーブルに出し、そこにもう一枚クラウン銀貨を重ねた。「この五シリングは情報のお礼だ」彼が絵の隣に財布を置くと、つまったコインがじゃらんと音をたてた。「男のことなんだが、これからどこに向かうとか言ってなかったかな？」

女主人はコインをすくうとエプロンのポケットに入れた。財布を見る目が残念そうだ。

「あたしには何も。だけど、馬番なら聞いているかもしれません」

ダニエルはもう一シリング、追加で手わたした。「ありがとう。やっぱりだ。おかみさんのようなすばらしいイングランド女性なら、ぼくたち夫婦を喜んで助けてくれると信じていたよ」年配の女性にウインクまでしている。

するとどうだろう、感じの悪かった女主人が少女のように頬を染めた。「よしてくださいな、ミスター・ブレナン。こんなことくらいで。ほかに道中に入り用なものがあれば、遠慮なく言ってください。ちょっと厨房に行って、パイが残っていないか見てきますね。捜したら少しくらい出てくるかも」

ヘレナはじれったさをどうにか我慢し、女主人がテーブルを去るなりダニエルに顔を近づけて小声で言った。「よくもあんなでたらめ！　亡くなったお母さんを、サセックスにいるなんて！」

「あれはでたらめとは言わない」ダニエルはにこやかに言い、一枚の絵をチョッキのポケットに戻した。「気づいていたと思うが、母がサセックスで宿を経営していたとは、ぼくはひと言も言わなかった。ぼくが育ったのがサセックスだと言ったんだ。これは本当だ。母の名前もモリーだった。モリー・ブレイク――父が結婚しなかったから名字は違うが。それと、母は実際、父親から受け継いだ宿を経営していた。ただし、場所はエセックスだ。父と出会う前の話だよ」ため息をついた。「父と出会ったのが運のつきだ」

「そうでしょうね。それで、お父さんのほうは？　軍人だなんて！」

ダニエルはにんまりと笑った。「ワイルド・ダニーは若いころに入隊していた時期がある。そのあと何をしていたのか、説明したほうがよかったかな？」

「とんでもない。それでなくてもアイルランド人の泥棒だと思われていたのよ。父親が追いはぎだなんて言ったら、いったいどんな顔をされていたか」

「ほら見ろ、すべてを話す必要はないんだ。肝心なのは、できるだけ真実に近い話をすること。これはグリフのふりをさせられたときに、彼から教わった。ぼくは嘘はついていない。口にしなかった真実があっただけだ」

確かにそうだった。ダニエル・ブレナンなら、ウインクと笑顔と半分だけの真実を武器に、メデューサの頭の蛇だって一匹残らずとりこにできるだろう。本当に悪い男だ。

ダニエルが財布を外套《がいとう》のポケットにしまうのを見て、ヘレナは気がついた。その悪い男に、わたしはすべての支払いをさせてしまった。これではいけない。

「ダニエル、道中に必要なお金はわたしが出します。あなたに払ってもらうわけにはいかないわ」

「払うのはぼくじゃない」彼はさっき女主人にしたように、さっと片目をつむった。「かかった費用は、最後の一ペニーまで全部グリフから回収するさ」

「ああ」そういう考え方があったとは。「でも、いやがらない？　費用の全部だなんて。ジュリエットがその……ばかなことをしないためだけに？」

「グリフがいやがったとして、ロザリンドが黙っていると思うかい？」

「さあ、どうかしら。ふたりはもう夫婦なのだし、それに……男の人は夫になれば支配的にふるまうものよ。結婚前にどんなに優しく見えても関係ないの」

「へえ、そうなのか？」ダニエルは料理の最後のひと口を食べ終えると、椅子の背にもたれた。フォークをかちかちと軽く皿に打ちつけながら、ヘレナの顔を凝視する。「ぼくが知らないだけで、結婚したことがあったとか？」

「あるはずないわ」

「だったら、どうしてわかる？」

ヘレナは外套の肩口を引っ張った。背中に痛みが走り、このまま馬に乗るのかと思うと気持ちが萎えた。「そういうことは経験がなくてもわかるんです。本にも書いてあるわ。それに、ストラトフォード・アポン・エイボンでも人は結婚するのよ」

「なるほど、そこから夫の行動を完璧に学んだわけか」眉をあげて見返してくるのが、いつもながら腹立たしい。

「わかったような顔はやめて。あなただって、わたしの夫役になったばかりだけれど、もう充分横暴だわ」

ダニエルは目をきらりと光らせてテーブルに身をのりだした。「それはね、夫としての責任はしっかり背負わされていても、楽しみのほうとは無縁だからだよ。ちょっとばかりお楽しみを経験して気持ちを穏やかにできれば、つまり――」

「ありえません」はっきり拒絶はしたが、頭に浮かんだ場面には胸がざわめいた。

「そうか、ならば支配的な態度にも慣れてもらうしかないな」彼はにっこり笑った。「さっそくでなんだが、食事がすんだのなら早く出発したほうがいい」

ヘレナは一も二もなく承知した。いくら体が痛くても、馬に乗っているほうがまだましだった。乗ってしまえば会話どころではなくなるだろう。こんな不道徳な会話は、一刻も早くおしまいにしたかった。

上体を前に倒し、足を踏んばろうとして、ヘレナは愕然《がくぜん》とした。最初のときより力が入らなくなっている。立てるかどうかも怪しいくらいだ。

でも、ダニエルに知られるわけにはいかない。

口もとに笑みを貼りつけた。「先に出て、馬番と話をしていてちょうだい。わたしは……お手洗いをお借りしていくわ。そのあとすぐに出ていきますから」

「わかった」ダニエルは椅子をきしらせて立ちあがると、ヘレナが続くのを待った。困ったヘレナは手袋をはめて時間を稼ぎ、さらにポケットから丁子をとりだした。諦めた彼が肩をすくめ、ようやく食堂をあとにしてくれた。

彼の姿が見えなくなると、丁子をぽんと口に含んで周囲をうかがった。部屋はがらんとしたままで、宿の娘がひとりテーブルをふいているだけだ。すばやく椅子を引いて杖に手をのばした。大丈夫、なんとかなるわ。脚が震えたっていい。関節が痛んでもかまわない。馬まで歩けばいいだけだもの。鞍にはダニエルが乗せてくれるだろうし、そうなったらひと安心だ。

根拠のない期待から丁子を少し長めに噛《か》んだけれど、香辛料の苦さが心を強くしてくれるはずもなく、そのまま皿に吐き捨てた。片手で杖を、もう片方の手でテーブルの端をつかんで、よいしょと椅子から腰を浮かせた。立ちあがり、一歩目はなんとかなった。

二歩目を前に膝が折れ、ヘレナはその場にくずおれた。

# 7

わたしの唇にキスをしたなら、
あなたはわたしに逆らえない。

作者不詳
バラッド『詩人のトーマス』

ダニエルが馬番と話をしていると、宿の娘が〈青い豚亭《ブルー・ボア》〉から飛びだしてきた。

「お客さん、お客さん！」娘が大声で呼びかける。「早く、奥さんが倒れたんです！」

ダニエルは心臓がとまりそうになった。「何があった？」急いで宿に向かった。

「よくわからないんです。テ、テーブルをふいていたら、大きな音がして――」

「彼女を置いて出てきたと？」ダニエルは娘を大股で追いこした。

娘があわててあとを追う。「母さんがそばについてます」

食堂に入ると、女主人がぶつぶつ言いながら、ヘレナを抱えあげようとむなしい努力を続けていた。きれいに磨かれたオーク材の床板、そこに彼女のねじれた両脚を見るなり、ダニエルはみぞおちが沈みこむような感覚を覚えた。

「大丈夫です！」ヘレナは顔を真っ赤にして抵抗していた。「なんでもないんです。少し時間をかければ、ひとりでちゃんと——」

「あとはぼくが」まごついている女主人に声をかけると、彼女は助かったとばかりに即座に引きさがった。ダニエルはヘレナのそばに行き、かがんで彼女を抱えあげた。

「いや、やめて……おろしてちょうだい。礼儀をわき——」

「黙って」小声できつく制した。「芝居を台なしにする気か？」

耳まで赤くしたヘレナは、しかし素直にダニエルの首を抱いて体をくっつけてきた。ダニエルは食堂の戸口までずんずんと歩いた。

「妻とふたりだけになれる部屋はありますか？」首だけで女主人を振り返った。

「ええ、玄関の手前を右に行って、二番目の部屋です」

「こんなことしなくても」ヘレナがか細い声で言った。「立たせてくれたらそれで——」

「また倒れたいのか？　冗談じゃないぞ」

言われた部屋に入り、足で扉を閉めて、長椅子にヘレナをおろした。ヘレナはすかさず立とうとしたが、うまくいかないようだった。哀れな光景を見ていると、無性に腹が立った。彼女にも、自分自身に対しても。

「じっとしてろ!」上からヘレナをにらみつけた。「ヘレナ、ひとつきくが、最後に馬に乗ったのはいつなんだ?」

「ほ、ほんの数週間前よ」

「嘘《うそ》はつくな。ごまかすつもりなら、この膝にのせて尻をはたいてやるぞ。ぼくがどれだけ暴君になれるか、きみはまだ知らないんだ。さあ、いつから乗っていない? 正直に答えるんだ!」

ヘレナは驚いて目をしばたたき、柔らかな長椅子に身を沈めてふうっと息を吐いた。

「八年ぶりよ。病気になってからは一度も乗っていないわ」

「なんてことだ」想像しているべきだった。いくつもの手がかりを目の前にしながら、ダニエルはそのどれにも注意を払わなかった。

スワンパークでは一度もヘレナの乗馬姿を見ていない。娘は乗馬はやらないと父親が言っている。ならば乗馬はできないと理解して当然だったのだ。こんな事態を引き起こした自分が腹立たしかった。怒りのままに、ダニエルは火の気のない暖炉の前をせかせかと歩いた。

「最初に嘘をついた気持ちはわからなくはない。だが、あとでつらくなったときに、なぜそう言わなかった? どうして平気で馬を操っているような顔をしていたんだ?」

「本当に平気だったからよ」

ダニエルはふんと鼻を鳴らした。「平気が聞いてあきれる」彼女の前でぴたりと足をとめた。「そこまで自分を立派に見せる必要があるのか？　乗れないなら乗れないと、なぜ認めない？」いらだちが頂点に達して髪をかきむしった。「どんな大けがをしてもおかしくなかったんだぞ。倒れて骨を折っていたかもしれない。実際、折っていないとも言いきれないんだ！」考えると不安になった。

「折れたような感じは――」

「もう無理だという感じはあったんだろう？　なぜ言わなかった？」

「言ったら、帰れと言われていたわ！」

鋭く発せられた言葉は狭い部屋にはっきりと、痛々しいほど無邪気に響いた。

帰すのは当然だろう。まったく頑固な女だ。勇敢なのはけっこうだが、むちゃをして体を壊しでもしたらどうするつもりだ。

「今からでも、言わせてもらうさ」ダニエルは静かに言った。「体に鞭《むち》打って頑張っても、結局得るものはなかったな。あんなふうに倒れて……」くそっ。悪態をついて横を向き、彼女から表情を見られるのを避けた。ねじれた両脚、スカートにからまった杖《つえ》。床の上に倒れていた彼女を思い出すと胸がつまった。「問題は、これからどうしたらいいかだ。馬に乗るのは論外だとわかった」

「もし……もし、あなたがちょっと手を貸して鞍《くら》に座らせてくれたら、たぶん大丈夫だと思うのだけれど」

「頭が鈍いのか？　気でも違ったのか？　きみが座るのはロンドンに引き返す馬車のなかだけだ、決まってるだろう！」さっと振り返った。「言っておくが――」

ダニエルは呆然《ぼうぜん》とした。ヘレナが泣いている。小さな涙の粒がまつげの先で震え、ぽろり、ぽろりと、驚くほど優しく頬を伝っていく。彼女は白鳥のように静かだった。振り返って顔を見なければ、涙と必死に闘っていることなど気づきもしなかったろう。

まさか泣かせてしまうとは。ベッドのなかならともかく、女を泣かせたことなど一度もなかったこのぼくが。平常心を失っていた証拠だ。女の感情の変化には、常々敏感に対処しているというのに。そもそも、ヘレナのように自尊心の高い女性は、よほどのことでなければ泣いたりしない。

見られていると気づいたヘレナは首をすくめ、それがかえって状況を悪くした。今度は肩が震えだした。震える肩は、涙が落ちるのに合わせて上下していた。声も聞こえてきた。小さくしゃくりあげる声。すすり泣きに変わりそうな気配がある。

胸がしめつけられた。「ああ、泣かなくていい」ダニエルは大きな体を折って長椅子に座った。「言葉のあやだ。きみは鈍くもないし、気が違ってもいない。ぼくは……」言葉が続かなかった。悲嘆に暮れるヘレナに、どう接していいかわからない。「しいっ、泣くことはないんだ」うまい慰め方が思いつかず、ただ肩に手を置いた。

ヘレナが顔をあげ、赤くなった目と鼻をダニエルに向けた。「帰すなんて言わないで。お願い、ダニエル。こんな騒動は二度と起こさないと約束します。二輪馬車か何か、ひとりで乗れる速い馬車を借りるから」

「ヘレナ……」よくよく言い聞かせるつもりで口を開いた。

「そうよ、わたしが……馬に乗れないことを話さなかったわたしが悪いの。でも話したら置いていかれるし、乗ればなんとかなると、本気でそう思ってた。だけど悪いほうの脚にはぜんぜん力が入らなくて、だから反対の脚に負担がかかって……」声をつまらせながらも彼女は感情をこらえ、食いしばった歯のあいだから声を発した。「この脚が憎いわ。大切なときに、なんの役にも立ってくれない！」

ダニエルはヘレナの肩に置いた手に力をこめた。「そんなことないさ。だけど、いきなりうまく乗ろうとしても無理だ。少しずつ慣らしていけばいい」

「そんな時間はないわ」涙に濡《ぬ》れた瞳がひたとダニエルを見返した。「でも、あなたについていくことはできる。何かほかの方法を考えればいいだけ」

ため息をついたダニエルは顔を上向け、ヘレナの向こう、オーク材の梁《はり》で仕切られた白塗りの壁に視線を流した。「ぼくひとりだと頼りない？」

「そういう意味じゃないわ。わたしが行かないとだめなの」

視線をヘレナに戻した。「なぜだ？」

「だって、全部わたしの責任だから」彼女はつらそうな声を張りあげ、新しい涙を頬にこぼした。「わたしがもっと気をつけていれば、妹の気持ちに気づいていれば――」

「もういい、誰の責任でもない。きみが責任を感じることはないんだ」

長椅子のかたい背にもたれ、ダニエルは慰めるつもりでヘレナを引き寄せた。意外にも、彼女はそうするのが何より自然だとでもいうように、すんなりと彼の腕を受け入れてくれた。抱いているのも自然で、心地よくて、もっと強く抱きたいと思ってしまう。

ダニエルの胸に頬を寄せてきたヘレナは、とめどなく涙を流した。彼の外套《がいとう》を濡らし、シャツを濡らし、幅広のネクタイ《クラヴァット》を濡らした。ダニエルがハンカチを渡すと、それさえもぐっしょりと濡らしている。

「変だったのよ、あの男の……妹を見る目」泣きじゃくりながら、ヘレナはぽつぽつと言葉を重ねた。「ミスター・モーガンが……いえ、ミスター・プライスが何かよくないことを考えてるって……わかっていたのに。わたしがいけないの。妹をもっとちゃんと、ちゃんと見ていれば……」

「子供じゃないんだ。こうと決めた相手には、はたから何を言っても通じない」今度の事件でダニエルが学んだことがあるとすれば、まさにそれだった。ヘレナをさらに引き寄せ、泣かせている自分を呪った。ボンネットが鼻にあたるので、脱がせて床に放った。「鍵をかけて部屋に閉じこめられるわけじゃなし、ジュリエットの家出はとめられなかったんだ。

きみが彼女の計画に気づいていたとしてもだ」

泣き声は小さくなってきたが、体はまだ風のなかの柳のごとく震えている。そんなヘレナをダニエルは自分の顎のすぐ下に抱えこみ、髪から漂う蜂蜜水の香りをあえて無視しながら、穏やかな声で落ち着かせた。

「それに……」少しだけ冗談っぽく言ってみた。「これはきみをスワンパークから出すための作戦かもしれない。お姉さまにちょっとした冒険をさせようとしたとか」

ようやく涙がとまった。「笑えないわ」彼女は小声で言った。

「やっぱり？　だがまじめな話、ジュリエットは元気で戻ってくる。たとえスコットランドまで行くはめになっても、ぼくが彼女を連れ戻す。だから心配はいらない」

「心配せずにはいられないの」ヘレナは少し体を引いて泣きはらした顔をあげた。「置いていかれたら、気がどうにかなってしまう。連れていくと言って。お願い……」

ダニエルは親指で彼女の涙をぬぐった。「きみの体じゃ――」

「だめよ、お願い。あなたの好きな馬車を選んでくれていいの。お金はわたしが出すわ。おとなしくすると誓います。もう絶対に迷惑はかけません」

「わかった。まったく、しようがないな」ぼそりと言った。彼女のしつこさに根負けした形だった。「四輪馬車を借りるとしよう。ただし――」

ヘレナの顔がぱっと輝いた。「ありがとう、ダニエル。ありがとう！」

「最後まで聞くんだ。出発するのは、その脚に支障がないと確認できてからだ」こんな譲歩も、本当はしたくなかった。

「支障なんてないわ」

「それはぼくが調べる。きみの言葉は信用できない」不自由なヘレナの脚にさっと手をかけ、有無を言わさず自分の膝にのせてスカートを引きあげた。

「けがはしていないわ、本当よ。調べなくても……」しだいに小さくなるヘレナの声にはかまわず、軽い力でふくらはぎを押さえながら、痛がる顔をしないか観察した。

ヘレナは眉ひとつ動かさなかったが、代わりにかわいらしく頬を染めて、ついと横を向いた。それでダニエルはようやく気がついた。自分はまた彼女の脚に触れている。望みが現実になっている。それだけではない、弱々しくもきれいなふくらはぎには傷ひとつなく、しかも出発のときと同じすっきりした形を保っていた。

もう離して大丈夫だろう。そう思いながらも、手はとまらなかった。もみ方をゆっくりにして、女性らしい柔らかな筋肉の反応を楽しみ、手に伝わるきめ細かさや、靴下の下で自在に形を変えるしなやかさに陶然となった。

その直後だった。彼女に触れている喜びが体にあふれ、抑えがたい欲望がズボンの下で主張を始めた。途方もない想像をしている自分がいた。想像のなかで、ダニエルはヘレナの靴下を脱がせていた。皮をはぐようにして膝へ、そして足先へ。

「脚は……なんともないのよ」か細い声でヘレナが言った。「少しじっとしていれば、立てるようになるわ」

言われたところで、手を離す気にはなれない。「本当だな?」質問して時間を稼いだ。両手の親指を膝にすべらせ、細い腿までなであげた。

ヘレナが大きく目を見開いた。おびえるのも当然かと思ったが、瞳のなかに見えたのは期待感、いや、興奮といってもいいものだった。ダニエルの手のほうも、今ではもんでいるというよりいとしげになでさする感じになっている。ヘレナがまた赤面して、身を震わせた。

血管がどくどくと脈打った。彼女も感じているのか? そうなのか? 説明のつかない感覚にとまどっているのかもしれない。喜んではいないのかもしれない。それでも彼女のなかでは確かに、ふたりのあいだの薄い空気をかき乱す強烈な反応が起こっている。

分別の働く余地が少しでもあれば、すぐにも部屋を出て頭を冷やしていた。しかし、相手がヘレナだと常識がどこかに飛んでいく。ダニエルは彼女に顔を近づけた。赤く染まった頬や震える顎から目が離せなかった。するとヘレナの唇が——繊細で優美な唇が、空気を求めてわずかに開いた。

「くそっ……」つぶやいた唇は、次にはもう彼女の唇を覆っていた。

ヘレナの唇は甘く、丁子の香りがして、白鳥の胸のように柔らかだった。キスはだめだと警告する本能を、ダニエルは無視した。ヘレナがいやがらないのをいいことに、唇のぬくもりを感じ、なめらかな感触を楽しみ、今までは興奮のままに想像するだけだったあらゆる感覚を、実際の行為で確かめた。

ずっとキスがしたかった。この夏にスワンパークのテラスでヘレナを見たときから、ずっとだ。ここにきて衝動は限界を超えた。あとで頬をはたかれようが、以前のように冷たい態度をとられようが、かまいはしない。

だが、ヘレナにはどちらの兆候も見られなかった。確かに、最初はかたくなって身じろぎひとつしなかった。けれど次の瞬間にはふわりと弛緩《しかん》し、変貌した彼女の素のかわいらしさにダニエルはこのうえなく勇気づけられた。「そうだよ、ヘレナ。力を抜いて」唇にささやきかけて、もう一度キスをした。

ヘレナは笑いたかった。力を抜けですって？　抜けるはずがないわ。キスをされているのに……こんなキスは初めてなのに。頭がぼうっとして、好奇心が刺激されて、気持ちが高ぶっている。キスを返したくなっている。おかしな話、心に壁を築くより先に、抵抗する気力を奪われていた。こうなるともう、どうにもできない。

今はただ、ずっとこうしていたかった。重ねられた唇。ヘレナの息がダニエルに流れ、そしてまた彼から戻ってくる。彼のぬくもりが唇を熱くほてらせている。

しかし、ダニエルの舌が唇の上で動いたときはさすがに驚いた。はっとして身を引くと、ぎらぎらした飢えたまなざしがヘレナを見つめていた。手がのびてきて顎をつかまれた。彼の親指が下唇をなで、軽く下へと押しさげる。

「今度は口を開いてくれないか」

心の準備をする間もなく、もう一度唇が重なった。ダニエルはヘレナの顔を支えたままで、手のひらがしっかりと喉にあたっている。

さっきと同じように唇に舌が触れた。〝口を開いてくれないか〟彼の言葉は品のない要求のようで、でも言われるとぞくぞくして、だからヘレナは反抗できなかった。

口を開いたとたん、押し入ってきた舌が自分の舌にじゃれてきた。ヘレナはぼんやりと考えた。作法集のなかにあったかしら、男性の舌を口のなかに迎え入れるときの対処方は――いいえ、そんなことはもうどうでもいい。

すてきだった。こんなにすてきなことがあるのかと思うくらい。体がほてって、ふわふわとして、とても心地いい。ダニエルはゆっくりと舌を入れ、また抜き、そうやって口のなかの敏感な場所すべてをからかいながら、ヘレナの全身をほどいて、とかしていく。と、いきなり体ごと引っ張られ、膝の上に座らされた。片脚だけをのせていたときとはまた違い、ダニエルのかたい腿のあいだに自分のヒップがおさまっている現実に、ヘレナは動揺した。あせって顔をそむけた。「もうやめて」彼の胸を突きながら震える声で言った。

「やめたくないな」唇をはずされたダニエルは、今度はヘレナの頬骨から首筋へとキスの雨を降らせてきた。「本当にやめてほしいのか？」

気品あるレディなら少しは抵抗しなさい。自尊心の声が頭に響いた。けれど、胸にある嵐のような興奮からは別の声が聞こえてくる。彼の恥ずべき行動を受け入れなさい、と。そればかりか、あなたも参加していいのよ、と。妹のロザリンドが流れのままにグリフとややこしい関係になった理由が、ぼんやりとだがヘレナにもわかってきた。

首筋を、そして耳を鼻先でからかわれた。髭《ひげ》があたってちくちくしたけれど、その感覚さえも秘めやかな興奮を増大させただけだった。呼吸が苦しくなってきた。「ダニエル……お願い、やめて……」言葉とは裏腹に、両手は彼の外套をきつく握っていた。

ダニエルがくっくと笑い、喉を震わせる低い音がヘレナの耳をこすった。「そんなやり方じゃだめだ。男と女の〝大騒ぎ〟の正体を知りたいんじゃなかったのか？」

「わ、わたしは何も……あなたが言ったんでしょう」

「そうとも。だが、きみも頭のなかでは想像していた。違う？」耳をなめられ、ヘレナは思わず息をのんだ。なぜなの？　こんなに奇妙な行為が、なぜこんなにも心地いいの？

「賭けてもいいが、考えたのは一度や二度じゃないはずだ」ダニエルの手がヘレナの背中をなでていた。ゆったりとさがり、またあがっていく両手。その刺激によって、ヘレナの背筋には火がついたような熱い震えが生まれていた。これでもし、彼が通りで見た男の人のように胸もとに手を入れてきたら……。

唖然《あぜん》とした。ダニエルの言ったとおりだ。わたしはしっかり想像している。「ちょっとした好奇心よ……だからといって、わたしが何かを望んだりは……」

「いやなら行動で見せてくれないか。外套から手を離して、ぼくを引っぱたくといい。この体格だからな。少々のことではこたえない」

叩《たた》きたいなんてこれっぽっちも思わないのに。それを承知で挑発してくるのが憎らしかった。

耳にダニエルの唇がかぶさった。「きみにキスができるのなら、ぶたれる痛みくらいなんでもない」耳たぶを甘噛《あまが》みしてくる。「こうしていると欲求がどんどん強くなる。ずっと前から、きみを味わいたくてしかたなかった」

ある光景がぼんやりと頭に浮かんだ。素肌に――一糸まとわぬこの体に、彼が歯をあてキスをしている光景だ。じれったくなって、次には腹が立った。女性を裸にして飢えを満たすというのは、それはダニエルが大の得意とするところだ。「あなたが利用する特別な女性たちにも、そう言っているんでしょうね」

「信じてくれ、ぼくがキスをした女のなかで、いちばん特別なのはきみだ。言葉で征服したいと思うただひとりの女性だよ」

つまり、わたしのことを高級な征服対象……のように考えているの？　動揺したヘレナは身をよじって逃れようとしたが、ダニエルのほうが許さなかった。それどころかヘレナの顔を両手ではさみ、まっすぐ自分に向きあわせた。

「言葉はないほうがいいのかな。言葉を使うと、その頭で間違った解釈をされてしまう」鼻先にキスをして彼がささやく。「一度くらい自分を解放して。ただ感じてごらん」

触れるか触れないかのキスが小鼻をくすぐり、口の端をかすめ、最後にしっかりと唇をふさいだ。入ってきた舌が縦横無尽に動きまわると、ヘレナの体は勝手に震えだし、みぞおちがぴくぴくと反応した。わたしは喜んでいる――このキスを楽しんでいる。彼はとても上手だ。彼にキスをされると、なんだろう……どきどきする。

なかでも興奮させられるのが、自分にはこの唇を味わう正当な権利がある、とでも言わんばかりの、時間をかけたゆっくりしたキスだった。たぶん、彼は実際にそう思っている。何しろキスの相手がつつしみを忘れて、完全に彼の意のままになっているのだから。

後頭部にダニエルの手を感じた。キスがますます大胆になり、性急さを帯びてくると、アップにした髪が後ろから強く押しつけられた。

息をするのも苦しく、今の状態でできるのは、ダニエルにしなだれかかることだけだった。彼のキスに夢中になっていた。唇をむさぼっている様子は、まるで略奪を得意とする無法者だ。無法者というより、追いはぎだろうか。

ノックの音で魔法が解けた。「お客さん？」扉の向こうで男の声がした。「奥さんの具合はいかがですか？」

ヘレナはぱっと体を離した。両手はまだダニエルの外套の襟を握っていた。

「宿の主人か、くそっ」小声で吐き捨てたあと、ダニエルが答えた。「大丈夫です」

しかし視線はヘレナからはずさない。彼の瞳にこんな鋭い光を見たのは初めてだった。

「次から次へと、きみには驚かされるよ」ささやいて片方の眉をあげる。「馬には乗れなくてもキスのうまさは相当だ。気高いレディにこんなキスができるとは、恐れ入った」

勝ち誇ったような響きに、ヘレナは即座にいたたまれなくなった。膝からおりようとしたが、どうしても力が入らず、膝から床にくずおれてしまった。あっと声をあげたダニエルが人形を抱くように脇に手を入れ、もう一度長椅子に、彼の隣に座らせた。

「動くなよ」

再びノックの音。「何かお手伝いしましょうか？」

「ああ、頼む。入ってくれ」ダニエルが言った。

宿の主人が扉を開けたとき、ダニエルの隣に座ったヘレナは、今できる精いっぱいの努力で、上品で控えめな女性を演じていた。といっても、見た目がひどいのはわかっていた。手にはスカートの下から見つけたダニエルのハンカチがあった。顔を隠すつもりで手にしたのだが、考えてみれば、泣きはらした顔を隠そうがさらそうが、怪しさは変わらない。

そのとき、床に落ちたボンネットが目に入り、ますます自分のみっともなさを意識した。追い討ちをかけるように、あばたのある宿の主人が訳知り顔でぱっとほほえんだ。「よければ今夜はお泊まりください」そう声をかけてきた主人は、女主人よりよほど愛想がよかった。「いいお部屋がご用意でき――」

「それが、急ぐ旅でね」ヘレナに鋭い一瞥《いちべつ》をくれてから、ダニエルが立ちあがった。「ただ、乗りものを変えないといけなくなった。こちらで馬車を借りられるだろうか?」

「貸し馬車がありますよ。釣りあいのとれたいい馬が引く二頭立てで。御者の準備もさして時間はかかりません」

「それは助かる。では、準備を頼みます。ぼくもすぐに行きますよ」

主人はすばやくうなずいて部屋を離れた。

ダニエルは長椅子に戻ってきたが、ヘレナを見おろす顔にあるのは読みとりがたい表情だった。「これが最後のチャンスだぞ、ヘレナ」

ヘレナはダニエルを見あげた。立ってまっすぐ向きあえないのが歯がゆくてたまらない。

「最後って?」

「ロンドンへ引き返すなら今しかない。馬車ならロンドンまで二時間だ。グリフの家での夕食に間に合う」

ヘレナは手のなかのハンカチをくしゃりと握った。「戻らないと言ったはずよ。今さら

「きみがいっしょだと、ぼくはまたキスをするかもしれない」

ダニエルの視線が唇におり、しるしをつけるかのようにそこにとどまった。「きみがいっしょだと、ぼくはまたキスをするかもしれない」

あっと息をのんだ。正直な言葉だからこそどぎまぎした。想像をかきたてられた。けれど、厚かましいと思ったのも事実だった。「わたしが許しません」

彼の口もとが小さくほころんだ。「自信はあるのか?」床からボンネットを拾い、ヘレナに渡そうとする。受けとろうとのばした手は、しかし帽子を持っていないほうの彼の手につかまれて、そのまま手の甲にキスをされた。

意志の力ではどうにもならなかった。手の震えがおさまらない。彼がいつまでも顔をあげないのだ。次は手のひらを上にされ、開いた唇を手首に、手袋の下の素肌が出ている場所に押しあてられた。ダニエルの唇の下で、ヘレナの脈は乱打した。

ダニエルが姿勢を戻したとき、その瞳には欲望の輝きがあった。見返すヘレナの体もまた、切なくざわついていた。彼の顔に一瞬、謎めいた表情が浮かんだ。勝ち誇ったような、じれったいような表情だ。「許さない決意があれば大丈夫だとか、そんなことを一瞬でも考えたのなら、きみはぼくという男を知らない。もしくは、きみ自身を知らないんだ」

返す言葉が見つからなかった。

ダニエルは返事を待たずにうなずいた。「よし。互いの理解ができたのならそれでいい」

覚悟を決めた険しい顔になって、扉へと向かう。「ここにいてくれ。出発の準備ができたら、きみを馬車まで運んでいく」

ああ、そうだ、馬車だった。ここからは馬車に乗る。ふたりだけで、身を寄せあって。どうしよう。馬車で行こうと考えるなんて、わたしはどうかしていた。

# 8

閉じられた目は鞘《さや》におさまった武器のよう。
優しく封印されている。
静かな唇はかぐわしい息を吐きながら、
鮮やかな薔薇色《ばらいろ》に染まっている。

ロバート・バーンズ作
バラッド『花咲く土手で』

タンブリッジに向かう馬車のなか、目の前の座席ではヘレナが眠っていた。馬に乗ってよほど疲れたのか、彼女が寝入ったのは宿の出発とほとんど同時だった。ダニエルも少しはまどろんだが、それ以外はずっとヘレナを見つめていた。

見つめずにはいられなかった。かわいらしい寝顔だ。夕日を浴びていっそう美しく見える。華奢な体が黄金の指で愛撫《あいぶ》されているかのようだ。こんなふうに愛撫ができたらどんなにいいだろう。

ヘレナはまさに繊細な作品だった。手足がすらりと長くて、どこまでも優雅で、自分がキスをしたのが信じられないくらいだ。眠っていてさえヘレナは優雅だった。いびきもかかず、よだれも垂らさない。柔らかな背もたれに頭をあずけて、座席の隅で行儀よく眠っている。組んだままの両手を頬と壁のあいだにはさみ、両足はそろえて床に置いている。

ダニエル自身はといえば、寝返りを打つやらいびきをかくやらで、寝ているあいだもかなり騒々しい。ヘレナはなぜこれほど上品なのか。不思議だからちょっかいをかけたくなる。隣に座って頬にキスをしてみたくなる。だが、そこは我慢だ。絶対にいけない。

宿でキスをしたのがそもそもの間違いだった。あのキスで完璧な外見の下に隠れていた女の部分を、欲望や衝動を伴った生々しい彼女を、引きだしてしまった。

それからあの唇。あれほどかわいらしい唇がこの世にあるだろうか。温かくて、柔らかくて、見ているだけでキスをしたくなる。「くそっ」ダニエルは低く悪態をついた。ズボンのなかの〝セント・ピーター〟が、聖人とは名ばかりになってきた。厄介にも静まる気配がない。ヘレナとヘレナのかわいい唇のせいだ。といって、もう味わえないわけじゃない。味わいたい。もっと言えば、広い額から愛らしい爪先まで、彼女のすべてを味わいたい。キスは二度と許さないと言った、ヘレナの決意のほどを知るためだけにでも。

だが、危険だ。キスだけで終われなかったらどうする。お嬢さま育ちの処女でも、雰囲気しだいで誤った方向に気持ちが傾くことはあるだろう。キスの次まで進んでも、それから先は何もない。待っているのは苦しみだけだ。

分別のある男ならヘレナのような女は口説かない。彼女のきまじめさは危険だ。こういう女性は、甘い時間が去った瞬間に言うことが変わる。どんな犠牲を払わされるかわかったものではない。こちらの評判を落とされて、顧客を失うはめにもなりかねない。彼女は真実を公にする必要はないのだ。ダニエルから侮辱を受けたという話を、二、三の的確な場所でそれとなく口にするだけでいい。ダニエルとヘレナの話が食い違ったとしても、どちらが信用されるかは火を見るよりも明らかだ。

そうとも。苦労の末にようやくロンドンで稼げるようになったというのに、聞き分けのないおのれのセント・ピーターのせいで将来をふいにしてなるものか。

ヘレナが小さく動き、ダニエルのみぞおちがくっと収縮した。とはいえ、ただの誘惑で終わらなければ……ひとりの求婚者として見てもらえれば……。

喉に力が入った。ありえない。同じ貴族の男でさえ容易には信用しない彼女だ。ダニエルのような男を信用するはずがない。追いはぎが結婚もせずにつくった子供で元密輸業者となれば、最初から問題外だろう。

それに、下半身の欲求のためだけに、こんな猜疑心《さいぎしん》の強い女と結婚してどうする？　妻を探しているわけじゃなし、この手の女と結婚してもあとがつらいだけだ。

行く末がどれほど孤独でも、ダニエルはサリーのような楽しい娼婦《しょうふ》を相手にしているほうが気が楽だった。彼女たちには男を傷つけるという考えも、そうする能力もない。レディ・ヘレナのような女性との将来は、想像するだけ無駄というものだ。

馬車ががたりと揺れて、ヘレナの目が開いた。とまどい顔がダニエルを見つめる。一拍遅れて意識も目覚めたようだった。魅力的な顔から眠気が払われるのを見ているだけで、ダニエルの胸は高鳴った。これからどうすればいい？　こんな調子で、残りの旅を続けられるのか？

身についた上品なしぐさでヘレナが体を起こし、両手を膝に置いた。

「あの、ごめんなさい。わたし、眠っていたのね。なんて無作法なことを」

そんな考え方をするところが、いかにもヘレナらしい。ダニエルはほほえんだ。「無作法なものか。体が休息を求めていたんだ」

彼女はついてもいないスカートの皺《しわ》をのばし、ボンネットをあちこちいじくった。「あなたも少しは眠ったの？」

「少しだけ」あとはずっと荒れ狂う欲望に耐えながらヘレナを観察していたのだが、それを教えても意味はない。ただでさえ彼女は気まずさを感じている。狭い馬車のなかではむずかしいだろうに、スカートさえも彼に触れないよう気をつけているくらいだ。

「何時かしら？」ヘレナがきいた。

ダニエルは懐中時計をとりだした。「五時半だ」

彼女は華奢な手であくびを隠した。「夜どおし走りつづけるの？」

「いや。タンブリッジで宿をとろう。プライスとジュリエットの行き先がはっきりしないかぎり、先へは進めない。彼らもたぶんそこで休憩している。タンブリッジの先は東に行くとドーヴァーだが、南に進んだとしても港町はいくつもある」

「〈青い豚亭《ブルー・ボア》〉の馬番から何か話は聞けた？」

「プライスには確かに女性の連れがいて、タンブリッジに向かったそうだ。だから、とりあえずこの道で間違いはない。友人のクランシーによれば、タンブリッジには密輸業者がロンドンに行くときによく立ち寄る、〈薔薇と王冠亭《ローズ・アンド・クラウン》〉という宿があるらしい。今夜はそこに泊まろうと思う。宿のなかの酒場にぼくが行って、自由貿易商がいれば話を聞いてみる。それでふたりの行き先がわかるかもしれない。運がよければ、プライスが船を持っているかどうか、それと船の停泊場所もわかるだろう。そこまでわかれば、港に着いてからの行動もとりやすい」

ヘレナはぼんやりとうなずいた。それから膝の上で手を組み、窓の外に目をやった。わだちだらけの道で馬車が大きく揺れていても、彼女に困惑した様子は見られなかった。しなやかな体が馬車の揺れを自然に受け流している。去勢馬に乗っていたときもそうだった。もしかして、とダニエルは考えた。ヘレナは、彼女自身が感じているよりずっと身体能力が高いのではないか。乗馬にしても、もっと楽な方法から練習すれば……。

「質問してもいいかしら、ミスター・ブレナン？」

「ダニエルと呼ぶんじゃなかったのかな？」

さっと見返す視線には、用心深さが感じられた。「ええ、もちろんよ。あの……ダニエル、考えていたのだけれど、この旅であなたの投資のお仕事に支障が出ることはないの？」

なんてことだ。ヘレナは人の心が読めるのか？「どういう意味だ？」

「何人も顧客がいるようだし、なんの説明もなくあなたがいなくなったら、その人たちが困るのではないかと思って」

なるほど、そういう意味か。「自分たちでなんとかするさ」

「違うの、わたしが考えているのは、あなたとあなたの新しいお仕事のことよ。この旅のせいでだめになったりしたら、耐えられないわ」

苦笑いがこぼれた。「大丈夫だ」ズボンのなかのセント・ピーターが暴れずにいてくれれば、だが。「短期間留守にするからいっとき利益は減るだろうがね、たいした問題じゃないよ」

「問題でしょう！　とても大事なことだわ。もしも、グリフが損失分のお金を出すのをいやがったら、わたしがなんとしても――」

「もうよそう」経営の心配をしてくれるヘレナが、ダニエルはおかしくてならなかった。「旅をしても困らないだけの余裕はある。グリフが金を出しても出さなくてもだ」

「わたしに合わせる必要はないのよ」勇気をかき集めるように、彼女は一度言葉を切った。「失礼なのはわかっています。気を悪くしたら本当にごめんなさい。変な意味じゃないの、友人の言葉として聞いてちょうだい。わたしはあなたの暮らしを知っているわ。住んでいる場所もわかってる。貯《たくわ》えだって、たぶん……かぎられているはずよ」

こんなに丁寧な表現で〝おまえは貧乏だ〟と言われたのは初めてだった。ヘレナがあまりに気を使うものだから、ダニエルは笑ってしまった。「セント・ジャイルズに住んでいるのは、その程度の金しかないからだと？」

「ほかの理由があるの？」

「ぼくは、住みたいから住んでいる」

ヘレナはかぶりを振った。「スラム街に住みたいと思う人はいないわ」

「ぼくが誰だか忘れているようだな。セント・ジャイルズこそが、ぼくの居場所なんだ。それとも何かな？　しゃれた住宅街に屋敷をかまえて貴族のふりでもしろと？　そもそもする気はないが、そんなくだらない金の使い方をしてもなんの役にも立たない。人間は中身だ。きれいな家や上等な服でごまかしても中身は変えられない。貧しい出自を隠したり、嘘《うそ》でごまかしたりすれば、あとで必ず厄介な問題が降りかかる」

ヘレナは理解に苦しむといった様子でダニエルを見た。「だったらなぜ？　紳士らしくしたくないのなら、どうしてそんな話し方やふるまいを身につけたの？」

「グリフのくれた成功のチャンスを最大限に生かすためだ。だが、仕事で成功するのに立派な屋敷は必要ない。仕事以外は自分の時間だ。ずっとそうやって生きてきた。プライベートで自分を偽るのは趣味じゃない。グリフのために一度はやってみたが、まるで性に合わなかった。正直がいちばんだ。最初からなんでも正直に話していれば、だまされたのなんのと非難されることはない。わかるだろう、とくにきみなら」

ヘレナは釈然としない表情だった。「つまりあなたの顧客は、たとえばわたしの見た公爵も、あなたが追いはぎの息子で、昔は密輸業者の手助けをしていたと知っているの？」

「進んで話しはしないが、隠してもいない。話さなくても、たいてい自然に知れている。顧客のほとんどはグリフを通じてぼくと知りあっているからね」なかには直接密輸業者とかかわっていた者もいるが、あえて説明はしなかった。つまるところ、元手を出してくれる誰かがいなければ、船も商品も動きはしない。「彼らはぼくがグリフの投資資産を殖やしたのを知っていて、自分たちも儲《もう》けたいと考えた。それで実際儲けているわけだから、ぼくの出自など気にしない。正直だと思っていっそう信頼してくれる」

ヘレナはかぶりを振った。外見を飾るより素の自分でいたいと思う男の気持ちが、お嬢さまには理解できないのだろう。彼女は日々自分をごまかしている。本当の自分を胸の奥に閉じこめて、一瞬たりと表に出ないように鍵をかけている。

だが今日の午後は、品行方正という名のガラスに閉じこめられていたその女性がちらと姿を現した。まるでドーム形のケースにおさまったかわいらしい人形だった。壊してはいけないからこそ、壊したくなる。彼女を解放したいと思ってしまう。

「それに」ダニエルは続けた。「セント・ジャイルズでの暮らしは仕事の面でも都合がいい。ロンドンの富は何も紳士クラブだけがつくっているわけじゃない。たとえば鉱山所有者が人夫を制圧するならず者を雇いたいと思ったとき、彼はどこへ行くと思う？　面白い船荷を運んできたおしゃべりな船員たちが、陸にあがってまず向かうのはどこだと思う？セント・ジャイルズのジン・ショップだ。知恵のある男はそこで聞き耳をたてて、得た情報から先を読む。茶の値段がいつ高騰するかとか、鉱山に手を出すとまずい時期はいつかとか」

ヘレナは初対面の相手を見るような目になって、あんぐりと口を開けた。「そんなふうに考えたことは、一度もなかったわ」

「ああ、誰も考えない。ぼくにとっては好都合だ」

「でしょうね」彼女はつくり笑いを浮かべた。「ともかく、わたしとジュリエットのためにここまでしてくれて、あなたには本当に感謝しているの。たとえあなたがすべてを放りだしてロンドンに帰っていたとしても、今のわたしには責められなかった」

「見つけると言ったらぼくは見つける。約束は約束だ」

はしばみ色の瞳に、疑心の色がよぎった。「だとしても、あなたは最初、あまり乗り気でなかったわ。ロンドンで気が変わったのはどうしてなの？　何か隠していることがありはしない？　たとえば、ミスター・プライスのこととか」

ミスター・プライス。その名が出たことで、ダニエルはいやでも不安をかきたてられた。

「何もないさ。きみに話したことがすべてだ。だが正直なところ、自由貿易商だという点が引っかかっている。きみからそう聞かされたときは、きみの判断が間違っているんだと思った。ところが、間違っていたのはぼくだった。そこがどうも気になってね」

ヘレナは優美な眉をあげた。「自分が間違っていると、気分が悪い？」

「きみほどじゃないと思うが」

「そうね」彼女は果敢にも肯定し、ほほえみまで返してきた。

なんという笑顔だろう。めったに見られない表情だが、目にできたときは結婚式のケーキのなかに指輪を見つけたような気分になる。ヘレナを見ているだけで楽しいのに、そこに予期せぬ喜びが加わるのだ。

しかし悲しいかな、それは一瞬で消えてしまう。不安げな目がダニエルを見つめた。

「まさか、ミスター・プライスが妹を傷つけるなんてことは？」

「ないだろう。密輸業者の関心はひとつ……金だ。財産目当ての結婚だとしても、妹さんを傷つけて得るものは何もない。ただ……」くそっ、しゃべりすぎだぞ。

「ただ、女性としての名声を奪うのは別」ヘレナがあとを引きとった。

ダニエルはため息をついた。「そうだ」そして、その危険にさらされているのはジュリエットだけではない。「今度はぼくの質問に答えてくれないか。きみがそうまで必死になって妹をとめようとするのはなぜだ？　世間体の悪い結婚をさせたくないというだけで、どうしてそこまで自分の身を犠牲にできる？」

「わたしの妹よ」それが答えのすべてだと、口調が語っていた。

「だが子供じゃない。ひとりで判断のできる年齢だ。それよりも、きみがぼくとふたりだけで旅をしているところを人に見られたら、きみの評判まで地に落ちるんだぞ」

「誰にも見られないわ」

「そうとは言いきれない。もし誰かに知られたら……いや、ぼくはきみたち〝洗練されたお仲間〟の世界に加わる気はないが、それでも、きみのような貴族の女性が不道徳な行動に出た場合の結末は知っている。たとえ純潔を守っていようと、女としての将来は失いかねない。きみだってよくわかっているはずだ。金や地位のある男はもちろん、まともな男ならそういう女を妻にしようとは思わない」

驚いたことに、ヘレナは笑った。いくぶん皮肉めいた笑いではあったが。「心配しなくて大丈夫よ。まともな結婚なんて、とうの昔に諦めているわ」

「へえ？　どうして？」

彼女は目を見開いた。理由をきかれることなどなかったのだろう。「わかるでしょう」

「わからない」少なくともダニエルにはわからなかった。もちろん、ヘレナの考える理由は想像がつくが、それが結婚の障害になるとはとても思えない。

「理由は、いろいろあるわ」あいまいな言い方をする。

「たとえば？」

「たとえば、わたしの父は本当の伯爵ではないわ。正当な後継者から爵位を奪っただけよ。父が死んだら、真実は公になる」

「おおごとにならないよう、グリフが手をつくすさ」

「ええ、だけれど彼が跡を継ぐんですもの、真実が表に出るのは避けられない。彼が相続するのがみんなのためでもあるわけだし」

「さっき、理由はいろいろだと言ったね。ほかには？」

ヘレナはきっと顔をあげた。「結婚するには年を重ねすぎているわ」

ダニエルは鼻で笑った。「二十五よりは上じゃないだろう」

「二十六です。もうすぐ二十七よ。売れ残りもいいところ」

「ぼくに言わせれば、それは売り方が悪いんだ。で、ほかは？　結婚はできないから評判なんてどうでもいいときみに思わせているものはなんなんだ？　グリフから充分な持参金は与えられたはずだ」

鋭い一瞥《いちべつ》が飛んできた。「財産ねらいの男が集まってくるだけよ」

「そして、そういう財産ねらいをきみがどう思うかは、お互いよく知っている」ダニエルはちょっとからかってみた。

彼女はにこりともしない。「ええ、そのとおり」

「ほかには？」さあ、言うんだ。心のなかでヘレナに促した。言ってくれ。そうしたらぼくが間違いを正してやる。

「いい妻になれるような性格ではないわ」

ダニエルは大っぴらに笑った。「だったらききたい。どういう性格が〝いい妻になれる性格〟なんだ？」

「従順で、気性が穏やかでないといけないの。わたしはどちらでもないわ」

「同感だね」にらんできたヘレナに、ダニエルは顔を近づけてささやいた。「ただし、男にキスをしているときは別だった。あれで思ったよ。きみのなかには、ふだんは見せないような甘くて優しいきみが隠れている」

「それはどうかしら」彼女は茶目っ気をのぞかせた。

「賭けてもいいね。人の性格を見抜く自信はあるんだ。とくに、相手が女性の場合は」

「でしょうね。たくさんの女性とたくさんの時間を過ごしているんですもの」

「まあね」嫉妬しているようなヘレナの口調に、ついうれしさがこみあげた。答えを聞いた彼女の反応がまた楽しかった。ヘレナはかわいらしく眉根を寄せた。それから、身をかたくして窓の外に視線をはずした。「あなたは知っていたかしら？　数年前にはわたしも婚約していたのよ」

ダニエルははっとした。「いいや。相手の男は？」

「子爵よ。名前はファーンズワース」

記憶を探った。「ポンフレット伯爵の跡継ぎか？　去年裕福な石炭商人の娘と結婚した、あのファーンズワース？」

ヘレナはくるりと目をまわしてみせた。「ええ、その人」

「つまり、かつての婚約の記憶がきみの心に重い影を落としているわけだ」

「そうかもしれない」

詳しく話そうとしないヘレナに、ダニエルは気楽な調子で語りかけた。「その子爵には一度会ったが、はっきり記憶に残っているのは彼の立派なブーツだけだ。どこでつくったのかときいたら、オックスフォード通りの高級店の名前を教えてくれた。会話はそれが限界で、話のはずむ相手じゃなかったよ」ヘレナの様子を観察した。「奥さんのほうとは、もう少し長く話ができた。器量は悪くなかったが、にこにこするだけのおつむの弱い女性でね、きみとは比べものにならない」

「脚は悪くないんでしょう？」ヘレナがさっと振り返った。恐ろしくかたい表情だ。

ようやく言ってくれた。その言い方があまりにもつらそうで、ダニエルは思わず彼女を膝にのせてやりたくなった。膝にのせて、はっきりわからせてやりたい。良識ある男からすれば、その程度の不自由は何ほどの問題でもないのだと。

慎重に言葉を選んだ。「きく意味がわからないが」

ヘレナは荒々しく息を吸った。「彼女はわたしよりいい妻になれるわ」

「なぜ？　料理や掃除はきみの役目じゃないし、それ以外でも、脚のせいで片づけられないような仕事は何もない。使用人がすべてやってくれる。脚がどうだろうと、なんの違いも生まれない」

「とんでもない、違いは大ありよ。気品ある若いレディは、女性としてすべてが完璧でなければならないの」まるで作法集からの引用だった。ヘレナが荷物のなかに入れ、出発のときにダニエルが馬番から引きとった、あの本からの引用だろうか。

「ちゃんちゃらおかしい」

ヘレナは呆然《ぼうぜん》とした。「え？」

「聞こえたろう、ちゃんちゃらおかしいと言ったんだ。完璧でなければとか、そういうふうに考えるのはきみだけだ。ファーンズワースだって考えたかどうか」

暗さを増す馬車のなかで、ヘレナの瞳がきらきらと輝いた。「正直、彼の心のなかはわたしにはわからない。あなたと違って、異性の心理に詳しくないから。はっきりしているのは、わたしに財産があると思っていたあいだだけ、子爵が優しかったということよ。財産がないとわかると、オックスフォード通りでつくらせたというその高級ブーツを酷使して、あっという間に離れていったわ」

「それが本当なら、彼は愚か者だ」ダニエルは言葉に力をこめた。「きみにはもっと上等な男がふさわしい」

ヘレナが息をのんだ。表情にのぞく感情が次々と変化した。驚き、希望、そして最後に見えたのは不信感だった。彼女は顔をそむけた。

「あなたは愚かだと言うけれど、子爵はそのあとの男の人たちと比べれば、ずっと賢かったのよ。好きなふりをするだけの良識があった。凝った言葉でわたしをほめて、親身に気づかってくれた」声に緊張の度合いが増していく。「でも彼が去って、わたしは相手が誰であれ気を許さなくなった。それに、わたしの脚が不自由で、身分のほかには取り柄がないことをみんな最初から知っているから、誰も真剣に口説いてはこないわ」

世の中の男をひとくくりにして話すヘレナの姿勢に、ダニエルは説明のつかないいらだちを覚えた。「原因は脚じゃないと考えたことはないのか？　男をうんざりさせているのは、きみのきつい物言いや冷淡な態度なのかもしれないぞ。ファーンズワースもそこに嫌気がさしたんじゃないか？」

「子爵との交際できつい物言いをしたことなんてなかったわ。こうなったのはもっとあとよ。今考えると愚かだけれど、わたしは彼の甘い言葉を信じていた。彼を愛しているつもりだった」柔らかなため息。ダニエルの胸は引き裂かれた。「きつくあたるどころか、彼にはいつも丁寧に接していたわ。礼儀以上に優しくふるまっていた」

ヘレナの言葉はダニエルを打ちのめした。ふと気づけば、ファーンズワースを心から憎んでいる自分がいた。やつはヘレナを苦しめた。しかも、傷つけて離れていくその前に、彼女の愛を手に入れていた。

だが〝礼儀以上に優しく〟とはどういう意味だ？　「キスのうまさはそのせいか？」考えるより先にたずねていた。「子爵とたくさん練習ができたから？」

ヘレナは目を見開いた。「何が言いたいの？」

「子爵に〝礼儀以上に優しく〟したんだろう？」

彼女は気色ばんで背筋をのばした。「親しく話をしたと言いたかっただけよ。別にそんな……あなたはわたしが……」声をこわばらせる。「男の理屈ね。自分はロンドンにいる娼婦の半分と遊んだことを自慢しながら、女に関してはひとりの異性とにこやかに話をしただけで非難する。わたしを誘惑してキスをさせておいて、いっぽうで子爵とキスをしたんじゃないかと責めたてる。いったいどういう神経をしているの？」

激しい口ぶりに返す言葉もなく、ダニエルはずいぶん長いあいだヘレナを凝視していた。

そして最後にかぶりを振った。自分のなかに生まれた嫉妬心に驚いていた。彼女が怒りをぶちまけたくなるのも当然だ。しかしながら、後先考えずに変な質問をした本当の理由だけは、教えるわけにはいかなかった。

それにしても、キスを無理強いされたような言い方は引っかかる。「すまなかった」懸命に心を静め、誠実さが伝わるように努力した。「まったくきみの言うとおりだ。ぼくがいけなかった。ひどいことを言ってしまった」

歯切れの悪さを感じたらしく、ヘレナは用心深い目つきになった。「ええ、そうね」

「きみは誰にキスしてもいい」できればぼくを選んでほしいが——そう思った自分をダニエルは叱咤《しった》し、安全な方向に会話を引き戻した。「もちろん、どんな男に優しくしようと、きみの自由だ」

「許可していただき感謝しますわ」ヘレナはつんと顔を上向けた。機嫌は直っていないらしい。「どうせ、優しさに欠けた社交性のない女だと思われているのでしょうけど」

「まさか。食事のときのきみはすばらしく社交的だった」とくにそのあとが……。くそっ、いつまであのキスにとらわれているんだ？

「お世辞で言っているわけではないのね？」ダニエルから身を守るかのように、外套《がいとう》の薄い生地を引っ張って体に巻きつける。

ダニエルはふっとほほえんだ。「お世辞なんて、とんでもない」

「だって、あなたは女性をおだてるのがお得意のようだから」

「ぼくが？」もしや、ヘレナはファーンズワースを思い出しているのか？　いつわりの言葉で彼女をおだてていた、あの男といっしょにしているのか？

「そうよ。グリフも言っているわ、あなたなら女王陛下の心もつかめると」

ダニエルは肩をすくめた。「そいつはお世辞とは違う。お世辞とは、女性の美点について嘘をつくことだ。ぼくはそんなことはしない。そうではなく、女性の隠れた美点を見つけだす。どんな内気な女性にも傲慢な女性にも、長所はある。そこに語りかけるんだ。いちばんの美点にね。それだけの話さ」

「宿で意地悪なご婦人のゆいいつの美点を見つけたように？　働き者だと言ったみたいに？」

「まあ、長所はそこだけとはかぎらないが。きみは彼女がアイルランド人を悪く言うのを聞いて腹を立てたんだろう。ぼくもいい気持ちはしなかった。だが、ああいう女性は毎日を必死に生きている。どんな善人でも日々の暮らしで心がすさむことはある。不快な発言をするからといって、反感を持つのは間違いだ。ひょっとすると、以前にアイルランド人から何か盗まれたのかもしれない」ダニエルはそこで声を落とした。「きみと同じだな。愛情に欠けたファーンズワースのせいで、きみはどんな男も信用しない」

「違うわ！」

「違わない。ぼくの言葉をお世辞じゃないかと疑ったのがその証拠だ」

「疑うだけの理由があるんですもの。わかるでしょう？　この夏、あなたは――」

「ひとつはっきりさせよう。きみがどう思っていようと、ぼくがきみをほめた言葉に嘘はなかった。この夏、ぼくはきみにどんな嘘もついてはいない。自分をグリフだと言ったこと以外は」そうとも、答えをはぐらかしはしたが、意図的に嘘をついたりはしなかった。

「これからも、決して嘘はつかないと約束するよ」ヘレナの膝をふと見ると、両手が身がまえるように拳を握っている。ダニエルは視線を戻し、警戒ぎみの彼女の表情に語りかけた。「それと、これも勘違いしてほしくないんだが、今日のキスにも損得勘定はなかった。純粋に気持ちが高ぶった結果だ」

ヘレナの瞳がきらりと光った。「ええ、グリフがわたしにくれた〝充分な持参金〟も関係ないんでしょうね」

降ってきたのは、言葉という名の砲弾だった。ダニエルはかっとなり、胸のなかが煮えくり返った。平手打ちをくらった気分だった。むしろそっちのほうがましだったろう。ヘレナについての想像が確信に変わっていても、つまり、彼女には一瞬で興奮させられるとわかっていてさえ、憤りはおさまらなかった。

「口が過ぎるな、ヘレナ。それに、今の非難は見当はずれだ」

彼女の頬がぱっと後悔の色に染まった。「そうね、あなたの言うとおりかもしれない。

だけど、わたしだって根拠もなく言ったわけじゃないわ。あなたはグリフのお金目当てに、わたしたち姉妹に言い寄ろうとしたのよ。忘れたわけじゃないでしょう?」

ダニエルはヘレナをにらんだ。「そういう愚かな思いこみは、この際、正しておいたほうがよさそうだ。ぼくはきみが考えるほど貧しくはないし、将来に不安を抱いてもいない。グリフと離れて独立したのは、すでに給料よりも大きな額をひとりで稼ぐようになっていたからだ。その前からも金はためていた。今では一万ポンドになっているが、この金に手をつけるのはよほどのときだけだ。質素な暮らしを続けて、仕事も順調に行けば、一年後には二倍になる計算だ」

呆然としているヘレナを見て、ダニエルはゆがんだ満足感を覚えた。彼女は型にはまった考え方しかしない。彼女自身や家庭教師や父親や、ほかに誰がいるのか知らないが、そういう者たちがつくった狭い世界の内側でしかものごとを考えられない。

「確かに、金と引き換えに三姉妹を誘惑してくれと頼まれて、引き受けはした。ぼく個人の資産はそもそもそうやって、グリフの私的な用事をこなすことで増えていったんだ。だが、嘘をついて誘惑しろとは言われていない。もし言われたとしても、したがわなかった。その金だがね、ぼくは結局一ペニーも受けとらなかったよ。この先の人生で金に困る心配はこれっぽっちもない。だからはっきり言っておく。ぼくは三千ポンド程度の持参金のために、したくもないキスはしない」

それだけ言うと、馬車の天井を叩《たた》いて御者にとまれの合図を送った。ここにいるより屋根に座って冷たい風に吹かれているほうがまだましだった。これ以上、もう一分だって冷ややかなヘレナのそばにはいたくない。

「ダニエル――」

「何も言うな。むかむかして話を聞ける心境じゃない。きみが、持参金や身分に関係なく近づいてくる男など絶対にいないと言いはるなら、そこまで自分を卑下しつづけるなら、ぼくの出番はないんだろう。それでもだ、人を軽く見るにもほどがあるんじゃないか?」

ひと揺れして馬車がとまると、ダニエルはさっと扉を開けた。ヘレナに深入りすべきでないと考えたのは、やはり正解だった。

ケースのなかの人形を外に出すのは間違いだ。人形は小さな台座にのった姿を、離れた場所から観賞するようにできている。

自由にしてやろうとしても、拳にガラスの破片が刺さるだけだ。

# 9

ダークエールを飲む男に乾杯だ。
ほろ酔いかげんで床につく男に乾杯だ。
そいつは人生を存分に楽しめるぞ。
陽気ないいやつなんだから。

作者不詳
バラッド『三人の陽気な御者』

ヘレナは〈薔薇と王冠亭《ローズ・アンド・クラウン》〉の談話室で椅子に座り、部屋の交渉に行ったダニエルが戻ってくるのを待っていた。幸い、脚のほうは杖《つえ》があれば歩けるまでに回復していた。ただ、じっと立っているのはまだつらい。
どのみちダニエルに抱えて運んではもらえなかったろう。宿に着いてからというもの、彼はひと言も口をきいてくれない。責める気はなかった。それだけひどいことを自分は言ったのだ。財産だのなんだのとるに足りないことのために彼が言い寄っているとは思わなかった。いいえ、もとから言い寄られてなどいない。少なくとも妻にしたくてヘレナに近づいているわけではない。彼は興奮してキスをしただけ。結婚目的とは別物だ。

でも、ヘレナが子爵と特別親しかったかのようなあのほのめかしには我慢ならなかった。そのくせ、自分はどれだけ女と遊んでも当然みたいな顔をしているのだから、よけいに腹が立つ。

だからなのだ。女と見れば見境なくほめているような彼だから、何を言われても本当かしらと疑ってしまう。これまでどんな男性から言葉で持ちあげられようと、ダニエルにほめられたときほど、これが彼の本心だったらいいのにと願ったことはなかった。ダニエルのそばにいると、だから心が乱される。

そんなほめ言葉も、もう二度と聞くことはないのだろう。もう一度、いつもみたいにほほえんでほしい。あれこれ世話を焼いてほしい。

お願いだから、そんなに怒った顔をしないで。

ヘレナはため息をついた。あんな男性の愛情をこうまで渇望するなんて、わたしはよほど気弱になっているらしい。

ダニエルが戻ってきた。出ていったときと同じかたい表情だ。「あいている部屋はひとつだけだった。タンブリッジウェルズまで進もう」

「だけど、ここに泊まるのがいちばんだと――」

「ああ、そう言った。だが同じ部屋には泊まれない。予定は変更だ」

「わたしは同じ部屋でもかまわないわ。ここにいられるなら」

強い視線がヘレナを射すくめた。「ぼくが困る」

「たったひと晩よ」入ってくる宿の主人が視界に入り、ヘレナは声を低めた。「妹たちの手がかりがつかめるのなら、ここにいるべきだわ」そうすれば、少なくとも彼に謝ることはできる。狭い部屋では彼もヘレナを避けられないだろうから。

「気が変わりましたか？」宿の主人が近づいてきた。「奥さんはお疲れのようですね。広い部屋ですよ、おふたりでも充分泊まっていただけます」

情報を集めるにはこの宿が最適だと、ダニエルは確かに言っていた。「ですって、あなた。わたし、疲れて動けそうにないの。ここに泊まりましょう」

にらまれた。ダニエルの頬が引きつっている。

ヘレナは唾をのんだ。長い夜になりそうだ。

ダニエルは小さな声で悪態をつくと、宿の主人に顔を向けた。「床に置けるマットレスはあるかな？」

「そこに寝るとおっしゃるので？」

「夜は妻の脚が痛むのでね、同じベッドは使いたくない。泊まるには別の寝床がないと困るんだ。その分の代金は払うよ」

主人は肩をすくめた。「ご用意しましょう」

「決まりだ。泊まらせてもらうよ」

ヘレナはほっと肩の力を抜いた。本音を言えば、あの馬車に揺られるのはもうこりごりだった。ダニエルがいてもいなくても関係ない。

主人の顔がぱっと輝いた。「きっと満足していただけますよ。さあ、こちらに。ご案内します。マットレスもすぐに運ばせましょう」

宿の主人が階段のほうに向かうと、ダニエルはヘレナに手を貸して椅子から立たせ、歩きやすいよう腰を抱いて自分に寄りかからせた。「これで何かが変わると思うなよ」宿の主人のあとに続きながら、ヘレナにささやく。

「思わないわ」といっても、彼だって永遠に怒ったままではいられないはずだ。「ごめんなさい、本当に。あんな言い方をして、反省しています」

「今さら遅い。少なくとも、あれできみにどう思われているかがよくわかった」

「ダニエル――」

「もういい、ヘレナ。話はおしまいだ」

ここまでくると、どっちがひどいのかわからない。怒りはたくましい腕からも感じられた。妙に力が入っていて、触れ方を最小限にしようと努力しているのがわかる。彼の軽口や優しい気づかいが懐かしかった。本当に、こんなに怒らせるんじゃなかった。

ダニエルとふたり、無言で階段をのぼった。実のところ、支える力を今の半分にしてもらってものぼれたのだけれど、腰にまわった彼の手がうれしくて、ヘレナは最後までわざと歩きづらいふりをしてしまった。

部屋に入って椅子まで進んだ、と思うと、ダニエルが驚く速さでそばを離れた。宿の主人がのばした腕で室内に弧を描いた。「どうです？　広いでしょう？」

ダニエルがさっと首をめぐらした。「悪くないな」彼は主人に銀貨を数枚手わたした。「荷物が階下《した》にあるから頼む。それと、妻の食事も部屋に。何がいいかは妻にきいてくれ」

「なんでもかまいませんわ。用意のできているものでけっこうです」ヘレナは穏やかに言った。「ああ、ワインもお願いしますね」

「承知しました。旦那さんはどうなさいますか？」

「ぼくはいい。階下の酒場で食べるよ」

そうだった。そこに密輸業者が集まるという話だった。

「ではそのように」おかしな指示をされた宿の主人は何か言いたそうだったが、ダニエルから床屋の椅子に座ったサムソンばりの形相でにらまれると、考え直したのだろう、そそくさと部屋を出ていった。

続いて歩きだしたダニエルを見て、ヘレナは声をかけた。「遅くなるの？」

彼は戸口で足をとめた。「使える情報が得られるまでは戻らないよ」険しい表情でヘレナを見返す。「ぼくが戻ってきたときは、しっかりベッドに入ってぼくの目に触れないようにしていてほしいね。服のまま寝るならまだしも、そうでないならとくに気をつけて……」唐突に言葉を切った。「ともかく、待っていることはない。それだけだ」

ダニエルが出ていき、残されたヘレナは途方に暮れた。ウインザーチェアに座り、室内をくるりと見まわした。桜材の羽目板が張られた部屋は、ロンドンまでのあわただしい旅の途中で利用したどの宿よりも、はるかにきれいだった。気持ちよく眠れそうな四柱式のベッドまである。マットレスに害虫がひそんでいるのは覚悟のうえだ。ダニエルが本当に床に寝るつもりなら、それこそ虫にやられて大変だろう。

待って、床にはわたしが寝るべきではないの？　そうすれば、後悔の気持ちを形で示すことができる。この手の宿には必ずいる蚤《のみ》やねずみに囲まれて寝るのはぞっとするが、ダニエルにそっぽを向かれたまま旅を続けるのも気分が悪い。

三十分ほどすると、従僕がマットレスを運んできた。続いて入ってきたメイドの手には、ヘレナの食事をのせた盆があった。従僕は暖炉に火をおこしてから去っていき、メイドは窓に近い粗末な松材のテーブルに料理を並べはじめた。

ヘレナはうさんくさげにマットレスを見やった。「そのマットレスだけれど、最後に使われたのはいつなのかしら？」

「さあ、わたしにきかれても。たぶんここ数カ月は使っていませんよ。お客さんはたいていベッドで寝られますから。ふたりでも三人でもいっしょにです」メイドは鼻に皺《しわ》を寄せた。「床だとなかなかぐっすりとはね、詳しくは言いませんけど」

悲しいことに、メイドの言いたいことはしっかりと理解できた。

豊満なメイドは次にマットレスを整えにかかり、そこでヘレナに好奇の視線を投げてきた。「宿の旦那さんに聞きました。奥さんはひとりでお休みになるんですよね。わたしだったら無理だなあ。あんなにすてきなご主人とベッドをともにしないなんて」

彼女がふと見せた妖しげなほほえみに、ヘレナはかちんときた。にらんでやると笑みは消えたが、メイドが何を考えているのかと思うと、すぐには冷静になれなかった。メイドは頭のなかで計算している。この女の夫を自分のベッドに引きこむのはさぞかし簡単だろうと。それはそうだろう、妻と寝ないとき、男は必ず……。

ああ、いけない。いつのまにか、頭のなかまでダニエルの妻になりきっている。次には彼と同じベッドにいる自分を想像してしまいそうだ。あの大きな体に包まれるのはどんな感じだろうとか、下ばきだけしか身につけていない彼はどんな……。

「ほかにご用はありますか?」仕事を終えたメイドが言った。

ヘレナは目を引く大きなベッドからさっと視線をはずし、われ知らず赤面した。「何もないわ。ありがとう」

メイドが去ると、さっそく料理の前に座ってみたが、皿をつつくばかりで食は進まなかった。食べようという気になれないのだ。ただしワインは別だった。ふだんはたしなむ程度だけれど、今夜はこれで胸の痛みをまぎらわせたい。

ワインを飲みながら、鞍袋《くらぶくろ》のわずかな荷をほどきにかかった。着替えの服を革の衝立《ついたて》にかけて風を通し、携行を許されたほかの品を確認した。予備のペチコートはあった。ナイトガウンも。ほかに残っていたのは、身づくろいのこまごまとした道具が少しとスケッチ帳くらい。ため息が出た。ミセス・ナンリーの作法集は不要と判断されたらしい。

でもあの本については、正直、なんて役立たずなのかと思いはじめてもいる。ミセス・ナンリーは男の人とあまりつきあった経験がないのではないか。そうでも考えないと、したがえないような作法ばかりを押しつけてくる説明がつかない。たとえば〝気品ある若いレディは、決して怒った顔を見せてはなりません〟とか。

でもまあ、スケッチ帳が残っていたのは何よりだ。ヘレナはワインの残りといっしょに腰を落ち着け、スケッチ帳と鉛筆を手に、部屋の家具を描きはじめた。ざっと輪郭を描いたところで、スケッチ帳も鉛筆も脇に放った。

絵を描く気分ではなかった。というより、何もしたくない。今の自分にできるのは、ぼんやり宙を眺めてダニエルとの会話を反芻《はんすう》することだけ。困るのは、反芻するたびに気持ちが沈んでいくことだった。

　ダニエルについては、大きな勘違いをしていたことがいくつもあった。生まれや育ちを考えれば、彼が独学で身につけた深い教養も、手にした責任ある立派な地位も、よくぞこまでと驚かずにはいられない。貯《たくわ》えも相当なようだし、特権階級にも負けない力量と、彼らをはるかにしのぐ頭脳を持っているのは明らかだ。グリフが信頼するのもうなずける。

　ダニエルは誤解しているが、ヘレナとて生まれがすべてだとは思っていない。彼女の母にしても、運よく貴族と結婚できただけで、もとを正せばただの女優だ。けれど、母はヘレナの知るなかで誰よりもすばらしい女性だった。

　確かにヘレナはいい家に生まれていい教育も受けてきたけれど、今日はヘレナよりもダニエルのほうがずっと礼儀正しかった。気づかいはできるし、見かけだけでものごとを判断しないし、彼と比べれば、まわりにいるどんな上品な紳士も見劣りがする。思い返すにつけ、ヘレナは彼を不当に扱った自分の態度が恥ずかしくてならなかった。

　もちろん、ダニエルが堂々と女性といちゃついているのはどうかと思う。あまりの尊大さに腹が立つこともたびたびだ。ただし、そこを割り引いても、彼はヘレナが思っていたような悪い人間ではなかった。だから惹《ひ》かれてしまう。そばにいるとつつしみのない行動をとってしまう。ダニエルのような真に心根が優しいと思える男性に出会ったのは、本当に久しぶりだった。そして、いけない想像や恥ずかしい衝動に苦しめられるこんな経験は、たぶん今回が初めてだ。

しばらくして、ヘレナは何気なく炉棚の時計に目をやった。愕然《がくぜん》とした。十一時をとうに過ぎ、ろうそくの明かりもつきかけている。床に入らなければ。朝から動きどおしだった体には休息が必要だ。少しも眠くはないけれど、眠い眠くないの問題ではない。

洗面器で手や顔を洗いながら考えた。思いきってナイトガウンに着替えようかしら。いいえ、やっぱりだめよ。変な格好でうろつかれるのは困るとダニエルははっきり言っていた。非難される原因をこれ以上増やしたくはない。明朝のみじめな自分の姿を思うとぞっとするが、服は脱がないと決めて髪だけおろした。暗がりにひそんでいる虫のことは極力考えないようにしながら、床のマットレスに横たわって毛布を顎まで引きあげた。

神経が高ぶって眠れないと思っていたのに、ふと目が覚めて時計を見ると二時間近くたっていて、ヘレナは驚いた。空っぽのおなかにワインを流しこんだせいだろう。実際、このときもまだ、少し頭がぼうっとしていた。

上体を起こして部屋を見まわすと、ベッドはまだ空だった。杖を持ち、痛む脚に顔をしかめながらよいしょと立ちあがった。ちらと時計を確認してみたが、時刻はやはり夜中の一時すぎ。そして、ダニエルはまだ戻っていない。

悪党たちに話を聞いてまわるのに、そんなに時間が必要なの？　彼がおりていってから、もう何時間もたっている。

豊満なメイドの姿が脳裏をよぎり、ヘレナは暗い気分になった。もしも、情報収集とは違う行為の最中だったら？　わたしがいるからできないというわけでもなし、彼は例によって、そう、いつもの……無分別な行動を……？

決めた。このままではダニエルが朝起きられなくて、こちらがいらいらさせられるだけだ。それも彼の深酒と、ほかの……騒々しいお遊びのせいで。はめをはずすのは別の機会にしてもらいましょう。予定を乱すようなまねはさせられない。

急いで髪をまとめた。部屋を出て、狭い階段へ向かう。手すりをしっかりつかんで足を運びながら、酒場に行くのは順調に旅を続けるためなのよ、と自分に言い聞かせた。ほかに理由なんてないわ。

宿にある酒場の場所はすぐにわかった。酔っ払いたちの騒々しい歌声や笑い声が、そっちのほうからもれ聞こえていたからだ。入口が近づくにつれ、ヘレナは少し不安になってきた。大丈夫、あなたにはダニエルを連れ戻す立派な理由があるのよ。そう自分を励ました。あなたは彼の妻なの。妻ならば誰だって同じことをするわ。

しかし、目に飛びこんできたのは想像を超える光景だった。酒場は天井が低く、壁に狩猟の様子を描いた絵がいくつも飾られている。パイプやたばこが盛大に吹かされていて、どこもかしこも煙だらけだ。酒樽《さかだる》が一定間隔で酒を吐きだしていた。なかにいる女性たち――給仕係のメイドたちの、なんとまあ忙しそうなこと。グラスに酒を満たしては、〝もう一杯〟と大声で叫ぶ客たちのテーブルのあいだを駆けまわっている。彼女たちの服装は少し……くだけた感じで、客といちゃついているメイドもひとりかふたりはいたけれど、それ以上のことをする余裕などとてもなさそうに見える。

当然ながら、程度の差こそあれ、客はみんな酔っていた。見るもぶざまな酔っ払いの集団だ。ある男は、椅子の横でダンスを踊ろうとして仲間の体につまずいていた。別の男は横を通るメイドのお尻をつねり、ぴしゃりと手を払われてもけらけら笑っていた。

確かに、ここは品格ある女性の来る場所ではない。

「ヘレナ?」右手のほうから驚いている声がした。気を落ち着けて声のしたほうを向くと、傾いたオーク材のテーブルに座った六人の男が、じっとヘレナを注視していた。そのなかにダニエルがいた。驚きの表情が見る間に困惑のそれへと変わっていく。

しかし、ダニエル以外の五人は、ひとりなど、立ってお辞儀までしたくらいだ。「ようこそ、マダム。さあさ、こちらへ。エールをおごりますよ。そうだろ、みんな?」

仲間たちも歯を見せて笑いながら口々に賛同したが、ここで素直に応じていいものかどうか。ああ、わたしはなんてところに来てしまったの?

「よせ、ぼくの妻だぞ」ダニエルが不興もあらわに立ちあがった。「妻にはすぐ部屋に戻ってもらう」

ヘレナは思わずかっとなった。そうね、今日のわたしは確かに失礼だった。だけど、腹立たしいからといって、子供みたいに追い払わなくてもいいでしょう。彼のまわりにいる男たちは、見ればそう怖い感じでもなさそうだ。いいわ、誘いを受けてみよう。

　にこやかにテーブルに近づいた。「ばか言わないで、ダニー。わたしは戻りません」愛称に反応したダニエルが凶悪な視線をよこしたが、ヘレナは無視した。「二階で待っているのは退屈だわ。あなたとお友達の仲間に入れてちょうだい」

「いいか、ヘレナ――」

「まあ座れよ、ブレナン」さっきお辞儀をした男がダニエルを制し、自分の隣の椅子をさっと引いた。「おれらが奥さんに何をするってんだ？　なあ、みんな？」

「ありがとう」ヘレナは上品に言って、提供された席に腰をおろした。「ダニーはときどきものすごく過保護になるんですよ。楽しんでいいのは自分だけだと思っているの」

　ものすごく過保護な〝夫〟も腰をおろしたが、テーブル越しにヘレナを見る目は、ぎらぎらした怒りに満ちていた。ヘレナはため息をついた。どのみち許してもらえないのなら、わたしが何をしたところで、事態はこれ以上悪くなりようがない。

「ああ、でも、ミセス・ブレナン」別のひとりが言った。「旦那が過保護になるのにはたぶん理由があるんだ。奥さんのその、お上品なところとか」

「まあ、お上品な女性にだって、楽しむ権利はありますわ」

「そしてエールを飲む権利もある」隣で最初の男が言った。

「誰が飲ませるか」ダニエルが割って入った。「こいつは部屋に戻らせる」

ヘレナは目をしばたたいた。ダニエルがこんな口のきき方をするなんて。いいえ、わかってる。これはきっとお芝居に真実みを持たせるためね。だったら、こちらもしっかり演技を続けるとしよう。

「いいえ、戻らないわ」言ってから、隣の男にほほえんだ。「エールもいただきます」〝気品ある若いレディは、お酒を飲みすぎてはなりません〟頭の隅で声がした。

ああもう、いいかげんにして。気品あるそのレディには、どうせ手に負えない妹を追いかけた経験なんてないんでしょう?

ふんと鼻を鳴らしたダニエルは、かぶりを振っただけで何も言ってはこなかった。言われたところで、ヘレナの心は決まっていた。彼のやり方にしたがうのも、情報を小出しにされるのも、もううんざりだ。いっしょに調査をしてどこが悪いというの?

隣の男が声をあげ、呼ばれたメイドが注文をとった。男はヘレナの肩を抱いてウインクをした。「おれの名前はジョン・ウォーレス。もっとも、ご婦人たちが好きなのはジョン・トーマス・ウォーレスのほうだがね。どっちも奥さんには似合いだよ」

とまどうヘレナを見て、男は大笑いした。ダニエルが腰を浮かせて男にすごんだ。「おい、妻の前では口のきき方に気をつけろ」

「いいのよ」とは言ったものの、ヘレナは何が問題なのかよくわからなかった。ただ、ダニエルの表情からして、かなり下品なことを言われたらしいとは察しがつく。まったく、ここにいる男はみんな、ダニエルみたいにからかい好きなの？　ヘレナは肩にまわされた手を男の膝に戻した。「あなたには〝僭越《せんえつ》〟という言葉がお似合いですわね」

男はくっと笑った。「せ、せんえつだって？　そこのブレナンの連れあいにしちゃあ、奥さんはやけに垢抜《あかぬ》けてる。旦那のほうは、自分は密輸品を扱っているんだと言っていた。この一時間、ずっとそう聞かされていたよ」男の目に不審の色がよぎった。「本当は違ったのかもな。実はそんな小悪党じゃなかったとか」

空気がぴんと張りつめた。ダニエルの顔を見るのが怖かった。「嘘《うそ》じゃありませんわ」震えているのを隠すため、膝の上で手を組んだ。「彼の仕事がなければ、わたしたち知りあっていませんもの」どうしよう、変なことを言ってしまった。

「そいつは面白い」ミスター・ウォーレスが言った。「密輸がきっかけかい、ミスター・ブレナン？　奇妙ななれそめだ。ぜひ詳しく聞きたいね」

「妻にきいてくれ」深みのある声が答えた。「彼女のほうが話はうまい」

そんな。動揺したヘレナはさっとダニエルを見やった。つくり話が上手なのは彼のほうだ。わたしにいったい何を話せと？　ところが彼は挑戦的に片方の眉をあげただけだった。

ヘレナは身をかたくした。彼はわたしがすべてを台なしにすると思っている。いいわ、大勢の酔っ払いを信用させればいいだけだもの。簡単よ。

「単純な話なんですよ」時間稼ぎに、とりあえずそう切りだした。メイドが泡のたったエール酒をヘレナの前に置いた。泡といっしょにアイディアが浮かんできた。「わたしの父はロンドンでお酒を売っているんです。その父にフランスのブランデーとかワインとかを卸していたのがここにいるダニーだったの。それでわたしが見初めたんです」夢見るようなうっとりした表情をつくって、ダニエルを見た。「父の仕事場で彼をひと目見たとたん、もう胸がどきどきしてしまって」

嘲るような笑みが、ダニエルの唇に薄く浮かんだ。

「ほほう！」仲間のひとりが言った。「で、おやじさんは賛成したのかい？」

「もちろん大反対ですわ。父はわたしにすごく期待していて、家柄のいい男性と結婚させるつもりでいたんです。こういう話し方だって、そのせいなんですよ。父に言われて学校に……レディの作法を身につける〈ミセス・ナンリーの教養学校〉に通っていたから」興がのってきたヘレナは、身をのりだして声をひそめた。「祖父は酒場をやってましたの。父は商人の娘と結婚して、それで祖父から受け継いだ財産を殖やしたんです。でも、娘のわたしにはもっと上を期待していた。立派な紳士の気を引ける程度の財産はあったから、娘にはいい結婚をさせるんだと、勝手に決めていました」

「ところが、奥さんが選んだのはこのろくでなしだった」ダニエルの隣の男が笑いながら言い、彼の背中をばんと叩《たた》いた。ダニエルは天井を見あげている。

エール酒を口に運んだヘレナは、かびくさいと思ったが顔には出さなかった。ところが、少し味わってみて、そのおいしさに驚いた。どこか木の実のような風味も感じられる。

グラスをテーブルに戻した。「おいしい」

「エール酒を飲んだのは初めて、なんて言わねえよな?」ミスター・ウォーレスがきいてきた。「おやじさんは酒を扱う商売なんだろう?」

そんなにわかりやすい顔になっていた? 「今はダニーと結婚して好きなものを飲んでいますわ。でもその前は、レディがエールなんか飲んでどうする、と父が。だからわたしに許されたのは、せいぜいがラタフィア程度の軽いお酒でした。あとは、たまにシャンパンを飲んだくらい」

これには男たちがどっと笑った。「ラタフィアだって?」ミスター・ウォーレスが言う。「ここにはラタフィアもシャンパンもありませんぜ、ミセス・ブレナン」

「よかった」エールをもうひと口飲んだ。「わたしは強いお酒のほうがいいわ」

男たちがまた笑い、ダニエルは鼻を鳴らした。いっぽうのヘレナは、自分がどんどんエール酒の味に惹かれていくことに驚いていた。そして酒の影響もまた、体内に広がっていた。ほわんとした幸せな気分が、手足の先まで伝わっていく。

「それで、期待たっぷりのおやじさんがいながら、どうやってブレナンと結婚できたんだい?」男のひとりがきいた。

〝肝心なのは、できるだけ真実に近い話をすること〟ダニエルはそう言っていた。「父の期待は大きすぎたんです。本人は気づいてませんでしたけど」ヘレナは自分の足を指さした。「舞踏会でまともに踊れもしないのに、立派な殿方とは結婚できません」

「てことは、脚はもとから悪かった?」ミスター・ウォーレスの向かいにいる、最年少らしき男がきいた。

ミスター・ウォーレスの平手が飛んだ。「なんてことききやがる、この若造が」

「いいの、大丈夫よ」突然の暴力にびっくりして、反射的に言葉が出ていた。ぶたれた若い男はジュリエットと同じくらいの年齢だ。と、男たちがちらちら自分を見ているのがわかって、ヘレナは凍りついた。病気の話はめったにしない。きかれても、うまく言葉をにごしてごまかしてきた。こんな知らない男たちの前ではとても……。弱気を振り払おうとエール酒を口に運びながら、ダニエルを見やった。頑張れと言っているかのような笑顔に、不思議と心が落ち着いた。「ええ、病気のせいです。とてもめずらしい病気で、かかったのは社交界デビューのころでした。まず熱が出て、頭痛がして、それから全身が痛くなってきたの。熱がさがって気づいたら、両脚とも動かなかった」

「どっちもか?」ミスター・ウォーレスが脚を見て言う。「片方はふつうに見えるがな」

ヘレナはうなずいた。「父が呼んでくれた病気に詳しいお医者さまが言うには、練習をすればいくらか動くようになるだろうと」肩をすくめた。「努力しましたわ。片方の脚はなんとかもとどおりになって、でも反対の脚は完全には治らなかった」

そこで終わるつもりでいた。ダニエルがこう言うまでは。「どのくらい練習したのか話してやるといい」

彼を見返すと、瞳のなかに疑問符が見えた。要するに彼自身が知りたくて言ったらしい。興味を持たれたのだと思うと、エールを飲んだときよりも体がほてった。「杖だけで歩けるようになるまで三年か四年。わたしの……メイドのロザリンドが本当によくしてくれて。わたしの気がのらないときでも、練習を休まないよう一生懸命励ましてくれたんです。だから、こうして歩けるようになったのも彼女のおかげなの」

「それと、きみの頑張りだ」ダニエルが訂正した。「きみの強い意志があってこそだろう。その〝メイド〟だって、きみが治ろうと必死だったから励ましつづけられたんだ」

ヘレナはダニエルを凝視した。心臓が喉もとまでせりあがってきた。感心してくれているのが表情でわかる。伝わってくる感情が、喉をうるおすエール以上に乾いた心にしみわたった。「ええ、たぶん」

「結局、大々的な顔見せはせずか」男のひとりが口をはさんだ。

ヘレナはダニエルから視線を引きはがした。「顔見せ？」

「奥さんの〝デビュー〟だ」

「ああ。それなら、ええ、しませんでした」エールをあおり、ストラトフォードで初めて人前に出たときの記憶を流し去ろうとした。杖を見た地主の息子が、哀れむように何度も視線を向けてきた。のちにもっと地位のある男たちから感じたのも、同じ哀れみだった。

「脚が使えるようになるころはもう若くなかったし、そのうえ足を引きずっていた。おかたい貴族にふさわしい女性ではなくなっていたわ」酔いがまわってきたせいでヘレナは気持ちが大胆になり、これまで誰にもしなかった話をしたくなった。「それに、わたしのほうもそういう人たちとは結婚したくなかった。男の人は女の人の見かけだけではなくて、もっといろんな長所に目を向けるべきなんです。そうは思いません?」

男たちは即座に同意した。おれたちはそんな〝阿呆《あほう》〟じゃない。奥さんはどんな男にももったいないくらいで、いやがる貴族はみんなどっかいかれてるんだ、と。

あまり熱心に言ってくれるものだから、ヘレナは驚いた。といって素直には受けとれない。しょせんは密輸で稼いでいる者たちだ。「ありがとう。でもこれでわたしがなぜダニーと結婚したかったか、おわかりになったでしょう? この人はとても優しかったの。でも、父が用意した男の人たちは、みんなわたしの財産ねらいだった」

ミスター・ウォーレスがからかうような顔でダニエルを見た。「ここにいるミスター・ブレナンが財産ねらいでないと、どうしてわかる?」

気色ばんだダニエルを見て、ヘレナはあわてた。「信用できる人だと最初からわかっていたから」目が合うと、その目に語りかけた。「この人は高潔な人です。お金のために女性に近づくようなまねは、絶対にしない」

今度こそ謝罪を受け入れてほしい。ヘレナの願いは通じるかに思われた。驚いて困っているような様子がダニエルの表情にうかがえたからだ。

ところが、彼はすぐに表情を引きしめた。「こいつは大げさなんだ。いつもいつも信用してくれたわけじゃない」

落胆がヘレナの心を切り裂いた。苦痛を麻痺《まひ》させようと、残っているエールを飲みほした。「それはしかたなかったわ。お仕事のイメージがよくないもの」

気づいたときは遅かった。ヘレナはテーブルの男たち全員を侮辱したのだ。

なのに、彼らは怒らなかった。ミスター・ウォーレスにいたっては、からからと笑いだす始末だ。「いやあ、奥さんは賢いね。で、ミセス・ブレナン、いったい何がきっかけで旦那を信用するようになったんだい？」ヘレナのほうに体を近づけ、耳もとでささやいた。「結婚する前に、ベッドの上でダンスを踊ってくれたか？」

「ですから、わたしはダンスは……」はたと気づいた。男はそんな意味で言ったんじゃない。顔がほてってきた。酒場の薄暗さでごまかされていればいいけれど。

ダニエルはと見れば、それこそミスター・ウォーレスの頭の上でステップでも踏みそうな、恐ろしい形相になっている。このうえ、今の彼の言葉を知ったらどうなるか。

「違います」小声で返し、さりげなく体を離した。それからテーブルの全員に向けて説明した。「彼は……彼はわたしの父に結婚の許しをもらいに来たんです。父はわたしを脅した。こんな男と結婚するなら、おまえの財産はないと思えと。それでも彼はわたしを選んだ。持参金がなくなったことなんてぜんぜん気にしなかった。だからわかったんです、この人なら信頼できると」

「な、こいつのほうが話がうまいんだ」ダニエルが言った。「持って生まれた語りの才能がある」こめられた皮肉がヘレナを傷つけたが、ほかに気づいた者はいないようだった。

「才能ある女性にエールをもう一杯！」ミスター・ウォーレスが通りかかったメイドに叫び、空になっているヘレナのグラスを叩いた。

「やめてくれ」ダニエルが言った。「こいつはもう飲みすぎだ」

「まあ、飲みすぎだなんて！」反論してはみたものの、頭のふらつきは確実にひどくなっていた。言葉を話すにもなぜか……舌が動かしづらい。それでもエールを飲むことで彼らの信頼が得られるのなら、飲まないわけにはいかない。ヘレナはミスター・ウォーレスを見て言った。「ほらね、わたしが言ったとおりでしょう？　彼はわたしを心配しすぎるの。そんなに心配するなら、最初から連れてこなければいいのに」

「よく言うな、ぼくは連れてきたくはなかったぞ」ダニエルは自分の酒を飲みほした。メイドがヘレナのお代わりを持ってくると、彼は自分のグラスを叩いた。「ジンをくれ」

何よ、人にはだめだと言っておいて、自分は飲むの？　メイドがお代わりのエールをテーブルに置いた。反抗心に駆られたヘレナはそれを大胆にあおり、男たちにならって手の甲で口をふいた。「今はここにいるんですもの。わたしだって楽しみたいわ」

　男たちがいっせいに歓声をあげた。

「まじめに聞いてくれ、ヘレナ――」

　ミスター・ウォーレスがダニエルをさえぎった。「わかってやれよ、ブレナン。友達同士でちょいとエールを飲んでるだけだろうが。旅の景気づけってやつだ」ヘレナに視線を移した。「ところで、奥さんたちはどこに向かっているんだ？」

　ヘレナはさっとダニエルを見た。どこまで話してあるのだろう。すると彼は苦りきった顔のままスケッチの入っているポケットを押さえ、小さくかぶりを振ってみせた。

　そんな、まだたずねていなかったの？　これだけの時間酒場にいて、まだなんの情報もつかんでいないの？　だったら、わたしがやるしかない。「彼が品物を仕入れるというので海岸のほうに。わたしは彼の話し相手でついてきたんです」

　ミスター・ウォーレスが鋭く目を細め、ダニエルが全身を緊張させた。なんだかわからないが、ヘレナの言葉が原因らしい。「なんでストックウェルに行かなかった？」ミスター・ウォーレスがダニエルにきいた。

　ストックウェルといえばロンドンのすぐ近くだ。そんな場所の名前がどうして？

「ストックウェルには小ずるい輩《やから》が多い。海沿いのほうが利益はあがる」

ダニエルの答えにミスター・ウォーレスはなるほどという顔になった。しかし完全に納得するにはほど遠い雰囲気だ。「だがこっちのほうに来たことはないはずだ。ケント州に来る貿易商ならひとり残らず知っている。サセックス州に来る連中でも、おれはその大半と顔なじみだ。あんたを見かけたことはない」

「ふだん使うルートじゃないからな」まるで旧友を相手にしているかのように、ダニエルは気楽な調子でジンを口に運んだ。「いつも行くのはエセックス州だ」

ミスター・ウォーレスの瞳の奥で、不審の色がまた少し薄らいだ。「ならセント・ジャイルズのクランシーは知っているか？」

「クランシーなら友人だ。息子のジョージにはときどき仕事を手伝ってもらっている」

「息子は事務員になったと聞いたぞ」さりげない口調だ。

「ああ、なった。だが事務ごときの仕事がいくらになる？」ダニエルはウインクした。「自由貿易の儲《もう》けにはかなわねえ」

男たちが笑い、テーブルを支配していた緊張がいっきにやわらいだ。そこからはエセックスの密輸業者についての話題が主だった。面白いとヘレナは思った。テーブルでの会話を誰かが横で聞いていたら、その人は彼らを漁師か農民の集まりと勘違いしたことだろう。男たちは密輸が健全な商売であるかのように話をしている。殺しや乱暴な手口を自慢することはない。というより、会話から暴力のにおいがまったくしない。ひょっとして、密輸業者についての自分の認識は、少し間違っていたのだろうか。

間違っていたといえば、ダニエルと密輸業者との関係についてもだ。何年も前に縁を切ったという割には、ダニエルは驚くほど内情に通じている。密輸業者たちの使う独特な用語も完璧に使いこなしている。彼のこんな邪悪な側面を見たのは初めてで、恥ずかしいことに、ヘレナはそれをとても魅力的だと感じた。

わたしは勝手な思いこみをしていたの？　彼は密輸の仕事に深くかかわっていた？　まさか。当時のダニエルはまだ子供だった。けれど、ここにいるひとり、最後にフランスに行ったときのことを自慢げに話している青年は、どう見ても十八より上とは思えない。そしてダニエルもまた、密輸業者の世界についてあまりに詳しい。

それだけ知識のある彼ならば、ジュリエットとモーガン・プライスに関する情報も楽に引きだせるはずだった。話の内容からして、男たちはロンドンで商品をさばいた帰りのようだ。だからだろう、話す口調が開けっぴろげだ。見られて困るような品は手もとにないし、ダニエルが同業なのは先ほどの会話ではっきりしている。

なのに、ダニエルはまだジュリエットについてきこうとしなかった。このままではいけないと、ヘレナは前に出る覚悟を決めた。

話題がつきかけたと見るや、すかさず言葉をはさんだ。「実は、こっちのルートを来たのには別に理由があるんです。ダニーが友人を捜しているの。今は南部のほうで働いていると耳にしたものだから」

　その直後、悪くないほうの脚を誰かに蹴られた。反射的にダニエルを見ると、怖い顔でヘレナをにらんでいる。ならばとヘレナも蹴り返し、呆然《ぼうぜん》とする彼の顔を見て溜飲《りゅういん》をさげた。彼にまかせていたら、密輸業者と酒を飲むだけで翌週になってしまう。

「名前はモーガン、とか言ったかしら」明るい声で続けた。そしてエールをがぶりと飲んだ。飲むたびにおいしく感じるお酒だ。「あなた、その人の名前はなんでした?」

「プライスだ。モーガン・プライス」

「知ってるぜ」ひとりが疑うふうもなく言った。「というか、何日か前にここで会った。おれらはロンドンに行く途中でよ。上品なレディといっしょだったな」

　心臓が激しく打ちはじめた。「まあ、そうなの、彼も奥さんと旅をしているのね。でも、おかしい。ミスター・プライスに奥さんがいるとは聞いていなかったのに」

「いや、奥さんじゃない」ミスター・ウォーレスの向かいから最年少の男が言った。「ほら、ミスター・ウォーレス、前に言ってたじゃ――」

　ミスター・ウォーレスは若者の頭をこづいた。「おのれの知らないことをべらべらしゃべるんじゃねえ」

　ヘレナは歯嚙《はが》みしたい気持ちを笑顔で隠した。「女性の話は別にいいんです。とにかくダニーはミスター・プライスと話がしたいみたい。そうでしょう、ダニー?」

　ダニエルは冷静な態度をくずさずにいるが、鋭い目の輝きから周囲をしっかりと観察していることがうかがえる。「そうだとも。彼にはフランス産のブランデーを誰より安く流してもらっていた。ブローニュにつてがあったらしい。どういうつてだか、一度きいてみようと思ってな」

　ミスター・ウォーレスが身をのりだした。「気をつけろ、ミスター・プライスと仕事をするなら、まずクラウチに話を通すこった。クラウチは非情な男だ。勝手な仕事をした手下は容赦しねえ」

　クラウチって？　考えようとしても、ヘレナの頭のなかはもはや霧だらけだった。クラウチって誰なの？　どういう人なの？

　ダニエルの顔色が変わった。彼はジンをあおり、グラスを勢いよくテーブルに戻した。

「プライスは〝陽気なロジャー《ジョリー・ロジャー》〟の手下なのか？」

　ミスター・ウォーレスはにやりとした。ダニエルがジョリー・ロジャー・クラウチを知っていたことに気をよくしたふうだ。「ああ」

「いつから？」

「はっきりとは知らねえが、そこそこ長いな」

「本当に手下なのか？　クラウチの仲間の誰かとたまにつるんでいるだけじゃないんだな？　クラウチの船を利用しているだけという可能性は？」

「クラウチってどなた?」たまらずたずねたヘレナだったが、質問の最後には間の悪いしゃっくりが出てしまった。

男たちが笑う。「ジョリー・ロジャー・クラウチ。密輸業者の王だ」ミスター・ウォーレスが説明した。「海岸地域で大人数の仲間を束ねているよ。サセックス州での密輸貿易はそいつらが牛耳っている。プライスと連れの女はそっちのほうに向かった。ヘイスティングズか、どこかそのあたりだろう」

ダニエルの表情が心なしかくもっていた。ヘレナには理由がわからなかった。ミスター・プライスが密輸業者なのはわかっていたし、海岸のほうに向かったこともダニエルは推測していた。彼が誰かの手下だったからどうだというの?

「おかしな名前ね、密輸業者らのに」あら、ろれつが変だわ。どうして? もう一度言ってみた。「ジョリー・ロジャーって……」よし、今度はいい。「なんだら……なんだか、海賊みたい」

ミスター・ウォーレスが小さく笑った。「エールがまわったな、奥さん」

「違います!」否定したはしからしゃっくりが出た。しゃっくりについて、作法集にはなんと書いてあったかしら。思い出せなかった。

しゃっくりをとめたくてエールを飲んだ。ところがテーブルにグラスを戻すと、グラスが倒れてしまった。何? どうなっているの?

まわりで男たちが笑っている。なかのひとりが言った。「やつの洗礼名はロジャーだ。仲間をおちょくるのが好きなんで、〝ジョリー・ロジャー〟と呼ばれている」

「そして海賊さながらに貪欲だ」ダニエルが低く言った。「悪事を働いても、良心はちくりとも痛まない」

「ずいぶん詳しいようだな」ミスター・ウォーレスが鋭く目を細めた。

「そういう話を聞いたってだけだ。やつの名前はいやでも耳に入る」

ミスター・ウォーレスがぐいっと前のめりになって、ダニエルを凝視した。「待てよ、あんたはブレナンだったな？　〝野獣のダニー・ブレナン《ワイルド・ダニー・ブレナン》〟って追いはぎがいたろう？　ジョリー・ロジャーはたしか以前――」

「ああ、そうだったな」ダニエルは最後まで言わせなかった。「さてと、そろそろ失礼させてもらうよ。妻を部屋に戻さないと。こいつも今夜は十二分に楽しんだろうさ」

# *10*

美しい娘の透きとおるように白い手をとり、
苔《こけ》むした緑の土手に座らせた。
真っ赤な唇にキスをすると、
小鳥たちがまわりで歌いだした。

バラッド『五月の女王』作者不詳

とにかく酒場を出るのが得策だとダニエルは思った。どんな言葉や態度で嘘《うそ》がばれるかわかったものじゃない。ここまでは順調だったが、クラウチが関係しているとなると厄介だ。それでなくても、ヘレナがしこたま酒を飲んだ今は……。

まったく、何も食べずにエールを二杯とは。酔っ払ったヘレナを見るのは初めてだった。酔うこと自体想像もしていなかった。最悪とはこのことだ。

ダニエルは酒場のメイドを呼んだ。「いくらだ？」

メイドはちらとウォーレスを見て、それからダニエルに視線を戻した。「お勘定はカウンターでしてください。テーブルでお金をもらうとわたしが怒られるわ」

「すぐに戻る」ヘレナに言い置いて席を立ち、カウンターに向かった。

やけにぐずぐず計算をする支配人だった。勘定をすませてテーブルに戻ったところで、理由が知れた。引きとめておけとかなんとか、ウォーレスがメイドに合図していたのだろう。ヘレナを膝にのせ、いやがる彼女に無理やりキスをしようとしているのがその証拠だ。怒りがこみあげてきた。ヘレナがのけぞってウォーレスの頬をはたいたのを見てもなお、激しい怒りは静まらなかった。

「なんのまねだい？」ウォーレスはぶたれた頬をさすった。「ただの軽いキスだろうが。あんただってさっきは楽しみたいと――」

「意味が違うわ。それでなくてもあなたとなんか」ヘレナはウォーレスの膝からおりようとしたが、うまくいかずに隣の椅子に倒れこんだ。

苦痛の声を聞くや、ダニエルはテーブルをなかば飛びこえるようにしてウォーレスにつめ寄った。両手をかけて椅子から引きあげ、身長差の分だけ宙につりあげたところで、まっすぐに彼を見据えた。「今度その薄汚い手で妻に触れてみろ。骨を砕いて両手ごと使えなくしてやるからな。わかったか？」

にらんできたウォーレスをぶんぶんと宙でゆすり、彼がうなずいたのを見て、ようやく床におろした。

ウォーレスは服の皺《しわ》を直しながら薄笑いを浮かべた。「心配すんな。そんな脚の悪い女になんか、誰も本気になりゃしねえよ」

ヘレナが息をのんだのがわかり、ダニエルは沸騰する怒りで頭のなかが真っ白になった。気づけば相手の鼻面に拳を振るっていた。床にのびてうめく男を、ダニエルは立ったままにらみ据えた。「レディを侮辱した罰だ」ほかの男たちがさっと腰を浮かせたが、臆せず拳で威嚇した。「おまえらも殴られたいのか？　どうなんだ？」

しかし、彼らはボスよりも頭がまわった。にらみつけられると腰をおろし、エールの泡に小さく不満を吐き捨てている。たとえ数では勝っていても、酔いどればかりの彼らに勝ち目がないのは誰が見ても明らかだ。それに、ダニエルの行為は正当だった。彼らはそれを知っている。他人の妻に手を出すのは許されない。たとえ密輸業者でもだ。

ダニエルはヘレナに注意を移した。「大丈夫か？」

「ええ」彼女はか細い声で答えた。ウォーレスをひたすら見つめている。

「行こう」ヘレナを抱えて大股で出口に向かった。脚の障害があるうえに今は酒の影響もある。歩かせようとしてもたぶん無理だ。酒場を出て階段へと進んだ。「まったく、きみは騒動を起こすのがうまい」

「あなただって」

きっとにらむとヘレナは……笑っていた。なんて女だ!「何がおかしい?」

ヘレナはダニエルの首を抱き、酔っているのが一目瞭然の無邪気な笑顔を向けてきた。

「人を責めるなと前に言ったわよね。だったら、自分でも忘れないようにしなくちゃ。自分で言った忠告には、ちゃんと耳を傾けなさい、ダニー」

「きみがウォーレスと仲よくしたり、酔っ払ったりするからだ。でなけりゃ、やつを殴ったりはしなかった」

「助けてくれたのは感謝してるの。ミスター・ウォーレスなんて大っ嫌い」ダニエルを見つめる瞳が輝いた。「あなたのほうが何倍もすてきよ」

少々ろれつが怪しくても関係なかった。今の言葉で、胸にくすぶっていたいらだちが、残らず純粋な欲望に変化した。腕にかかる優しい重さと相まって、それはダニエルの気まぐれな息子をたちまち恐ろしい興奮状態へと駆りたてた。くそっ、なんでぼくは酔っていないんだ。酔っていれば、少なくともここまで興奮はしなかった。

可能なかぎり急いで階段をのぼり、そうするあいだも、手のすぐ先にある胸のふくらみや、腕にのっている両脚や、一段のぼるたびに腹にぶつかってくるかわいい尻のことは極力考えないようにした。

ヘレナの瞳が不安げに揺れた。「ダニー?」

「ん?」不思議な気分だった。相手がヘレナだと、ダニーと呼ばれても不快に感じない。彼女は純粋に愛称として使っている。追いはぎだった父を思い出させようという意図はない。その違いは大きかった。

「わたしのこと、まだ怒ってるのね?」

ダニエルは彼女を見て片眉をあげた。「これが怒っている顔に見えるか?」

ヘレナはすばやくうなずいた。「すっごくいらいらしてる顔」

ほほえみたいのをぐっとこらえた。この分じゃ、明日の朝は二日酔いで大変だぞ。「いらついてはいないよ。まあ、腹が立っても当然だろうが。部屋にいろと言ったのに、きみはしたがわない。ぼくには必ずしたがうという最初の約束を、きみはもう何度も破っている」

ヘレナが眉をひそめた。「約束というなら、あなたがジュリエットに何があったのかを突きとめる約束でしょう。わたしがいなかったら、どれだけ時間がかかっていたか」

「ぼくにはぼくなりの考えがあった。不審を抱かせたくなかったんだ」もっとも、今では不審だらけだろうが。

「ふうん」ヘレナは唇をとがらせたが、ダニエルにすれば、そんな顔もキスへの衝動をかきたてるだけだった。「わたしがいたから、モーガン・プライスとジュリエットの行き先がわかったのよ。なのに、あなたは怒ってる」

「だから、怒ってないって！」部屋がある二階に到着して、ダニエルは声を落とした。「きみには怒っていないよ」そう、腹が立つのは自分自身に対してだ。クラウチが関係しているることくらい、考えればわかるはずだった。請われるままヘレナを連れてきたのは間違いだった。

そして、苦しいほどに彼女を求めてしまう自分が腹立たしい。

「それなら誰に怒っているの？」

「気にするな。明日あらためて話をしよう」クラウチの何が問題になるのかは、話したいというより話さなければならなかった。今ある疑念のすべてを、ヘレナには教えておくべきだ。「今のきみは、まともな話ができる状態じゃない」

「わたしはいたって正常です」高慢娘らしい口調に、ダニエルは笑ってしまった。

「ああ、そうだな」

「少し飲みすぎたとしても、その分すばらしい成果があったわ」

「ろくでなしに襲われかけただろう。〝すばらしい〟が聞いてあきれる」小声で言いながら、ろうそくに照らされた廊下を歩いた。

ヘレナがダニエルの胸に指を突きつけた。「そのいらいらは、わたしが何人もの男性に優しくされたからね。自分は裸の女性をたくさんはべらせても平気なのに、わたしがほんのちょっと楽しんだら、あなたは〝冷酷な荒くれやろう〟に姿を変える」

「冷酷な荒くれやろう?」面白い。「そんな言葉、どこで覚えた?」

「あのいやなミスター・ウォーレスが言ってたの」

ダニエルは顔をしかめた。「意味はわかっているのか?」

「あなたが冷酷な荒くれ男だってことよ。実際、たまにそうなるもの」

「違う、それはぼくが野蛮な追いはぎだという意味だ。特別な言葉は、意味をはっきり知ってから使ったほうがいいな」

「そう」ヘレナは眉根を寄せた。新しい情報を頭のなかで整理している。やがて彼女の顔から緊張が解けた。「でも、あの男の人たちに対する態度は野蛮だったわ」

ダニエルは天を仰いだ。「やつらには、あのくらいなんてことない」

彼女はふいに考えこむ表情になった。「あの人たち、わたしの思う密輸業者とはぜんぜん違ってた。ミスター・ウォーレスは別だけれど、とても優しくて」

その優しい彼らに、いきなり身ぐるみはがされることもあるんだぞ。喉の奥で笑っているうち、部屋の前に到着した。「そして、きみのほうは酔っている」

「酔っていません!」

ヘレナをおろして扉を押し開けた。まさにその瞬間だった。彼女がよろけてもたれかかってきた。ダニエルは笑いながら彼女を抱えた。「きみの言ったとおりだった。きみは酔っているんじゃない。へべれけに酔っているんだ」

部屋に入って足で扉を閉めた。そのあいだじゅう、ヘレナはじっとダニエルを見つめていた。「本当にそう思う?」

「疑う余地はないね」見まわすと、着替えの服が衝立《ついたて》にかかっていた。「寝るときの服はないのか?」いや、とダニエルは思った。あったとすれば着替えさせるのは自分だ。冷静にやりとおす自信はない。「いいさ、このままでも床には入れる」

「いやよ。服が皺だらけになってしまうわ。手持ちの服は二着だけなの。わたしはシュミーズで寝ます」お得意の高慢な態度で、ヘレナは言い添えた。「あなたが侍女の代わりをしてちょうだい。侍女を連れてこさせなかったのはあなたなんですもの」

当然の言い分ではあるのだろう。だが、彼女の服を脱がせるのかと思うと、ダニエルの心臓は恐ろしい速さで打ちだした。「わかった」

ベッドの端にヘレナを座らせ、その前に膝をついてハーフブーツを脱がせた。か弱い脚を見るなり、自力で歩けるようになったという彼女の驚きの告白を思い出した。この脚のせいで顔をしかめられては、男嫌いになるのも当然だ。努力で手に入れた小さな奇跡を鼻先であしらわれる。そんな経験をすれば、ダニエルとて同じ気持ちになっただろう。男たちはこの脚を欠点と見るようだが、とんでもない、これは強さの象徴なのだ。

ヘレナはダニエルが思っていた以上にすばらしい女性だった。彼女がこんなにも酔っていなければ、自分はおそらく、この気持ちを行動で表現したい思いに駆られている。だが、それは決して賢明な判断ではない。

衝動は即座に抑えこんだ。靴下を脱がせて細い足首からキスをしていきたいところを、立ってヘレナの隣に座り、後ろを向かせて小さなボタンをはずしにかかった。

しかし、薄いリンネルの下着があらわになるにつれ、ダニエルの〝ジョン・トーマス〟は元気になるばかりだった。このまま行けば、いつ爆発するか。ダニエルは彼女の肩からさっと服をはいだ。

美しい肩は、ほんの一部しか覆われていなかった。見とれて肩に手をのばしかけ、そこではっとわれに返った。小さく悪態をついてベッドから立った。「あとは自分でできるだろう。脱いだらぼくのほうに放ってくれ。衝立にかけておく」

意志の力を総動員してヘレナから離れた。本人がはっきり口にしたように、彼女の目に映るダニエルは身勝手な好色家だ。酔っているのをいいことに手を出しでもしたら、彼女の正しさを証明するだけだ。何もしてはいけない。どれほど心が騒ごうと。

視線がいかないようヘレナに背を向け、ブーツを脱いで幅広ネクタイ《クラヴァット》をはずした。外套《がいとう》を脱いでいると、出発時に彼女から没収していた薄手の本に手が触れた。

奇妙な書名を思い出しながら、ダニエルは本をポケットからとりだした。

『若いレディのためのミセス・ナンリーの行儀作法集』

おそらくはこの本を規範として、ヘレナは礼儀というものを認識している。時間を見つけて読んでおくとしよう。彼女がエールなしには自分を解放できなかったその理由くらいは、わかるかもしれない。

脱いだ外套の下に本を押しこみ、それからチョッキを脱いだ。ズボンを脱ぐのは、ヘレナが寝入ってからだ。ほかは着たまま寝るつもりだった。彼女と同室だというだけで問題なのに、そのうえ半裸になる必要がどこにある。

飛んできたドレスとペチコートを衝立にかけ、ひと呼吸置いてからダニエルは振り向いた。もうベッドに入っているはずだった。上掛けを顎まで引きあげているはずだった。

ところが、ヘレナはシュミーズ一枚でベッドに座っていた。なんてことだ。着ているのかいないのかわからないような薄手の布だ。それが美しい胸やしなやかな腿にぴったりと張りついている。欲求が一段と強くなった。彼女のすべてを確かめたくて、両手がうずきはじめた。

ちくしょう、なんでぼくがこんな責め苦を受けなきゃならない？

しかも、ヘレナは髪までおろしていた。想像していたとおり、それは長くて、豊かで、恐ろしく華やかだった。彼女が飲んだダークエールの泡ではないが、ふわふわと両肩を包み、腕を流れ、腰にかかり、毛先のカールを腰骨のふくらみで遊ばせている。

同じものを、布に覆われた両脚の奥にも想像しそうになった。靴下はまだはいている。ヘレナのことだから、下ばきも身につけているだろう。だとしても同じことだ。髪をおろし、シュミーズと靴下をあらわにしたヘレナはいかにも扇情的で、ダニエルはすぐにも獰《どう》猛《もう》な獣となって彼女に飛びかかりたかった。

だがそんな彼の興奮にも、ヘレナはおそらく気づいていない。無邪気な笑顔で悪くないほうの脚をぶらぶらさせ、ふくらはぎでベッドのオーク材をリズミカルに叩《たた》いている。

「わたしはベッドでは寝ないわよ。ベッドはあなた。わたしはそっちで寝るの」足の親指でマットレスを示した。「ね？　もうわたしが一度使ったもの」

ダニエルはマットレスを見て驚いた。毛布がくしゃくしゃになっていて、枕には彼女が頭をのせたくぼみが残っている。「どうしてきみが？」

「あなたがわたしに腹を立てていたからよ。いやだったの。不機嫌にぶつくさ言っているし、それに……横柄で。怖い顔でこうするとかああするとか断言しては、あれこれわたしに指図するんですもの。わたし、人に命令されるのが嫌いなの」

「それは知らなかった」そっけなく返した。

「ぐっすり眠れたら機嫌も直るんじゃないかと思って。だからわたしはマットレス」

ダニエルはかぶりを振った。ヘレナにはどこまでも驚かされる。「きみがベッドで寝るほうがいい」

「いやよ」そう言う口調には、いつもの尊大さが残っていた。「言ったでしょう、あなたはベッドを使う。わたしは床で寝る。もう決めたんだから」

移動するつもりか、ヘレナは立ちあがった。ダニエルがとっさに動かなければ、杖《つえ》を持たない彼女は間違いなく床に倒れていた。

結果、また彼女を抱くはめになった。肌もあらわな美しい肢体が、そっくりこの腕のなかにある。隣に立たせようとすると首筋に抱きつかれた。上目づかいになって秘密めいた微笑を浮かべている。頭がくらくらした。

「ヘレナ」苦しげな声になった。「言い争うのはやめよう。ベッドはきみが使え」

「そうしたら、あなたがひと晩じゅう虫に悩まされて眠れなくなるわ」

「虫に悩まされるのは、ベッドでも床でもいっしょだ」いらだちが声に出た。「頼むから、おとなしくベッドで寝てくれないか。お互い寝ないと明日がつらい」まあ、どうせこっちは一睡もできないだろうが。

ヘレナが口をとがらせた。「また怒った」

「怒っていない」噛《か》みしめた歯のあいだから言った。

「怒っていないのなら、証明してみせて」

ダニエルはとまどった。「証明？　どうすればいい？」

「キスして、ダニー」

突きあげてきた熱い衝動に、思わずうっと声がもれた。落ち着け――自分自身に言い聞かせた。彼女は自分が何を言っているのかわかっていないんだ。朝になったら、今とは違う反応をするぞ。

聞かなかったふりでごまかした。「ベッドに入る時間だよ」ささやいて、ベッドに戻そうとした。

「キスして。あなただってそうしたいんでしょう?」

「キスは許さないんじゃなかったのか?」

「気が変わったの」

ジョン・トーマスが——意思を持ったいまいましいジョン・トーマスが、ズボンのなかで騒ぎはじめた。あせったダニエルはヘレナをベッドのほうに押しやった。ただ、彼はヘレナの力を甘く見ていた。そして決意の強さも。ベッドに倒れるとき、彼女はダニエルもいっしょに引き倒した。気づけばベッドでふたり、重なっていた。

「倒れちゃったわ」ヘレナが声を震わせて小さく笑う。

倒れるというより、ダニエル自身はどんどん落ちていく気分だった。柔らかくも積極的な体を組み敷いているこの感触。食いつくような視線で彼女を観察した。シュミーズを着ていても体の線ははっきりわかった。しかもダニエルの重みで布が押しつけられているため、薔薇色《ばらいろ》の胸の頂や、顔をうずめたくなる谷間までがしっかりと見てとれる。枕にはつややかな美しい髪が広がっていて、さわってちょうだいと誘いかけている。

首を抱くヘレナの手に力が入った。「キスして」きらきらした瞳が見返してきた。「そうでないと、いつまでも許してもらえないのかと思ってしまうわ」

おいしそうな唇だった。ダニエルを待っている。軽いあいさつ程度のキスをしてどこが悪い？　ふたりのあいだにしこりがないことを伝えるだけじゃないか。

軽く唇を重ねた。それだけでもめまいがしたが、あろうことか、閉じた唇にいきなり彼女が舌をはわせてきたため、すぐにめまいどころの話ではなくなった。ダニエルは無理やり体を引いた。全身の血がごうごうと騒いでいた。

ヘレナは男への影響力に気づきはじめた女性ならではの魅惑的な笑みを浮かべながら、ダニエルの下唇に親指を置いた。「今度は口を開いてちょうだい」前にダニエルが言ったとおりの言葉でからかってくる。

もうだめだ。細い自制の糸が切れた。ダニエルは乱暴とも思える激しいキスをし、がむしゃらに快感を――当人には与えている自覚がないであろう快感を追いかけた。

自覚は、あるのか？　ヘレナは熱く積極的だった。舌を入れられてもいやがらず、むしろ自分の舌をまつわりつかせて引きこんでいる。彼女のなかには激しさと未熟さが、欲望と無邪気さが混在している。彼女こそ人を酔わせる美酒だった。ダニエルからすれば、それは期待をはるかに超える反応であり、どこまで求めても飽きることがなかった。

時間の感覚がなくなった。緩慢なキスを繰り返しているうちに体が熱を帯び、ヘレナのエールの味と蜂蜜水のにおいで酔いがまわった気分になった。冷静になろうと顔を引いて息を吸った。なんとか正常心をとり戻そうとしたのだが、すると今度は自分の下にあるしなやかな体をよけいに意識するはめになった。ヘレナの体は意欲的で、従順で、魅力にあふれていた。

「あなたのキスはすてきよ」じゃれる子猫を思わせる笑顔に、全身が甘く反応した。

「ぼくも気に入ったよ」そんな悠長な話じゃないぞと、腿のあいだに感じる重さが訴えてくる。それでも彼女の上から離れることはできなかった。

ヘレナの瞳に強い光が宿った。「ダニー、お願いを聞いてくれる?」

「なんだい?」想像はついた。充分納得できたから、おまえはもうお役ごめんだと言いたいのだろう。それが最善なのだとしても、したがうのはあまりにつらい。

「あのね……」彼女は言葉を切ってくすくすと笑った。

ヘレナのこんな笑い方を聞いたのは初めてだった。やはり酔っている。早く体を離すべきなのだ。あとで悔やんでも遅い。体を浮かそうとしたダニエルは、しかし強い力で首筋にすがりつかれた。

「待って!」ヘレナは頬を紅潮させた。「その前に……ああ、いやだ、わたし……」

意味がわからず興味がわいた。「何をしてほしいんだ?」

ヘレナは勇気をかき集めている。「服……服に手を入れて、わたしに触れてほしいの」

「ばかを言うな」興奮している頭のなかで、その情景がぐるぐるとまわった。

彼女はダニエルの首から腕をほどき、片手を自分の胸に置いた。「ここ。ここに触れてほしいの。シュミーズの上からじゃなくて、直接」

華奢な手が無邪気に自分の胸に触れている。その光景を見ただけで、ダニエルは危うく達しそうになった。「気でも違ったか？　これは冗談なのか？　それとも、ぼくの神経をずたずたにしたいだけなのか？」

ヘレナは少し勢いをそがれた様子だったが、すぐにきっと顔を起こした。「あのサリーっていう女性にならするんでしょう？　どうしてわたしにはしてくれないの？」

「サリーは娼婦《しょうふ》だ。きみは立派なレディで処女だろう？　しかも酔っている。だめだ。きみの胸には触れない」

「そんなに酔ってはいないわ。どうして娼婦じゃないと触れてもらえないの？　不公平よ」彼女はダニエルがとめるまもなく下着の紐《ひも》をゆるめ、襟ぐりを大きく引きさげた。

飛びだしてきた片方の胸を見て、ダニエルはうめいた。想像どおりのそそる胸だった。元気よく張っているところなど、まさに処女の見本といっていい。

ヘレナは顔をしかめて自分の胸を見おろした。「あまりきれいじゃない？　サリーほど大きくはないけれど、でも——」

「きれいだよ。大きさも完璧だ」男の手におさまる大きさだ。くそっ、ぼくの手にぴったりの大きさじゃないか。

「触りたいと思うくらい？」

食べたいと思うくらいだ。実際にそうしたかった。唇を寄せ、舌で味わい、かわいい先端をついばみ、喜びの声をあげさせたい。酔ったヘレナの誘い上手には驚くばかりだった。今まで純潔を守ってきたのが奇跡に思える。

ヘレナがダニエルの手をつかんで胸に押しつけた。「ここよ。どんな感じになるのか知りたいの。ダニー、お願い……」

先端が柔らかく立ちあがるのがわかって、ダニエルは悪態をついた。ヘレナの胸は違和感なくしっくりと手のなかにおさまっていた。めったにできる経験ではない。

愚かな自分を呪いつつも、一からキスを再開した。胸をなで、もんで、からかって、そうやって大きくすることで、さらなる張りを引きだしていった。ヘレナの両手が静かにシャツの下に入ってきた。肋骨《ろっこつ》にそって動きながら、おずおずと胸全体をなでている。体が震えた。やめてほしくない。ああ、なんて優しい指なんだ。なんてうぶな触れ方なんだ。

そう、ヘレナは純真だ。ダニエルは意志の力を総動員して唇を離した。ただし、手のほうはとめられなかった。彼の手は脳の命令を無視して、ヘレナの胸で遊びつづけた。

うれしそうな彼女の様子に、いっそうの興奮が駆りたてられた。「いい気持ちよ、ダニー。反対にもやってみて」

これほど欲情していなければ、声をあげて笑っていただろう。「自分が何を言っているのか、きみはわかっていないんだ」

見返してくる目は、驚くほどに澄んでいた。「わかっているわ」ヘレナはダニエルの胸に両手をぺたりと押しつけた。乳首を刺激されたダニエルは、たまらず声をもらした。「わたしのことを、好奇心が強いと前に言ったでしょう？　ええ、あなたの言うとおりよ。わたしは男と女の大騒ぎの正体を知りたいの」

ズボンのなかで最後のたががはずれた。本気で教えてやりたい。我慢することに意味はあるのか？　少々の快楽ならば、純潔を奪わずとも教えてやれる。それに、今を逃したら、ヘレナに触れる機会はない。甘く優しい彼女を知る機会は二度とないかもしれない。

彼女が酔っているのは確かだ。だが、最初に思っていたほどではない。ろれつの怪しさがなくなっている。自分で服も脱げた。何より、ぼくを引き倒したではないか。しらふのときのヘレナは、かびくさい作法にばかりしたがっている。したがっていれば安心ということなのだろうが、そのために楽しむ機会を逃しているのも事実だ。せっかく酔って道徳心が居眠りしているのに、楽しむなと言う権利がぼくにあるのか？　それでなくても彼女は自分に魅力がないと思っている。違うんだと教えてやってもいいだろう。

いいや、都合のいい屁理屈《へりくつ》だ。ダニエル自身の道徳心が反論してきたが、そんなものは力ずくでねじ伏せた。できるさ。彼女を味わい、彼女に触れて、彼女に喜びを教えても、純潔は守りとおす。意志を貫く自信はあった。

「わかった」ダニエルは小声で言った。「満足したら、ちゃんと教えるんだぞ」教えられたときに、すぐに中断できればいいのだが。

頭をさげたダニエルは、今度は味わう楽しみをおのれに許した。ヘレナの願いどおり反対の胸を手で愛撫《あいぶ》しながら、最初に触れていたほうの胸に唇を寄せた。

ああ、なんてすばらしいんだ。これほどに美しい双丘を、ダニエルは見たことがなかった。ふたつのふくらみを交互に口で覆った。むさぼるように愛撫し、味わった。そのうちヘレナが甘い声をもらしはじめ、彼のシャツをつかんで自分のほうに引き寄せた。

「ああ、すてき……そうよ、ダニー、ああ」

女なら数えきれないほど抱いてきたダニエルにとっても、ヘレナの無邪気な〝すてき〟は特別で、どんな言葉で賞賛されたときよりも興奮し、誇らしさで胸がいっぱいになった。喜ばせたいという思いが苦しいほどに高まっていた。少しでもいい、ひとり寝のベッドで反芻《はんすう》するような記憶を植えつけてやりたい。

はっきり言うなら、この自分と寝た記憶を。ヘレナにも自分を思って身もだえしてほしかった。酔いが覚めれば、つきあうには値しない身分の卑しい男と判断されるのだろうが、喜びを教えてくれたのは彼だったと、その記憶だけは確実に刻みつけてやりたい。

下ばきを脱いでいなかったことに感謝しながら、ダニエルは柔らかい体に高ぶりを押しつけた。ヘレナが息をのんだ。彼女の顔を見つめながら、片方の胸を親指で刺激した。張りつめたかたまりをもう一度、確信を持って彼女の下腹部にすりつけた。見開かれる目。ヘレナの顔に朱がさした。動転した彼女に突き飛ばされるのを覚悟した。

それなのにだ。「これが……これが、男の人のあれ、なの？」彼女の瞳は好奇心に満ち満ちていた。

ダニエルは笑った。「男の人のあれ？　上品なレディはそう呼ぶのか？」

「ロザリンドが言ったの。ほかにもいけない呼び方をいろいろグリフに教わったと」

「たとえば？」ダニエルは鼻先を胸のふくらみにすりつけた。

ヘレナはかぶりを振った。興奮して肌全体が熱を帯びている。「言えない」

「男の下半身の話はしないのか？　こいつから与えられる喜びを知ったあとでも、そんなに気どっていられるのかな？」ほほえみかけながら、彼女のいちばん敏感な部分に腰を押しつけた。息をのんだヘレナが本能的に背中をそらした。ダニエルは小さく笑った。「わかったろ。こいつについて話はしなくても、楽しむことはできるんだ」

「話してはいけないし、楽しんでも……つまり……」彼女の言葉がとぎれたのは、ダニエルがリズミカルに腰を前後させたときだった。「ああ、こんなすごいことって……。こんなに気持ちいいなんて。ロザリンドには聞いていたの。でも、わたしは嘘だと思って信じなかっ……ああ、お願い、続けて……」

「仰せのままに、お嬢さん」ダニエルは胸へのキスを再開した。彼の下でヘレナの体が震えながらとけていく。ほてった肌が美しい。顔が上気していて楽しんでいるのがわかる。彼女がシュミーズを着ていて、ダニエル自身もズボンと下ばきをはいたままなのは、幸運というほかなかった。これで互いが裸だったら、どこまで我慢できていたか。

ヘレナのなかに入りたかったが、許されないのはわかっていた。しらふに戻れば彼女はすべてを後悔する。酔っている状況を利用したダニエルを憎むだろう。

しかし、自分ならば純潔を奪わずに喜ばせてやれる。〝小さな死〟を経験して恍惚《こうこつ》となるヘレナが見たい。この腕のなかでのぼりつめるヘレナが見たい。どれほどの苦痛を強いられようと耐える覚悟だった。明日から何週間も、この夜の経験を彼女が夢に見るように。

甘くかすんだ意識のなかで、ヘレナはダニエルが脚のほうにさがっていくのに気がついた。シュミーズをめくられたときは、動転して息をのんだ。いったい何をしているの？　酔ってはいても、それがとんでもなくいけない行為なのは理解できた。下ばきのスリットのせいで、大事な部分が彼にじっくりと観察されてしまう。なんてこと！

脚を閉じようとしたが、ダニエルのほうがそれを許さなかった。許さないどころか、大きな手でヘレナの腿をさらに押し広げようとしている。「ぼくに見せてほしい。きみは本当にきれいだ」

「そ、そこを？」

ダニエルはヘレナを見るなりにんまりと笑った。「ああ、そこだよ。きみのすべてだ。きみの味を知りたい。いいね？」

「わ、わたしの味？」たずねた刹那、まさに〝そこ〟を口でふさがれた。脚のあいだに、キスをされている。体が硬直した。信じられない。男の人はこんなことを本当に……。昔からこんなことを……。

そうよ、してきたんだわ。ああ、この感覚といったら！　ヘレナの〝そこ〟に、ダニエルは唇にしたようなキスを繰り返していた。舌をはわせ、舌をさし入れ……ああ、さし入れているだなんて！

最悪なのは、自分のなかにやめさせたいという衝動が少しも生まれないことだった。お酒のせいだとは思っても、あられもない欲求にとらわれて自然と体が動いてしまう。そしてその欲求を、ダニエルは無慈悲なほど執拗《しつよう》に駆りたてていた。彼の舌は容赦がなかった。柔らかな襞《ひだ》を濡《ぬ》らし、次には奥深くにまで入ってきて、打ちつけるような動きをどんどん加速させている。ヘレナは頭がぼうっとし、ここがどこなのか、自分が誰なのか、なぜここにいるのかもわからなくなってきた。

無意識のうちにダニエルの頭をつかみ、ダークブロンドの髪を押しつぶしながら、自分から腰を押しつけていた。どことも知れない断崖で、端へ端へと押しやられていく感覚だった。あと一歩でも前に進めば、深い谷にのみこまれてしまう。

「それでいい」ダニエルが顔をあげた。けれど、送りこまれてくる快感はやむことがなかった。彼の指がヘレナをはじき、ヘレナをなだめ、そして奥へと押し入ってきたからだ。

「楽しんでごらん。何も考えずに、ただ楽しむんだ」

ヘレナはそのとおりにした。再び執拗なキスにさらされたときには、目を閉じて頭を後ろに倒し、細かな震えを伴った舌のリズムや、もたらされる感覚や、強く押し入られるごとに深部でうねる快感に意識を集中させた。すると突然、闇に引き寄せられるまま体が飛んだ。激しい何かが、恐ろしい薬のようにヘレナを翻弄した。それはエールよりも強烈で、ヘレナの知るどんなものよりも甘美だった。声をあげてダニエルの舌に自分を強く押しつけた。体に火がついたようだった。感覚という感覚が鋭くはじけた。

その後、ヘレナは荒い息をしながら、呆然《ぼうぜん》とした。何も考えられない数分が過ぎ、ようやく目を開けることに思いがいってダニエルを見た。

ダニエルはヘレナの腿に頭をのせていた。どうだといわんばかりの顔で、じっとヘレナを見つめている。「わかったろう？　これが大騒ぎの正体だ」

わかった。とうとう知ってしまった。

こんな場合は、きまり悪さのような道徳にかなった感情がわいてくるものだろう。なのにわたしは幸せで……ふわふわした喜びのなかで部屋を飛びまわりたい衝動に駆られている。

恥ずかしさを感じない自分に、ヘレナはぞっとした。男の人が脚のあいだに入ってきたというのに。下ばきの内側の素肌に顔をうずめられたというのに。奥まった敏感な場所にキスをされて、繰り返し舌を使われたというのに。彼が触れていたのはどこも、本来は夫にしか許してはいけない場所なのだ。

夫。好奇心がむくむくとわきあがって、ヘレナは目を見開いた。「ダニー？」

「ん？」

「これが男と女のあいだに起こることなの？　その……愛しあったときだけど」

ダニエルはぴたりと動きをとめ、それから片肘をついてヘレナのシュミーズを引きおろした。「そうとも言える」ヘレナから目をそらした。「愛しあい方にもいろいろあるからな」

「ロザリンドに聞いたのは、男の人が彼のものを、女性の——」

「ああ、ふつうはそうだ」ダニエルはベッドの頭のほうにずりあがってきた。軽くヘレナに覆いかぶさり、最初のように腰を落として、下ばきのふくらみをヘレナに感じさせた。「だからこんなにかたくなる」彼の表情は、脚のあいだのふくらみに劣らずこわばっていた。「女性のなかに入るようにできているんだ。ぼくが舌でやったのと同じだ」

顔がかっと熱くなった。「そ、それはいつもかたいの？」下ばきのなかに棒を隠して歩いている男性を想像したが、うまくいかなかった。今まで気づかなかったのが不思議だ。

ダニエルは薄くほほえんだ。笑みの裏に荒々しい欲望が透けていて、ヘレナはあっと息をのんだ。「いつもじゃないさ。抑えられない興奮にとらわれたときだけだ」彼は瞳をかげらせ、体をヘレナにすりつけてきた。「今のぼくだな」

抑えられない？　つまり、わたしが思ったとおりだった？　「あなたとは……つまり、わたしはまだ……処女のまま」

彼は口もとをこわばらせた。体を引いたと思うと、ごろんと横に離れ、仰向けになって天井を見つめた。「ああ、純潔を奪ってはいない。そういう質問ならね」

だけど、本当は奪いたかった。

違うの？　そのとき、彼がいきなりベッドをおりた。もういっときもここにはいられないというように。酔っていてさえ、その態度には疑問がわいた。ダニエルの姿を目で追いながら、ヘレナはほっとしつつも傷ついていた。彼は平然とした足どりで床のマットレスに近づいていく。そこでシャツを頭から引き抜き、ほかも脱いで下ばき一枚の姿になった。

わたしを抱きたかったの？　もしそうなら、それはわたしが手近にいる女性だったから？　ふしだらにふるまう姿を見て、我慢できなくなったから？

自分がふしだらだったのはいなめない。あれでダニエルから執拗に求められていたなら、ヘレナ自身、とんでもないふるまいに及んでいただろう。

熱い涙が喉をふさいだ。そういうことか。自分はどうやら、彼に純潔を奪われたいと思っていたらしい。今まであえて認めずにきたけれど、ヘレナの毎日は単調で、気持ちが高ぶる場面などどこにもない。今夜は——酔ってはいても頭は働いているため、素直に認めることができる。奪われたいという気持ちが、ヘレナのなかで急速にふくらんできた。誇りを守って寂しく生きるよりは、そっちのほうがはるかにましだ。

なぜやめたのかと、酔った勢いで危うく彼にたずねるところだった。口にはできない場所のふくらみからして、彼がヘレナに欲情しているのは間違いない。でも、最後まで抱きたいと思うほどではないようだ。それは、どうして？

じっと見られていることに気づいて、ダニエルが顔をしかめた。「寝たほうがいいぞ。あと何時間かで朝になる。明日は大変だ。朝方にはいろいろ話しておくこともあるしね」

ヘレナは先の質問をのみこんだ。やめよう。彼に夢中だとか、抱いてほしいとか、そんなふうに自分をさらけだすのは論外だ。キスや、手での愛撫や……ほかにも口にすべきではなかった危険な要求に、ダニエルは応えてくれた。ダニエルが行為のあいだに興奮して、それでも〝奪いたい〟と思うほどの高ぶりは得られなかったとしたら、それはきっと、ヘレナが彼にとって面白みのない女だったからだ。

考えてみれば当然の話だ。ダニエルは誘惑上手な女性を何人も知っている。ベッドに来てと呼びかけていたサリーがいい例だ。こぼれた涙を、ヘレナは乱暴にぬぐった。

反対を向き、耳の上まで毛布を引きあげて、きつく目を閉じた。純潔を奪わずにいてくれた彼に感謝すべきなのはわかっていた。けれど、今は胸の先の鈍いうずきや、腿のあいだの熱いほてりばかりが意識され、胸に荒々しくキスをされたときや、大事な場所に舌が入ってきたときの信じられない興奮ばかりを思い出している。

ダニー・ブレナン……いまいましい男。ヘレナは欲求に震えながら考えた。どうしてわたしじゃだめなの？

## *11*

海の向こうからひとりの騎士がやってきた。
そして妹を連れ去った。
彼や彼の仲間は恥を知るがいい。
彼らの住む土地も恥を知るがいい。

作者不詳
イングランドのバラッド『美しいアニー』

ジュリエットは震えながらマントの下で両腕をこすった。夜も深い時刻だった。海辺には初秋の冷気がたゆたっていて、薄いビロードではとても寒さを防ぎきれない。冷たい湿気が足もとをはい、体にまつわりついてくる。まるでジュリエットの抱えた不安のように。
巨大なパイプウェル・ゲート――ウィンチェルシーが城壁に囲まれていた時代の名残であるこの門からちらとのぞくと、ライに続く道のそばにウィルがじっと立っていた。ジュリエットと違って暖かく着こんでいる。当然だ。ジュリエットのほうにはまともに着替える余裕がなかったのだから。彼の出ていく気配で目が覚めた。なぜだかわからないが、彼はこそこそしていて、だから追いかけてみようとその場で決めた。

小さな石づくりのコテージに到着して二日、ここでふたりは近くのライ・ハーバーに到着するはずの彼の友人を、友人の船を待っている。楽しくて快適なのはいいけれど、ただ、ウィルは家の外に出るのを許してくれない。追っ手に見つかったら危険だというのだ。

それでも、ウィルはいっしょにチェスをしてくれたし、本も何冊か持ってきてくれた。これが欲しいと言えば、なんでもそろえてくれた。実際、寝るとき以外は――寝るときにはジュリエットが寝室をひとりで使い、彼は隣の部屋で簡易寝具の上に寝るのだけれど――夫婦みたいな生活だ。いっときだけでもひとところに落ち着けて、一点を除けば夫婦の暮らしが経験できているのだから、本当なら大喜びしていい。

なのにどうして、真夜中にこっそり彼を見張っていたりするのか。

それはどこか変だから。わからないけれど、何かがおかしいと感じているから。この二日間、ウィルの様子は以前とはどこか違っていた。礼儀正しいのは同じでも、緊張していらいらしている。深刻な悩みごとがあるかのように、じっと考えごとをしているときもある。駆け落ちを後悔しているの？　キスもしてくれないのはそのせいなの？

結婚をやめると言いだされるかもしれない。考えるだけでジュリエットは耐えられなかった。家出して一週間近くになるのにまだ独身だという今の状況が、ここに来てジュリエットに事態の深刻さを教えはじめていた。実際に結婚しないと言われたら、自分はもうおしまいだ。ウィルは紳士的に手を添えるくらいで、一度もまともに触れてはこなかったけれど、そんなことは関係ない。

石畳の道に蹄《ひづめ》の音が近づいてきた。ライに続く道からではなく、この町のなかから聞こえてくる。門の陰から目を凝らしていると、暗闇から馬に乗った男が現れて、ウィルの横でとまるのが見えた。この人が船の所有者で家を使わせてくれている友人なの？　だとしても、なぜ夜中にこそこそ会ったりするの？　それも、こんな場所で。

「やあ、ジャック」ウィルが言った。

男が馬をおりてあたりを警戒した。「やあ、プライス」

はっとして体がかたまった。プライスって？　ウィルのことなの？　いやな予感がして、ジュリエットはマントをきつくかきあわせた。

「女は連れてきたな？」ジャックが言う。

「連れてきた」

「家から出すのに問題はなかったか？　長女で間違いねえな？」

「長女をと思ったんだが、こっちにぜんぜんなびかなくてね。末の娘を連れてきた」

淡々とした説明口調に、ジュリエットは激しく混乱した。長女？　ヘレナのこと？　ウィルのねらいはお金だと姉は言っていた。まさか、本当にそうだったの？

「まだ駆け落ちと信じているんだな？」

「ああ」

不安が爆発した。違う、違う、ウィルはそんな人じゃない。もっとよく聞こうと、ジュリエットはれんがづくりの塔をまわりこんだ。さっきのは聞き違いか、勘違いだったのかもしれない。

「上等だ。そう信じさせておくほうがやりやすい。女にとっても、おれたちにとっても好都合だ。芝居はどのくらい続けられそうか？」

「必要ならどれだけでも。彼女は少女みたいにうぶだ。ぼくを信じきってる」ウィルの低い声は、単調で感情がなかった。心臓に冷水を浴びせられた気がした。「クラウチには必ず約束を守らせてくれ。おかしなまねをすれば、ぼくは彼女を家族に返す。望みのものは手に入らないままだ。いいな？」

どういう意味なの？　クラウチって誰？

「やつは心得ている。心配するな」ジャックが答えた。「せいぜい女の相手をして、おとなしくさせておくこった。身の代金が入ってくれば、おまえの要求も満たされる」

身の代金！　ジュリエットはひっと息をのんだ。駆け落ちじゃなかった、これは誘拐だ！　だとするとわたしは、愚かにも自分から進んでさらわれたようなものだ。目の奥がつんとしてくるのを、泣いてはいけないと懸命にこらえた。

悪い夢よ。もうすぐスワンパークの自分のベッドで目が覚めて、変な夢だったと笑い話にできる。

違うでしょう。心の声が冷ややかに言った。夢を見ていたのは、これまでのあなたのほうよ。

確かにそうだ。本当はストラトフォード・アポン・エイボンを出てすぐに気がついていた。ウィルの態度がいつまでも丁寧で、恋人らしい愛情表現に欠けていたから。

〝長女をと思ったんだが〟ウィルの言葉がよみがえった。姉からは注意しなさいと言われていたのに、わたしは彼に夢中で聞く耳を持たなかった。

こんな……こんなひどい男だったなんて！　わたしを愛するどころか、気にかけてもいなかった。クラウチとかいう男に、ためらいなく引きわたすつもりだ。悲しみに胸が引き裂かれた。でも彼の目的は何？　お金なの？

動揺していてうっかり音をたててしまったのだろう、男たちの話がぴたりとやんだ。ジュリエットはどきどきしながら塔に身をくっつけ、気づかれていないことを願った。彼らが去ったら、反対の方向に駆けだそう。逃げなくては。ずっと遠くに！

「何か聞こえなかったか？」ジャックが言い、ジュリエットは息をのんだ。

「風だろう」ウィルの答えに、ジュリエットはほっと肩の力を抜いた。「ヘイスティングズに戻ったほうがいい。何かあればこちらから連絡する」

それに対して聞こえたのは、馬にまたがるときの鞍《くら》のきしむ音だけだった。石畳にゆっくりした蹄の音を響かせながら、男は去っていった。ジュリエットは息をひそめ、ウィルが立っているすぐ手前で、ひたすら塔の角を見つめていた。ウィルが去るまで待とう。そのあとで……。

「聞いていたんだね」

心臓が飛びでるかと思った。さっと首をめぐらすと、そこにウィルがいた。塔を逆からまわりこんだらしく、ジュリエットのすぐ隣に立っている。とっさに駆けだしたジュリエットは、しかし数歩も行かないうちに腰を抱かれて荒々しく引き戻された。

「放して！」何も聞いていなかったふりをすればよかったと思ったが、もう遅い。

今のジュリエットにできるのは抵抗することだけだった。やみくもに手を振りまわし、ウィルの脚を蹴りつけた。ブーツの踵《かかと》がすねにあたって彼がうめいた。と思ったのもつかの間、気づけば塔に背中を押しつけられ、体全体で動きを封じられていた。

「静かにするんだ。ジャックに聞こえたら、また戻ってくるぞ」

「だからどうなの？　遅かれ早かれ、わたしを引きわたすんでしょう？」

いきなり口をふさがれた。「大変なことになる。本当だ。やつがきみに見られていないと思っているかぎり、きみは安全だ。わかったね？」

安全ですって？　よく言うわ！　ジュリエットはもがいた。しかしウィルはびくともせず、どこまでも容赦がなかった。

だが、鼻先にぬっと突きだされた顔を見れば、月明かりに浮かんだ表情が、こんなことはしたくなかったと語っている。「聞いてくれ、ジュリエット。きみはぼくと逃げるという間違いを犯した。だが、今までどおりぼくを信じてくれたら、なんの問題もなくもとの生活に戻れるんだ」

ジュリエットは眉をあげて不信感をあらわにし、ありったけの軽蔑を視線にこめた。

彼は口調をやわらげた。「ぼくはきみを傷つけないし、誰にも傷つけさせやしない。あと数日、長くても一週間できみは家族と再会できる。約束するが、そのときのきみは健康そのもので、家を出たときと少しも変わらない。少しだけ賢くなってはいるだろうが、その程度だ。だから抵抗するのはやめてくれ。ぼくと過ごさなければならない数日が苦痛になるだけだ。抵抗したって早く戻れるわけじゃない。いいね？」表情で警告を与えてから、ジュリエットの口に置いた手をゆるめた。「今から手を離す。叫ぶなり暴れるなり好きにすればいい。だが、覚悟してくれ。そんなことをすれば、ぼくはきみに猿ぐつわをはめて縛りあげる。町は寝静まっているから、きみをこっそりコテージに戻すのは簡単だろう。たとえ猿ぐつわをはめて体の自由を奪った状態でもね」

ジュリエットは唾をのんだ。そういえば、ここまで来るときも、通りには人っ子ひとりいなかった。

「わかったかい？」

ジュリエットはためらったのちにうなずいた。

ウィルはジュリエットの口から手を離すと、はずみをつけて壁から離れた。「さあ、コテージに戻ろう。なかに入るまでいい子でいてくれ。あとはどう暴れてくれてもいい。ただし、通りでおかしなまねをしたら、ぼくがすぐに縛りあげる」

「きいても……いい？」

漆黒の瞳がジュリエットを見据えた。「なんだ？」

「あなたの目的はなんなの？　お金？　今すぐわたしを家に帰してくれたら、お金なら父か義兄《あに》が、そのクラウチという人よりたくさん払うわ」

「金じゃない。大事なものが手に入るまでは、きみを家に戻すわけにはいかないんだ。きみにはなんの危害も加えない。父の墓に誓って、それだけははっきり言える」

ジュリエットは鼻であしらった。「言われたって安心できない。その父親というのは悪魔なんでしょうし」

彼がくくっと小さく笑い、ジュリエットは驚くと同時に胸が押しつぶされた。「父じゃなくて母の墓に誓うと言えばよかったかな？」

「何に誓っても同じよ」ささやくと、涙がひと筋頬を伝った。「たとえこの塔のてっぺんまで聖書を積みあげて誓われたって、あなたのことは二度と信じないわ」

彼が手をのばしてきて、親指で頬の涙をぬぐった。ジュリエットはその手を押し戻した。

彼の顎がぴくりとこわばった。「どう思おうと、信じてもらうしかないよ。今までぼくがきみを手荒に扱ったことがあった？　傷つけたことがあったかい？」

傷つけたわ。体ではなく心を。だけれど彼の本性がわかった今は、愛情を示してくれなかったとか、それがつらかったとか、そんな文句を言うつもりはない。

今あるのは別の問題だ。「わたしの評判に傷がつくわ」

「いいや、大丈夫だ」そう言う彼の表情には一抹の後悔がのぞいていた。「きみの家族はこれが駆け落ちだと思っている。きみも言っていたが、ヘレナは追いかけてはこられない、というより追いかけようとはしないだろう。だとすれば、きみが結婚して戻ってくるまで、駆け落ちについては口外しないはずだ。実際は結婚こそしないが、おとなしくしていてくれたら、必ず家に戻す。約束するよ、ジュリエット」

甘やかすような口調が癇《かん》にさわった。「レディ・ジュリエットよ」最後は長姉に叩《たた》きこまれた作法にすがった。したがわずにきた自分はなんて愚かだったのか。いい教訓だったと思うことにしよう。もう決して愚かな自分には戻らない。「ほかの呼び方はしないでちょうだい、ミスター・モーガン。いえ、プライスかしら、なんでもかまわないけど」

「モーガンだよ。モーガン・プライス」彼は口もとを軽くほころばせて手をさしだしてきた。「お会いできて光栄です、レディ・ジュリエット」

ようやくわかった。ミセス・ナンリーが気品ある若いレディになぜお酒を飲みすぎるなと言っているのか。あとで、上品どころではない影響に襲われるからだ。

ベッド脇のテーブルにある洗面器の上にかがみこんで、ヘレナはおさまらない吐き気と闘っていた。灰色の陰気な朝だった。稲妻が光り、雷鳴がとどろき、激しい雨が屋根を叩いている。今味わっている地獄には、まさにうってつけの背景だ。エールという悪魔は、体から抜けるときにいちばん人を苦しめるものらしい。もう二度と口にしないと、ヘレナは心のなかで誓った。

苦しんでいる姿を人に見られずにすんでいるのはせめてものことだった。外套《がいとう》が椅子にかかったままだからそんなに遠くには行っていないのだろうが、幸いダニエルは部屋を出ている。シュミーズは汗でべとべとだし、体は赤ん坊のように震えているし、彼の前でこんな姿はとても見せられない。

手ぬぐいで口をぬぐうと、そばの椅子から服をとり、ポケットを探って丁子をとりだした。歯で噛《か》んだとたん、慣れ親しんだ香辛料の味と香りが全身に広がって、それまでよりも気分がよくなった。なんとかのりこえられそうだ。体調が戻ったら、ミセス・ナンリーのお酒の警告にだけは何があっても絶対にそむかない。

悲しいのは、ゆうべそむいた作法がそれだけではないことだった。記憶がいくぶんぼやけてはいるが、自分がひどく下品になって、それこそダニエルの遊ぶ娼婦《しょうふ》みたいにふるまっていたことははっきりと覚えている。もしも彼に求められていたら、きっとあの程度の乱れ方ではすまなかった。わたしは本当にどうかしている。

ノックの音がして、ヘレナは顔をしかめた。彼が戻ってきたんだわ。もっとゆっくりしていればいいのに。

扉がわずかに開いた。「ヘレナ、入るぞ。服を着てくれ」

急いで丁子を洗面器に吐き、シーツを体に巻きつけた。

「どうしたんだ？」ダニエルが戸口できいた。

振り返ると、こわばった顔がこちらを凝視していた。ヘレナは弱々しくほほえんだ。

「飲みすぎて気分が悪いだけ」

ダニエルの表情が弛緩《しかん》した、と思うと、今度はそこに男の優越感が広がった。「だろうな。想像はしていたよ」彼は運んできた盆をテーブルに置き、それから杖《つえ》をヘレナに渡した。「人に飲みすぎだと言われたら、次からは無視する前によく考えることだ」

何よ、偉そうに。「エールだけじゃなかったのよ。あの前にワインも飲んでいたわ。まともに食事もしないままだったの。お酒に弱いわけじゃないわ」

「今さら言っても遅い。二杯であれだけ酔っ払った人間はきみくらいだ」

「そんなに酔ってはいませんでした」

「ゆうべも何度そう言ってぼくに……」ふいに言葉を切って顔をしかめる。「ともかくだ、そんなに酔ってはいないという割には、きみはかなり……気さくだった」

「思い出させていただいてどうも」言われなくてもわかっていた。どの瞬間も記憶に焼きついている。繰り返されたキス、優しい愛撫《あいぶ》、彼によって引きだされた恥ずかしくも強烈な興奮。ああ、わたしときたら、あきれるくらい鮮明に覚えている。

思い出しても、気恥ずかしさはほんの少ししか感じなかった。彼も同じような気持ちなのだろう、いっとき気まずそうにしていたが、すぐに洗面器を見てつぶやいた。「酒に酔わなかった気持ち悪さは、もう解消できたのか？」

ヘレナはうなずいた。

「じゃあ、ぼくたちの食欲がなくなる前に処分してくるとしよう」

「わたしは食べる気はしないけど、そうね、あなたの朝食を台なしにはできないわ」

ヘレナはともかく、ダニエルのほうはそれで機嫌が直ったようだった。小さく笑いながら洗面器をとりあげ、戸口へと向かう。「今朝の誰かさんは少々機嫌が悪いらしい」

出ていく背中をにらんでやった。ダニエルのほうは元気そのものだ。百人の密輸業者が酔っ払っても、彼だけは気分爽快に目覚めるのだろう。今朝だって、外見からしてすがすがしい。淡い褐色の革のズボンにも、灰緑色の外套にも、ほとんど皺《しわ》はついていない。髪にはきっちり櫛《くし》が入っていて、驚いたことに髭《ひげ》までそっている。

　対するヘレナのほうは、小汚い哀れな格好で、汗をかきながらただじっと座っていた。なんたる屈辱！

　ダニエルは使用人の目につくよう洗面器を部屋の外に置くと、扉を閉めて杖を示した。

「ひとりで立てる？」

「ええ」ヘレナはさっと杖を持った。いつもいつも、どうして彼には弱いところばかり見せてしまうのだろう。一度くらいは彼の弱った姿を見てみたい。風邪をひくとか、喉を痛めるとか……つまずいて足の指をけがするとか。ありえないわ、とヘレナはこっそり笑った。大男である彼はお尻が鉄でできているばかりか、頭は石で、体の丈夫さも天下一品のようだから。

　戻ったダニエルがふたり分の朝食を並べはじめると、ヘレナは杖を両手で握って、えいと立ちあがった。少しふらついたが、すぐに安堵《あんど》して苦笑いした。わずかな時間でも眠ったことで、歩く能力はとり戻せたようだ。たいした能力でもないのだけれど。

「何か口に入れたほうがいいぞ。大事な話もあるし」

　食事だなんて、考えるだけで胃がむかむかした。「食べないとだめかしら？　それとも話をさせたいの？　頭は痛いし、胃のなかでは戦争の真っ最中よ」

「それは大変だ」ダニエルはからかったが、ヘレナににらまれると穏やかに続けた。「お茶だけでも飲んでおくべきだよ。でないと、もっと気分が悪くなる。出発はまだできそうにない……ほら、この嵐だからね、今のうちに話をしておいたほうがいい」

「いいわ、あなたがそう言うなら」シーツをしっかり巻いてテーブルに近づいた。一瞬、また吐くかと思った。並んでいるのは、一連隊丸ごと満足させられそうな量の食事だった。ざっと見ただけでも薄切りのベーコンに、山になったトースト、器に入ったジャムとバター、そしてゆで卵が四つ。さらにはソーセージにスコーンに、その他もろもろ。

「いつもこんなに食べるの？」いらいらしながら椅子に腰をおろした。

「ぼくの食欲に、きみは感謝してしかるべきだ。食べるからこそ、きみを抱えて動きまわる体力も維持できる。だろう？」にっこり笑って視線をあげたダニエルは、しかしヘレナと目が合うと真顔になった。

わかりやすい表情だった。彼は最後にヘレナを抱えて動きまわったときのことを思い出している。胃がびくんと跳ねたが、こればかりはゆうべのエールとは関係がなかった。

「もうあんな迷惑はかけないように気をつけます」手の震えを意識しながら、彼がいれてくれたお茶を手にとった。

「別に迷惑でもなかったが」

そんな短い言葉に反応して、ゆうべ抱いた欲望がまたぞろよみがえった。こんな調子でこの先うまくやっていけるのだろうか。彼を見るたびに思い出してしまう。彼がわたしの脚のあいだに……いけない、考えるだけでも不謹慎だ。

わかっているけれど、どうしようもなかった。みっともなくふるまった自分をいくらしかってみても、気づけばダニエルとの甘美な一分一秒を反芻《はんすう》している。こっけいだと自分でも思う。いくら結婚とは無縁でも、ダニエルの新しい遊び相手になんかなりたくないのに。

というより、なれるわけがない。ヘレナが相手だと、ほかの女性と遊ぶときほど興奮しないようだから。せいぜい自制がきく程度に興奮するだけだ。

考えると今でもむしゃくしゃして、思わずこう言っていた。「ダニエル、ゆうべわたしたちがしたことだけど……」

「それが？」

ダニエルが反射的に見せた警戒の表情から、持ちだしてはいけない話題だったと知ったが、もうあとには引けなかった。「どうしてあなたは……その……」

「きみに触れたか？」落ち着き払った態度で、ダニエルは皿に料理を移しはじめた。「酔っているのをいいことに、きみに——」

「そうじゃないわ。どうしてやめたの？」

彼の視線がさっとあがった。頭に金床でものせられたような驚き方だ。「は？」

「だから、なぜやめたの？」露骨なきき方をする自分が恥ずかしくて、ヘレナは首をすくめた。これでは大胆なロザリンドと変わらない。よくない傾向だった。「あのときは……その気になれば……ええと、わかるでしょう?」

ダニエルは大皿をゆっくりとテーブルに戻し、椅子の背にもたれてじっとヘレナを観察した。「具体的に言ってくれないと困るな。まさか、ぼくの想像しているようなことを言っているわけでもないだろうし」

ヘレナは心を落ち着け、勇気を出して正面からダニエルを見返した。「なぜあなたは……その……わたしと〝ベッドの上でのダンス〟をしなかったの?」

彼は目をしばたたいた。「ベッドの上でのダンス? そんな言葉をどこで?」表情がくもった。「いや、言わなくていい。なれなれしいミスター・ウォーレスだな。おおかた、いっしょにダンスをしようとでも言ってきたんだろう」

「彼が言ってきたのはあなたとわたしが……わたしたちが結婚した理由が……いえ、結婚はお芝居だけど……。ああもう、だからなぜなの? なぜ続けなかったの?」自分を嘲笑《あざわら》うような口調になった。「ゆうべのわたしは、そうなっても平気だったわ」

「ゆうべはそうでも、朝になれば平気じゃなくなったはずだ」うんざりしたように鼻を鳴らすと、ダニエルはソーセージの大皿をとって、フォークでとり分けはじめた。「ぼくだって、酔った生娘を誘惑するほど悪じゃない。きみがどう考えているかは知らないが」

驚いて鼓動が速くなった。つまり彼は、わたしが酔っているから自制したと? つまり、わたしの能力不足じゃなかった？

ヘレナは理解できないふりをした。浮かんだ疑問をぶつけたかったが、ヘレナにもプライドがあった。「そうね、酔った生娘じゃ色っぽくもないでしょうし、あなたのような……経験豊富な男性には物足りないわね」

耳ざわりな大笑いとともに、ダニエルは大皿をテーブルに置いた。「酔っていようがいまいが、きみは実に色っぽかったよ。きみをけがさずにベッドを離れるのがどれほどつらかったか。あれより少しでも上手に迫られていたら、ぼくは完全に自分を見失っていた」

素直な告白はヘレナの心をかき乱した。じっと彼の目を見つめた。言葉が出なかった。何を言っていいのかわからない。

熱いまなざしが返ってきた。炎にとかされた金属のような瞳。「もうわかったろう。きみは特別な努力をしなくても、ぼくの欲望をかきたてられるんだ。満足だろうな。横柄なぼくを苦しめる手段を、きみは新たに手に入れたわけだ」

「苦しめるだなんて」ヘレナはつぶやいた。肌寒い部屋に薄着のままでいるというのに、見つめられて肌がほてった。

「意識しなくてあの程度だったとすれば、努力をしたきみは想像するのも怖いね」すっと目を細め、探るようにヘレナを見つめる。「きみはなぜ、ぼくがやめた理由を知りたかったんだ？　あれだけでは不満だったのか？」

「ちょっと気になったというか、信じられなくて。あなたが、あそこで……」

「まさか、ぼくに抱いてもらえなくて〝がっかりした〟と言いたいんじゃ？」

「違います！」

ダニエルは明らかにいらだったが、すぐに表情を引きしめてごまかした。「わかっているさ。たとえその気になったとしても、ゆうべはゆうべだ。朝日を浴びてしらふの頭で考えたら、そう魅力的な行為とも思えなかったんだろう」ねっとりした視線に、ヘレナは肌の上でささやかれているような錯覚を覚えた。「図星かな？」

「そ、そうよ」ほかにどう答えればいいの？　わたしは恥を知らない女なの、わたしもあなたの気を引く大勢の娼婦みたいになりたいの、と？

認めたくはないけれど、それが本音なのかもしれなかった。酔っていてもいなくても、灰色の瞳で熱く見つめられると、触れてほしくて、キスしてほしくてたまらなくなる。完全に自分を見失いそうなのは、彼ひとりではない。

幸い、ダニエルのほうにはヘレナの見せる衝動にも彼自身の衝動にも流されないだけの分別がある。与えられた猶予を無駄にしてはいけない。「わかってほしいのだけれど、あなたには感謝しているわ。わたしが……酔っていても、つけこまずにいてくれた」

「礼には及ばない」かたい口調だった。椅子に寄りかかったあとも、ダニエルはヘレナから視線をはずそうとはしなかった。瞳に見える暗い欲望がヘレナを苦しめた。「だが、これからは気をつけたほうがいいな。ゆうべはぎりぎりまで追いこまれたよ。次はそう簡単には解放しない」ヘレナの開いた唇に視線を流し、次の瞬間にはしっかと目を合わせてきた。「それでもこれだけは約束する。ぼくがきみを抱くときは、きみが完全にしらふで、ぼくに抱かれたいと思っているときだ。そうでなければ手は出さない。わかったね？」

どきりとして呼吸が乱れた。彼は今〝抱くなら〟ではなくて〝抱くときは〟と言った。〝ぼくがきみを抱くときは〟と。口がすべっただけ？　そうは思えなかった。これは警告なのだ。もしも娼婦のようにふるまいたければ、自分は迷わず誘いにのるから覚悟しろと。

恥ずかしいことに、そのときを想像すると、期待で体が熱くなった。

「ええ」かすれた声で答えた。「わかったわ」警告にしたがうだけの分別が自分にあればいいのだけれど。

「よし」ダニエルはすぐには視線をはずさなかった。情けない格好がますます意識されて、見ないでほしいと思わずにはいられなかった。どれだけひどい姿になっているかは想像がつく。髪はぼさぼさだし、顔色だって病人のように青白いはずだ。

いたたまれずに目を伏せ、パンにせっせとバターを塗った。「さっきは、大事な話があると言っていなかった？」

返事がない。ダニエルはフォークを手にとった。「ああ。きみの妹とプライスのことだ」

意表を突く答えだった。「どういうこと？　行き先はわかったのよ。あとはヘイスティングズまで追いかけるだけだわ。スコットランドに渡る前に、妹を説得して別れさせればすむ話でしょう」

「そんな簡単な話じゃなくなった」彼はベーコンを皿にとり、食べずにじっと見つめている。「ウォーレスが陽気なロジャー・クラウチ《ジョリー・ロジャー・クラウチ》の話をしていた。覚えているか？」

「ええ」ヘレナはお茶に口をつけた。

「クラウチ一味の拠点はヘイスティングズだ」

ゆうべの今日だから、ダニエルがクラウチという男について詳しいとわかっても、さほど驚きはしなかった。若いころにはそれこそ何百人という密輸業者と接してきたのだろう。

「それがジュリエットとミスター・プライスにどう関係するの？」

ダニエルは顔をしかめた。「ふたりは、そのヘイスティングズに向かっている」

「そうよ。友人が……彼を仕事で雇っているクラウチがいるからよ。そのクラウチの手助けで、スコットランド行きの船に乗るつもりなんだわ」

「違うんだ。船に乗ろうとしているんじゃない」宙に浮かせたひと切れのベーコンを、ダニエルは食べずに皿に戻した。「プライスが単独で密輸をやっていると思っていたときは、財産ねらいという可能性もあった。密輸業者といっても正業についている者は多い。彼らは片手間に密輸をやるだけだ。ふつうの男と同じように、なかには財産ねらいの結婚をする者だっているだろう。だがやつはクラウチの手下だ。となると話は違ってくる」

「どう違うの？」

「クラウチの一味は密輸が本業だ。やむなく手を染めているわけじゃない。きみはゆうべかわいらしい出会いの話をつくってくれたが、密輸で稼ぎながら上流階級の女性と結婚するなんてことは、本来ありえないんだ」

「何が言いたいの？」

ひたと目を見据えられた。恐れを知らない冷ややかな表情だ。「これはたぶん誘拐だ」

ヘレナは息をのんだ。戻したカップが、受け皿でかたかた鳴った。「ゆ、誘拐？　ジュリエットが？」気分の悪さがいっきに戻ってきた。うっかりするとまた吐いてしまいそうだった。「嘘《うそ》よ。プライスは……妹を口説いていたわ。彼は――」

「そのほうが楽にヘイスティングズに連れていけるからだろう。ジュリエットは、おそらく誘拐だとは知らないままだ」

心臓がでたらめに打ちだした。「だけど身の代金の要求はなかったわ。スワンパークに要求があったら、父はロンドンのわたしにも知らせてきたはずよ」

「金を要求する相手は、きみでもきみの父上でもない。きみの家が裕福でないことはプライスも気づいたろう。彼らの目的はグリフの金だ。ジュリエットの義兄で、たんまり金を持っている。格好の取り引き相手だ。だから金を要求する手紙は彼のところに送られた」ダニエルはため息をついて髪をかきあげた。「もう届いているかもな」

「どういうこと？」

彼は口もとをこわばらせて横を向いた。「きみがロンドンに来る二日前だった。グリフのところの事務員がぼくに言った。〈ナイトン貿易〉に男がたずねてきて、大陸のグリフに手紙を届けたがっていたと。事務員は仕事の話ならぼくにするよう説得したそうだが、男は断ったらしい。そう聞いてもぼくはさして気にしなかった。ぼくよりグリフのほうがいいという客も少なくないんだ。そしてきみがやってきた。あれこれあって、事務員の話はすっかり忘れていた」視線がヘレナに戻った。「だが、今度の新しい情報で、もしやと思った。タイミングがぴったり符合する。その男はたぶんプライスだ」

「つまり、ミスター・プライスは妹を誘拐した。そして大陸のグリフに身の代金要求の手紙を送ってからヘイスティングズに向かったと、あなたはそう言いたいの？」

「わからない」ダニエルはため息をついた。「悪評にはこと欠かない男だが、クラウチは誘拐をするようなやつじゃない。今までは密輸以外に手は出さなかった。法にそむいた仕事でも、密輸だけならほとんど害はない」

「害はない？　ホークハースト・ギャングは人殺しだってしたわ！」

「ああ、だがもう何年も前の話だ。それに彼らの極悪さは特別だった。一般的な密輸業者はかぎられた土地で、苦しい時代をなんとか生きのびようとして法にそむいているだけだ。だから誘拐とは……」ダニエルはかぶりを振った。「想像もしなかった。だが、これがゆいいつ納得のいく解釈だ。そう考えないと、プライスが偽名を使う理由がわからない。きみも言っていたが、スコットランドに行くならウォリックシャー州からのほうが近い。もうひとつ、ストラトフォードに来る前にプライスが別の密輸業者たちといっしょだったという話だが、その男たちもクラウチの仲間だったと考えてまず間違いない」

「まあ」つじつまは合う。どこからどこまで完璧だ。「だから先にわたしを口説いてきたのね。お金が欲しいだけなら、最初からずっと若くてきれいな妹にねらいをつけるわ」

「若いのは事実だが、きれいなのはきみも同じだ」彼はかすかにほほえんだ。

ヘレナはお世辞を受け流した。「いいえ。でも彼はわたしから口説いてきた。それは、わたしが足を引きずっているからよ。わたしなら簡単に話にのってくると思った」

「きみが疑《うたぐ》り深くてよかった。それで正体を見抜けたんだ」感情のこもった声で、ヘレナを気づかってくれる。

「見抜けないほうがよかったわ。わたしは悪党をしりぞけられたのかもしれないけれど、ジュリエットが……」ヘレナは口に手をあてた。こうしている今も、どんなつらい目に遭わされていることか。

テーブルの上で、ダニエルがヘレナの手を握った。「やつは妹さんに危害を加えない」

「どうしてそう言いきれるの？」

「背後にいるのがジョリー・ロジャー・クラウチなら、心配はいらない。やつは危害を加えることに興味はない。損得勘定にたけた抜け目のない男だ」

「彼と知り合いだったの？」

ダニエルは一瞬はっとした顔になり、それから目をそらした。「いや……噂《うわさ》を聞いただけだ。それに密輸業者の考え方はわかっている」ヘレナに視線を戻した。「そんなぼくだから、きみだって助けを求めてきたんじゃないのか？」

すっきりしないまま、ヘレナは慎重にうなずいた。

「どんな密輸業者でも、グリフなら喜んで金を払うと知っている。彼らはこう思う。ジュリエットが戻ってもグリフなら当局に通報しない。密輸とかかわってきた過去はほじくられたくないだろうと」彼はヘレナの手をぼんやりとなでていた。「だが、人質に危害を加えたらどうなるかも彼らは理解している。グリフはどんな慎重さもかなぐり捨てる。〈ナイトン貿易〉がどうなろうと、グリフは犯人が縛り首になるまで許しはしない。だからジュリエットは安全なんだ。ぼくが保証する」

筋は通っている。けれど、ヘレナはどこか引っかかった。〝密輸業者の考え方〟に、ダニエルが精通しすぎている気がした。それに、どれだけ手をとって慰めてくれていても、彼は確かに緊張している。

何か隠しているんだわ。間違いない。「だから妹をさらったの？　わたしの家がグリフと親戚だから？　後ろ暗い過去のあるグリフなら、自分たちを追及しないと思うから？」

ダニエルの手がぱっと離れ、表情に暗い影がよぎった。「だろうな」ナイフを鋭く突き立てながら、唐突にソーセージを切りはじめる。「それにグリフは金持ちだ」

やっぱりだ！　何か隠している。「だけど面倒すぎるわ。ヘイスティングズで裕福な家の娘をさらったほうが簡単でしょう」

「そうしない理由のひとつは、地元でことを起こせば、うまくいっていた住民たちとの関係が悪化するからだ」ダニエルが顔をあげた。後悔と深い気づかいにあふれた表情を見るなり、ヘレナは彼への疑いなどどうでもよくなった。「気持ちはわかるよ。こんなことになって本当に腹立たしい。ジュリエットにはあまりに酷だ。でも彼女は無事に戻る。ぼくはそう信じている。これまでの情報で明らかなのは、プライスが彼女に丁寧に接しているということだ。何軒かの宿で部屋が別だったことも確認できた。ジュリエットが満足そうだったとの話も聞いた。ここの主人も、男は完璧な紳士だったと言っている。プライスもクラウチも、グリフへの圧力のかけ方は知っている。人質は女王さまのように大事にするはずだ」

彼くらい自信を持って断言できたらどんなにいいだろう。「でも、人質状態が長く続けばそれだけ――」

「ああ」

そっけないその返事は、不安となってヘレナの心にまつわりついた。

「だからこそ……」ダニエルは続けた。「できるだけ早くジュリエットを奪還することだ。グリフが金を払えるのは何週間も先だろう。そんなに長く放ってはおけない」

「何か考えがあるの？」

ダニエルはため息をついた。「収税吏に通報して解決できれば楽なんだが、ぼくの想像どおりなら、役人はすでに鼻薬をかがされていて、何があっても見て見ぬふりだ。ジュリエットの居場所からしてまだわかっていない。それに、クラウチが身の危険を察したらどうなるか。彼女を連れてフランスに逃げるかもしれない。それでも身の代金の要求はできる。ただ、人質の扱いに気を使わなくなる可能性は大ありだ」彼はかぶりを振った。「いちばんいいのは隠密《おんみつ》行動だ。ゆうべプライスとジュリエットへの関心を知られたのはまずかったが、ここで悔やんでもしかたない。ウォーレスがクラウチの仲間に話さないよう祈るだけだ。実際、彼らは対立関係にあるらしい。聞いた話だがね」

ヘレナは身をのりだした。「その〝隠密行動〟って？」

ダニエルはヘレナを見て片眉をあげ、ソーセージを口に入れた。「ほかに方法があるのなら、きみを巻きこみはしないんだが。この朝にもロンドンに送り返したいよ」口を開きかけたヘレナに手のひらを突きだした。「だが今のぼくに選択肢はない。ウォーレスがまだうろついて、宿の主人にぼくたちのことをあれこれたずねている。きみをひとりで帰せば、糖蜜を求める蠅《はえ》のようにやつがきみを追いかける。そんな危険は冒せない。そばに置いていたほうが、まだ守ってやれる」

「そのとおりよ」帰されそうな気配があれば、頑として反抗していたところだ。

「ヘイスティングズまでは、嵐がおさまれば半日で着く。セドレスクームまでいっしょに行こう。ウォーレスが追ってくるようなら途中で振りきる。きみはセドレスクームにとどまってくれ。ぼくはヘイスティングズに入ってジュリエットの居場所を捜す。一日二日はかかるだろうが、居場所がわかれば、あとはそっと連れだすだけだ」

「危険はないの？」

心配する気持ちが声に出ていたのだろう、ダニエルは温かくほほえんだ。「へまをしなければ大丈夫だ。向こうはここまで追ってくる者がいるとは予想していない。ロンドンでのプライスは周到に自分の痕跡を消しているし、用心して偽名を使っている。グリフに手紙が届くまで、当分は待ちのかまえだろう。それでもグリフからの追っ手を警戒して、クラウチの名前は伏せてあるはずだ。ぼくの耳にも入らないように細心の注意を払っているから、いきなり現れるとは思っていない。彼女を連れだすのは簡単だ。もっとも……」唐突に言葉を切った。「いや、どう転んでも、たいした問題は起きないさ」

「もっとも、何？」

ダニエルは表情を仮面で隠した。「きみが心配することじゃない。考えながらつい言葉が出ただけだ」

「ダニエル、話して」

彼の瞳がまっすぐにヘレナを見つめた。「話すことは何もないんだ。さあ、食事をして。外はもうすぐ晴れそうだが、ぬかるみで思ったようには進めないだろう。今のうちにたっぷり腹につめこんでおけば、セドレスクームまで食事抜きで直進できる」

再び食事をしはじめる彼を見ながら、ヘレナは怒りに震えた。本当に腹の立つ人だ！　彼はわたしに何かを隠している。

でも、何を？　この二日間を思い返してみた。彼と交わした会話、密輸業者たちの話、そして今朝の彼の告白。

恐ろしい疑惑がじわじわと胸に広がった。もしかして、密輸にかかわっていた時代、ダニエルはクラウチの手下だったの？　彼が隠しているのはそのことなの？

そう考えれば納得はいく。クラウチの下にいたなら、彼の行動が読めて当然だ。ヘレナはぞっとした。ダニエルの知りあいなら、グリフとダニエルの存在があってしかけられたものだった。駆け落ちと見せかけたこの誘拐は、グリフもクラウチとは既知の間柄だ。つまり、ジュリエットが密輸団にさらわれたのは、あの子が彼らの昔の仲間とつながっていたから……。

やめなさい。ヘレナは自分をしかった。まだこりないの？　結論に飛びついて、また思いこみでダニエルを判断している。そのせいで昨日はあんなに苦しんだでしょう。

本当にやめなければ。もしもクラウチの仲間だったのなら、ダニエルはそう言ったはずだ。さっき知りあいかときいたときは、違うとはっきり答えてくれた。何より、もう嘘はつかないと彼はヘレナに約束してくれている。

それに、クラウチや誘拐の話は、必要もないのにダニエルが自分から言いだした。クラウチとの接点を隠したいのなら、何もかも黙っているのが本当だろう。

彼はときにヘレナを計画から遠ざけようとする——ゆうべなどは賢い判断だったと思う。でも、状況についてはずっと正直な態度を貫いている。今さら嘘をつく理由がない。

決めた。今度こそ男性への過剰な警戒心には蓋をしよう。あれこれ考えるのはもうやめる。信頼できる男性がいるとすれば、それはダニエルだ。自分の顧客にも過去を隠さないような人だ。そんな人が、わたしに何かを隠そうとするはずない。

だから、ダニエルが心配しなくていいというなら、心配はしなくていいのだ。ひとつの可能性だけは絶対に信じたくなかった。いろいろな経験を共有してきた彼が、確かな約束をしてくれた彼が、まっすぐに人の目を見て嘘をつけるだなんて。

# 12

ひばりが陽気にさえずり、空は目を覚ました。
新しい一日の始まりだ。
楽しく進んでいこうじゃないか。
スコットランド沖、アウター・ヘブリディーズで歌われる野山歩きの歌

くそっ、なんで嘘《うそ》なんかついたんだ。タンブリッジの〈薔薇と王冠亭《ローズ・アンド・クラウン》〉を出てから三時間、それはもう五十回目にはなるだろう繰り言だった。ダニエルは宿で借りられたゆいいつの馬車を走らせていた。一頭立ての古い二輪馬車だ。長年の使用で座席にふたつのくぼみがついているほか、馬具の金具も変色している。それまで乗っていた貸し馬車はブロムリーに帰っていき、残っているのはこれだけだった。

嘘はつかないと誓っておきながら、いったい何を血迷ったのか。クラウチとのつながりを誰かに隠そうとしたことなど、これまでは一度もなかった。どんな過去も堂々とさらし

てきた。だからこそセント・ジャイルズにも住んで、自分はこういう人間であると周囲に知らしめている。ダニエル・ブレナンに助言を求める者は、最初から彼の実像を知ったうえで接してくるのだ。

もっとも、彼らにどう思われようと痛くもかゆくもない。ただヘレナの反応だけは気になった。自分でもいやになるほどだ。ヘレナは今日、自身をとり巻く問題についてダニエルに救いを求めてきた。信頼と敬意にあふれた彼女の表情が、ダニエルに真実を口にするのをためらわせた。ただそれだけの話だ。

ほかにどうしようもなかった。嘘をついてヘレナの信頼をつなぎとめるか、見くだされるのを覚悟で真実を話すのか。後者はとても無理だった。頼られている感覚はあまりに甘美で、彼女のためならどんな山でも飛びこえたい気持ちになっている。ダニエルを見るとき、ヘレナの瞳に映っているのは追いはぎの息子でも、ダニー・ボーイでも、密輸業者でもない。ただのダニエル・ブレナンだ。妹を救ってくれる、頼りがいのある男だ。

だから、言えば軽蔑されるとわかっている事実だけはどうしても口にできない。知られたくなかった。密輸団といたときの自分がただの使い走りではなく、彼女の妹をさらったまさにその犯人の手下だったなどと……。

手綱を握る手に力が入った。考えつづけていると、どうにかなりそうだった。そもそもヘレナが知る必要のない話ではないか。ジュリエットの問題なら、犯人側に誰のしわざかを知られることなく救い出せる自信はあるのだ。

「危ない!」ヘレナが叫んだ。一匹のうさぎが飛びだしてきて、間一髪で馬の前をすり抜けた。「もう少しで轢(ひ)くところだったわ! ほら、あなたが道の端ばかり走ってるからよ。そのうち溝にはまってしまうわ。いったい誰に手綱さばきを習ったの?」

「きみが眉をひそめるたぐいの誰かだ」そっけなく答えた。

「でしょうね」ヘレナは面白くなさそうだが、さしあたっての不満は抑えこめたようだ。

　長くもたないのはわかっていた。タンブリッジを出てからの彼女の様子で想像はつく。天候が回復したといっても、道には嵐の名残であちこちに水たまりや深いわだちができていて、ロムニー・マーシュのような湿地を走っているのも同然だった。大きな車輪が泥にはまらないよう、泥はねで自分たちの服が汚れないよう、ダニエルは用心に用心を重ねて手綱をさばいているのだが、ヘレナは彼のそんな努力のひとつひとつに不満をぶつけてくる。

　ほかの状況であれば、かっとなっていただろう。だが、ゆうべの酒が残っているうえ、妹について新たな事実を聞かされたことで、今の彼女は心も体も弱っている。不安にとられるのも無理からぬことで、手綱さばきにけちをつけるのは不安をごまかすための手段にすぎない。それがわかるから、強く反駁(はんばく)はしなかった。何しろこっちは嘘をついた身だ。

　そして今もまだ本当のことが言えずにいる。

ヘレナが腕をつかんできた。「カーブに気をつけて……ああ、もっとゆっくり！」

「自分が手綱を握ってないときは、いつもそんなふうに文句を言うのか？」

「ええ、まともな手綱さばきができない人にはね」鋭く言い返してくる。筋の通らないことを言っていると気づいたのか、続いてこうつけ加えた。「ごめんなさい、ダニエル。少しいらいらしていたみたい」

「少しね」穏やかに返した。

「もう何も言いません」

ダニエルはほほえみたいのをこらえた。その言葉を聞くのは、この一時間でもう三度目だ。「もっといい解決法がある」

ヘレナが不安げにダニエルを見た。

「きみが馬車を走らせればいい。ぼくも休憩できて助かる」それに、心配ごとから気をまぎらわせるには何かに集中するのがいちばんだ。

「わたしが？　馬車を走らせる？」

「できるだろう？」

ヘレナは目を見開いた。「ええ、もちろん」

「そうか。だったら」ほらとばかりに手綱をさしだした。

一瞬躊躇《ちゅうちょ》しただけで彼女は受けとった。「いいわ。あなたが休みたいと言うのなら」

ダニエルは座席にゆったりと身を沈めた。じっと観察していると、彼女はいとも巧みに二輪馬車を操りはじめた。驚いて彼女の顔を一瞥《いちべつ》した。「経験があるんだな？」

ヘレナは道に視線を据えたまま答えた。「歩けないし馬にも乗れないとなれば、町に出るにも四輪馬車に乗るか二輪馬車を走らせるしかないわ。四輪馬車を使うのはいちいち面倒だから、二輪馬車と仲よくなったの」

「この馬車をまかせても心配ないわけだ」

悪路を注意しながら走っているあいだは、彼女も少しはクラウチのことを忘れていられるだろう。

くそっ。ウィル・モーガンかモーガン・プライスか知らないが、腹立たしいのはあの男だ。ジュリエットを誘惑してクラウチのもとに連れていくとは、どこまで性根が腐っているのか。つかまえてやる日が待ちきれなかった。若い女性をたぶらかす罪の重さを、この手でよくよくわからせてやる。

そう言うおまえも、ゆうべヘレナをたぶらかしたんじゃないのか？

心の声に内心で悪態をついた。ゆうべはどうかしていた。ヘレナが今朝のような態度で迎えてくれたのはありがたいというほかない。どんな愚かな男でも、酔った女性を口説いてはいけないと知っている。いくら向こうにその気があるように見えてもだ。しらふに戻った女は、必ず恐ろしい非難の言葉を投げつけてくるものだから。

ただ、今朝のヘレナはそれよりも厄介なことをしてくれた。はしばみ色の瞳で穏やかに見つめてきて、ゆうべの彼女は本当にその気だったのかもしれないとダニエルに考えこませた。まさか。悲しい気分でかぶりを振った。都合のいい解釈だ。抱かれたくはなかったと、本人がはっきり言っていただろう。

しかし、ヘレナは最後までいかなかった理由をやけに気にしていた。あんな態度を見せられたら、どんな男だって脈があると期待を……。

ばかな。ヘレナのような女性が進んでぼくのベッドに来たがると？　どうかしているぞ。ゆうべのあれは、いさかいのあとで動揺していた彼女が仲直りしたくて酒を飲みすぎたのが原因だ。ウォーレスの侮辱に消沈し、自分にも魅力があることを確認せずにはいられない気持ちもあったのかもしれない。それらすべてに処女らしい好奇心が加われば、いかに道徳心の強い淑女だろうと魔がさすことはある。

もう一度彼女に魔がさしたら？　それが、酒を飲んでいないときだったら？

そのときはすかさずベッドに引きこんで、めくるめく体験をさせてやろう。

気品あるヘレナの姿に目がいった。上流階級の女性が重ね着を強いられるのは、まったくもって残念だった。ただし、その下に隠れているものがわかっている今は、記憶がすぐに視覚を補ってくれる。病の痕跡があっても、クリーム色の腿は充分に魅力的だ。細いウエストに、かわいいへそ。キスを受けてつんと先端をとがらせていた美しい胸。

そうとも、極限まで張りつめた状態でベッドに入ったが、耐えるだけの価値はあった。歓喜のなかにいる彼女が見られたのだ。頂点に駆けのぼる様子をじっくりと観察できた……あの瞬間を自分は決して忘れないだろう。

幸いというのか、ダニエルがのちに自分で興奮を処理したことに、酔ったヘレナは気づいていない。気づかれたとしても、それはそれでよかった。あのときはふたつの選択肢しかなかったのだ。自分で処理するか、ベッドに戻って朝まで愛しあうか。

「ダニエル？」ヘレナの声で、心地いい夢想から引き戻された。

「ん？」

「クラウチのことだけど……」

体がこわばった。最悪の展開を覚悟した。

「あなたが密輪にかかわっていたときに、彼も密輪をやっていたの？　だからそんなによく知っているの？」

さっとヘレナの顔を見た。疑っているふうではない。知りたいからきいている。ただそれだけだ。「ああ、そうだ」

なんとか彼女の気をほかにそらせないか。馬車ががくんと大きく揺れた。体が横に振られ、戻るときの勢いで外套《がいとう》のポケットに入っていたかたい何かが腿にあたった。困惑してポケットから引きだすと、それは一冊の薄い本だった。

ミセス・ナンリーの作法集。ああ、これがあったか。「隣で本でも読んであげようか？　時間が早く過ぎて退屈しないぞ」

「本があったの？」ヘレナが横目で彼の手もとをのぞき、うっとうめいた。「どこでそれを？」

ダニエルは中身をぱらぱらとめくった。「きみの荷物のなかにあったのを、出発前に馬番から引きとった。置いてこようかと思ったが、持ってきてよかった。面白そうだ」

「あなたが読むの？」疑わしげだ。

「いけないか？」

「だって、社交界に名を連ねるつもりはないんでしょう？　それとも、題に〝若いレディのための〟ってあるのに気づかなかった？」

「きみは若いレディだ。ぼくがきみに読んであげよう」

「必要ないわ。頭に入っているもの」

ダニエルは唖然《あぜん》とした。「全部？」

「もちろん。二十年前から繰り返し読んでしたがってきた本よ」

「いくらなんでもまさか！　二十年？」

「六歳のときに母がくれたの。母はジュリエットを産んですぐに亡くなったから、あの子だけは持っていないのだけど、ロザリンドもわたしも、字が読めるようになるとすぐに渡されたわ」

「ロザリンドがこれを手にしたというだけでも、ぼくには信じられない」

タンブリッジを出て以来、初めてヘレナが笑顔を見せた。「ロザリンドは何年か前に〝なくした〟らしいのよ。都合のいい話よね」

「ああ、それでこそ彼女らしい」ダニエルは真顔になった。「だがきみのほうは、なくさずに暗記までしたわけだ」おかたい性格になるのもあたりまえか。

「ええ、母は女優だったけれど、結婚してからは伯爵夫人としての義務に忠実だったわ。ロザリンドとわたしにも、レディらしい立ち居ふるまいや言葉づかいを身につけさせようとしていたの」

「だがロザリンドには通じなかった。きみはなぜ素直に受け入れられたんだ？」

ヘレナは肩をすくめた。「長女だからかしら。それに母とは性格も似ていたし。すてきな母だったわ」手綱を握ったまま遠い目になった。「きれいで、上品で、優雅で。亡くなったのはわたしが十歳のときだけれど、それからも母のような女性になりたいとずっと思ってた」咳払《せきばら》いをした。「内容が全部頭に入っているのはそういうわけよ。覚えることが母に近づくいちばんの方法に思えたから」

喉がふさがれる感じがした。母を亡くした哀れな娘は、教わる人を失ったせいでミセス・ナンリーとかいう女性の教えに執着している。ダニエルは本に目を落とした。「ますます読みたくなってきたぞ」

「どうして？」

「これを読めばきみのことが理解できる」

ヘレナの視線が飛んできた。警戒含みの困惑した表情だ。「何を理解したいの？」

「何もかもだ。なかでも知りたいのは、きみがなぜ本当の自分をうちに閉じこめて誰にも見せないようにしているのか」体を寄せてささやいた。「もちろん、酔ったときは別だよ」

かぶったボンネットの深緑を背景に、ヘレナの頬が桃のようなピンクに染まった。「あなたが読んでも退屈なだけよ」

「それはどうかな」座席にもたれて適当なページを開いた。馬車は揺れるし、風でページはめくれるしで少々大変だが、読めないことはない。「さてと。〝気品ある若いレディは、人と言い争ってはなりません〟か。ははあ、ここは読み飛ばしたな？」

ヘレナが眉をあげてダニエルを見返した。「あなたのせいで、そのとおりにしたくてもできないんです」

「けっこうだね。ぼくは作法に逆らうきみのほうがいい」この言葉で彼女が薄くほほえんだ。ダニエルは笑顔を返し、またぱらぱらとページをめくった。「お、こいつは興味深い。〝気品ある若いレディは、人前で靴下を見せてはなりません。スカートの乱れには常に注意を払い、つつしみを失わないようにすべきです〟なるほど」きれいな脚を眺めるべく、かがんで彼女のスカートを持ちあげた。ぴしゃりと手をはたかれた。「よろしい。この作法は身についているようだ」

ヘレナは声をあげて笑ったが、その頬はますます赤くなっている。「ダニエル、あなたってときどきすごくやんちゃになるのね」

「その程度の侮辱がせいぜいなのか？　教えてくれ、無作法な男への対処方が書いてあるのはどのあたりなんだ？」

「五十五ページを見て」

「嘘だろ、本当に暗記しているのか？　まあ、きみなら頭のなかのそのページにしおりがあってもおかしくないが」あった。目を通して、笑ってしまった。「そうか、これが上品なレディに許された、もっとも強烈な侮辱の言葉か。〝あなたは紳士には見えません〟なんとも気の抜けた表現だ」

「たいていは効果があるの」彼女はとり澄まして答えた。

「そう思うなら、ぼくにも一度くらい使えばよかったろう」

「あなたに言っても、ほめ言葉と受けとられるのがおちだわ」

自尊心を傷つけられて苦しむふりで、ダニエルは自分の胸に強く手をあてた。「人の心をよくもぐさぐさと」

「あら、あなたに心なんてものがあったのかしら」

「その調子だ。侮辱ってやつはそうでないとな。追いはぎの息子を叱る言葉が本になくても、きみはとまどわない。すばらしい侮辱の言葉を即興で繰り出してくる」

「言っておきますけど、ダニエル・ブレナン、お行儀よくしていないなら、わたしはあなたを道端に置いていく方法だって考えつけるんですからね」瞳の奥に楽しげな光を押し隠している。

「考えついても実行はしない。きみはわかって言っているんだ」ダニエルはくっと笑った。「きみにはぼくが必要だ」

「そのとおりよ。不本意だけど」

「嘘つけ」ヘレナは笑いたいのをこらえているらしい。と、彼女が衝動に負けたのを見て、ダニエルも吹きだした。がぜん楽しくなってきてページを進めた。「〝気品ある若いレディは礼儀を重んじ、同席する紳士から常に十五センチは体を離しておかなければなりません〟」見れば彼女の腿はダニエルの腿とぴったりくっついていた。「離れてくれないか、ヘレナ。礼儀を守ってくれないと、ぼくが気恥ずかしい」

ヘレナはあきれて上を向いた。「気恥ずかしいと思う感覚があなたにあればいいけど。でも、ないのははっきりしてる。訪ねていったときによくわかりました」

「下ばき一枚で応対したから？」

「家のなかで下着姿でいるのをふつうと考えているからよ」

「あれはタイミングが悪かった。下着だけでもつけて出たのをありがたく思ってほしいくらいだ」体を寄せてささやきかけた。「きみはそれほど動揺していなかったが」

「何を言うの！」怒りながらもかわいく頬を染めるヘレナに、ダニエルの体は熱く反応した。ヘレナを赤面させるのは本当に楽しい。ときどき思うが、彼女の瞳から悲しみを追いやりたければ、こうするほかに方法はないのかもしれない。

「このすばらしい本に何が欠けているのか、きみにわかるかい？」あちこちのページに目を走らせながら、ダニエルはたずねた。

「裸の女性の挿絵とか？」

ダニエルは笑った。「それもある。まあ、お嬢さんらしからぬ失礼なからかいはともかく、ぼくが欠けていると思ったのは、酒場で密輸業者に囲まれて酒を飲んではいけないという記述だ。本にないから、平気で飲んだわけか？」

ヘレナは気色ばんだ。「わたしはお芝居をしていたの。あなたを助けようと思ったの。いちおう言っておくけれど、本にもちゃんと書いてあるのよ。二十二ページ。〝気品ある若いレディは、お酒を飲みすぎてはなりません〟とね。正直、教えを破った愚かさは身にしみて感じているわ」

ダニエルは笑顔を向けて言った。「だが、飲みすぎたきみは楽しかった」

彼女はぎろりとにらんできた。「そうなるからこそ、禁じてあるんでしょう」

「ぼくが思うに、きみは作法に縛られすぎだ。だから、いきなり正反対の行動に出たくなったりするんだ。気品ある若いレディにも、楽しみは必要だぞ」

「ミセス・ナンリーはそうは言わないわ」

「だったら、ミセス・ナンリーなどくそくらえだ」ヘレナの顔の前で本を振った。「ばかげてる。どこを読んでも戯言《たわごと》ばかりだ。どう生きるべきか――というより、どう生きてはいけないかを教えているんだぞ。人に生き方を教える権利なんか誰にもない。きみだって、いちいちしたがう必要はないんだ」

「言うのは簡単だわ」ヘレナの背筋はぴんとのびていて、肩の線もまっすぐだった。ただその表情だけが、内心の微妙な混乱と動揺とに揺らいでいた。「あなたは何をしても許されるんですもの」

ダニエルはむっとした。「ぼくがならず者で、盗人《ぬすっと》の息子だから？」

「違うわ、男だからよ」ゆるく駆ける馬だけに向けられた視線。だが、目もとにのぞく苦悩はこの悪路とは関係のないものだ。「男の人は危険を冒しても見返りがあるわ。ちょっとその……楽しんだって、罰を受けたりしない。女は違うの。教えられたとおりに行動しなければ、家族からも世間からもつまはじきにされる。将来のどんな可能性も失ってしまうの」

「自分にはもう将来がないと、前に言ってなかったか？」

ヘレナは目をしばたたいた。「ええ、まあ。でもあれは――」

「いいか、たとえ明日ロンドンじゅうの人気者になったとしても、こんなつまらない礼儀にしたがっていれば、いつまでも身動きがとれないままだ。むしろ、今よりはるかに自由がきかなくなる。ミセス・ナンリーの教えにしたがって、これまでどんないいことがあった？　幸せになれたか？　朝起きたときに、生きている喜びや、穏やかに暮らせる喜びや、健やかでいる喜びを実感できたか？　今日という日の無限の可能性を信じられたか？　幸せになれるのなら、作法にしたがうのもいい。だがきみを縛る作法なら――」

「あなたはどうなの、ダニエル？　何にもしたがわないことで幸せになれた？　セント・ジャイルズに暮らして、あなたを理解できそうにない人たちに囲まれて、それで幸せなの？　生まれや育ちをばかにしてくるような貴族の相談にのっていて楽しいの？　あなたのほうがずっと賢いとわかっているのに？」声が震えている。「娼婦《しょうふ》と浮かれ騒ぐのはどう？　あなたのお金にしか興味のない女性と遊んで幸せなの？」

「何も知らないくせに」ダニエルは座席にどんともたれた。

それは本心ではなかった。引きこもって暮らしてきた女性にしては、ヘレナは驚くほどものごとに精通している。誰にも気づかれなかった内面まで見通してくる彼女が、ただ憎らしかった。

馬車は低木の茂った荒地を走っていた。頭上では冬を前に南に渡る黒雁《こくがん》が鳴き、周囲の牧草地からは白い羊の鳴く声が聞こえていたが、ダニエルはほとんど何も見ず、何も聞いていなかった。ヘレナの鋭い言葉が頭のなかで雷鳴のように反響していたのだ。

確かに、最近の自分はそれほど幸せではないかもしれない。孤独だと思うときもある。だからといって何ができる？　クランシーたちのいるスラム街にはなじめない。といって、グリフのいる上品な世界とは当然ながら相いれない。グリフとは気が合うが、彼はもう妻帯者だ。これからはロザリンドと過ごしたり、将来的には子供たちと過ごしたりする時間のほうが多くなるだろう。

そもそも、グリフといたところで孤独が癒やされるわけではなかった。娼婦と遊んでいてさえ孤独は感じる。いっときでも孤独を忘れさせてくれた人物はただひとりだ。じわじわと心のなかに入ってきて温かい気持ちにさせてくれたのは……。

ヘレナだった。家柄や育ちは違っても、彼女にはある種の親近感を覚える。ダニエル同様、彼女もまた居場所を求めてもがく苦しみを知っている。周囲にとけこめない心地悪さを知っている。ヘレナを見るとき、人は不自由な脚と他人を容易に受け入れないその冷たさに気をとられる。ダニエルの場合は、それが彼の父親や密輸をやっていた過去になる。

しかし、本当の自分たちはもっともっと複雑な存在だ。ダニエルは生まれて初めて、素のままの自分を見ようとする人物に出会った気がした。

ただ、それがヘレナだったことには驚きを禁じえなかった。感心するというか、仰天するというか、彼女は妹のためなら酒場にも入ってきた。密輸をやる荒くれ者たちにもひるまず、水を向けて秘密をききだそうとした。さらには、ダニエルがまったく期待していなかった形で彼を守ってもくれた。男たちの前で彼だけにわかるような形で謝罪をしてくれたときは、心が温かくなった。

「ゆうべからずっと不思議に思っていることがある」ダニエルは言った。

ヘレナは警戒するような目を向けた。「何？」

「どうして酒場に来たんだ？　ぼくが部屋を出たあとは、すぐにベッドで寝るものと思っていたよ」

「寝たのよ、少しは」彼女はそわそわと手綱をいじった。「目が覚めたらあなたがいなくて、心配になったの」

「ぼくを心配した？」

「当然でしょう。酒場で癖のある人たちといっしょだとわかっているのよ」

「行けば助けてやれると思った？」

「ええ、まあ」

「どうするつもりだったんだ？　彼らの頭を杖《つえ》でこんこんと叩《たた》いてまわるか？」

ヘレナの口もとが小さくほころんだ。「ばか言わないで。わたしはただ、時間がかかりすぎると思っただけ。行けば手伝えるんじゃないかって」笑みが消えた。「それに、もしかしたらあなたは、その、時間がかかっているのはつまり……」

黙りこんだ彼女に、ダニエルは先を促した。「つまり？」

「いつもみたいに、女の人と楽しんでいるせいかもしれないと思ったから」

納得できる説明だった。「ぼくの膝で酒場のメイドが腰をはずませている光景を想像していたんだな？」

ヘレナは顔を赤くした。「わ、わからないわ」

「きみはぼくがよほどの好き者と考えているか、でなければ嫉妬か」

「嫉妬って！　やめてちょうだい。わたしはこれっぽっちだって気にしていないわ。あなたの……特別な女性たちのことなんて」

〝特別な女性〟のところだけに力を入れたのは、相当気にしている証拠だろう。嫉妬されていると思うと、興奮して鼓動が速くなった。「そうなのか？」ダニエルは心のおもむくまま、白鳥のような首を覆っている彼女の薄い肩掛けに指を遊ばせた。「きみが彼女たちのことを何度も口にするから、勘違いするところだった」声を落として続けた。「嫉妬でもぼくはかまわないよ。むしろうれしいくらいだ」

細い首の後ろに手をやって、なめらかなうなじが見える程度にだけ布を引いた。柔らかな肌を指でなでると、ヘレナの震えが伝わってきた。

「ダニエル」かすれた声が言う。「いけないわ、あなたとわたしは……」

「互いを求めてはいけない？　欲しがってはいけない？　今さら無理だな」少なくともダニエルにとってはそうだった。何度も自分に言い聞かせた。ヘレナがおまえとの将来を考えることなどありえないんだぞ、と。それでもダニエルは万が一を信じたかった。信じずにはいられなかった。

ヘレナの首をなでた。ボンネットの端にそって、次にはリボンをたどって頬へと指を進めていく。触れるか触れないかの感触に彼女が息をのみ、ダニエルを見あげた。

惨事が起こったのはそのときだった。

最初は指で気を散らされてヘレナが手綱を落としたのかと思ったが、つながれているはずの馬が全速力で駆け去るのを見て、そんな悠長な話ではないのだと知った。

馬を失った二本の棒が傾いて土にめりこんだ。急停止した馬車から、ダニエルはヘレナともども前方に飛ばされた。

「なんてこった！」ダニエルは泥のなかに尻から着地し、持っていた本は溝のほうに飛んでいった。わけがわからず、なかば放心したまま歯をきしらせた。馬がカーブを曲がって視界から消えていく。あわててヘレナを振り返ると、彼女は完全に途方に暮れた顔で、水たまりのまんなかにしゃんと背筋をのばして座っていた。

「何があったの？」泥水で濡《ぬ》れていくスカートを見つめながらヘレナがきいた。「どうしてこんなことに？」

「おんぼろの馬車のせいだ。馬をつなぐ引き具が壊れたんだ」ダニエルは体を起こして膝立ちの姿勢になった。「宿のおやじめ、今度会ったら絞め殺してやる。きみは大丈夫か？　骨は折れてない？　脚に痛みは？」

ヘレナは体を小さく揺すって、うっとうめいた。「お尻を打ったみたい。でも、ほかは大丈夫。あなたのほうは？」

「ぼくの尻はかなり強烈にやられたが、ひびが入った感じはないな。脚もふつうに動かせる」まつわりつく泥から膝を抜いて立ちあがり、前方を一瞥した。「怖いもの知らずのあの馬は、ぼくらといるのに嫌気がさしたらしい。セドレスクームに向けて一直線だ」

結果としてダニエルたちは移動手段を失った。徒歩で進むにしても、とてもまともに歩ける状態ではない。地面に打ちつけられた衝撃で、体じゅうの骨が悲鳴をあげていた。痛む筋肉を無視しつつ、ダニエルはヘレナを抱え起こし、地面に立たせた。

ふらつきながらもヘレナはバランスをとった。体重の大半を悪くないほうの脚だけで支えている。ぐっしょり濡れたスカートを華奢な両手でつまみあげ、苦い顔で状態を確かめてから、手を放して大きく嘆息した。「台なしよ。もう二度と着られない」

「しゃれたドレスでなくて幸いだったな」ダニエルはなんとか楽しい会話をしようと試みた。「質素な服を選ぶように言ったのはぼくだ。感謝したい気分にならないか？」

怖い顔がにらんできた。「なるでしょうね。これがあなたのせいでなかったら」

「ぼくのせい？　なんでぼくのせいなんだ？」周囲を見まわして帽子を捜した。いったいどこに飛ばされたのか。「手綱を握っていたのはきみだろう。ああ、気を散らされたせいだと言うのもなしだぞ。引き具が壊れたんだ。これはぼくたちのせいじゃない」

「それでも同じよ。わたしの四輪馬車で快適に旅ができていたかもしれないのに、あなたが馬に乗るなんて言うから」手の汚れを台なしになった服にすりつけている。「白状したらどう？　最初に馬で行くと言ったのは、そう言えばわたしが尻ごみすると思ったからよね？　わたしをおじけづかせようなんてあなたが考えなければ、今ごろはまともな馬車に揺られていたし、こんなひどいことにはならなかったわ」

素直に責められておこう、とダニエルは思った。といっても、今の話に反論すべきところはほとんどないが。そのとき、捜していた帽子が目にとまった。花がちらほらと咲く茂みのなかだ。さっと拾って頭にかぶった。「きみは賢すぎて損をする口だな」思いきって言った。「白状するよ。ぼくはきみの決意の強さを見くびっていた。だが過ちを犯した分は、道中のいろんな場面で埋めあわせができている。違うかい？」

ヘレナの視線が帽子に移った。と思うと、彼女はいきなり笑いだした。「ええ、そうみたいね」ダニエルの帽子を指さした。「見ないほうがいいわ。帽子の縁を大きな蜘蛛《くも》が歩きまわっているから」

「うっ」帽子をとって腿にはたきつけた。落ちていく蜘蛛は変に優雅で、この世の憂いとは無縁であるかのように悠然と離れていった。ヘレナと自分も同じようにできたらどんなにいいだろう。

ダニエルはかたい歩調で馬車に戻り、破損の具合を確認した。かなりひどいようだ。振り返るとヘレナがじっと立っていたので、馬車から杖をとって投げてやった。それからしゃがんで引き具の部分を調べてみた。

ちぎれた革の端を指でなでながら、ダニエルは眉間の皺《しわ》を深くした。「こうなったのは、偶然の事故でもなかったようだ」

ヘレナが杖に体重をかけながら近づいてきた。「どういう意味？」

「タンブリッジを出る前に、誰かが引き具に細工をしていた」

彼女は低くあえいだ。「本当なの？」

「ああ」片方の端を掲げてみせた。「見てみろ、切断面がなめらかだ。切られていたのは半分だけ。しばらく走ってから全部が裂けるように考えてある」

そばで観察したヘレナは蒼白《そうはく》になり、銀色の杖の頭を両手でぎゅっとつかんだ。「でも、でもなぜ？　誰がこんなことを？」

「思いあたる人物がいないわけじゃない。わからないのは理由のほうだ」ダニエルは腰をのばした。「いずれにしろ、馬車は使えない」馬が消えた方向を見やってため息をついた。

「次の町までは歩きだな。親切な旅人でも通りかかってくれたら話は別だが」

その言葉に呼ばれたかのように、遠くで蹄《ひづめ》の音が聞こえはじめた。振り返ると、馬に乗った男がひとり、ふたりのほうに近づいてくるのが見えた。先が読めないまま、ダニエルはじっと待った。男の顔が視界に入ったその瞬間、みぞおちが緊張した。「これはこれは、救世主の登場だな。いいときに来てくれた。うまい偶然もあるものだ」

「おや！」男は手庇《てびさし》で太陽をさえぎった。「困りごとかい？」

「ミスター・ウォーレス？」ヘレナが声をあげ、ダニエルを見て無言で問いかけた。

ダニエルはうなずいた。事故の細工をしたのは誰でもない、このジョン・ウォーレスだ。

残る疑問は、なぜ彼がこんなことをしたのかだ。

# 13

さあ、娘に乾杯だ。
命を懸けた勇気をたたえよう。
彼女は見事に追いはぎの裏をかき、
馬も金も銃もとりあげた。

ハークネスによる一枚刷り印刷物より
『裏をかかれた追いはぎ』

近づいてくるミスター・ウォーレスを見て、ヘレナはいやな予感にとらわれた。そばに来てからも、彼はぶちの牝馬《ひんば》からおりようとはしない。両手を鞍《くら》に休め、偉そうな態度で馬上から見おろしてくる。ダニエルは彼が引き具に細工した犯人だと思っているのかしら。それとも、彼のしわざだと思ったのはわたしの早とちり？

ウォーレスは壊れた馬車を見ても妙に満足げだった。「引き具がちぎれたんだな。気の毒に。まあ、もとからつぶれかけのぼろい馬車だったんだ。こうなるのも時間の問題だったろうよ」

「もしくは、その時間を早めた人間がいたかだな」ダニエルは冷静だった。

ウォーレスは聞こえないふりをした。「ひとつ提案だ。奥さんを歩かせるのはしのびない。ふたりは無理だが奥さんだけなら乗せてやれる。次の町まで乗せていこう。向こうに着いたら人をよこす。あんたはここで待っていればいい」

「大きなお世話だ」ダニエルは吐き捨てるように言うと、ヘレナを守るようにさっと隣に立った。

「ミスター・ウォーレス、わたしは脚が悪いけれど、町までくらい歩けます」見え透いた大嘘《おおうそ》だったが、こんな男についていくなんて考えただけでもぞっとする。ヘレナはダニエルの肘に手をかけた。「それに、わたしは主人といるほうがいいの。できればあなたが町に着いたあと、こちらに人をよこしてくださるとありがたいわ」

手が震えた。察したダニエルが自分の手を重ね、ぎゅっとつかんで安心させてくれた。

「乗ってほしいなあ、奥さん」ウォーレスは猫なで声になった。「夜まで待っていたくはねえだろう? 暗くなったら危険も増える」

「妻はどこにも行かない。ぼくたちにはかまうな。助けてくれるつもりがあるなら人だけよこしてくれ。いやならけっこう。助けがなくともなんとかなる」

ウォーレスはかぶりを振ると、ポケットから物騒な火打ち石銃をとりだした。「こんなことはしたくなかったが、あんたのせいだぜ、ブレナン。あんたの女房にはどうあってもいっしょに来てもらう」

ヘレナはダニエルの腕に指を食いこませた。どうしよう、人に銃を向けるような男だったのだ。下手にあしらえば何をされるかわからない！

「そいつはしまったほうがいいな」ダニエルが警告した。「撃てるのは一発だ。その一発で確実にしとめないかぎり、ぼくから妻は奪えない」

ウォーレスは銃口をダニエルに向けた。「試してみるか――」

「やめて！」ヘレナはふたりのあいだに立ちふさがった。責任の一端は自分にもある。ゆうべ畑違いの場所に首を突っこんだりしたのがいけなかった。自分のせいでダニエルを死なせるわけにはいかない。それにヘレナにはひとつ考えがあった。「いっしょに行きます。だから主人は撃たないで」

「離れてろ！」背後でダニエルが鋭くささやき、ヘレナの腕をつかんできた。ヘレナはそれを振り払い、二、三歩前に踏みだした。

ダニエルがついてこようとした瞬間、銃口がさっとヘレナをとらえた。「動くんじゃねえ、ダニー・ボーイ。奥さんが痛い目に遭ってもいいのかい？」

「ヘレナ、よせ！　気でも違ったのか？」ダニエルは声を荒らげたが、その場から動こうとはしなかった。

本当に気が違ったのかもしれないと、ヘレナ自身感じはじめていた。銃を間近で見るのは生まれて初めてだった。ましてや標的になろうとした経験などあるはずもない。

「奥さんの好きにさせてやれ」ウォーレスは撃鉄を引いた。「かわいい奥さんが苦しむ姿は見たくねえだろう?」

「なぜこんなことをする?」

「じきわかる」ウォーレスはヘレナのほうに顎をしゃくった。「さあ、来てもらおうか、奥さん。ただし、ゆっくりだ。妙なまねをすると反対の脚も動かなくなるぜ」

ヘレナはダニエルのうなり声を聞き流し、言われたとおりに動いた。ただし頭だけは忙しく働かせていた。ウォーレスについていく気などさらさらない。気が違ってなんかいない。わたしは正気だ。

杖《つえ》の銀色の頭をぎゅっとつかんだ。重さはある。かたさもだ。充分ではないにしても、うまくいけば……。

ウォーレスが銃を左手に持ち替え、右手をヘレナのほうにのばした。銃でしっかりヘレナをねらいながらも、視線はダニエルに向けている。

つまりヘレナを見てはいないということだ。

ウォーレスはあぶみから足を抜いた。やはりヘレナのほうは見ようともしない。彼が警戒しているのはダニエルひとりだ。「おれの手を握って、右足はあぶみに入れろ。そしたらおれが引きあげてやる」

言われたとおりに手をとりながら、右手を杖の下のほうへとすべらせた。そこで瞬時に杖を振りあげ、銃床を下から思いきり叩《たた》きあげた。銃が暴発し、発射された弾が頭上で空気を切り裂いた。

あらゆることが一度に起こった。ダニエルが飛びだしてきた。ウォーレスの腕をつかんで馬から引き落とそうとする。男ふたりの怒声が響きわたり、そのあいだで馬が荒々しく飛び跳ねる。ヘレナにできるのは、馬に蹴られないよう距離を置いて見守ることだけだった。

気づけば、ダニエルがウォーレスを馬から引きずりおろしていた。組みあったふたりは地面を転がりつづけ、驚いた馬があとずさりした。力にしろ体格にしろ勝っているのはダニエルのほうだ。彼はウォーレスをあっという間に組み伏せた。と、ウォーレスが銃でダニエルの頭を殴り、ダニエルが後ろによろけた。

すかさずウォーレスがダニエルを押しのける。再び銃を振りあげる彼を見て、ヘレナは逆上した。ウォーレスの背後に近づき、頭蓋骨めがけて力いっぱい杖を振るった。あまりの衝撃に杖が折れ、銀色の握りが茂みのなかに飛んでいった。

ウォーレスは倒れた。

ヘレナは震えながら彼を見おろした。自分が男の人の頭を殴ったという事実が、とても信じられなかった。「どうしましょう、死んでしまったの?」不安と混乱がそのまま声に出た。情景が目に浮かんだ。裁判、絞首台……恐ろしい醜聞!

膝立ちになったダニエルが、ウォーレスの脈をとった。「まだ生きてる。しぶといやつだ」彼は感心したような目をヘレナに振り向けた。「きみは武器を持っていたんだな。ウォーレスは何に殴られたかもわかっちゃいなかった」ひょいと立ちあがり、今度は怖い顔で眉間に皺《しわ》を寄せた。「だが、愚かしいにもほどがある」

「まったくだわ。わたしたちを脅すなんて。態度は尊大だし――」

「こいつの話じゃない」ダニエルはヘレナの両肩をつかんだ。「あんなまねをして、一歩間違えば死んでいたぞ! 銃を持った男に杖だけで立ち向かおうなんて……どうかしている。撃たれなかったのは運がよかっただけだ!」

悪者にされた杖の残りが、ヘレナの手からすべり落ちた。「じゃあ、どうすればよかったの?」言い返しはしたが、軽率なのはわかっていた。体の震えは、もはや抑えられないほど大きくなっている。「あなただって、自分を殺せと言っているみたいに挑発していたじゃない!」

「こいつは平気で人を殺せる男じゃない」

「どうしてわかるの? 好かれているわけでもないのに。あなたが撃たれていたら、わたしは耐えられなかったわ」

ダニエルはヘレナをじっと見つめた。険しさが薄れ、まなざしがじょじょに優しくなっていく。「きみが銃でねらわれているあいだ、ぼくは怖くてたまらなかった。きみが何かされていたら、この手でやつを殺していただろう」片手でヘレナの頰を包んだ。「だから、さっきみたいなことは二度としないでくれ。あれで十年は命が縮まった。本当だ」

温かいものがじわじわと全身に広がって、あんなに震えていた体がぴたりと落ち着いた。ヘレナは弱々しくほほえんだ。「あなたのせいでもあるのよ。密輸業者の頭を杖で叩くのか、なんてさっき言ったから。ひとりでは思いつかない行動だったわ」

「きみにアイディアを吹きこんだら、そうなるってことか」

ウォーレスがうめいた。ダニエルがさっと反応し、落ちていた銃の台尻で彼の頭を殴った。さらに彼の首から襟飾りをはずし、両手を縛りあげた。

ダニエルは銃を持ったまま早足で馬車のほうに行き、それを荷物のなかに押しこむと、今度はぶつぶつ言いながら何かを探している。見つかったあとはヘレナのところに戻ってきて、彼女の手にそれを握らせた。「悪党に対抗するときは、せめてまともな武器を使え。ぼくが縛り終えるまで、それでねらっていてくれないか」言いながら幅広ネクタイ《クラヴァット》をほどきはじめた。「次はすぐにとりだせるところにしまっておくよ」

渡された品を見て、ヘレナは危うく手からとり落としそうになった。拳銃だ。しかもウォーレスのものより大振りでまがまがしい。そしてたぶん、弾も入っている。手にするのは生まれて初めてだった。「次って言った？　まさか、この先にも身を守らなければならない危険があると？」

ダニエルは自分の首からクラヴァットをするりと引き抜いた。「ウォーレスには仲間がいた。覚えているだろう？　なぜここにいないのかは知らないが、現れるのを悠長に待っていたくはない」

ウォーレスが身じろぎし、ヘレナは反射的に銃を向けた。神経質な笑いがこみあげてきた。銃を向けるときの作法ってあるのかしら？　これもミセス・ナンリーの作法集には載っていなかった。いつでも撃つ用意があるぞ、と言えばいいの？　顔の前で銃を振るべきなの？　ああもう、気品ある若いレディはどうふるまえばいいの？

幸い、頭を悩ませている時間は短くてすんだ。わずか数秒でダニエルが足首を縛り終えたからだ。意識の戻りはじめたウォーレスがもがいたが、もとよりほどけるはずもない。ダニエルの縛り方は完璧だった。

立ちあがったダニエルがウォーレスを仰向けに転がし、片足で胸を踏みつけた。「仲間はどこにいる？」

ウォーレスは憎々しげにダニエルを見返した。「地獄に落ちやがれ！」

「落ちる覚悟はしているさ。だが、その前に……」ダニエルは彼の胸に体重をかけた。

「仲間の居場所を教えろ」

「もう現れるころだな」ウォーレスは唾を吐いた。

「そうか、無駄話している時間はないわけだ」じっとウォーレスをねめつけながら、手だけをヘレナのほうにさしだした。「銃をくれ。悪党を始末する。放っておけばまた何をしでかすかわからない」

「ダニエル！」ヘレナは反抗した。残忍な彼に魅了されながらも、恐ろしいと思わずにはいられなかった。

しかし、険しい顔でにらまれると抵抗はできず、しぶしぶ銃を手わたした。ダニエルはウォーレスの頭にねらいを定め、かちりと撃鉄を起こした。

「待て！」ウォーレスがしわがれ声を発した。「仲間は……仲間は先に行った。セドレスクームにいる」

「けっこう」ダニエルは撃鉄をおろした。ヘレナとウォーレスが、同時に安堵《あんど》の息を吐いた。

「おれを待ってる。行かなかったら捜しに来るぞ。見てろよ」

「どうして最初からいっしょじゃなかったの？」純粋な好奇心からきいた。

ウォーレスは目をそらした。

「答えろ！」ダニエルがブーツを彼の胸にめりこませた。彼が咳《せ》きこむ。

「そのくらいでいいわ、ダニエル。ミスター・ウォーレスは喜んで話してくれるでしょうし、あなたもわたしも野蛮人ではないんですもの」

「よけいな口をはさむな」ダニエルは不機嫌に言いつつも、足の力をゆるめてくれた。「ウォーレス、妻は心根が優しくてな、おまえがぺしゃんこになるところを見たくはないらしい。だが十秒だ。十秒のうちに答えないと、その薄汚い頭蓋骨に弾をぶちこむぞ。さあ、仲間はどうして計画に加わらなかった？」

ウォーレスの目は銃から離れない。「いやがったんだ」

「ほう？　あまりの下劣さにそっぽを向かれたか？」

言葉の毒気にあてられて、ウォーレスの顔が恐怖にゆがんだ。「待ってくれ、結論を急いじゃいけねえ。あんたの女房はいい女だが、おれは手を出そうなんて思っちゃいなかった」

「連れ去ろうとしただろう！」

「女に何かしようと思ったわけじゃねえ」

ダニエルの表情に明らかな困惑が見えた。「だったらなんのためだ？」

ウォーレスは自由になろうともがき、無駄だと悟ると力を抜いた。「クラウチのためだ。決まってんだろ」

「クラウチ？　クラウチがどうした？」ダニエルは拳銃を振った。「クラウチとのつながりをにおわせれば、ぼくがおびえておまえを解放するとでも？　そう考えたとしたら、おまえは見かけに劣らず相当な間抜けだ」

「そんな話じゃねえ！」ウォーレスはごくりと唾をのんだ。「あんたがクラウチの手下のプライスを捜しているのには何か裏があるはずだ。やつに教えてやったら喜ぶんじゃねえかと思ってよ。何しろそっちの正体が正体だ。ほうびをもらえるかもしれねえ。おれが本人を誘いこんでやったとなりゃよけいだ。それには奥さんが役に立つ」

　心臓が狂ったように打ちだした。もしかして、悟られてしまったの？　わたしとジュリエットの関係に？　ダニエルとグリフとのつながりにも？　「わたしたちの正体って、どういうこと？」ヘレナの頭は混乱するばかりだった。

　ウォーレスがヘレナのほうを見た。「あんたじゃねえぜ、奥さん。あんたの亭主のほうだ。わかってんだろ？　その昔、そいつが〝陽気な《ジョリー》ロジャー《ロジャー》・クラウチ《クラウチ》〟の一味だったって話だ」

　言葉が鋭い刃となって心臓を切り刻んだ。みぞおちで不安が暴れだした。つまり、ダニエルの話は嘘だったの？　約束したのに、また嘘をついたの？

「もう黙ってろ」ダニエルがウォーレスの胸に体重をかける。その行為自体が、今の話が真実であるとヘレナに教えていた。

　涙をこらえて前に進みでた。「やめて！　わたしは聞きたいわ」

「ヘレナ――」ダニエルはにわかに険悪な表情を見せた。

「知る権利はあるわ。クラウチが誘拐……」言いかけて言葉を切った。ウォーレスが聞き耳をたてている。覚悟を決めて彼と目を合わせた。「主人とジョリー・ロジャー・クラウチの話、教えてちょうだい。ダニーはあまり話してくれないの」悪いほうに考えすぎかもしれない。ああ、そうでありますように！

ウォーレスは警戒しながらダニエルを見やった。「足をどけるように奥さんから言ってくれ。そうしたらなんだって教えてやるよ」

「ダニエル？」ヘレナは穏やかに語りかけた。「彼は動けないし、頭に銃を向けられているのよ。逃げる心配はないわ」

ダニエルはしげしげとヘレナを見た。口もとが引きつっている。悪態をつくと、彼はようやく足を引いた。ウォーレスがもぞもぞと半身を起こした。縛られているため、自然と背中を丸めて膝をたてた姿勢になる。自分をねらいつづけているダニエルの銃を、彼は無視した。

「話して」ヘレナは小さな声で促した。

不機嫌そうな顔がヘレナを見あげた。「そんなたいそうな話でもねえよ。戦争中はロンドンの税務省にもおれらをつかまえる人手が不足していてよ、密輸をするのも今よりはちいとばかり楽だった。なかでもすごかったのがジョリー・ロジャーだ。二百人からの手下を思いのままに動かしてたからな」

「それがダニーとどう関係するの？　うちの人はどのくらいジョリー・ロジャーの下で働いていたの？」

ウォーレスはダニエルをきっとにらんだ。「八年以上って聞いてるぜ。仲間になったのは九歳のときらしい。みんなからはダニー・ボーイと呼ばれてた。まだがきだったからだ」

なんてこと。そう聞けば何から何まで筋が通る。ダニー・ボーイ。だからこの呼び方をあんなにも嫌っていたのだ。セント・ジャイルズの娼婦《しょうふ》が彼をダニー・ボーイと呼んでいたのもうなずける。育ったのはサセックスだとダニエル自身が言っていた。サセックスはクラウチの一団がいる場所だ。今まですっかり忘れていた。

「小さくても……」ウォーレスが続ける。「ダニー・ボーイはたいていの連中より頭がよかった。数字なんかにもめっぽう強かった。十七歳になるころには自分の食いぶちを稼いで、それ以上の儲《もう》けも出していた。だからジョリー・ロジャーは彼を補佐役にした。ダニーのおかげで、やつの利益は三倍になった」

クラウチの補佐役？　胃がずんと沈んだ。想像していたよりもはるかにひどい。ダニエルはクラウチについて厚かましく嘘をついたばかりか、密輸団での役割についても意図的にごまかしていたのだ。補佐役が馬の見張りなんてするはずない。「本当なのね、ダニエル?」非難する口調になった。怒りがふくれあがった。彼にも良識はあるのだろう、後ろめたい表情になっている。「本当だ」ヘレナをしっかと見返し、今度は挑むように目をつりあげた。「ぼくは密輸をやらなかったとはひと言も言っていない。きみが勝手に軽めの想像をしていただけだ」

確かに。でもそれは、ダニエルが真実をゆがめてヘレナの想像を補強したからだ。宿の女主人をあしらったときとそっくり同じ。彼は天才的な嘘つきだ。なんて恥知らずなの!

「どんな想像かは知っていたのよね。なのに訂正はしなかった」

ダニエルは黙って地面の男に視線を戻した。当のウォーレスはといえば、目の前で起こった騒ぎをうれしそうに眺めている。

「クラウチとの冒険の話は奥さんにしてなかったのかい?」にやっと笑った顔には悪意が満ちていた。「できねえよなあ、上品な奥さんにはよ。奥さんだって最初に知ってりゃあ、あんたとの結婚にも二の足を踏んだろうぜ。おやじさんのほうは、猟犬をけしかけてあんたを追っ払ったはずだ」

「うるさい!」ダニエルは男をねめつけた。

ウォーレスの言葉が偶然にしろ真実を突いていたのは、皮肉としか言いようがなかった。ダニエルの過去をすべて聞かされていたら、父はたぶんいい顔をしていない。それとも、知っていたの? ダニエルの過去もグリフの過去も知っていながら話さないというのは、いかにも父のやりそうなことだ。

そもそも、女は無知でいいと父は考えている。だから大事なことでも女には話さない。涙が喉をふさいだ。ダニエルも同じなのだ。父とは違うとずっと思っていたのに。

結局は、コインの裏と表だった。女は秘密を持ってはいけなくて、なのに男は好きなだけ隠しごとをしてかまわない。むしろそうすることでほめられたりする。冗談じゃないわ！

そのとき、ヘレナはまた恐ろしいことに気がついた。ジュリエットのそばにいるのが昔の仲間だと、ダニエルはいつ知ったのだろう？　ロンドンで？　だからジュリエットを捜すと言ってくれたの？　何から何まで彼は全部隠しとおすつもりでいたの？

ウォーレスに話すダニエルの声を、ヘレナはどこか遠くで聞いていた。「ヘレナを使ってぼくを誘いこむ？　クラウチがほうびを出す？」ダニエルの暗い笑いが響いた。「何もわかっちゃいないようだな。やつは礼などしない。ぼくのことは手下に捜させて、おまえなんかすぐにお払い箱だ」ヘレナのほうは見ようともしない。石から削りだされたようなかたい表情で、ウォーレスを見おろしている。「仲間が計画に加わらなかった理由を、まだ聞いていなかったな」

ウォーレスは反抗的な態度でダニエルを見返した。「気乗りがしなかったってだけだ」そこでもがき、またおとなしくなった。「そろいもそろって臆病で、あんたを敵にまわすことにも、クラウチとの接触にも腰が引けてた。それと……」ヘレナにちらと目を向ける。「あいつらはあんたの奥さんが気に入っててよ。よけいなことはするなと口々に言いやがった。あのふたりにはかまうなとさ」

「正しい忠告だ。したがうべきだったな」ダニエルはヘレナのほうを向いて拳銃をさしだした。「見張っていてくれ。何かあったら迷わずに撃て」

「どこに行くの?」再び手にした銃の重さにヘレナがおぞましさを感じているうちにも、ダニエルはすたすたと馬車に戻っていく。

「仲間についての話は本当だろう。そいつがセドレスクームに行かなければ、じき捜しに来る」彼は自分たちのわずかな荷物を馬車からおろし、それから泥にめりこんでいる馬車のシャフトを引き抜いた。「簡単には見つけさせない」

馬車を道の外に引きずりだして林の陰に置いた。目を凝らさないかぎり、そこに馬車があるとはわからない。戻ってくると、今度はウォーレスを肩にかついだ。

「おい、待て、おれを置き去りにするのか? そんなことされちゃ、いつまでたっても見つけてもらえねえ!」

「そう願いたいもんだ」

真実を知った苦しみから抜けだせないまま、ヘレナはダニエルのあとを追った。彼は馬車の座席にウォーレスを放りだした。もがく男に顔を近づけ、喉にがしっと手をあてた。

「このろくでなしが、よく聞きやがれ。おまえの仲間は賢かった。おまえがヘレナを連れ去っていたら、こっちはどこまででもおまえを追いかけていた。とっつかまえて心臓をえぐりだしてやっていただろうな」

わたしのために怒っている。ヘレナは感動すら覚えそうになったが、すぐに違うと思い直した。彼が真実を隠したりしなければ、守ってもらう必要もなかったのだ。ダニエルがそこまで名の知れた密輸業者だとわかっていたなら、ヘレナだって酒場でミスター・プライスの名を出すような危ない賭には出なかった。

ところが、ダニエルはまだ気がおさまらないらしい。「いいか、仲間が来たら、とっととケント州に戻れ。クラウチのことも、ぼくや妻に会ったことも忘れろ。おまえには関係のない問題だ。それでも邪魔をしたいと思うなら、覚悟しておけ。次におまえを見かけたときは、その場で喉をかっ切ってやる。わかったな?」

返事はなかった。恐怖で言葉が出ないのだ。ダニエルの怒りは尋常ではない。危険で荒々しいこの姿こそが、かつての彼の姿でもあるのだろう。

そうならば嫌悪したかった。けれど、上品になりきれない心のどこかで、ヘレナはそんな荒々しさに惹《ひ》かれてもいた。

「わかったのか?」ダニエルが重ねてたずね、首にかけた手に力を入れた。

かくかくとうなずくウォーレスを、ダニエルはどんと座席に突きとばした。ポケットからハンカチを出して、今度は猿ぐつわを噛《か》ませている。抵抗するウォーレスの声はくぐもっていて、もうなんと言っているかわからなかった。

ダニエルが戻ってきたとき、ヘレナは抗議するのが自分の役目だと思った。「本当に放っていくの？　誰にも見つけられなかったらどうするの？」

「きみをさらおうとした男だぞ」彼はヘレナから拳銃を引きとり、外套《がいとう》のポケットにしまった。ウォーレスをちらと見て声を落とした。「今あいつを自由にしたら、ぼくらがサセックスにいることがクラウチに知れる。ジュリエットを救う計画が台なしだ。そんな危険は冒せない。こうしておけば、少なくとも時間は稼げる」

「ああ」ヘレナは唾をのんだ。「わたしったら何も考えてなかった」

「今からでも考える癖をつけたほうがいいな。こういう連中を甘く見ていると痛い目に遭う」

「そうよね、あなたは誰よりも詳しいわよね」

ダニエルの顔がすっとこわばった。「ああ、詳しいとも」目をそらし、ぶっきらぼうに続ける。「いろいろききたくてうずうずしているんだろうな。だが、今はここを離れるのが先決だ。あいつの仲間に見つかるとまずい」

「離れるって、どうするの？」

「ウォーレスの馬だ」ダニエルが顎をしゃくった先には、道端でのんびりと草をはむ牝馬の姿があった。彼はヘレナの脚を見おろして穏やかに言った。「つらいだろうが、ほかに方法はないんだ。きみにも乗ってもらう。それも、男の乗り方で」

ヘレナは胸を張った。「必要ならなんでもやるわ。どうせ徒歩ではいくらも進めない。杖がないんだもの」

「くそっ、そうだったな」ダニエルは林に戻り、落ちていた木の枝を手に一分ほどで戻ってきた。邪魔な小枝や葉を落としてできあがったのは、ごつごつした手製の杖だ。「ほら、とりあえずはこれでいけるだろう」

受けとったヘレナはどきんとし、馬を連れに行くダニエルの背中を見つめながら考えた。彼はどういう人間なの？　喉をかっ切ると言って脅していたと思ったら、今度はわたしに杖をつくってくれた。

荷物が置かれた場所までゆっくりと歩いた。嘘をつかれていたと知ったことで、ヘレナのなかにまたぞろ新しい不安が生まれていた。彼はなぜ本当のことを言わなかったのだろう？　事態の深刻さを考えてすべては話せなかった？　クラウチという人物には、まだ彼の語っていない恐ろしい秘密があるの？

馬を連れたダニエルがむずかしい顔で戻ってきた。「きみは後ろに乗ってくれ。逆だとぼくの体重で馬にけがをさせてしまう。きみが乗ってぼくが歩くという形がいちばんなんだが、今は一刻を争うときだ」

「わかったわ。やってみる」

ダニエルはウォーレスの大きな鞍袋の中身を、自分たちのものととり替えはじめた。スケッチ帳を持ったところで手がとまった。ヘレナは固唾《かたず》をのんだ。大きいのでスケッチ帳は場所をとるのだ。そのとき、彼が深い後悔をのぞかせてちらとヘレナを見やり、それからスケッチ帳をきちんと袋におさめた。

後悔？　違うわ、今のは見間違いよ。言うとおりにしろとか質問はするなとか言ってくるような人が、隠しごとがばれたくらいで罪悪感を持つとは思えない。

それに、彼の嘘があれだけだったという確証はない。別のことでも嘘をついているかもしれない。クラウチが関係しているならジュリエットは安全だと断言していたけれど、本当にそうなの？　動悸《どうき》が激しくなってきた。ダニエルとはパートナーだと思っていた。同じ情報を共有して、同じ危険に立ち向かっていると思っていた。でも違った。彼とはパートナーでもなんでもなかった。

そろって馬に乗るまでには少々手こずった。まずは牧場の柵に設けられた踏み越し段を探さなければならなかった。ダニエルが馬に乗っても、平地ではヘレナを引きあげることができないのだ。段が見つかると、彼はまずヘレナをそこにのせ、次に自分が馬に乗り、それからヘレナを引きあげた。数分後には無事に本道に戻ることができた。

昨日の今日だけに馬にまたがるのは苦痛だったが、ヘレナは声だけは出すまいと我慢した。安全のためには彼の外套を握るのでなく腰に手をまわしたほうがよかったが、彼の体をしめつけそうで怖かった。それに、体を密着させればふたりで過ごした夜のことを思い出してしまう。あのときは彼を少し理解できたような気でいたのだから、今考えれば情けない話だ。

本当は何もわかっていなかったのに。

グリフから実務をまかされたダニエルは、投資の計算をして公爵たちにアドバイスをする。ダニー・ボーイ・ブレナンは、すなわちクラウチの腹心の部下は、喉をかっ切るとの脅しも辞さない。そしてダニー・ブレナンは、どんなときでも好き勝手に嘘をつく。

ああ、どうして男性のこととなると、ろくでもない直感しか働かないのだろう。一度ならず二度までもだまされるなんて、わたしはどこまで間抜けなの？

進みだしてまだ数キロというあたりだった。ダニエルがいきなり馬の方向を変え、茂った柳で見えづらくなっている小さな脇道に入っていった。「ダニエル？　どこに行くの？」

ヘレナは蹄《ひづめ》の音に負けじと声を張りあげた。速い速度で飛ばしているうえ、体勢が体勢なだけに、会話をするのはひと苦労だ。

「身を隠す場所を探す。説明はとまってからだ」

本当に説明してくれるのだろうか？　嘘はもうたくさんだ。これからは何もかも話してもらう。ええ、間に合わせの杖で頭を殴ってでも話してもらうわ。

ふたりを乗せた馬は紅葉した楓《かえで》の木立を抜け、バッタや青いトンボの羽音がかまびすしい広い湿地を走った。突然行きどまりになったと思うと、奥に小さな農家と納屋が見えた。泥壁でできた粗末な家の前でダニエルが馬をとめ、先におりてからヘレナをおろした。脚は痛んだものの、距離が短かったため動けないほどではない。

ところが、しっかり地面に立たせたあとも、ダニエルはヘレナの腰から手を離さなかった。欲望に満ちたまなざしでヘレナをじっと観察している。反応した体が、何かを期待するように熱く騒いだ。

わたしはどうしてしまったのだろう。ダニエルに触れられただけで、今日の教訓がそっくり頭から抜け落ちそうになる。あとを埋めるのは、彼に組み敷かれていたゆうべの記憶だけ。繰り返しキスをされ、肌をなでられ、それから……。

だめよ。低くうめいて身をよじり、彼の手を振りほどいて間に合わせの杖を手にとった。少し離れて、小さな農家のほうに体を向けた。「どうしてこんな場所に?」

ダニエルはヘレナの隣に立った。「本道を進んでいけばウォーレスの仲間に見つかる。馬を見れば、彼らは何があったのかを悟るだろう。そうなると厄介だ。ぼくたちが身を隠すことでウォーレスが成功したと彼らに見せかけて、ひとりで先に進んだように思わせることができるかもしれない」

「つまり、彼を捜しに来ないかもしれないの?」期待をこめてきいた。

「もしくは、もうこっちに向かっているかだ。どっちにしろ、ウォーレスや仲間の連中がうろついている場所で大っぴらに動くのはまずい。しばらく身を隠して、別の移動手段を見つけないと」

「でも、隠れているあいだに彼らがウォーレスを見つけたら、ウォーレスに説得されてそろってクラウチのところに行くかもしれないわ」

「行くかもしれないし、行かないかもしれない。まあ、連中はウォーレスほどばかじゃなさそうだし、ウォーレスのほうはさんざん脅してやったからな」ダニエルはため息をついた。「ほかに方法はないんだ。夜だけ隠れていれば、少なくとも明朝は問題なく出発できる。だが、今夜のうちにセドレスクームに近づいたりすれば、必ずやつらの目にとまる。ヘイスティングズに行くには、セドレスクームを突っきるしかないんだ」

ヘレナはあたりを見まわした。木の骨組みでできた小さな住居だった。納屋は古そうで、馬を何頭か入れるのがせいぜいといった感じに見える。近くの囲い地では豚が四匹、泥のなかで大儀そうに動いている。さらに向こうの草地ではジャージー牛が草をはんでいた。要するに、日々の暮らしが精いっぱいの農家なのだろう。

「ここに身をひそめるの？　ここの人を知っているの？」

「いいや、適当に道を曲がった」ダニエルは家へと歩きだした。「だが、このあたりの農民はみな親切だ。とくに銀貨を握らせてやったら効果は絶大でね。たぶん、問題なく納屋を使わせてくれる。それだけで充分だ。本道から離れた場所で夜を過ごせれば、それでいい」

ヘレナはあとについて玄関まで行き、ダニエルが扉を強く叩く様子を見守った。応答はなかった。もう一度ノックをして待ったが、やはり誰も出てこない。彼が扉に手をかけた。あっさりノブがまわって扉が開いたそのとき、背後で若い男の声がした。

「扉から離れろ。さもないと命はないぞ」

# 14

彼は腹を満たすのを忘れて目で堪能した。

彼女は魅力的で美しく、見ているだけで満足だった。

バラッド『樽《たる》のなかの恋人』
作者不詳

親切な農民、でもなかったな。ダニエルは声のしたほうを振り向いた。

威嚇してきた男の姿が目に入ると、ほっとして力が抜けた。まだ若い。十五歳は超えていないだろう。小汚い作業服に木綿のズボン。赤褐色の髪が用心深い青い瞳にかぶさっている。少年はさっとヘレナを見た。干し草用の熊手を振りまわしているが、そばかすだらけの頬にぽたぽた流れる汗からして、威勢のよさは見せかけだけだ。

「やあ、坊や。ぼくらは怪しい者じゃないんだ」ダニエルは一歩前に踏みだした。「まずは手に持っているものをおろし――」

「さがれ！」少年はダニエルに熊手を突きつけた。「ぼくは〝坊や〟じゃないぞ！　こいつでおまえの心臓を突き刺すくらい簡単なんだ！」

ダニエルは笑いを噛《か》み殺した。ポケットに拳銃があると知ったら、彼はなんと言うだろう。「それはよくわかる。だが、そうする意味はないんじゃないか？　こっちは何もしていない」

「家に押し入ろうとしていただろう！」

「主人はなかに誰もいないのか確かめようとしただけよ。ノックをしても返事がなかったから、もしかしたら聞こえないだけかもしれないと思ったの」

ヘレナの上品な口調に、少年は気勢をそがれた様子だった。彼はヘレナに注意を移し、泥だらけの服と、間に合わせの杖《つえ》をざっと眺めた。熊手の先が少しだけ下を向いた。「なんだよ、その格好。豚ととっくみあいでもしてたのか？」

ヘレナが顔をしかめてみせる。「本当にそんな気分だわ。実はね、海岸のほうに行く途中で事故が起きたの。馬車が壊れて、主人もわたしも泥道に飛ばされたのよ。ほら、いちばんいい服だったのにもう台なし。杖も折れてしまったから、みっともないけれど木の枝を使っているの」彼女はにこやかに手をさしだした。「わたしはヘレナ・ブレナン。彼は主人のダニエルよ。突然押しかけてごめんなさい。でも、話をすれば助けてもらえるかと思って」

少年は判断に迷う様子で、ちらと油断なくダニエルを見やった。結局、熊手を地面に突き刺してヘレナの手をとった。「セス・アトキンズ。ここに住んでる」

ふつうより長めに手を握っている少年を見て、ダニエルはぶっきらぼうに割って入った。「お父さんと話をさせてもらいたいんだが……」

セスはヘレナの手を放すと、うっとうしげにきっとダニエルを見やった。「留守だよ」少年は胸を張った。「だから、話があるならぼくにしてもらわないとね」

「ええ、もちろんよ」ヘレナが〝ここはまかせて〟というように目でダニエルを制した。それからセスに明るく笑いかけた。「あなたが農場を立派に守っていると知ったら、お父さまはどんなにお喜びかしら。でも信じて。わたしたちは物乞いでも泥棒でもないの。ひと晩泊まれる場所が欲しいだけよ。それでわたしたち、ここのお宅なら事情を理解して納屋を使わせてくださるかもしれないと思ったの」

セスは片足から片足に重心を移した。「寒いのに、なんで納屋なんかに泊まりたがるんだ？　南に少し行けばセドレスクームだ。宿のほうがいい部屋で寝られるよ」

「この脚だとね、少しの距離でもその百倍くらい遠く感じるの。馬にも長くは乗れないわ。それに、馬車が壊れて使える馬は一頭だけだから……」言葉尻を消して、哀願するような表情になった。「お願い、またあの馬に乗れとは言わないでしょう？　あなたに迷惑はかけません。約束するわ」

おやおや、とダニエルは内心でひとりごちた。これで人のことを口が達者だと言うのだからあきれてしまう。

セスが態度を軟化させ、自分の胸をぽりぽりとかいた。「ううん、でも……」そう言いながらも、さっきまでのとがった感じは明らかに薄れている。

ダニエルはかぶりを振った。かわいそうに、ヘレナの哀願攻撃が始まった時点で少年の負けは決まっていた。ロンドンでダニエルが経験したのとそっくり同じだ。あのときはいっしょに連れていってほしいと頼みこまれて、正常な判断を狂わされた。おかげで今はそのつけを支払っている。

「お礼は充分させてもらうわ」ヘレナが言った。

「そうとも」出番と悟り、ダニエルは財布の口を開いた。「金はちゃんと払う。きみの両親が戻ったら、どうするか判断してもらえばいい」

セスの視線がヘレナの脚にさがり、馬に移り、ダニエルの持つ財布に戻ってきた。「父さんも母さんも明日の晩まで戻らない。留守はぼくがまかされてるんだ。だけど、うん、たぶん問題ないよ。お金を払うって言うんならさ」

「ありがとう」ヘレナが穏やかに言った。「親切なのね」

少年は顔をゆがめてにこっと笑った。「どういたしまして。母屋に泊まってって言いたいとこだけど、父さんに知られたら引っぱたかれる」

「納屋でいいの。本当よ。あなたは情があって本当に優しい人だわ」

ヘレナが笑いかけると、単純な少年はふんっと胸を張った。まるで雌の前で得意になっている雄のチャボだ。

ダニエルは天をあおいだ。ヘレナは男に興味を持たれないと思っている。よく見てみろと言いたかった。この坊主なんかもう、きみを救うためなら熊手片手にどこまでも、って顔になっているじゃないか。

こほんと咳払《せきばら》いをした。「できれば、食べものもあると助かるんだが」片手いっぱいの銀貨をとりだし、セスが注目するのを待った。「立派な料理じゃなくていいんだ。パンと適当なあまりものを分けてもらえれば、それで充分だ」

「食事は母さんがつくってくれてる。そいつを分けて食べよう」親指で納屋を示した。「馬はあっちに入れてかまわないよ。うちのは父さんと母さんが乗っていった二頭だけだから、今はがらがらだ。食事は着替えたらすぐに持っていく」セスはふたりを眺めた。「泥を落としたかったら、あれを使って」ポンプのほうに顎をしゃくった。「そばの桶《おけ》に石鹸《せっけん》も入ってるからさ」

「ありがとう」ダニエルは銀貨をセスにさしだした。受けとったセスは、それらが蒸発するとでも思っているのか、まじまじと手のなかを見つめていた。農場の雰囲気で想像がつくが、こんな大金を見たのは初めてなのだろう。考えてみれば不思議だった。抵抗していた少年は、いったいここの何を守ろうとしていたのか。

セスがようやく銀貨をズボンのポケットに押しこんだ。「すぐ戻ってくる」小さく言い置いて、足早に母屋へと歩きだした。

少年が熊手を玄関脇にたてかけて屋内に消えたところで、ダニエルはウォーレスの馬を置いた場所まで引き返した。足を引きずってポンプのほうへ歩くヘレナが視野の端をよぎったときは、とたんに胸がしめつけられた。たまらなかった。ここでは冷たい水で服を洗い、干し草の上で寝るしかない。本当なら熱い風呂や、清潔なシーツのかかったふかふかのベッドが似合う女性だというのに。彼女を連れまわさなければならない自分が悔しかった。次の町にどんな苦難が待っているかは、行ってみるまでわからないのだ。

しかし、何にも増してつらいのは、ヘレナの表情に傷ついた心のうちが透けていることだった。クラウチとの関係をばらされる前に、ウォーレスを撃ち殺しておけばよかった。

ダニエルは顔をしかめて背筋をのばした。ヘレナといると、引け目ばかり感じてしまう。だが、過去についての早合点は彼女が勝手にしたことだ。それに、過去がどうあれ自分たちの関係は変わらない。少なくとも自分は何も変わらない。

それでもあれは……。ウォーレスが上機嫌でダニエルの過去を話しだしたときのヘレナの失望しきった表情は……。

ウォーレスめ！　今やヘレナは、過去のダニエルがどれほど悪い男だったかを知っている。女好きとは思っていただろうが、そこにならず者の肩書きが加わったわけだ。冷ややかな態度や、きついまなざしが雄弁に責めたててくる。ゆいいつの慰めは彼女がまだ計画にしたがおうとしてくれていることだが……たぶんそれは、ほかに選択肢がないからなのだ。

ウォーレスの馬を納屋に入れ、鞍《くら》をはずしにかかった。しばらくして入ってきたヘレナは、片手にボンネット、逆の手には汚れたハンカチを持っていた。彼女はそれらを柱の釘《くぎ》にかけた。顔を洗って髪もすいできたらしい。重く湿った赤褐色の髪が肩に張りつき、服の背中に紙のように透けた場所をいくつもつくりだしている。

見ていると鼓動が速くなった。ダニエルは視線を引きはがし、馬にブラシをかけることに集中した。もうすぐ終わるというころ、ヘレナが話しかけてきた。

「ダニエル？」

「なんだ？」くぐもった声になった。

「あなたは今朝、問題が起きないかぎり、クラウチのもとからジュリエットを救いだせると言ったわ。あれは、クラウチの仲間に計画を知られることを恐れていたの？　自分が誰かを知られると困ると？」

ぎくりとした。「そうだ」

「ウォーレスがうろついていれば、そうなる可能性はあるわ」

「ああ」言いたいことがあるならさっさと言ってくれ。「だが、きみが気にしているのは別のことなんじゃないか？」

「どういう意味かしら？」口調に傲慢さがあった。ロンドンを出てからはずっと感じていなかった傲慢さだ。

「ぼくが触れると身をかたくする。ぼくをまともに見ようともしない。きみにとって、ぼくは信用できない男に逆戻りしたわけだ」

「あら、どうしてわたしがそんなふうに思わないといけないの？」いやみな言い方をする。横を向いてブラシを放った。「いいかい、ヘレナ、クラウチとのことはきみには話せなかったんだ」

ヘレナはぎらぎらした目でダニエルを見た。「そうなの？　それはなぜ？　わたしの〝心配することじゃない〟から？」

わざとらしく以前の言葉を持ちだされ、ダニエルは胸を切りつけられた。「そうだ。きみが知ったところで事態は変わらない。ぼくはもう、きみの妹を救いだすと約束していた」

「事態が変わらないなら、話してもよかったでしょう」

「話せば、今みたいな反応が返ってくる。きみは最悪の想像をして、ぼくのことを妹をさらった連中の同類だと考える」

ヘレナは呆然《ぼうぜん》とした。「そんなこと思ってない！」

「ウォーレスが毒を吐いたあと、きみのぼくを見る目つきは変わった。害虫を前にしてつぶしてやりたいと思っている目だった。裏切り者を見る目だった。それまできみはずっとこう思っていたね。少年だったころ、ぼくはしかたなく密輸団と暮らしていた。彼らの悪事に少し手を貸しているだけだったと。その程度なら許せたんだろう。ぼくが触れても、それほど気にする様子はなかった」

「あなたはわかっていな――」

「クラウチの補佐役だったとなると話は別だ。そうなんだろう？　少なくともウォーレスや彼の仲間に匹敵する悪人だったとわかったんだ。だが聞いてくれ。今のぼくは、ゆうべきみにキスをしたぼくと何も変わらない。酒場で自由貿易商に囲まれながら、きみが信頼すると言ってくれた男と何も変わっていない。もしもぼくのことを……」

言葉を切ったのは、母屋の扉が閉まる音を聞いたからだった。少年が来る。

ダニエルは声を落とした。「話はあとだ。そのあいだに、ぼくをどうしたいのか考えておいてくれ。いやでもなんでも、まだ数日はいっしょにいなきゃならない。ひたすら悪者にされて過ごすのはごめんだ」

ヘレナがあとずさりすると、ダニエルは言い方がきつすぎたかと瞬時に後悔した。彼女の顔には動揺と苦痛の色があった。横を向き、自分を呪いながら馬を馬房に入れた。最後の台詞はよけいだったが、地獄が産んだ最悪の悪魔を見るような、あんな目で見られたら、ダニエルとて平静ではいられない。わめきながら納屋じゅうを歩きまわりたいくらいだ。ゆうべのヘレナはあんな目はしていなかった。どこまでも優しくて、ベッドでダニエルを受け入れようと一生懸命だった。あれは酒のせいばかりじゃない。そのことは今日の午後、馬車のなかで確信した。なのに、今の彼女は全部をなかったことにしたがっている。過去に少し問題があったというそれだけのことで。信じられなかった。

ヘレナのそばに戻って抱きしめたかった。ふたりのあいだに起こったことを、あのほてりを、衝動を、とろけるような感覚を思い出させたかった。昔のダニエルがどんな人間だろうと今の自分たちには関係がない。そのことをわからせてやりたかった。

しかし、少年の足音がもう納屋に沿って近づいている。なんとも間の悪いときに食事を運んでくれるものだ。馬から離れ、わずかでも落ち着いて見えるよう表情をとりつくろいながら、馬房の扉を閉めてかんぬきをかけた。ヘレナのところに戻ると、彼女は立ったまま、何も言わずに身をこわばらせていた。目が合わせられなかった。彼女の瞳にまぎれもない軽蔑を見つけるのが怖かった。

「思ったよりたくさんあったよ」料理をたっぷりのせた盆を手に、セスが明るい声で入ってきた。農民らしい質素な服だ。納屋の重い空気にはまるで気づいていない。

ヘレナは気持ちを切り替えたようだった。「ああ……ありがとう。本当に助かるわ」

「母さんはケーキもつくってくれてた。こっちを食べ終わったら、持ってくるよ」

「ケーキまでいただくわけにはいかないわ。ケーキはあなたが食べて」

ヘレナの見せた笑顔はうつろだったが、それでもダニエルの怒りは増大した。会ったばかりの青二才に優しくされたら、こんなにころっと愛想がよくなるわけか。「ぼくはもらいたいね」不満を声に表した。「金は払ってるんだ」大股で近づき、盆の上の料理を見て、しぶしぶ譲歩した。「だがまあ、支払った分の量はあるようだな」

「母さんのつくるパンはおいしいんだ」セスが自慢げに言う。「あとはピクルスとハムと、ゆでたじゃがいももある。どんどん食べて」

「おいしそうね」ヘレナの声には力がなかった。「でも、なんだか今は……思っていたほどおなかがすいていないみたい」

はっとして見やれば、ヘレナの顔にあるのは苦しみだけだった。心の痛みが手にとるように感じられ、殴られたような衝撃が下腹部に走った。食欲をなくした理由はわかっていた。それが誰のせいなのかも。罪悪感が胸をしめつけた。彼女は朝だってまともに食べてはいないのだ。

「体を洗ってくる。ふたりで準備をしていてくれないか?」ぼそぼそと声をかけた。自分が席をはずせば、ヘレナの食欲も戻ってくるかもしれない。それに、今はそばにいること自体、心理的に耐えられなかった。

外に出てポンプのほうに歩いた。上半身の服を脱ぎ、拳銃を慎重に抜いて服の下に隠した。見る間に暗さを増していく戸外の光のなかで、丁寧に体を洗った。水の冷たさも肌を刺す秋風も気にはならなかった。怒りがまぎれて助かったくらいだ。洗い終わるとシャツとチョッキを着て、泥のついた外套《がいとう》とピストルを手に納屋へ戻った。

セスとヘレナが搾乳用の椅子に座り、手押し車に板を渡した即席のテーブルを前にしてダニエルを待っていた。明かりの入ったランプがふたつ、埃《ほこり》っぽい納屋とたっぷりの料理の上にさくらんぼ色の光を放っている。持っていた外套を隅に放り、拳銃をその下に隠したとき、ふと気づけばダニエル自身もまた食欲を失っていた。料理はいかにもおいしそうで、それらをのみくだすための新鮮なミルクまで用意されていたが、そんなものより、今はエール酒が欲しくてたまらなかった。自分のためにも、そしてヘレナのためにもだ。彼女の堅苦しさは、どうやらエール酒でしか追い払えないようだから。

なぜヘレナは酔いがまわったときにしか気楽に接してこないのだろう。なぜ杓子定規《しやくしじようぎ》な厳しいものの見方でしか、ダニエルを判断しないのか。

いや、これはヘレナの前で自分を偽った報いなのだ。嘘《うそ》はいけないと学んでいたはずだった。誰かの前で自分を偽れば、最後には結局、思っていたような人ではなかったと相手を落胆させてしまう。彼女の反応は予測がついていた。キスを許し、肌に触れることまで許した相手が〝邪悪でおぞましい人たち〟の仲間だったと知れば、憤慨するのは当然だ。

だが予測が現実になってみると、襲ってきた苦しみは半端ではなかった。

心のどこかに小さな期待があったのだ。ヘレナだけは違うかもしれないと。

だが、彼女も同じだった。食事中の雰囲気――といっても彼女は料理をつついているだけだったが――でそれがよくわかった。彼女はダニエルを頭から無視し、セスにだけ威厳ある優しい態度で接していた。生まれて初めて、若くて人懐っこいというだけで少年の首を絞めたくなった。なぜこいつはさっさと母屋に帰らなかったんだ。

帰るどころか、セスはいっしょに食べましょうというヘレナの誘いを嬉々《きき》として受け入れた。最初はこれから行く先のことばかりたずねてきた。ところが、ふたりがロンドンから来たと知ると、少年はがぜん興奮しだした。

一度でいいから行ってみたいんだ、とセスは言った。質問に答えるとまたすぐに別の質問が飛んできて、そのうちダニエルは理解した。そうか、あのつまらない街について、こいつはどんなささいなことでも何から何まで全部ききだすつもりなんだな、と。困ったことに、ヘレナがまたずいぶん熱心につきあってやっていた。ロンドンについての知識は、セスとたいして変わらないはずなのに。ダニエルとふたりになるのを先のばししようとしているのは明らかだった。そしてもちろん、ダニエル自身もそのときを恐れていた。

何が困るといって、ひとつは寝る場所をどうするかだ。ヘレナの相手はおしゃべりのとまらないセスにまかせ、ダニエルはテーブルを離れて納屋全体を見わたした。ヘレナがはしごをのぼれないから、二階の干し草置き場は使えない。使うなら馬房だろう。都合のいいことに、何年も使っていないような馬房がひとつあった。農場が苦しくなったときに、家族が馬を売ることを余儀なくされたのは明らかだった。

少年のおしゃべりを聞くともなく聞きながら、ダニエルは二階にあがって干し草を投げ落とした。それからランプを馬房に持っていき、埃と蜘蛛《くも》の巣を払った。新しい干し草をたっぷりと敷きつめていると、馬房の狭さがいやでも意識された。ふたりでここに寝るとなれば、どう見てもひとつのベッドで寝るのと変わらない。といって、ダニエルが二階で寝てヘレナひとりを階下に寝かせるのは気が進まなかった。ウォーレスの仲間が現れることも、絶対にないとは言いきれないのだ。

決まりだ。いっしょに馬房を使う。立派な寝床ではないが、馬用の毛布とダニエルの厚手の外套を敷けばそれらしい形にはなる。今夜ひと晩彼女に触れずにいることとくらいなんでもない。何しろ、触れようとすれば彼女から銃で撃たれてもおかしくない状況だ。

寝床の準備が終わって戻ってみると、ヘレナとセスのおしゃべりはまだ続いていた。我慢にも限度というものがある。いいかげん帰らせようと、疲れているという意味のことを何度も口にして、ようやく少年の腰をあげさせることに成功した。去り際にさえ少年は、母屋から馬用毛布の上に敷くシーツを持ってくると言ってきかなかった。

「シーツが汚れていたら、お母さんに怒られない？」戻ってきてシーツと毛布をさしだしたセスにヘレナがたずねた。

セスは肩をすくめた。「朝のうちに洗っておくよ。それに、あなたみたいなレディを馬の毛布の上に寝かせるわけにはいかないし」

「同感だ」ダニエルは少年の手からシーツをとりあげた。「悪いが、セス、そろそろふたりにしてくれないか。妻もぼくも、早く泥だらけの服を脱いでベッドに入りたい」

セスは顔を赤くし、そうだよねとかなんとかもごもご口にしたあと、走るように納屋を出ていった。ダニエルはおおいにほっとして扉を閉めた。

「今の言い方はないいんじゃない？　かわいそうでしょう」ヘレナが憤然と歩いてきて、扉にかけてあった鞍袋のなかをあさりはじめた。「親切で言ってくれていただけなのに」

ダニエルはふんと鼻を鳴らし、外套と拳銃をシーツの上にのせて馬房に入った。「きみに気に入られたがっているのが見え見えだ。無駄だと最初に忠告しておくべきだったよ」

馬用毛布の上にシーツとふつうの毛布を敷いて、銃を馬房の隅に置いた。

「どういう意味かしら？　教えていただきたいわ」

ダニエルは馬房を出て、荷物の中身をぎくしゃくととりだしているヘレナのほうに戻った。「いいとも」彼女の少し手前で立ちどまった。「要するに、きみには人を許すという考えがないってことだ。誰かが一度ミスすれば――」

「ミス？　そう思っていたのね？　ただのミスだったと？」

高慢な物言いに、ダニエルは歯噛みした。「わかった。ミスよりもひどかったよ。ああ、ぼくはクラウチの補佐役だったさ」慎重に抑えこんできた怒り、夕刻からくすぶりつづけていたそれが今、炎となって燃えあがった。「だが、はるか昔の話だ。自由貿易からは何年も前に手を引いた。なのにきみは、今もやっているみたいに責めたてる」

ヘレナは鞍袋の蓋をおろしてダニエルを振り返った。「自由貿易なんてどうでもいいの！　若かったあなたは、そうしなければならないからやっただけ。必死になって日々のお金を稼ぐ苦しさは、正直言ってわたしにはわからない。だから、あなたが何をしていたとしても、そのことで非難する資格はわたしにはないわ」

「おや、嘘がうまいのはどっちだろうな？」

「偉そうに、なんなの！　あなたがただの密輸人見習いでなかったことは、昨日からなんとなく察しがついてたわ。ゆうべのあなたは完璧な自由貿易商だった。酔った頭でも、思っていた以上にあなたが密輸に詳しいことは理解できたわ」

思いがけない反論だった。ダニエルはすっと目を細めた。「だがクラウチの手下だったことは知りようがない。妹を誘拐させた犯人とかかわりがあるとは、きみは思っていなかった。だから事実を知ったきみのなかで、ぼくは悪人から極悪人になったんだ！」

「ええ、そうよ！」ヘレナはつらそうな顔になった。「でもクラウチとつながっていたからじゃない。わからないの？　そのことでわたしに嘘をついたからでしょう！　二度と嘘はつかないと言ったのに、すっかり忘れてまた繰り返した」

　ダニエルは呆然とした。ヘレナの怒りを理解しようとするうちに、自分の怒りはすっと引いていった。

「信頼していたわ」彼女は興奮して話しだした。「あなたには、ほかのどんな男性にも話さなかった話もした。宿で頼んだことだって、ほかでは絶対に……」苦痛に満ちた視線を横にそらす。あえぐような苦しげな息づかいが聞こえ、そのひとつひとつがダニエルの良心を揺さぶった。小さな声が先を続けた。「なのに、あなたのほうはわたしを少しも信頼していなかった。本当のことは教えないで、クラウチなんて知らないと言った。今の状況がそれほど危険ではないと思わせようとした。クラウチがジュリエットをさらう理由についてもわたしに嘘を――」

「あれは本当だ。ぼくはきみに言ったとおりの理由だと考えていた」

「話すことは全部話したと言ったじゃない。でも嘘だった」

　裏切りを責める表情に、ねじれるような胸の痛みを覚えた。なんてことだ、すべては自分の勘違いだった。ヘレナを苦しませていたのは自分の過去ではなかった。その過去を正直に話さなかったせいなのだ。

　いったい何を考えていたのか。ヘレナは婚約者のファーンズワースに嘘をつかれた。父親に嘘をつかれた。今年の夏にはダニエルとグリフに、姉妹ともども嘘をつかれた。だが彼女は思いはじめていたのだ。何かを手に入れたいときでも、世の中の男みんなが嘘をつくわけじゃないのかもしれないと。そしてグリフの計画にのったダニエルを許してくれた。まさにそんなときに、自分は彼女に嘘をついたのだ。

大ばか者だ。

両手で華奢な肩をつかむと、ヘレナはたじろいだ。手を振りほどこうとするのを、ダニエルはきつく押さえこんだ。「聞いてくれ、ヘレナ。頼む」ささやくように言った。「クラウチのことは話すべきだった。今ならよくわかる。本当に後悔してる」

「今朝あなたは、妹の誘拐は単にグリフのお金目当てなんだと、わたしに思わせようとしたわ。でもわかっていたのよね。クラウチが妹を選んだのは、グリフとあなたの存在があったからだった」

「かもしれない、だが——」

「彼が関係しているといつから気づいていたの？　ロンドンを出たときから？　あなたは最初から自分の……自分の古い友人がわたしの妹をさらったと知っていたの？」

「違う！　きみはそんなふうに考えていたのか？　気づいていながら、ぼくが最初からずっと隠していたと？」

ヘレナは唇を震わせた。「わからないわ。わたしが下宿を訪ねたあの日、あなたには少しも助けてくれるつもりがないようだった。なのに翌日には態度を変えた。なぜだろうって、ずっと思ってた」

「それはプライスが自由貿易商だとわかったからだ。クラウチの影に気づいていたら、きみを連れていきやしない。絶対だ！　そんな危険は冒さない」口調をやわらげた。「クラウチが関与していると気づいたのは、きみが気づいたのと同じときだった。ゆうべ、あの宿で。信じてほしい」

目をそらしたヘレナは、まばたきで涙をとめた。「どうやって信じればいいの？　あなたを信じようとするたびに、わたしは自分の愚かさに気づかされるわ。誠実に接してくれていると思ってた。ほかの人とは違うと思ってたのに……」

「頼む、わかってくれ……話せなかったんだ」片手でヘレナの頬を包み、こぼれる涙を親指でぬぐった。「きみから軽蔑の目で見られたくなかった」

きつい怒りの一瞥《いちべつ》が返ってきた瞬間、いけないことを言ったらしいと気がついた。「それが嘘をついた理由なの？　クラウチとのことを知られたら、わたしに軽蔑されると思ったの？」

ヘレナの怒りにダニエルはとまどった。「ああ、可能性はあると思った」

「あなたって……あなたって、大きくて、頭のかたい……牡牛《おうし》だわ！」一語一語を区切りながら、そのたびにダニエルの胸に指を突きつける。頬に涙が流れていた。「ゆうべのあとでも、本当にそう思ったの？　あなたを求めるわたしの気持ちが、そんなことで消えると思ったの？」

ヘレナの言葉が耳の奥でわんわんと反響し、とり巻く世界が姿を変えた。彼女はぼくを求めている。完全にしらふな状態で、ぼくが欲しいと言っている。過去のできごとを気にもせず、いつもの行儀作法にとらわれてもいない。

「思ったよ」かすれた小声で答えた。「ばかだったんだな」

本心をさらしすぎたと思ったのか、ヘレナは青くなった。ダニエルの手を振りほどいて、あとずさりする。「べ、別におかしな意味で言ったわけじゃ――」

「もう撤回はできないよ」ダニエルは彼女を追った。「きみはぼくを求めている。自分でそう言ったんだ。きみもぼくも、それが本心だとわかっている。だったら、ぼくの愚かしい嘘のせいでふたりの時間を無駄にしたくはない」

ヘレナはなおもさがりつづけた。「嘘はついてほしくなかったわ、ダニー」

「わかってる」彼女を胸に引き寄せ、抱いた。

顎を震わせながら、ヘレナは反抗的にダニエルを見あげた。「クラウチのこと……今朝のうちに全部話してほしかった」

「わかってる」頭をさげて顔を寄せた。「後悔しているよ。どんなに後悔しているか、きみに行動で示したい」

「だめ！」ヘレナの瞳に激しい動揺がひらめいた。本能にしたがうことを恐れるゆえの混乱だ。「嘘をついておいて……すんなり許されると思わないで」

「自尊心はそう言っていても、きみの本音は違う」顎に手をかけて固定した。「そろそろ自尊心のほうを黙らせてほしいな」

考える時間も、反論する時間も、抵抗する時間も与えなかった。朝からずっとそうしたかったように、黙ってヘレナにキスをし、唇の柔らかい感触に慰めを求めた。ためらっていると思われたのは最初だけだった。従順になったしるしに甘い声をもらすと、彼女はダニエルの首を抱いて唇を開いた。

そうだ、ヘレナ。それでいいんだ。

と、彼女がキスを中断してささやいた。「ダニー、あなたって人はもう……どこまでずるい人なの？」

ダニエルはヘレナの頬にキスの雨を降らせた。「ずるいとしたら、それはきみを抱くためならどんなことでもしたいと思う、ぼくの気持ちの表れだ」

「つまり、嘘をついてわたしをだますのね」不満をこぼしながらも、ダニエルのほうに体をそらせてくる。「恥を知りなさい」

「本当に、心の底から恥じ入っているよ」低い声で答えた。「この反省の気持ちを、そっくり形にして伝えさせてくれ」

「あ、待って……」

言いかけるのを唇でふさぎ、今度は大胆にキスをした。舌を深くさし入れて親密さを意識させ、こちらが求めるものを警告としてはっきり彼女に悟らせる。これはもう、男が女をその気にさせるときのキスだった。

その気にさせることこそが、今のダニエルの望みなのだ。今ヘレナを自分のものにできなければ、次の機会は永久に訪れない気がした。関係を深める機会は、絶対に逃したくはなかった。どんな機会でもだ。

意思が確認できるまで待っていたなら、ヘレナは一分ごとに心の壁を厚くするだろう。数えきれないばかげた作法を持ちだしてきて、ダニエルを受け入れられない口実にする。そんなことは許さない。行儀作法へのこだわりは、そろそろ打ち砕いてやっていい。ダニエルという人間を受け入れる余地を、彼女の心のなかにつくらせたい。そのために納屋につくった干し草のベッドで愛しあうことが必要だというなら、迷わずそうしよう。何があろうと、彼女を失いたくはないから。

# 15

苔《こけ》むした緑の土手から立ちあがり、
ふたりで草地を歩いた。
緑の土手では心からの愛を彼女に伝え、
彼女のためにさんざしを摘んだ。

作者不詳
バラッド『五月の女王』

こんなのずるいわ。激しく性急に唇を奪われながらヘレナは思った。どうしてダニエルがキスをしているの？　どうしてわたしは彼を押しのけることができないの？　それはわたしがダニエルを求めているから。彼のキスを望んでいるから。悔しいとは思うけれど、どうしようもなかった。嘘《うそ》をついた理由を聞かされたときから、責める気持ちは揺らいでいた。軽蔑されたくなかったから嘘をついた。そんなふうに言われてうれしくない女性がどこにいるだろう。

　でも、彼は嘘はつかないと言った。約束していたのに！　ヘレナはぐいと顔を引いた。

「キスで服従させようとしても無駄よ、ダニエル。その手にはのらないわ」本当はのりかけていた。ただ、それを許せない自分がいる。

「ぼくの望みは服従じゃない。ぼくが見たいのは炎のようなきみだ。欲求に駆られたきみなんだ」

　衝動を持てあました切ない表情に、ヘレナは自分の心を見る思いだった。うごめくダニエルの熱い視線が、この先に約束された数々の喜びを想像させる。

「炎も欲求もゆうべ見たはずよ。でも、あなたは気に入ったふうじゃなかった」

　背を向けて離れようとしたが、逃げきれなかった。背後からとらえられ、たくましい腕に腰を抱かれた。大きな体に背中からぎゅっと引きつけられると、喜びの記憶が全身によみがえって、抵抗する気力が失《う》せていった。

「それは違う」ダニエルの声はざらついていた。湿ったヘレナの髪を鼻でかき分け、耳に唇を寄せてくる。「きみはすばらしかった。気に入ってなければ、今日だって嘘はつかなかった。あの嘘はきみを失いたくなかったからだ。ばかだった。本当に。意味のない嘘だったよ。結局はきみに軽蔑されただけだ」耳に彼の唇が触れた。優しすぎるキスだ。

　声が出そうになるのをこらえた。「け、軽蔑なんてしていないわ」

「そうか？　だとしても、きみはひどく怒っている」

怒っている？　似た状況が前にもあったような……。そのとき、ダニエルが耳たぶに歯をあててきた。背筋に甘い震えが走り、正常な判断ができなくなった。「そんなことない」

「何が、そんなことないんだい？」舌の先が耳の縁をなぞっていた。甘美な感覚があふれてくる。形ばかりの抵抗を嘲笑《あざわら》われているかのようだ。

「今、ひどく怒ってるって」

ダニエルの反対の手が片方の胸を覆い、ぞくぞくする声が耳をくすぐった。「怒っていないのなら、証明してみせてくれないか」

思い出した。前にもあったと感じるはずだ。けれど、その問いを発してはいけないと思う前に、言葉は口をついていた。「証明？　どうすればいいの？」

「きみを抱くことを許してほしい」

聞こえるか聞こえないかの小さな声だった。それがセイレーンの歌声のようにヘレナを震わせ、防御の壁を粉々にし、心の隙間にじわじわと入りこんできた。魅惑の歌声を、ヘレナはなんとか断ち切ろうとした。「あなたが嘘をついた事実は消えないわ。あなたに……抱かれたくらいで、忘れたりしない」

「そうなんだろうな。だけど、後悔している気持ちは伝えられる」モスリンとリンネルの生地を通してさえ、胸の先端で軽くうごめく彼の指をはっきりと感じた。「謝罪のしるしとして、きみを喜ばせたい」熱い指だった。ヘレナの胸を巧みに刺激している。

いけないことをしてごらんと誘っている。

「なんて……いたずらな人なの、ダニー」ぴしゃりと非難するつもりが、なぜか、かすれたささやき声で彼の愛称を使っていた。

「おほめの言葉をどうも」今度は両方の手が胸をもんでいた。優しい愛撫《あいぶ》に体がうずき、切なさがつのった。「だけど、きみだってその気になればいたずらになれるじゃないか。みだらなきみを見せてくれ。きみだってそうしたいはずだ」

両手で胸をからかわれ、首筋に繰り返しキスをされ、ヘレナは体の芯からふにゃりとくずおれそうだった。ダニエルの言うとおりだ。みだらになってみたかった。それこそ、ロンドンの街灯の下で男の人に体をまさぐられていたあの女性くらいに。彼の愛撫に酔っているうち、両方の胸がざわついてかたく張りつめてきた。

「ダニエル……」彼の手をつかんだ。しかしそれは、彼の手をさらに強く自分に押しつける結果になっただけだった。

ダニエルがうめいた。「その調子だ。どうしてほしいのか教えてくれ。どうすれば償いになるのか教えてくれ」

彼の愛撫を助けていた自分にぎょっとして、ヘレナは手をおろした。しかし、彼の手はそのままだ。ダニエルの手は岩を洗う波だった。ヘレナの心を磨耗させ、穏やかにし、とがった部分を全部とり去っていく。腿の奥には早くもゆうべのような温かい湿り気が生まれていて、もっと触れてほしい、もっと恥ずかしいことをしてほしいと望んでいた。ヒップにあたっている彼のこわばりがかたさを増した。荒い息づかいを耳もとで感じる。

ダニエルのいっぽうの手が胸を離れ、服のボタンをはずしにかかった。あっという間に背中が割れて、肩から服を引きおろされていた。ドレスが、ペチコートが脱がされていく。のけぞるようにダニエルの肩に頭を倒すと、彼の手がまた胸に戻ってきた。彼の手と素肌のあいだにあるのは、もはやシュミーズだけだ。大きくて温かい手が優しくうごめくたびに、今度は痛みにも近い鋭い快感がヘレナを翻弄した。

ゆうべの快感はお酒で増幅されたものだと思っていたが、そうではなかった。今夜のほうが強くて心地いい。ゆうべ以上にのめりこみそうになる。

「ああ、ヘレナ」ダニエルがささやいた。「きみとなら何時間でもこうしていられる。ずっときみに触れていたいよ。この体は触れる者を癒やす体だ」

ざわめく興奮をヘレナはなんとか静めようとした。「お世辞がうまいのね。ミセス・ナンリーが言っているわ。〝気品ある若いレディは、お世辞を真に受けてはなりません〟」

「お世辞なものか。真実だ」ヘレナの耳を甘噛《あまが》みする。「口うるさいおばさんの古い教えはそろそろ忘れて、新しいきみに似合う新しい教えにしたがったらどうなんだ？」

「新しいわたし？」問い返したところで、あっと声がもれた。ダニエルの手が腹部に進み、さらにその先の、脚のつけ根にまでおりていったからだ。

「そうさ」薄いシュミーズの上から彼の手がそこを押さえた。「いたずらでみだらなきみだよ。最初の教えはこうだ。いたずらなレディは男のお世辞を楽しむものです」

「楽しむの？」秘めやかな場所に触れられていると、まともに頭がまわらなかった。脚のあいだでダニエルの手が小さく動き、胸では反対の手が親指で先端を転がしている。「そのレディは少し……単純すぎるんじゃない？」

「ふたつ目は……」くぐもった声が言う。「いたずらなレディは教えに疑問を持ってはなりません」

ヘレナは眉をあげた。「そこはミセス・ナンリーにそっくりね」

「だが、楽しむための考え方はぜんぜん違うぞ」彼はシュミーズをほんの少し引きあげて、下ばきのスリットに手をさし入れてきた。

ああ、肌と肌を触れ合わせることがこんなにすてきだなんて。ごつごつしたかたい指が、湿った柔らかい従順な素肌に触れている。敏感な芯を刺激されたときには、びくんと飛びあがりそうになった。魔法の指の動きを追いながら、ヘレナは自分が何をしているのかもよくわからないまま、本能的に体を揺すっていた。

「気に入ってくれたんだね？」返事のできる状態にないヘレナを見て、ダニエルはさらに言い添えた。「三つ目の教えだ。いたずらなレディは、いとしい人に自分がどうされたいかを伝えなければなりません」

いとしい人。そうなのだ。ダニエルはわたしのいとしい人になる。わたしはそれを歓迎している。

「さて、どうなんだ？」意地悪な声がささやいた。「欲しいのはこれかな？　こうすれば、ぼくにもっと優しくなってくれるのかな？」指が一本、ゆっくりと入ってきた。暴れるすべての衝動が、うずくその一点に集中した。「気持ちいい？　このまま進んでもかまわない？」

答えを待つように、ダニエルが動きをとめた。ヘレナははっきりと答えた。「進んで」指が深々と入ってきた。このときになって初めて、ヘレナは自分が彼の腕をつかんで愛撫を促していたことに気がついた。ああ、でもこの快感といったら！

「すぐに指より大きなものが入っていくよ。今夜はきみを放さない。きみを押し倒して、ぼくの体できみを満たす。きみをぼくのものにする」

期待に体が打ち震え、ダニエルを待ちわびる気持ちが急速にあふれだした。「あなたは……わたしのものになってくれるの？」きかずにはいられなかった。「わたしひとりだけのものになってくれるの？」

愛撫の手がふっととまった。彼はヘレナを自分のほうに向かせ、瞳をしっかと見つめた。

「四つ目の教えだ。いたずらなレディは、いとしい人が自分を傷つけないことを信じるべきです。いとしい人が彼女を信じているように」そこで口調をやわらげた。「誓うよ。ぼくはきみひとりのものになる」シュミーズの結び目をほどいた。「ぼくを信じるかい？信頼してくれる？」

「わからない」信じたかった。信じられたらどんなにいいか。でも、ダニエルみたいな男性にとって〝きみひとりのもの〟とはどういう状態をいうのだろう。結婚するということ？

たとえ結婚はしなくても、ヘレナはダニエルが欲しかった。不道徳でもいい、今はほかの女性たちが知っていること――魅力があると思った女性を、男の人がどんなふうに抱くのかを知りたくてたまらない。それにここで結婚の話題を持ちだして、もしダニエルの持つ結婚観が、たとえば娼婦《しょうふ》とも遊びを続けながら、待っている妻にもときおり愛情を示す、というようなものであったとすれば、何もかもが台なしになる。

知りたくなかった。人生で一度くらい、将来のことなど考えずに行動してみたい。楽しいことをしてみたい。そう、いたずらなレディになってみたい。

「せめてこれだけは信じてくれ」ダニエルはシュミーズを肩から脱がせた。「ぼくはきみを傷つけない。本当だ」

シュミーズを脱がされ、さらには下ばきまで脱がされると、冷たい風が肌を刺した。ただし、体の内側でたぎる炉のほうはいっこうに冷えそうにない。ダニエルの瞳には銀色の炎があった。炎はヘレナの全身をなめ、熱い欲求を伝えながら肌を焦がした。

「こんな美しい体を見たのは初めてだ」ヘレナの全身をさわさわとなでる彼の両手は、まるでこれからの愛撫を前に、乳房や腹部やヒップの形を確かめているかのようだった。「きみの肌はなめらかでつややかで、中国の絹にも劣らない。想像していたとおりだ」髪をとって自分の手に巻きつけた。「そしてこの髪……この手でほどきたいと何度思ったことか。あらわな胸に髪を流したきみの姿を、何度想像したことか」

崇拝するような口調に、たまらず体が震えた。「ほどいてほしかったわ」

さっとダニエルの視線があがり、ヘレナを真剣な顔で凝視した。「ヘレナ、前にも言ったが、きみがしらふでその気になっているときにしか、ぼくは決して手を出さない。しらふなのはわかる。だから、気持ちのほうをはっきりさせてくれ。今なら、ぼくはまだ自分をとめられる。ぼくはきみを抱きたい。きみはいいのか？」

ダニエルの不安げな表情に、ヘレナは勇気づけられた。それは女遊びに倦《う》んだ男の顔ではなかった。いとしい人への思いがつのった顔だ。その気持ちは理解できた。ヘレナ自身も同じように感じていたから。

心を落ち着かせ、恥ずかしげに下を向いて彼のチョッキに手をかけた。「いたずらな男性は、いとしい人を裸にしたあと、自分だけ服を着ていてはなりません。無作法だわ」

うっという声に顔をあげると、そこには衝動を必死にこらえるダニエルの姿があった。

「きみに無作法なまねなどしない」彼は声をきしらせ、ぎこちないヘレナの手を払って、自分ですばやくチョッキを脱ぎはじめた。

期待がどんどん高まっていく。高まった感情は彼を待つ体の中心に熱く流れこみ、心をとらえて放さなかった。自分は正気を失っているのだろうか。だとしてもかまわない。彼をひとり占めしたかった。たとえ今夜だけでも。

刺激的な男の体が少しずつあらわになっていくと、ヘレナは興奮で口がからからになった。前に半裸の彼を目の前にしたときは、恥ずかしくてとてもまともには見られなかった。でも、今夜を逃すとこんな機会は二度とないかもしれない。だから今度は隅々までしっかりと目に焼きつけておくつもりだ。ダークブロンドの体毛が覆った美しい胸板、たるみのない胴部、筋肉の発達した腿、そのあいだにあるのは……。

ああ、これは……。これが男の人の〝もの〟なのね。思っていた形とはぜんぜん違う。こっそり読んだ美術の本で、ギリシア彫刻の写生図は見たけれど、目の前にある尊大なほど堂々としたこれとは比較にならない。

このときばかりは、好奇心が乙女の恥じらいに打ち勝った。「ダニー?」

「なんだ?」彼の声は張りつめていた。

「あなたの、ええと……かたくなると前に言っていたけれど、突きだすとは聞いてなかったわ」本で見たものはどれも力が抜けた感じで、腿のあいだに行儀よくおさまっていたのだ。でも、こちらは力がみなぎっている。弾力のある金色の茂みから雄々しく突きだしている。つるりとした彫刻に比べれば、彼の姿はいかにも現実的で生々しかった。

顔をあげると、ダニエルは笑いをこらえきれずに吹きだしていた。瞳にいたずらっぽい光を躍らせながら、そばに来てヘレナの手をとった。「きみは見たことないかい？　雌がそばを通るたびに、犬が鼻先を上向けてにおいをかいでいたりするだろう？　ぼくにくっついている女好きなけだものも、きみがいるといつも頭を起こしてくんくんしている。きみを求めているんだ」いきなりその〝けだもの〟の上に手を導かれ、握るような形に上から押さえられた。「だが、まずは少しかわいがってもらわないといけない」ヘレナが驚いて視線をあげると、彼の反対の手がヘレナの胸に触れてきた。「きみはぼくに触れて、ぼくはきみに触れる。そうやって、互いが気持ちよくなる方法を探るわけだ」

混乱させてしまったらしい、とダニエルは思った。ヘレナは目を皿のように丸くしている。ダニエルが手を離すと、彼女は割れものを扱うようにそっと彼をつかんでいた。触れられているのは最高に気持ちがよかったが、あまりに優しすぎる。いかにも遠慮がちな触れ方だった。まさに焼け石に水。蒸気があがるだけでなんの効果もない。

そして事実、ダニエルの体も湯気を発していた。

ためらいつつもヘレナの手がすうっと動いた。とたんにダニエルは、果てそうになる前兆を感じた。握っていたものが動いて驚いたのだろう、彼女は焼きごてをあてられたかのように手を離した。「すごく……大きいのね」どこか不安そうだ。

「きみのなかにはちゃんとおさまる。それが心配なんだろう？」低い力の入った声になった。ためらう彼女を笑いたい気持ちと、無理にももう一度彼のジョン・トーマスを握らせて、熱くかわいらしい手から刺激を得たいという思いとがせめぎあった。だが、下手なことをすれば自分がいくらももたないのは確実だ。現実には視線を注がれるだけでも興奮がかきたてられていて、大きさに彼女が驚くのも無理はなかった。

ヘレナのような温室育ちの女性の場合は、たぶん先に待つものがわかっていたほうが行為を楽しめる。そう思ったダニエルは、衝動に耐えて観察される側に徹した。好奇心と処女らしい不安とのあいだで揺れる心が、彼女の表情から読みとれた。

我慢も限界になり、ダニエルはヘレナを抱き寄せて荒々しくキスをした。それから彼女を抱えあげて馬房に戻った。「ぼくを知ってもらう時間はこのあともたっぷりある。今度はぼくがきみを知る番だ」

即席のベッドにヘレナを横たえると、外套《がいとう》とシーツの下で干し草がくしゃりと音をたてた。ダニエルは彼女を飢えたように見つめたまま、ブーツとズボンを驚異的な速さで脱ぎ捨てた。干し草のにおいも、馬のにおいも、革のにおいも、高まる興奮のさまたげにはならなかった。シーツの上にはすらりとしたヘレナの肢体がある。靴下とハーフブーツだけを身につけて、金色のランプの明かりに照らされている。

そばに膝をつくと、ヘレナの唇が震えながら笑みをつくった。「明かりは消さないの？」

ダニエルは彼女のブーツを脱がせた。「まだだ。初めての夜に真っ暗闇のなかできみを抱く男がいたとしたら、そいつはばかだよ、かわいいお嬢さん」

靴下どめに手をかけると、彼女がその手を押さえて、突然激しい動揺を見せた。「やめて。そのままにして」

「困るなあ」レースのついたガーターに指を入れた。「レースはなしだと言ったろう？」

軽い冗談にも反応がなく、ダニエルは先を続けた。「きみのすべてが見たいんだ」

ヘレナは首をすくめた。「でも……でも、脚は……きれいじゃないから」

ダニエルは彼女の顎に手をかけて、自分の目を見るように促した。「ぼくにとってはきれいだよ。どこをとっても、きみはきれいだ」

「でも――」

「しいっ」ヘレナの唇の前に指をたてた。「ぼくの望みははっきりしている。きみだ。きみのすべてだ。裸でぼくを受け入れるきみなんだ。その望みがかなうなら、ほかのどんなことも気にはならない」

彼女の顔だけを見つめながら、レースのついた靴下どめをはずしてさっと脇に放った。しかし、靴下を脱がせる段になると、脚を見たい気持ちは抑えられなかった。最初にいいほうの脚から脱がせた。きれいな腿と、さらにきれいなふくらはぎを目にしたとき、彼は感動の息をのんでいた。まさに芸術品だ。自分のような男にはもったいない。といって、あとに引くつもりは毛頭なかった。ヘレナのすべてを味わいたい。

左脚の靴下を脱がせていると、彼女の体がこわばるのがわかった。こちらは右に比べて確かに張りがなく、筋肉が衰えている感じはするが、といって彼女が思っているほどひどい状態には見えなかった。

「こんな醜いものを見たのは初めてよね」彼女がつぶやく。

哀れなほど弱々しい表情になっているのは、肯定されることをなかば望み、なかば恐れている気持ちからだろうか。胸がつまった。「いいや」ダニエルは自分のジョン・トーマスを指さした。「見てくれ。醜さにかけてはこいつがいちばんだ。だがきれいなやつと交換しようとは思わない。ま、そんなものがあればの話だが」

ヘレナは言われるままにまじまじと見つめ、ためらいがちに唇に笑みを浮かべた。「そうね、これはちょっと……変わった見かけだわ」

「きみの脚と同じだ。変わってはいるが、だからこそ魅力がある。男の持ちものだって、見る人によっては魅力的に感じられるもんだ」頭をさげて、悪《あ》しざまに言われたかわいそうな脚にキスをした。唇の下で脚が震えた。「それに、きみの脚もぼくの持ちものも、それぞれに役割がある。そうは思わない？」

ヘレナはダニエルの髪に手をさし入れた。「あなたの〝持ちもの〟のことはわからないけれど」寂しげに言う。「この脚は役には立たないわ。歩きづらいだけよ」

「歩きづらそうなきみは好きだ」腿のほうへとキスを続けた。

「ばか言わないで」つらそうな光が瞳をよぎった。「また嘘をつくのね」

「嘘じゃないさ」大きく笑ってみせた。「好きな理由は、きみをつかまえやすいからだ。まだあるぞ。この脚のせいできみはどんな求婚者も断りつづけた。おかげでぼくに順番がまわってきた」彼女の上になり、脚を開かせ、両手を彼女の肩の横に置いた。「いちばんうれしいのは、きみが舞踏会で気どった男どもとダンスをしないとわかっていることだ。おかげで嫉妬に狂わずにすむ」彼女の胸にキスをした。先端に舌をはわせていると、彼女が自分から胸を押しつけるように息荒くのけぞった。

「でも、あなたともダンスができないのよ」

「ぼくはダンスは得意じゃない。好きなのはこっちのダンスだ」ジョン・トーマスをヘレナの中心にあてて動かした。彼女の表情がしだいに熱を帯び、驚いたように唇が半開きになった。「さあ、ベッドの上でのダンスをぼくと踊ってくれる?」

上品な顔に恥ずかしげな笑みが広がった。「ええ」彼女はダニエルの体に爪をたてた。

「ああ、ダニー、今夜のわたしはあなたのものよ」

今夜だけじゃないぞ。今夜だけで終わらせるものか。

自分と同じ高みにまで彼女を追いたてるべく、ダニエルは行動に移った。感じやすい場所をひとつひとつ探っていき、喉もと、鎖骨のかわいらしいくぼみ、胸の先端……と、キスをされて当然でありながら今まで放っておかれた場所すべてにキスをした。ヘレナが甘い声をもらすと、衝動がかきたてられた。彼女が新しい発見に息をのむたびに、喜びを感じた。彼女の体が震えだし、懇願しながら本能的に体をすりつけてくるようになって初めて、ダニエルは体を沈めた。

あせってはいけないと思っても、彼女のなかはあまりにすばらしかった。温かくて、きつくて、充分にうるおっている。ぼくのものだ。この体すべて、ぼくのものだ。彼女を見つめるうちにわきあがってきた所有欲は、自分でも唖然《あぜん》とするほど激しかった。そして、処女のしるしである抵抗を感じたとき、ダニエルはふと気弱になった。ヘレナはぼくに処女をささげるつもりだ。この追いはぎの息子を受け入れる気だ。望めばもっといい男がいくらでもいるというのに。

そう考えると、体がとまった。ここで最後までいってしまえば、彼女はもうどんな男からも相手にされなくなる。

「ヘレナ」そっと声をかけた。「聞いてくれないか」

ヘレナがダニエルを見た。頬を紅潮させた様子は天使のようでもあり、なまめかしい妖婦のようでもあった。「どうしたの、ダニー？」

「本当にきみはこれを望んでいるのか？」

「そうよ」かすれた声が瞬時に答えた。彼女は胸から腰へとダニエルの肌をなで、そこでぐっとしがみついてきた。自分から引き寄せようとしている。彼女の内側は、しかし不安によって緊張していた。「いたずらなレディになりたいの。あなたのいたずらなレディにしてほしい」

彼女のなかでダニエルは制御不能に膨張した。ほかの男がなんだというんだ。このぼくほどに、彼女を抱きしめたいと思う男などいるものか。「わかった、してあげるよ」

自分なら幸せにしてやれる。確信はあった。ヘレナの妹が巻きこまれたこの悪夢のような事件が解決したら、どんな困難があろうと、必ず彼女を幸せにする。今夜をふたりが築く未来の先触れにしよう。初回でもあり予防はするが、それでも思いきり彼女を抱こう。

唇を重ね、じっくりと熱いキスをしながら、おのれのこわばりのまわりで彼女の筋肉がゆるむのを待った。よしと思ったところで奥へと進み、慎重に、一度で純潔を奪った。キスでふさいだ唇から叫びがあがると、そのすべてを引きとってのみこんだ。何度もキスをして彼女をなだめることで、罪の意識を軽くしようとした。いくら必要なことだといっても、痛い思いをさせてしまったことに変わりはない。

「いちばん大変なところは終わったよ」静かに声をかけ、もう一度押し入りたい衝動をこらえながら、ただじっと動かずにいた。「あとはよくなるいっぽうだ。約束する。ぼくにまかせて。きみは力を抜いていればいい」

「そんなにつらくはないわ」ダニエルが体を引いて見つめると、ヘレナは震えながら笑みを返した。「これよりずっと痛い思いだってしてきてるもの。だから大丈夫よ、ダニー。このくらい我慢できる」

胸がしめつけられた。そうなのだ。いとしいヘレナは、生まれてこの方いくつもの恐ろしい痛みを経験している。肉体的にはもちろん、それ以外でも。表情からわかるが、彼女はこの先の行為を我慢するものとしかとらえていない。

「痛いのはおしまいだ。さっきのが最後だ。もうつらい思いはさせないよ」

ダニエルは行動に移った。猛々《たけだけ》しい欲求をきつく封じこめ、あせらずに浅い位置までの動きを繰り返した。ところが彼女の反応のほうがすさまじかった。キスに没頭し、ダニエルの唇を追いかけ、腕に指を食いこませてくる。気づいたときにはもう、熱い彼女のなかに深く激しくみずからを打ちこみ、彼女の神秘に、ヘレナという甘美な謎のなかに身を沈めようとしていた。彼女の興奮を感じた。ぬくもりを、寛容さを……。完全にのめりこんでいる自分が怖かった。女との行為でわれを忘れたことなどなかった。欲求といってもそれに翻弄されたためしはなく、だから、達する前に体を離せなかったらと不安に思うような事態は一度もなかった。ヘレナへの欲求は、初めて会った日から高まりつづけている。ここまで荒々しい切迫した衝動に育ったからには、せめてその一部でも満足させなければ、神経がどうにかなってしまいそうだ。

だが、まずは彼女を満足させてからだ。

自分たちの張りつめた体のあいだに手をさげていき、ひとつになっている場所を探った。見つけだしたヘレナの快感の源を、指で優しく刺激する。彼女がキスから唇を離した。

「ああ……ダニー……いい……すてき……」

降りかかってくる単調な言葉は、力となってダニエルを満たした。互いにリズムを合わせた。一心に快感を追いかけた。この先には、たぶんダニエルでさえ経験したことのない高みが待っている。ヘレナの内部が痙攣《けいれん》したとき、ダニエルはある種の錯乱状態、いわゆる〝小さな死〟へと落ちていった。彼女の叫びに自分の叫びを重ねながら結合を解き、精を放って思いきり自分を解放した。

現実にたち返ったとき、ダニエルの胸にじわじわと広がってくるのは最高の満足感だった。ぼくの居場所はここだ。ヘレナがそばに、近くにいてくれる場所なのだ。彼女が求めてくるのは、今はまださっきのようにうまく誘導されたとき、未知なる喜びで誘惑されたときだけだろう。しかし、いずれはもっと違う形で求めさせてみせる。離れたくないと思わせてみせる。

なぜならここにいる彼女を、ぼくは決して手放しはしないから。

# *16*

これから聞かせるのは、若く勇ましい追いはぎの物語。
名前はウィリー・ブレナンで、アイルランドに住んでいた。
彼の恐ろしい行為は、キルウッド山から始まった。
たくさんの裕福な貴族が、彼に襲われ恐怖に震えた。

アイルランドに実在した追いはぎを題材にしたバラッド『荒地のブレナン』
作者不詳

ダニエルに背中から抱かれ、ヘレナは心地よい疲労感に包まれていた。彼の息が髪を揺らし、彼の手がそっと腹部をなでている。こんな感覚は初めてだった。安心できて、守られていると感じて……求められていると感じる。

何気なくダニエルの手に視線を落とすと、自分の腿が赤く汚れているのが目に入った。純潔を失った証《あかし》だ。ことの重さが現実として迫ってきた。

恥じ入りたい気持ちが襲ってくるのを待ったが、いつまで待っても何も起こりそうにない。あるのは快感の余韻と、ダニエルを深く知ることができた喜びだけだ。どうやら自分の家族には、ロザリンドのほかにも不道徳な性向の持ち主がいたらしい。

「ダニエル」そっと声をかけた。

「うん？」

「あなたは今まで……つまり……処女はわたしが初めてなの？」

ダニエルは小さく笑ってヘレナの肩にキスをした。「ああ、初めてだな」間を置いて続けた。「そして、最後になると断言する」

鼓動が速くなった。「そ、それはどういうこと？」

「きみと結婚したい」

無防備に暴れだす喜びを、ヘレナはどうにか抑えこんだ。仰向けになってダニエルを見あげると、ランプの明かりに顔の半分だけが照らされている。ああそうか、とヘレナは気がついた。彼の場合、誠実な紳士の顔は半分だけ。あとの半分は、どこまでも不道徳な悪党なのだ。

しかし、ヘレナを見つめる瞳はいたって真剣だった。「結婚したい。きみが受け入れてくれるのなら」

期待や願望や、常に慎重に蓋をしてきたそのほかの感情が心のなかで花開いた。だが、持ち前の公正さが、それらをすぐに追い払った。「わたしをけがしたからといって、結婚することないのよ。わたしは承知で身をまかせたの。考えて決めたの。あなたの……あなたのいとしい女性になるって」

ダニエルが頭をさげて、頬に軽くキスをした。「ぼくだって考えて言っている。きみと結婚したい」いたずらな光が瞳に躍った。「それに、けがされたのはきみだけじゃないぞ。ぼくはどうなる？　きみはぼくの弱みにつけこんだんだ。それに対して、けじめはつけてくれないのかな？」

ヘレナは鼻を鳴らした。「男の人が初めての経験でけがされるのだとしたら、あなたはとうに結婚していたはずよ。そうね、十九歳？　二十歳のときかしら？」

彼は顔をしかめた。「本当に聞きたいのか？」

「ええ、もちろん。あなたが本気で結婚を考えているなら、あなたのことを知っておくべきだもの。教えて、いくつのときだった？」

ため息が聞こえた。「十四歳」

「十四歳？　ずいぶん早いのね」

「ちょっとした後押しがあってね」話しづらそうだ。「クラウチやほかの仲間が、そろそろこいつにも女を教えようって、ぼくをヘイスティングズの宿に連れていって娼婦《しょうふ》を呼んだ。堕落への道にのせられたわけだ」

「その道をあなたはずっと改心せずに進んできたのよね」嫉妬と受けとられそうだが、そのとおりなのだからしかたない。

ダニエルの手が頬に触れた。さっきとは違ってまじめな表情だ。「正直に言うよ、ヘレナ。ぼくは荒っぽい人生を送ってきた。きみの言うように、ベッドに引き入れた女性もひとりやふたりじゃない。だが、むちゃな若造だった時代はもう終わった。最近は妻をもらって落ち着きたいと考えている」

「わたしが下宿に行ったあのときも、そう考えていたの?」意地悪くきいてみた。「あれは、妻にする女性を選んでいる最中だったの?」

「まったく、きみもしつこいな」

「忘れられる光景じゃないもの」

「きみにとってはそうなんだろうが、ぼくからすれば、すぐに忘れるはずのできごとだった。それをきみが何度も蒸し返すから」ダニエルはヘレナの唇を見つめて、声を落とした。「でも、今夜のことは一生忘れられそうにないよ。きみは肝心な話題を避けようとしているが、そうはさせない。返事を聞かせてくれ。結婚してくれるかい?」

出かかったイエスの答えを、ヘレナはのみこんだ。もったいない申し出だとも思う。ダニエルは素のままの自分と向き合ってくれた初めての男性だった。長所に気づいてくれたばかりか、欠点も受け入れてくれた。ダニエルだけが、打ちとけないヘレナを殻から引きだすことに意味があると思ってくれた。

けれど、女性をうっとりさせることにかけては一流の彼だ。そう思うから、すぐには返事ができなかった。これまでの人生の半分を、ダニエルはヘレナより何倍も色っぽい女性たちと楽しんできたのだ。そんな人と結婚してうまくいくの？　飽きられて、また〝荒っぽい人生〟に戻りたいと言われたら？　耐えられない。考えなくてもわかる。

黙っていると、ダニエルは表情をくもらせた。「ぼくはきみより身分が下だ。きみにはもっといい人生があるのかもしれない。それでもぼくは――」

「下だなんて言わないで。わたしはそうは思ってない。わたしの血筋だって、あなたより立派だとは言いきれないわ。父は人をだまして爵位を手に入れたのだし、母は女優だったのよ」彼の手に自分の手を重ねた。「もっといい人生があると言うけれど、あなたほどの男性はほかにいないわ」

ダニエルはふうっと長い息を吐いた。「生活のほうもまかせてくれ。きみが慣れ親しんだ豪華な暮らしは無理だとしても、金に困るような暮らしは決してさせない。そのうち事業が軌道にのったら、かなりいい暮らしができると思う」片方の口の端をきゅっとあげた。「きみのためなら、セント・ジャイルズからだって引っ越せる」

「それはぜひ結婚の条件にさせてもらうわ」冗談が言えたのもそこまでだった。「でも、わたしが不安に思うのは別のところよ」

「別のところ?」ダニエルの手が肩をなで、腕をなで、所有権を主張するように腰でとまった。
目が合わせられなかった。彼の胸に視線を据えた。平らな乳首をとり巻く渦状の体毛を
じっと見つめる。「わたしと結婚したいのはなぜ?」
腰に置かれた手がびくんと動いた。「グリフがきみに与えた財産がねらいだと考えてい
るなら、それは違う」
かまえた口調に視線をあげた。初めて見る、傷つきやすくて慎重なダニエルがそこにい
た。無精髭の生えた彼の顎を、指先でそっとなでた。「わかってる」
「グリフの金なんかいるものか。きみの金になったとしてもだ」ダニエルはかたい表情で
誇りを見せつけた。「持参金はいらないとグリフに言ってやる」
「だめよ」ヘレナは反論した。眉をあげて問う彼に、さらに言い添えた。「使えばいいの。
グリフはあなたにもわたしにも借りがあるわ。夏にはあなたを使ってわたしをだまそうと
したのよ」
ダニエルは緊張を解き、口もとに笑みをつくった。「そうだったな」親指でヘレナの腰
に円を描いた。「つまりきみは、ぼくの求婚を受け入れると?」
「そこまではまだ。質問の返事をまだ聞いていないもの。わたしと結婚したい理由を」
ダニエルの顔に警戒の色が見えた。「人はなぜ結婚するのか。人生の道連れが欲しい、

いたわりあう相手が欲しい……」腰をなでながら、欲求を瞳にひらめかせた。「それと、ベッドをともにする相手が欲しいからだ」

愛は関係ないの？　思ったけれど、口には出さなかった。言葉だけで肯定されても意味はない。かつての婚約者がそうだった。それに、結婚したいと言ってくれただけでも充分だと思わなければ。彼からのこんな言葉は予想もしていなかったのだ。

けれど、寂しいものは寂しい。

震える笑みをどうにか顔に貼りつけた。「結婚しなくても、ベッドのお相手はいるでしょう。さっき自分で話してくれたわ」

「そうだが、結婚しなければきみは抱けない。そうだろう？　きみを見ていれば、それくらいわかる」ダニエルは静かに続けた。「求婚したのはきみが初めてだ。ぼくはそれだけ真剣に結婚を望んでいる。きみ以外の誰にも、これほど執着したことはなかった。これからもずっとそうだ。永久に」

ヘレナはダニエルに背を向けて顔を隠し、両手を頭の下に敷いた。「わかるわ……今はそんな気持ちにもなると思う。お互いいやでもそばにいないといけないのだし、それに……」それに、わたしみたいな女は新鮮ですものね。あなたが初めて征服した、処女のレディなんですもの。

「ヘレナ、ぼくの気持ちははっきりしている」

「それとも、わたしとの結婚を義務と考えて――」

「ばかな、義務なんか感じちゃいない」ダニエルはヘレナを自分のほうに向かせた。目が怒っている。「男が無心にきみを望んでいることが、そんなに信じられないか？」

「信じられないわ」考える余裕もなく、言葉を絞りだしていた。こぼれそうな涙と闘いながら、これが自分の本心なのだとヘレナは悟った。「ええ、とても無理よ。今までには一度だってなかったのよ。男の人はわたしを見ても、言葉にとげのある女、醜い障害を持った嫁《い》き遅れの女だとしか思わなかった。それに、あなたはたくさんのきれいな女性をふだんからベッドに引き入れてる。彼女たちはわたしより――」

「なるほど、きみの心配はそこか。ほかの女たちのことなんだな」ヘレナが話しているあいだに、ダニエルの目の怒りは薄れていた。彼はヘレナの涙を手でぬぐった。「ぼくから見れば、きみは彼女たちの誰よりきれいだ。どんな女にも、ぼくの興味はひと晩しか続かなかった」さっと苦笑いを浮かべた。「まあ、それはお互いさまだが。彼女たちが欲しいのは金と、いっときの楽しい時間だ。悪名高き〝野獣のダニー・ブレナン《ワイルド・ダニー・ブレナン》〟の息子と遊んでみたかったという女も、ひとりかふたりはいたな。いっしょにいて楽しいことは楽しいが、ぼくという人間を気にかけている女はひとりもいない。わかっているから、彼女たちとはただの遊びだった。要するに、むなしいビジネスだ」顎に手を添えてヘレナを上向かせた。「でも、きみの場合は違う。ぼくを見るとき、きみの目に映っているのはダニエル・ブレナンだ。ぼくの父でも、財布の中身でも、ぼくの下半身でさえない。だからきみとの夜は特別なんだ。これこそが情熱のひとときだ。初めて経験したよ。体と体がひとつになって、互いの鼓動がからみあって、思いを寄せる男女がすばらしい感動を分かちあう。そんなことができるのに、ほかの女に目が向くと思うのか？」

ヘレナはどきどきしながらダニエルの顔を見つめていた。優しい言葉を聞かせる天才とは彼のことだ。信じたくてたまらなかった。彼がここまでたくさんの女性と遊んでいなければ、たぶん自分はためらっていない。

「返事は今でなくていい」ダニエルはささやいた。「時間だけくれないか。ぼくの本気を、ぼくの誠意を、きみに証明したい。ちゃんときみを口説かせてくれ。今のぼくに必要なのは、きみとの将来への希望と、結婚を真剣に考えてくれるというきみの約束だ」

「ええ」同じようにささやいた。ささやきながら、気持ちが軽くなるのを感じていた。

「考えてみるわ、ダニー」愛するあなた。

はっとして息をのんだ。これほど危険な男性を愛するようになるなんて、わたしはそんなむちゃができる女だったの？

いいえ……どんな女性でも恋に落ちてしまうわ。勇敢で、強くて、なのにとても優しい人だもの。目に焼きついて離れないのは、危険から守ろうとしてくれた彼の姿だった。守りながらも彼は躊躇《ちゅうちょ》なく協力を求め、ヘレナを信じてウォーレスに銃を向ける役をまかせてくれた。

たちの悪い面もいろいろある。からかったり、人を惑わせたり、大胆な行動に出たり。そんなところにも、たまらなく心惹《こころひ》かれる。図々《ずうずう》しい彼はヘレナが頭のなかだけで思っていたことを平気で口にするし、ヘレナがずっとやりたかったことをさらりとやってのけてしまうし、真夜中に想像するだけだったことを唖然《あぜん》とする形で現実にしたりする。

だからこそ、ダニエルを愛することは狂気に等しい。ヘレナは一度ファーンズワースに真心をささげ、裏切られたあとは後悔に苦しんだ。

ダニエルが裏切るとは思えないけれど、無条件に信じるにはまだ不安だった。それでも彼のキスには抵抗しなかった。時間をかけた熱いキスは、ヘレナにこう約束しているかのようだった――ぼくを信じてくれればいい、そうしたら絶対に後悔はさせない、と。

ダニエルは仰向けになり、ヘレナを腕に抱き寄せた。「おいで。少しは眠ろう」

「待って」彼の腕から逃れた。「きれいにしたいの。ほら、血が……」

ダニエルはうなった。「ぼくは抜けてるな。そういうところには気がまわらない。処女には慣れていないんだ」毛布を腰まで引きあげた。「行っておいで、でも早くすませたほうがいいな。もうすぐ朝だ」

ヘレナはダニエルに軽いキスをしてから、シュミーズを身につけた。ランプを持って馬房をあとにする。体を洗いたいのは本当だったが、ベッドを出てきた理由はほかにもあった。ざわめく快感の余韻が、興奮剤でものんだかのようにいつまでも消えてくれないのだ。じっと横になっているだけでもむずかしいと思うのに、これで眠れるわけがない。さっきの会話で、考えなければならないことがたくさん出てきた。こんなときには、鉛筆か絵筆を動かしながら考えるのがいちばんだ。

外は寒く、ポンプのそばまで来ると体が震えた。水がまた身を切るように冷たくて、今だけは出てこないでとセスに向けて祈りながら、体を洗うのは早々に切りあげた。納屋に戻ると外套《がいとう》で寒さを防ぎ、鞍袋《くらぶくろ》からスケッチ帳と鉛筆を出して馬房に入った。

ダニエルはもう眠っていた。無理もない。今日は大変な一日だったのだ。馬車を走らせたり、ウォーレスと戦ったりしたことを考えれば、自分より彼のほうが大変だったろう。ダニエルの足もとに位置を定め、スケッチ帳と彼の体の両方に光があたるような位置にランプをさげた。それから慎重に脚をのばして、スケッチにとりかかった。

太い腿とそのあいだのやんちゃな付属物こそ毛布で覆われているが、両手を頭の後ろに組んで仰向けになっているため、彼の胸と腕はしっかり見える。まずは体から描いていった。彫像のような胸板、筋肉が盛りあがった肩。あとで脇に毛を足して、濃い胸毛と、それが暗いへそまわりに続いている様子も描き足すとしよう。

でもその前に顔だ。芸術家の理想の顔だと、つくづく思う。彫刻みたいに美しい、というのではないけれど、目に入ればおのずと足がとまり、想像される性格や複雑そうな個性について何か感想を言いたくなる。そんな顔だ。

ヘレナは鉛筆を置いた。ダニエルは確かに強烈な個性の持ち主だ。結婚をためらっている自分は、たぶん愚かなのだろう。結婚後に彼がときたま娼婦と遊んだとしても、そんなに気にすることじゃないわ。そうでしょう？

苦しみが喉をふさいだ。だめ、気にするわ。きっと心がぼろぼろになる。何年も大切に扱ってきた傷だらけの心なのだ。今になってむきだしでさしだすのには抵抗がある。

誠意を証明するとダニエルは言った。その言葉を信じたい。もっとふつうの状況でなら時間をかけて互いを知ることができるし、不安も薄らぎそうな気がする。彼を結婚に駆りたてているものが、この特別な状況だけでなかったとわかるかもしれない。ジュリエットを無事助けだしたら彼と時間を過ごそう。そうすれば、結婚についても気楽に考えられるだろう。

ジュリエット。ヘレナは嘆息した。妹のことをすっかり忘れていた。今夜はダニエルがつくった繭のなかで時がとまり、ふたりだけの空間で幸せにひたっていた。つかの間の幸せだ。朝にはクラウチや彼の仲間のことを考えなければならない時間が戻ってくる。

かわいそうなダニー。クラウチのような人間に育てられるなんて。どうしてそんなことになったのだろう。絞首刑になったという両親の顔くらいは知っているのだろうか。人生をあずける前にききたいことは山ほどあった。知っておきたいことは山ほどあった。でも、今はまだいい。ほっとできる隠れ家に彼とこもっているだけで充分だ。

スケッチを再開した。上半身を描き終え、さあ陰を入れて細部を整えていこうかと鉛筆を動かしはじめたときだった。顔をあげると、ダニエルがじっとこちらを見つめていた。

「あっ」驚いて声が出た。「起こすつもりじゃなかったのよ」彼は頭の後ろで組んでいた手をほどいた。「だめ、動かないで！」

「どうして？　何を描いてるんだ？」

「寝ているあなた」にやりとする彼にヘレナは言った。「でも、目が覚めたのなら修正するわ。うぬぼれ顔のあなたにする」

外套の下のふくらはぎにダニエルの手が触れた。彼はその手をゆっくりと、愛撫《あいぶ》するように膝下まですべらせた。「うぬぼれもするさ」

「そう？」ヘレナはスケッチに戻った。彼の姿勢が完全にくずれる前に、描けるところは描いておきたい。

「半裸の美しい女性に写生されているんだ。喜ばない男がいるか？」ヘレナの外套の前を開き、下着だけをまとった体に熱いまなざしを注いでくる。暗く輝く瞳にとらえられると、肌の透けるシュミーズや、ほとんど隠れていない胸を浮きあがらせているランプの明かりが無性に気になりだした。

この表情をとっておけたらいいのに。〝きみが欲しい〟と言っている顔だ。見るたびに性急な衝動が伝わってきて、銃弾に撃たれたような衝撃が走る。スケッチに集中していても、肌がほてるのはどうしようもなかった。「眠りたいんじゃなかった？」

「きみは眠りたくなかったようだが」

「眠れなかったのよ」

「それは、結婚を前向きに考えてくれているから、と解釈してもいいのかな？」

「ええ、いいわ」恥ずかしげに彼を見やった。「だけどほかにも……なんというか、わからないことがあって」

ダニエルがわずかに顔を動かし、顔全体に影がかかった。「たとえば？」

「クラウチに十四歳で初めて……特別な女性と引きあわされた。あなたはそう言ったわ。彼と暮らしはじめたのは九歳のときなのよね？」

「ああ」声が明らかに警戒している。

「救貧院に入ったのは？」

「なぜそんなことを？」

「知りたいの。あなたのことは全部知りたい。おかしいと思う？」

「いいや」ダニエルはため息をついた。「六歳だったかな。初めて行った日のことはあまり覚えていない。やたらと寒くて腹が減っていた。というより、両親が縛り首になったあとは、まともなものを食べた記憶がない。親戚をたらいまわしにされて、行く先々でいやがられた。みんなこの体に流れる凶悪な血を恐れたんだ」

「ダニエル」ヘレナは鉛筆を置いた。「なんてひどい」

彼は肩をすくめた。「最後には教会区にゆだねられた。結局モールドンの救貧院行きだ。エセックス州のモールドン。ぼくの生まれ故郷だよ」

「そこで三年過ごして、クラウチに拾われた？」

「ああ。クラウチは船を買うのにたまたまモールドンにいて、買った船をサセックスに戻すための雑用係を探していたらしい。で、救貧院でぼくを見つけ、大金を払って引きとった。子供でも体格はよかったからな、彼の言う仕事——船上でちょこまか働く仕事にも適任だった。それに、ワイルド・ダニー・ブレナンの息子だ。仲間にすれば面白いと考えたんだろう」

「救貧院の人はあなたの親のことを知っていたの？　それをクラウチに話したの？」

「そういうことだ」

「平気で密輸業者の手に渡したのね」ものみたいに売りわたされるのがどんな気分なのか、ヘレナは想像しようとした。「まだ子供だったのに」

「いや、むしろ助かったよ。引きとられてからは、救貧院の十倍もいい暮らしができた。グリフに出会うまでは、知っている大人のなかじゃ〝陽気なロジャー・クラウチ《ジョリー・ロジャー・クラウチ》〟がいちばん立派な人物だった。ぼくを引きとってくれたんだからな」ダニエルは体の側面を下にして横を向いた。「だからどうにもしっくりこない。彼はこんなことに……誘拐なんかに手を染める人間じゃない。確かに狡猾《こうかつ》な男だ。だが、グリフと問題を起こしたときは別にして、クラウチを犯罪者だと思ったことは一度もなかった。今度のことは、彼のやり方とは違うんだ」

「いくらかは優しい心があるんでしょうね。九歳の孤児を引きとって世話をするくらいですもの」ヘレナは鉛筆をもてあそんだ。「ご両親のことは？　何か覚えている？」

荒削りな顔に、昔を懐かしむ影が色濃くよぎった。「少しなら。忘れられない記憶がひとつある。ぼくを寝かせるとき、母はいつも鼻先にキスをしてこう言った。〝勇敢な坊や。お父さんにも負けないわね〟」表情がこわばった。「そうさ、あの父の勇敢さは群を抜いていた。無鉄砲な蛮行に母を引きずりこんで、絞首台にまで連れていった。息子がどうなるかなんて気にしちゃいない。ああ、勇敢だよ。立派すぎて反吐《へど》が出る。きみだってそう思うだろう？」

冷たい風が吹きわたったかのようだった。抱えた苦しみが強すぎて、そういう冷ややかな口調でしか吐露できないのかもしれない。どんなにつらい人生だったろう。考えると胸がしめつけられた。「お母さんが絞首刑になったのは、お父さんのせいなの？」

「ある意味そうだ。母は父と馬で出かけた夜につかまったんだ。だが、居所が知れたのは父のせいじゃない。おじが関係していた」

「おじさんが？」

「母の兄だ。おじが両親を兵士に売りわたした。ぼくは何も知らなかった。事実を知ったのはほんの数年前、自分の家族のことを調べていたときだ。すぐにも居所をつきとめて、この手で殺してやりたかったよ」ぎらぎらした憎悪をむきだしにする。ウォーレスと向きあっていたときの殺気だった彼を、ヘレナは一瞬思い出した。と、険のある表情がふっとやわらぎ、彼はため息をついた。「ところが、両親が絞首刑になったすぐあとに、そいつは入水《じゅすい》して命を絶った。自分のしたことに耐えられなかったんだろうな」

「ダニー」同情を声に出さずにいるのは無理だった。

ダニエルは視線をあげて、身をかたくした。「要するにそういう家族だ。曲者《くせもの》ぞろいの家族だろう？」

傷ついた自尊心をどう慰めたらいいのか、ヘレナは頭のなかで言葉を探した。「ええ、驚いたわ。でも、それほどじゃない」

「どういう意味だ？」慎重に問いかけてくる。

「忘れたの？　わたしにもろくでなしの父がいるのよ。でも、ろくでなしのおじはいないから、数の上では二対一でわたしの負けね」

ダニエルはしげしげとヘレナを見つめた。それから、かすかに口もとをほころばせた。

「母を入れたら三対一か。といってもこっちは死人ばかり。対してきみの父上は健在で、今でも問題を引き起こしている。生きている人間には、死人が何人束になってもかなわない」

「そうかも」ヘレナはかぶりを振って悲しげにほほえんだ。「ああ、ダニー、わたしたちの子供は大変よ。考えてみて、子供は生まれながらに銃を手にして、詐欺の方法を学んでいるようなものだわ。流れる血が、きっとそういう道に向かわせる」

ダニエルが優しい表情で顔を近づけた。「きみが子供の話をするなんて、希望が持てるな。だが、ぼくとしては子供にはもっといい人生を送らせたい。きみやきみの母上に似ることを祈るのみだ」

「あなたに似たっていいと思うけど」はにかみながら言った。「少しくらいはね」

彼は低く笑った。「ぼくを恐ろしい悪魔とは思っていないってこと？」

「どんな子供にも、いたずら心はあってもいいかなって」

するといきなりダニエルが膝立ちになり、スケッチ帳を奪って脇に放った。「ここにいる悪魔は、期待に応えるのが信条だぞ。きみみたいな女性からいたずら心を刺激されたときには、とくにそうなる」毛布がはらりと落ちて、彼の〝持ちもの〟があらわになった。どんどん大きくなっていくようだ。

口がからからになり、軽いひりつきが残っているにもかかわらず、欲望が脚のあいだにたまりはじめた。「まだあなたの求婚を受け入れてはいないのよ」自分自身と彼の両方に向けて警告を発した。

ダニエルは少しも動じず、ヘレナの外套を肩から引きおろした。「きみは受け入れる。ぼくにはわかるよ」

セスは母屋の窓から外を眺めた。やっとだ。納屋の明かりが消えた。外に出てそっと納屋の扉に近づいた。音をたてないように扉を開けて聞き耳をたてた。いびきが聞こえるだけでしんとしている。なかは真っ暗だが、いななきや動く気配を頼りに進んでいけば、馬のいる場所はわかるだろう。

やめたほうがいいだろうか。セスはいっとき考えた。ミスター・ブレナンは大男だし、その気になれば、セスを殴って昏倒《こんとう》させることもできる。でも、ミセス・ブレナンは優しい人だ。旦那の暴力はきっとあの人が許さない。それに、馬を使うといっても、ちょっと借りるだけだ。盗むのとは違うし、夜のうちにちゃんと戻しておく。馬がいなくなったことにも、たぶん彼らは気づかない。

今を逃したら、こんなチャンスは二度とないぞ。ポケットには金がある。父さんと母さんは留守だ。使える馬はすぐそこにいる。完璧じゃないか！　メグの両親が経営する酒場に男らしく堂々と入って、エールを注文して、自分の金で支払いをする。そうしたら、いつも子供扱いするメグだって、一発で考えを変えるだろう。宿の裏でキスをしようとしても、今度は前みたいにいきなり笑われたりはしないはずだ。

　足音を殺して奥に進んだ。鞍をつかんで馬を納屋から引きだし、扉を少しずつ、できるかぎりゆっくりと閉めた。馬に鞍をつけてセドレスクームに向かいはじめると、頭のなかはもう、メグの赤い唇をどうしようかという考えでいっぱいだった。月明かりだけで道が見えるから、農場からの狭い道でもほとんど馬を誘導する必要はない。

　本道に出ると罪悪感に襲われ、親のことを考えた。母さんは酒や賭け事を禁止するメソジスト派の信徒になったばかりだし、農場のために使えるお金を酒場で使ったと知れば、いい顔はしないだろう。でも全部の金を持ってきたわけじゃない。メグを感心させて、一杯か二杯エールを飲む分だけだ。残りは両親に渡そう。ミスター・ブレナンからどれだけもらっていたかなんて、ふたりにはわかりっこない。やましい気持ちがなくなると、セスはまた、メグにキスをしている自分を空想しはじめた。

　セドレスクームに入る手前の、ブリード川にかかる橋に近づいたときだった。図体のでかい男がふたり、突然目の前に現れた。「全員待機！」ひとりが声を発した。

　恐怖が甘い空想を引き裂いた。追いはぎか？　セドレスクームに近い、こんな場所で？　追いはぎの話はセスも父親から聞いてはいたが、どれも昔の話ばかりだった。それに、町の近くで問題を起こすような大胆な追いはぎはいないと聞いていた。セスは馬をまわれ右させた。逃げよう。そのとき、鋭い口笛が夜の空気を切り裂いた。その場にかたまった馬は、もはやセスがどう命じようと、前に進んではくれなかった。

荒々しく馬から引きずりおろされ、両手を後ろにまわされた。黒い影が目の前でランタンに火を入れ、それでセスの顔を照らした。ランタンの向こうに見えたのは、ぎらぎらした瞳と不機嫌そうな口もとだけだ。

「おまえは誰だ？」不機嫌そうな口もとが動いた。「馬はどこで手に入れた？」

「ぼく……ぼくは……」

「ちゃんと答えろ！」男はセスをとらえている仲間に合図をした。すると背中の腕をきつくひねられ、セスは痛みに声をあげた。

「そいつはおれの馬だ。よくも盗んで――」

「ぼくじゃない！　盗んだのはあいつらだ！」

計算高い笑みに男の唇がゆがむのを見て、セスは自分の舌の軽さを呪った。

「あいつら？　大男と足を引きずった女か？　そいつらから盗んだんだな？」

「盗んだんじゃない。ちょっと……借りたんだ。嘘《うそ》じゃない！」

「そのふたりはどこにいる？」

セスは唾をのみこんだ。こんな下品な男は頼まれても家に連れていきたくなかったが、馬を借りたくらいで殴られるのもいやだった。悪くすると絞首台送りになるかもしれない。

あのブレナン夫妻が泥棒だとは思ってもみなかったが、よくよく考えてみれば、ミスター・ブレナンは母屋の扉を開けようとしていて、偶然セスに見つかったのだ。泥棒はあの夫婦だ。やってもいない罪まで背負いこまされてたまるものか。

「馬泥棒だなんて知らなかった。知ってたら、うちの納屋に泊まらせたりしないよ」

「今もその納屋にいるんだな?」

セスは少しためらってからうなずいた。「なかで寝てる」

「おまえが馬で家を離れたことは知っているのか?」

「知らない。す、すぐに帰るつもりだったんだ」ポケットにある金に気づかれないことを祈った。これも盗んだ金だろうが、もとが誰の金だろうと関係ない。今はもうセスの金になっている。

「ふたりの居場所を教えろ。その納屋はどこにある?」

セスは農場までの道を教えた。

ランタンの明かりがさっと消され、男がセスの右側にひそんでいた何者かに声をかけた。

「聞いたろう。クラウチの仲間のスワードに、やつらが見つかったと伝えろ。ここに連れてくるんだ。自分の目でダニー・ブレナンと確認するまでは金は払わねえそうだからな。ほら、行け。ぐずぐずするんじゃねえぞ」

深い後悔がセスを襲った。クラウチという名前には聞き覚えがあった。ただの馬泥棒の話かと思ったが、これは違う。もっと恐ろしい何かだ。どこかで密輸業者がからんでいる。ぼくは運のない客人の罪を彼らに教えただけじゃなかったのか。

# 17

朝の六時と七時のあいだに目を覚ますと、
おれは大勢の役人にとり囲まれていた。

アイルランドのバラッド『樽《たる》のなかのウイスキー』
作者不詳

夢のなかでダニエルは救貧院にいた。あとスプーン一杯だけ粥《かゆ》をよけいに食べたくて、ほかの連中と必死で争っていた。年上の少年がダニエルを蹴り倒し、胸を踏んづけてフォークを喉もとに突きつけてきた。「どけよ」ダニエルは小声で言ってフォークを押しやった。手が触れたのは冷たい鋼の刃だった。その感触がいきなり彼を眠りから引き戻した。目を開けると、喉もとに剣先が押しあてられていた。

まばたきで残った眠気を振り払い、剣を持った男の正体を確かめた。ウォーレスだ。ダニエルの胸にしっかと片足を置いている。くそっ。あれだけ脅してやったのに効果はなかったか。それにしても、なぜこんなに早く見つかった？　馬房の薄明かりからして、まだ夜が明けたばかりだろう。

ウォーレスはにたにた笑いながら、ダニエルの胸に体重をかけた。「やられる側にたった気分はどうだい、ダニー・ボーイ？　立った気分、というより寝た気分か」

隣に人の気配を感じ、ヘレナがいたと思い出した瞬間、ダニエルは恐ろしい不安にとらわれた。首は動かせないものの、視界の隅で彼女の体に毛布がかかったままだということは確認できた。とりあえずほっとした。

「連れていきたければ好きにしろ、ウォーレス。だが妻には手を出すな。妻にはなんの関係もない」

「ダニー？」隣でヘレナが跳ね起きた。毛布を胸に押しあてている。「ミスター・ウォーレス！　剣をどけて！　お願い、彼を傷つけないで！」

「そのくらいにしとけ、ウォーレス」馬房の外で、どこか聞き覚えのある声がした。「充分楽しんだろう。金を持って失《う》せろ。薄汚い仲間もいっしょにな」

ウォーレスはまだ何かやりたそうだったが、結局はけちな復讐《ふくしゅう》より金が大事と判断したらしい。しかし、すぐには足をどけず、ダニエルの首にあてた剣を加減しながら手前に引いた。鋼のすべる痛みをダニエルは無視した。喉に血が流れていくのがわかる。ウォーレスが馬房を出たと見るや、ダニエルは拳銃のある場所にさっと手をのばした。

銃に手は届いたが、つかむことはできなかった。別の銃の撃鉄が引かれる音が、はっきりと納屋に響いたためだ。

「おれならそんなまねはしねえな、ダニー」聞き覚えのある声が言った。さっきより近い場所で。「銃から手をどけろ。おまえを撃ちたくはない」

ダニエルは深々と息を吐き、振り返って男を見あげた。ジャック・スワード。クラウチの古い友人にして、密輸仲間だ。

いつでも撃てる状態でダニエルをねらってはいるが、笑みを広げた彼の顔に敵意は少しも感じられなかった。「久しぶりだな、ダニー・ボーイ。元気そうだ」

「物騒な品でねらわれてなかったら、もっと元気な顔を見せられるんだが」

「銃をよこせ。そうしたらこっちも撃たずにすむ」

怒りにまじって懐かしさがこみあげてきた。ジャックは年季の入った悪党で、今でも不埒《ふらち》な男の手下となって動いているが、昔はダニエルの友人だったのだ。それどころか、子供だったダニエルをいちばん親身になって世話してくれたのが、このジャックだった。

「聞いてくれ、ジャック。あんたが何をしたいのか、なぜウォーレスみたいな男と手を組んだのか、ぼくは知らない。だが、あんたにぼくは殺せない」

「確かにな」ジャックがダニエルの手のほうに銃を振ってほほえむ。その陽気さが悲しかった。「おまえだって、そいつをおれに使う気はない。だろう?」ダニエルが黙っていると、彼は続けた。「銃をすべらせろ、ダニー・ボーイ。殺すとなりゃ良心も痛むが、片手を吹き飛ばすくらい、わけはない」

それは本音だろうとダニエルは思った。だからヘレナの〝彼の言うとおりにして〟という不安げな言葉とは関係なく、彼はジャックにしたがった。

銃を拾ったジャックは、すぐさま自分の銃の撃鉄をおろしてポケットにしまった。「驚かせてすまなかったな、奥さん」ヘレナに言った。「ジャック・スワードだ。ダニーとは古いつきあいでね」

「わたしはそれほど古いつきあいじゃありませんけど……」ヘレナは落ち着いている。「夫を撃たずにいてくれたことは感謝しますわ」

ヘレナが名乗らなかったのは賢明だと、ダニエルは思った。クラウチや彼の仲間がヘレナの正体に気づかなければ、話の持っていき方しだいで解放させることも可能だろう。グリフの新しい家族について彼らはどれだけ知っているのか。そもそも、自分がヘレナとふたりでサセックスにいる理由を、彼らはわかっているのか。

座ってヘレナの腰を抱き、とぼけた調子でこう言った。「いったい何事だ、ジャック？ぼくと妻とは貿易関係の用事でこっちに来たんだ。誰にも迷惑はかけちゃいない。なのにいきなり銃やら剣やら、物騒なものを向けられた。ぼくたちが何をした？　こんなことをされる覚えはないんだが」

「覚えがないときたか。だったらおまえのポケットにあったこれはなんだ?」ジャックは外套《がいとう》からふたつの品をとりだして、ダニエルの前で振った。ジュリエットの細密画とプライスの似顔絵だ。

ダニエルはうめいた。

「頭は白くなってきていても、中身までは衰えちゃいない。おまえがこっちに来た理由ははっきりしてる。わからないのは、どうやってそれに気づいたかだ。娘の家族には駆け落ちだと思わせてあったはずだ。ばれないようによくよく注意しろと、クラウチからもプライスに言い聞かせてある。身の代金の要求はプライスが直接グリフにしたはずだ」

ダニエルは腰を抱いた手に力をこめることで、耐えろとヘレナに伝えた。「気づいたものはしかたない」

「英雄気どりで、身の代金も払わずに娘をとり戻すつもりだったのか?」何も言わないダニエルを見て、ジャックは低く笑った。「だが、ちょいと遅かったな。立つんだ、ダニー・ボーイ。いっしょに来てもらうぞ。ふたりともだ」

ヘレナを抱く腕がこわばった。「妻まで巻きこむことはないだろう。妻は置いていかせてくれ」

「妻だろうが誰だろうが、置いていけばグリフに連絡をつける。裏にクラウチがいると知られちまう。ようくわかってるだろう。巻きこみたくなかったら、はじめから連れてくるな」

返す言葉がなかった。悔しいがそのとおりだ。どれだけ文句を言われようと、ヘレナは置いてくるべきだった。だが、くそっ、最初は駆け落ちだと思っていたのだ。

「手荒なまねをするつもりはない」ジャックは言い添えた。「女に危害は加えない」

「だが誘拐はする、か」

ジャックは肩をすくめた。「ま、大金が入るとなりゃな。誓って言うが、おれたちは誰もおまえやおまえの女房を傷つけやしない。だから行儀よくしてろ」後方を示した。「行くぞ。ゆっくりもしてられないんでな」

ヘレナが毛布をしっかと胸に引きあげた。「お願い、少しふたりだけにしてもらえません？　着替えたいの」

ジャックは黙った。ヘレナからダニエルに視線を移し、それから隠された武器を探すかのように馬房を見まわした。「いいだろう」意外にも彼は譲歩した。「五分だ。それ以上は待てない。いいな？」

「ありがとう。あの、服をとってくださるとありがたいのですが――」

「上品な女房じゃないか」ジャックはダニエルにつぶやいた。「いいですよ、奥さん」背後の誰かに合図をし、集めさせた服を馬房に放った。「五分だぞ」言ってから扉を閉めた。

扉が閉まるや、ダニエルはズボンのポケットに手を入れてペンナイフを探した。予想はしたが、ポケットは空だった。顔をしかめて立ちあがり、下着とズボンを身につけた。ヘレナも立った。「ダニー？」ダニエルが振り向くと、彼女は首の傷に気がついた。「血が！」そばに来て、シーツで傷を押さえてくれる。「ウォーレスみたいな卑劣な男、わたしが銃で撃ってやるんだったわ！　チャンスならあったのに」

息巻くヘレナは、見ていて楽しかった。「殴り殺してもよかったな。今度、大振りの杖《つえ》を買ってやろう」

「冗談を言っている場合じゃないわ」彼女は傷口をふく手をとめて、声を落とした。「わたしたち、これからどうなるの？」

「さあ」正直、ダニエルにもわからなかった。「ぼくを見てクラウチは苦い顔をするだろうが、そのうえきみの正体に気づいたりしたら……。そのときは厄介だ。身の代金のとれる人質がふたりになる。名前は明かさないほうがいい。いいね？」

「でも、プライスはわたしの顔を知ってるわ」

ダニエルはため息をついた。「そうか。だが、ばれてもいないうちから手の内をさらすことはない。ぎりぎりまでごまかすとしよう」

ヘレナはうなずいたが、おびえを隠しきれずにいる様子は見ていて胸がつまった。彼女の顔を両手ではさみ、さっとキスをした。「心配いらない。大丈夫だ、なんとかなるさ。ぼくが保証する。おとなしく待っていれば、グリフが金を送ってくる。クラウチのたくらみどおりに金をとられるのは癪《しゃく》だが、クラウチも彼の手下も、ふっかけただけの金を手に入れるまでは、ぼくたちに危害は加えない」それだけは確信できた。

「信じるわ、ダニー。あなたを信じる」

きらきらした瞳に嘘《うそ》はなく、ダニエルは苦しくなった。ここまでの信頼を寄せられる価値が、はたして自分にあるのだろうか。

「早くしろ」ジャックの声がした。

「待ってくれ、ジャック。あんたのおかげで妻がおびえきってる。じっとしていれば安全だと、今話しているところだ」

「だから、さっきおれがそう言ったろう」ジャックは不満をもらしたが、馬房に入ってくる様子はなかった。

ふたりして急いで着替えをすませた。ヘレナはスケッチ帳と鉛筆を拾って、ダニエルを見やった。「これもとりあげられるのよね？」

「たぶん」

ヘレナはしかたないとばかりにスケッチ帳を広げ、ダニエルを描いた一枚を破った。折りたたみ、鉛筆といっしょに外套のポケットにしまっている。ダニエルがくくっと笑うと、彼女はつんと顔をあげて前を通りすぎた。「うぬぼれないで。出来のいい作品をなくしたくないだけよ」

「そうか。てっきり、ぼくに特別な愛情を抱きはじめているのかと思ったよ」

ヘレナは扉の手前で足をとめ、ダニエルを真剣な顔で見返した。「そうよ、ダニー。だから約束して。命を粗末にはしないって」

温かいものがこみあげてきて、ダニエルはとらわれの身となった緊張を忘れた。「心配しなくていい」彼女を抱き寄せた。「まだうじ虫のえさになりたくはないよ」

唇を重ねた。こんな機会がまたすぐに訪れるとはかぎらない。安心させてやりたかった。自分でも強く信じたかった。何もかも、きっとうまくいくんだと。一瞬、馬房にいることを忘れ、一心にキスを返してくる唇の甘さに陶酔した。

「時間切れだ」扉の向こうで声があがり、ふたりはぱっと体を離した。

「心の準備はいい？」ダニエルは小声で言って腕をさしだした。

ヘレナがその腕をとって薄くほほえんだ。「あなたといっしょなら、何が起こっても平気よ」

信頼に応えたいとダニエルは思った。ヘレナやジュリエットの信頼を裏切るようなことになれば、自分は一生悔いるはめになる。

馬房から出ると、納屋ではジャックの仲間たちがうろついていた。見覚えのある人物がふたり。あとの五人は知らない顔だ。全員がダニエルにあからさまな好奇の視線を向けている。考えずにはいられなかった。自分の補佐役だったダニエルのことを、のちに彼のもとを逃げだしてロンドンでグリフ・ナイトンとともに財産を築いたダニエルのことを、クラウチは彼らにどう話しているのだろう。

　納屋にはセスの姿もあった。干し草の上に座っている。暗い顔で黙りこみ、周囲を警戒しながらも、罪悪感に苦しんでいる様子がうかがえる。ダニエルとヘレナの姿を認めると、セスはさっと立ちあがって杖を手に近づいてきた。

「ミセス・ブレナン、殴られたりしてないよね？　あなたたちの馬でないと知ってたら、借りて町に出かけたりしなかった。こんな人たちを連れてきたりしなかった。本当だ」

　ダニエルは顔をしかめた。なるほど、ウォーレスに見つかったのはそういうわけか。間抜けな坊主め、この件が片づいたらけつをむいて引っぱたいてやる。

「いいのよ、セス」ヘレナが言う。「あなたは何も知らなかったのだから」

　セスは持っていた杖をさしだした。「えっと……これ……役に立つかと思って。おばあちゃんのだったんだ。戸棚の奥から捜してきた」

「ご両親に怒られたりしない？」ヘレナはあくまで優しい。

「使ってほしいんだ。ぼくにはこれくらいしか……ぼくのせいで、あなたたちがこんなひどい目に……」

　ヘレナは迷いを見せたのち、杖を受けとった。「ありがとう」

「こいつも連れていきやすか？」ジャックの仲間が親指でセスを示した。

セスが恐怖に目を見開いた。

「ばか言わないで」ジャックが答えるより早くヘレナが噛《か》みついた。「彼は関係ないわ。納屋をわたしたちに使わせてくれただけでしょう。それに、彼の両親は今日戻ってくるのよ。子供の姿がなかったら、親はきっと巡査を呼ぶわ。この子は事情を何も知らないの。そんな子にいったい何ができるというの？」

ジャックはいっとき考え、それからセスを見てすごみをきかせた。「よく聞け、小僧。〝陽気なロジャー・クラウチ《ジョリー・ロジャー・クラウチ》〟の名前は知っているな？」

セスがうなずく。

「だったら、おまえみたいながきをクラウチが朝飯代わりにくらうのも知っているはずだ。舌をかっ切られたくなかったら、その口はしっかり閉じておけ」

ダニエルは鼻白んだ。相手が誰であれ、ジャックが人の舌を切るところなど見たことがない。

「平気だと勇敢ぶるのもいいがな、親がどうなるかも考えたほうがいいぞ。家の場所は知れちまってるわけだしな」

「やめろ、父さんや母さんには手を出すな！　ふたりともまじめに生きてるんだ。ぼくのしたこととは何も関係ないよ」

「関係ないままにするかどうかは、おまえの心がけしだいだ。わかるな？」倒れそうなくらい真っ青になった少年を見て、ジャックはやれやれという顔になった。彼は外套から財布を出して、銀貨を数えはじめた。「さてと。おかげでダニー・ボーイが見つかった。おれたちは親切な友人の顔は忘れんぞ。さ、受けとれ。礼金と口どめ料だ」

「あ、ありがとう」セスはぼそりと言って金を受けとった。ちらとヘレナを見る顔には、申しわけなさがにじんでいた。

腕にかかったヘレナの手から緊張が抜けた。ダニエルは歯噛みした。ジャックに連れ去られたほうが、坊主のためにはなったんじゃないか？　だがまあ、これで子供の心配まではせずにすむ。ヘレナが巻きこまれているだけでも厄介なのだ。

ジャックについて納屋を出ると、驚いたことに、外には六頭立ての馬車がとまっていた。

「最近はこんなこじゃれた乗りものを使うのか？」

「おまえを馬に乗せるよりましだ。女房を置いて逃げやしないとは思うが」

「あたりまえだ」そこがいちばんの問題だった。ダニエルひとりなら七人の手下も振りきれるが、ヘレナがいてはとても無理だ。逃げようにも、今は手段がない。

「結婚したとウォーレスに聞いたときは、耳を疑ったぜ」ジャックはダニエルとヘレナを連れて馬車へと進んだ。歩きながらヘレナのほうに横目をくれる。「おまえの趣味は知っている。本人の声を聞くまではまさかと思ったよ。女連れといったって、どうせそいつはおまえの好きな――」

「売春婦ね？」ヘレナが怒りをあらわにした。「売春婦だと思ったんでしょう？」

ヘレナの率直さに、ジャックがたじろいだ。「おれは何も言ってねえぞ、奥さん。だが、あんたが寝巻きも着てなかったのは事実だし、このダニーときちゃあ……」目でダニエルに救いを求めてくる。

「その目はやめろ。侮辱した自分が悪いんだろう」

「おれはだな、おれの知るダニーが上品な女と寝るところが想像できなかっただけだ。つまり――」

「言われなくてもわかります。あなたは紳士には見えませんわ」

ダニエルは笑ってしまった。「その台詞をジャックに使ってもな。ぼくに言うほうがまだましなくらいだ」

「だとしても、言うべきことは言わないと」顔をあげ、さっさと馬車に歩いていく。

「おれは紳士じゃないが……」ジャックがヘレナの背中に声をかけた。「それを誇りに思ってるぜ！」そこで小声になった。「血の気の多い女だな。いつもあんなにはっきりものを言うのか？」

「ああ。とくにひどいのが、剣やら銃やらを持った悪党どもに起こされたときだ」

ジャックは顔をしかめた。「言ったろう、おとなしくしていれば、おれたちを恐れることは何もないんだ。おまえの女房にだって、誰にも手は出させない」

「そのほうがいい。手を出すやつがいたら、二度とその手を使えなくしてやる」ダニエルは馬車に乗るヘレナに手を貸そうと足を速めた。後ろでジャックの声が、身のほど知らずに偉くなった連中ってのは、とかなんとかぼやいていた。

馬車ではヘレナの隣に座ろうとしたが、ジャックに邪魔をされた。ジャックはヘレナを自分の横に座らせ、はっきり見えるように拳銃を膝に置くと、銃口をヘレナに向けた。

撃鉄は引かれていなかった。奪おうと思えば奪えそうだったが、ヘレナの命を危険にさらしてまですることではない。それに、素直にしたがっているふりをしながらクラウチとジュリエットの居場所を探るほうが、とりあえずは得策だ。

銃での威嚇は別にして、ジャックは今を親睦の時間にすると決めたかのようだった。馬車が走りだすと、ヘレナに格別愛想よく笑いかけた。「で、おれらのダニーとは、結婚してどのくらいになる？」

ヘレナはしゃんと背筋をのばし、いつもの調子で切り返した。「もうあなた方のダニーではありませんわ。ずいぶん前に縁は切ってあるはずです」

ダニエルはほくそ笑んだ。聞いたか、この古だぬきめ。求婚の返事こそもらえていないが、ヘレナはやはり自分の味方だ。

「だがな、仲間だったころはけっこう楽しくやってたんだ。なあ、ダニー？」ジャックの口ぶりに気を悪くした様子はない。

ダニエルは片方の眉をあげた。「楽しいってのは、凍える夜に商人のふりをしながら沿岸警備隊の目を避けてたときのことか？　夜明け前の暗いうちから重い樽をふたつ持って、冷たい雨に打たれながら海岸を走っていたときか？」

「わざと楽しいことを省いてやがる。暗闇で収税吏とすれ違うのはスリルがあったし、晴れた夜には満天の星空で、シリング銀貨を千ほどもぶちまけたみてえだったろ」

ダニエルはふんと笑った。密輪を詩的に表現できるのはジャックくらいなものだ。そのジャックの目にいたずらっぽい光が躍り、ダニエルは身がまえた。

「そういや、おまえがぜんぜんいやがらない仕事があったな。〝水入れ〟とか」

「水入れ？」ヘレナが問う。

ダニエルがにらんでも、ジャックはからかうのをやめなかった。「お、ダニーから聞いてねえか？」かぶりを振るヘレナを見て説明を始めた。「おれらの運んでくる酒は、アルコールが濃い。そのほうが量を多く持ってこられるんだ。陸にあげたら薄めて商品にする。水を少しずつ足していくんだが、酒にはそんとき、数字を書いたガラス玉をいくつも入れておく。ぴったりの濃さになったら、その数字の玉が浮かんでくるって寸法だ。まだちっこいがきだったころ、ダニーは玉が浮かんでくるのをじっと見ている係だった」

「昔から数字に強かったのね」ヘレナが言った。まじめな口調だ。

どんな顔かと見ると、意外にも彼女は面白がっている。

「そうだな」ジャックがうなずいた。「だが、こいつが気に入ってたのは数字じゃない。うまくできたときの、ほうびのほうだ。一杯のブランデーさ。それがあるってんで、仕事の覚えはそりゃあ早かった」

「そんな言い方をされたら、ぼくが十歳にして飲んだくれだったみたいだろ」

「でも、あなた」ヘレナが口をはさんだ。「たしか、お酒のほかにもあったわよね。特別早く覚えた悪い癖が」

まったく、腹立たしいレディだ。

ジャックは上機嫌だ。「ダニーは水入れの仕事がよほど気に入ってたんだろうな、別のやつに仕事をとられたときはむかっ腹を立てていた」ヘレナを肘で突いた。「信じられるか？　こいつときたら、新入りのがきをはめようとしやがった。ガラス玉の数字を消して、別の数字を書きこんだんだ」

人がすっかり忘れていたことを。いらだちを隠しつつ、ダニエルはほほえんだ。「おかげでばかを見たよ。その週はずっと船の帆の修理をやらされた。帆の修理なんて大嫌いだったのに」

「おれに言わせりゃ軽い刑だったぞ。おれはぶん殴りたかったが、ジョリー・ロジャーにとめられた。やつはおまえにとことん甘かったからな、坊主」

「妻もろともさらってこいと手下に命じるのも、ぼくへの〝甘やかし〟か？」

「いや、これはやつの知らないことだ。今は出かけていて、朝まで戻らない。おまえがここそかぎまわっているとウォーレスに聞いて、おれが手を打った。戻ったジョリー・ロジャーがおまえを目の届くところに置きたがるのはわかっている」

だろうな。となると、ジュリエットをひそかに救いだすのはまず無理か。ダニエルは真顔になった。「で、今のあんたらは誘拐をするまでに落ちぶれている。誘拐についてベッシーはどう言ってるんだ？」

きかれたくない質問だったらしい。ジャックはさっと目をそらした。「ベッシーは死んだよ、ダニー。二年前に、肺病だった」

動揺が顔に出ていたのだろう、ヘレナが困惑したまなざしをジャックに向けた。「ベッシーって？」

「ジャックの連れあいだ」ダニエルは答えた。密輪をしていたころのダニエルにとって、ベッシーは母親にいちばん近い存在だった。

車窓に顔を向けたが、セドレスクームの町の景色などほとんど目に入らなかった。ベッシーが死んだ。現実として受けとめるのはむずかしかった。クラウチの家で世話をされ、大きくなってからは独身の若者たちと暮らしたダニエルだったが、その彼をずっと見守ってくれたのはベッシーだった。ちゃんと食べているか、不当な扱いを受けていないかと気にしてくれた。ジャックに殴られずにすんだのも、本当はベッシーの計らいだったのではないかとダニエルは思っている。

ジャックに視線を戻した。「すまない。知らなかったんだ」

「おまえが一度でも顔を見せに戻ってくれてりゃ、わかったんだろうがな」そう言ったあと、ジャックは感傷的になった自分を恥じるように肩をすくめた。「寿命だった。それだけのことさ」

自由貿易商の割りきり方には慣れていた。荒れる海や収税吏を相手に戦っていれば、死という場面にも少なからず遭遇する。しかし、そんな冷静さを今はむごいと感じた。ベッシーのような女性に対してはむごすぎる。「優しい人だったよ。こんなに早く死んでいい女性じゃない」

ジャックが身を縮めた。「まったくだ。ベッシーならどう思うか。おまえの考えているとおりだよ。あいつなら反対した。おれにはわかる」彼は顎を突きだした。「だがな、ベッシーが生きていたころとは時代が変わっちまった。これからもどんどんやりにくくなる。新しい警備の体制ができるという噂《うわさ》もある。クラウチは頭を抱えっぱなしだ。密輸をやめることまで考えはじめてる。年も年だってな」

「年はくっても誘拐はするのか」皮肉をこめて言った。

ジャックはそれを攻撃と受けとったようだ。「こうなったのは誰のせいだ？　もとをたどれば、グリフがジョリー・ロジャーの提案を蹴ったりしたからだろう」

みぞおちに、すっと冷たい感覚が走った。「提案？　なんの話だ？」ヘレナを見ると、彼女もやはり困惑している。

「とぼけやがって。春にジョリー・ロジャーがした提案だ。ロンドンに行ってグリフに話したろ。前みたいに手を組もう、いやだと言うなら、ダニーがおれたちの仲間だったと世間にばらすと」

「なんだって？」ダニエルは膝の上できつく拳を握り、身をのりだした。

ジャックは神経質に身じろぎした。「聞いているはずだ。ジョリー・ロジャーはおまえの過去を新聞に載せると言ってグリフを脅した。もとは名うての密輸業者で、父親はあの〝野獣のダニー・ブレナン《ワイルド・ダニー・ブレナン》〟だってな。おまえは新聞で攻撃されて、悪くすりゃ手が後ろにまわる。グリフならおまえをそんな目に遭わせねえだろうと、ジョリー・ロジャーは踏んだ。おまえが犯罪者だったと知れば、グリフのお偉い友人たちも顔をしかめる」

「そんな話、〝お偉い友人たち〟はとうに知ってるぞ」それでも、ダニエルはめまいがした。クラウチがぼくの過去を持ちだしてグリフを脅した？　そんなことがあったのに、グリフはぼくに黙っていたのか？

「グリフもそう言ったらしい。出ていけとジョリー・ロジャーを追い払った。誰に知られようがかまわない、ダニエルだって気にしやしないと言ってな」

「そのとおりだ！」なぜグリフはぼくに話さなかった？　ぼくを守ろうとしたのか。グリフや〈ナイトン貿易〉に迷惑をかけるくらいならぼくが右腕を切り落とすと知っていて。

ジャックが続けた。「グリフはこうも言ったそうだ。もし新聞社に話をしたら、そのときはどんな手を使ってでも絞首台に送ってやる、と」

「さすがはグリフだ」ダニエルは声をとがらせた。「クラウチは追い払われて当然だった。グリフは簡単に脅しに屈する男じゃない。考えが甘かったようだな。口どめ料を払うくらいなら、あいつはクラウチを切りつける」

「ジョリー・ロジャーの要求は金じゃなかった」ジャックが言ったとき、馬車が橋の上を通って、ががたがたいう音とともに全員の体が揺れた。「前みたいに品物を買ってほしかっただけだ。今じゃみんなそっぽを向いて、こっちは資金不足だ。で、ちょいと脅せばなんとかなるとジョリー・ロジャーは考えた」口調が鋭さを帯びた。「まさか、おまえやグリフが裏の商売を毛嫌いするほどご立派になっていたとは、夢にも思ってなかったよ」

ダニエルはかぶりを振った。「万が一密輸品を買うにしても、グリフが選ぶ相手はクラウチじゃない。当然だろう、クラウチはグリフを殺そうとしたんだぞ！」

ジャックは手ではねつけるしぐさをした。「十年も前の話じゃねえか。あんときは互いに頭に血がのぼって、売り言葉に買い言葉だ。今もまだグリフに恨まれているとは、ジョリー・ロジャーはこれっぽっちも思ってなかったろう」

「それが本当なら、やつも思ったほど賢くなかったな」

「ともかくだ、グリフは申し出にまったく聞く耳を持たなかった。恐喝だと言いやがった。そしてジョリー・ロジャーを通りに叩《たた》きだした」

「驚くにはあたらない」とはいえ、ダニエルに悔いは残った。自分が話を聞いていたら、簡単に引きさがる相手じゃないことをグリフに警告してやれた。グリフはクラウチをとんでもなく見くびっていた。自分なら絶対にしなかったことだ。

「はっきり言って、ジョリー・ロジャーを怒らせたのはグリフのそういう高飛車な態度だ。収税吏に知らせると脅されてなけりゃ、ジョリー・ロジャーはその足で〈タイムズ〉社に向かってたろう。で、その数カ月後だ。グリフが結婚するという話が聞こえてきた。復讐するにはもってこいのチャンスだった」

かすかに聞こえたつらそうな声に、ダニエルははっとしてヘレナを見やった。うっかりしていた。この話を、ぼくのことを、ヘレナはどう理解しているのだろう。まさか、自分ひとりがのけ者だったと思っているんじゃ？　故意でなかったとはいえ、グリフがジュリエットを危険にさらしたことだけでも問題なのに、そのうえぼくに嘘をつかれたと思っているのなら……。

ダニエルはうめいた。違うと安心もさせられない。そんなことをすればジャックにヘレナの正体を知られてしまう。

ただでさえ、ジャックはさっきから不思議そうにふたりを見ているのだ。「ジョリー・

ロジャーには、おまえが口どめ料を持ってくるかとの期待もあったようだ。グリフひとりにしゃべらせて終わりとは、驚いてたぜ」

「グリフからは何も聞いていなかった」ヘレナを見た。苦しそうな顔だ。「グリフはぼくに隠していたんだ」ジャックにというより、ヘレナに向けて言った。

瞳を見れば、感情が揺れているのがわかる。だが、彼女は激しい動揺をうちに抑えこんでしまった。それがかえってダニエルを悩ませた。心が読めない。信じてくれているのか？　またぼくを非難するのだろうか？

重い気分で無理やり視線をはずした。非難されたからどうだというんだ。責められて当然じゃないか。きっかけをつくったのはグリフでも、事件の大本にあるのはダニエルの過去だ。武器はずっと用意されていた。それをクラウチがすぐには使わず、手にするまでじっくり時間をかけたというだけのことだ。

「つまり、ジョリー・ロジャーは金目当てでジュリエットをさらった。そこまでしたのはグリフへの恨みからだった」ダニエルは言った。「だが、わからなかったのか？　取り引きがすめば、グリフはクラウチ一味に役人をけしかけるぞ」

「クラウチの存在は知られないはずだった」なのにおまえのせいで、とジャックの顔は明らかにダニエルを非難している。

「よせ。どのみち気づかれると、あんたもわかっていたはずだ」

「プライスは痕跡を残さないように気をつけた。偽名も使った。用心に用心を重ねた」

「現にぼくに見つかっている。グリフにだって見つけられたさ」

ジャックは顎をさすった。「おまえはこっちの世界に鼻がきくからな。それに、あの口の軽いとんまなウォーレスがいた。やつがいなかったら、おまえはおれたちの動きに気づかなかった。そうだろう?」

たぶん。だが、認めてやる気はさらさらなかった。

「それから……」ジャックは続けた。「身の代金要求の手紙に名前は書いていない。書いたのは金と娘を交換するときの指示だけだ。場所もサセックスとは違う」

小さな手がかりを、ダニエルは頭にしまった。「だとしても、解放されたジュリエットがグリフに話をすることくらい……」恐ろしい想像に息がとまり、声が先細りになった。

「わかっていても関係ないか。はじめから解放するつもりがないのなら……殺してもかまわないと思っているのなら」

「ばかな!　そいつは違うぜ。殺しなんか考えてもいなかった。だから、娘に接触するのはプライスだけにしてあった。そうすればグリフは、犯人がウィル・モーガン大尉だと思いこむ。見つけようったって無理だ。そんな人間は最初からいないんだから」

「だが、計画は狂った」ダニエルはすごんだ。「ぼくと妻がかかわってしまった。何もかも知ったぼくたちをクラウチが自由にするか?　考えてもみろ」

「ダニー！　そういう言い方はよしてくれ」ジャックはいらだった。「やつはそんな男じゃない。おまえならわかるだろう。おまえをどうにかするなんてことはないんだ」そこで言葉を切り、ダニエルを真顔で見つめた。「実際に会えば、おれの言っている意味がわかる。やつの生活はどんどんみじめになっている。体の具合だって悪い。やつは今、密輸から足を洗って、どこかよその土地でのんびり暮らしたいと考えてる。この取り引きは余生のための資金を手にする最後の機会だ。グリフから身の代金を手に入れたら、やつは遠くに消える。だから、おまえに何を知られようと、どうでもいいんだ」

それでも、と言いたい気持ちをダニエルはきつく抑えこんだ。妻の妹をさらった犯人だ。グリフならクラウチを地の果てまでも追いかける。すぐ後ろには剣を振りかざしたロザリンドも続くだろう。だが、そんな話をしても意味はない。クラウチをよけいみな殺しへと駆りたてるだけだ。「クラウチの要求額は？　仲間全員に行きわたらせるには、それ相応の額が必要だろう」

「たいした額じゃない。クラウチの分だけだ。かかわったのは、プライスとおれとジョリー・ロジャーだけだからな。プライスは金はいらないと言ってる。おれだって同じだ。クラウチが消えたあとは、おれがみんなを率いる。おれにはそれだけで充分だ」ジャックは口調をやわらげた。「それに、坊主、おれはちっとも心配してねえからな。おまえは役人には話さない。おれを縛り首になんかしない。それはお互いわかってる。おれだっておまえや、おまえの女房や、あの娘には決して危害を加えない。クラウチはグリフから金を巻きあげて姿を消す。それで終わり。簡単なこった」

ダニエルはまだ納得できなかった。「金を手にするまでは拘束するが、金が手に入ったら全員を解放するのか？　信じられない」

「具体的にやつがどうするかは、おれにもわからん。だが、ジョリー・ロジャーがおまえを傷つけることは絶対にない。おまえだけは、絶対に」

ダニエルは苦々しく笑った。「根拠は？」

「自分と同じ血が流れている者を、やつは傷つけやしない」


馬車が去ったあとの道を、セス・アトキンズは長いこと見つめていた。よかった、みんないなくなった。もう安心だ。なのに、このすっきりしない気持ちはなんなんだ。

自分の手を見た。朝日を受けて銀貨がきらきらと輝いている。汚い金だ。口どめ料だと、ロジャー・クラウチの仲間は言っていた。

それにしてもクラウチは、あのブレナン夫妻をどうしたいのだろう。銃を持った手下を送りこんでまでさらいたかった理由って？　あんなことをする密輸業者の話など、セスは聞いたことがなかった。父親の友人のロバート・ジェニングズが、前に一度クラウチの一味と仕事をしている。それが原因で、あとで奥さんとけんかになったらしいけれど。その人がよく言っていた。密輸は実入りがいいとか、手下もみんな大事にされているんだとか。クラウチ一味といってもほとんどは製鉄所で働いていて、景気が悪くて仕事がないときにだけ自由貿易に手を出していると聞いた。

もしかして、ミスター・ブレナンは収税吏だった？　密輸業者はロンドンの関税取り立ての役人を嫌っているし、ミスター・ブレナンは実際ロンドンから来たと言っていた……。でも、彼は役人には見えなかった。それに、仕事をするのに奥さんを連れてくるというのもおかしい。

いいさ、ロジャー・クラウチがブレナン夫妻をどうしようとぼくには関係ないんだ。セスは薄汚れた両手で銀貨を持ちあげた。納屋に泊まらせてやっただけでも、あの夫婦には充分だったはずだ。それに、彼らは他人の馬を盗んでいる。ぼくが見つけたときだって、こそこそ怪しげだったし。

だけど……泥棒には見えなかった。とても優しくしてくれた。セスは銀貨を数えた。三十枚だ。三十枚の銀貨――主を裏切る代わりにユダが手にした枚数と同じだ。

ひっと小さく声をあげて、セスは銀貨を地面にとり落とした。

これは啓示だ。やっぱりしてはいけないことだった。あの馬は、たとえ短時間でも借りてはいけなかったんだ。母さんなら盗みと同じだと言うだろう。何しろ理由が不道徳だ。町に酒を飲みに行こうとしたなんて。

セスは道の先をじっと眺めた。とんでもなく間違ったことが起ころうとしている。でも、巡査に知らせる勇気はなかった。ロジャー・クラウチの手下からあんなふうに脅されたのだ。舌がむずむずしていた。すでに刃物があたっているような感触がある。

それでも、胸のあたりが落ち着かなくて、このまま見過ごすのは無理だった。なんとかしてふたりを救いださないと。こっそり武器を渡すのはどうだろう。ロジャー・クラウチの手下たちの目を盗んで、誰がやったかわからないようにして渡す。そうすれば、ここまで追いかけられることもない。

それに、連れていかれた場所については想像がついた——というより、ジョリー・ロジャーの一味がヘイスティングズから来ていることは誰だって知っている。ヘイスティングズに行って少し探ってみれば……。

三十シリングを見おろした。セドレスクームまで歩いたら、この汚れた金で馬を借りよう。そしてヘイスティングズに行く。そんなに遠い距離じゃない。何が起こっているのか、ブレナン夫妻はどこにいるのか、残りの金で情報を買えばいい。

自分のせいであのふたりが何かされたらと思うと、セスはとても耐えられなかった。

# 18

上等なサージでできた大きなドレス。

ペチコートの色は黄色だった。

ディックは快活な女性になりすました。

ベルファストでもいちばんの、快活な女性に。

作者不詳
バラッド『指物師のディック』

〝同じ血が流れている〟

ジャック・スワードの言葉にヘレナは衝撃を受けた。しかし、半開きになったままのダニエルの口もとを見るかぎり、彼の驚きはヘレナの比ではなかったようだ。

「同じ血が流れている？」ざらついた声でダニエルがたずねた。「どういう意味だ？」

ジャックは、指で自分の膝をそわそわと叩《たた》いた。「このことは絶対に話さないとクラウチに誓った。だけど、見ていてあんまりだからよ。おまえはやつのことを悪く考えすぎだ。やつはおまえのためを考えていた」

「ぼくの？　グリフへの脅しにぼくを利用したことなら――」

「救貧院からおまえを救いだしたろう！　身の危険も顧みずにだ！」

ダニエルはぴたりと動きをとめた。「何をどう考えたら、身の危険なんて言葉が出てくるんだ？」

「坊主、やつはおまえのおじだ。母親の兄だ」

ダニエルを見ていたヘレナは、息がとまりそうになった。彼の顔に動揺が走り、怒りがのぞき、最後には賢い人ならそれと気づく危険な無が広がった。「おじは、死んだ」明確に発音された言葉が、がたがた鳴る車輪の上で鋭く冷ややかに響いた。

「いいや、生きてる」ジャックの声は震えていたが、すぐに落ち着きをとり戻した。「ダニー、しっかり考えてみろ！　やつがエセックスに行ったのは、おまえのためだ。船を買うためじゃねえ。おまえがエセックスでクラウチを見たのは、あとにも先にもあのときだけだったはずだ。それには理由がある。あいつがトム・ブレイクだと誰かが気づいたら――〝野獣のダニー・ブレナン《ワイルド・ダニー・ブレナン》〟と並んで馬に乗っていた男だと気づいたら、そんときはつかまって縛り首だ」

「おじは一度だって父と出かけたことはなかった。どこでそんなおかしな妄想にとりつか

「違う。そいつはつかまらないための見せかけだ。おまえの両親はつかまったが、やつはつかまらなかった。何カ月か前、酔っ払ったときにおれに全部話してくれた。グリフにはねつけられたすぐあとだ。やつは泣いていた。金のために甥《おい》を利用した自分が情けないってな。次には絶対におまえを巻きこまないと言っていた。今度の件じゃおまえに気づかれないことを願ってた。だから、今おまえを見たら、やつは芯から腹を立ててる」そこで優しい口調になった。「やつはグリフを嫌っている。だがな、おまえを傷つけるくらいなら、やつは自分で自分の喉をかっ切るぞ。そんな男だ」

「へえ、そうなのか？」ダニエルの目は冷ややかだった。「なぜこのぼくにおじと名乗らなかった？　その一大告白のなかでクラウチは何か言っていなかったのか？」

ジャックは肩をすくめた。「自分がおたずね者だったからだ。おまえはがきだったし、口がすべってどこかでしゃべられても困る。それからあとは……話すきっかけがなかったんだ。そしておまえは、グリフのところで働きだした。そうなると、話すのはグリフの手に武器を渡すも同じだ」

「おい、しっかり考えてないのはどっちだ？」ダニエルが噛《か》みついた。「ていのいいつくり話だ。あんたはそれを頭から信じこんだ」身をかたくするジャックに、ダニエルは続けた。「名乗らなかったのは、いずれはぼくが両親のつかまったいきさつを知るとわかっていたから、仇《かたき》を討ちに来るとわかっていたからだ」

「仇？　ひとりだけ助かったからか？」

「あいつは両親を兵士に売った！」

ジャックは色を失った。「なんの話だ？」

「クラウチだ。トムのことだ。ああ、名前はどうだっていい！　あいつは父と出かけたりはしなかった。両親のことを兵士に密告した。だからぼくにはずっと正体を明かせなかった。報復されるとわかっていたからだ」ダニエルは軽蔑もあらわに鼻を鳴らした。「サセックスで名前を変えたのは逮捕を恐れたんじゃない。少しでも頭の働く自由貿易商なら、ワイルド・ダニー・ブレナンを裏切った男の下でなんか働こうとは思わないからな！」

ジャックは何度もかぶりを振っている。「陽気なロジャー《ジョリー・ロジャー》はそんなことはしない。おまえの母親はやつの妹だぞ」

「そうだ。だがやつは平気でふたりの居場所を密告して、それで両親はつかまった。何年か前に、ぼくはエセックスに戻って兵士のひとりに話を聞いてる。おじは報酬が欲しかったんだ。自分の妹を金貨のつまった袋と交換した。あんたが擁護しているのはそんな男だ。誰も殺さないとあんたが言いはってる男の、それが正体なんだ！」

ヘレナの心臓を恐怖が包んだ。ダニエルの言うとおりだ。

ジャックも気づいたらしい。力なく座席にもたれ、暗い顔を車窓に向けた。「信じられない。クラウチが実の妹を？　そんな……まさか」

「そのまさかだよ」ダニエルは荒々しく息を吸った。「そうとわかれば、やつの言葉も目的も信用できない。そんな男を助ける気なら、ジャック、あんたも同罪だ」

ジャックの顔に強い反抗心がのぞいた。「おまえ、つくり話でごまかそうとしてるな？　おれを丸めこんで、ここから逃げる気だろう？　そうはさせるか。諦めるんだな、ダニー・ボーイ。おれはやつを信用する。そんな話、誰が信じるか」

ダニエルの顔はさながら石の彫刻のようだった。「好きにしろ。いや、本人に聞いてみるんだな」

「言われなくてもそうする」ジャックはきっぱりと言った。

居心地の悪い沈黙が落ちた。窓から入る風の音が、静けさをよけいに際だたせる。ヘレナにはかける言葉がなかった。ジャックはいらだっているし、ダニエルはふさぎこんでいて見るも痛々しい。この腕に包んであげたい、静かに抱いて痛みを軽くしてあげたいと思うけれど、ジャックが許してはくれないだろう。

こっちを見て、とヘレナは念じつづけた。目が合えば瞳で慰めてあげられる。けれど、彼はひとりの世界から出てこなかった。心がぼろぼろで、今は誰とも話したくないといった様子だ。

幸い、いくらもせずにヘイスティングズに到着した。町の中央にある丘の上、外面に柱を残したハーフティンバー式のコテージの前で、馬車はとまった。ジャックの仲間たちが先におり、馬の世話をさせる者たちを呼んだ。ぞろぞろとまわりを囲まれて、ヘレナの緊張は増すばかりだった。ダニエルはと見ると、不機嫌に窓の外を眺めている。ここに来るまで、途中からはずっとこの調子だった。

「着いたぜ」ジャックが険しい顔で馬車をおりた。「とりあえず、おまえたちにはここで過ごしてもらう」

「あんたの家か?」ダニエルは驚いている。先におり、振り返ってヘレナに手を貸してくれた。

「家で悪いか? 気にする人間はヘイスティングズにはいねえからな。それに、ベッシーが……いなくなってからは、仕事のない連中がここでダークマンを待ってる」

「ダークマン?」ヘレナは小声でダニエルにたずねた。

「夜のことだ」ダニエルはヘレナの腰に優しく手を置いた。「密輸業者の使う隠語だ」

暗号もどきの言葉に、意表を突いた手口。自由貿易商というのは、スパイさながらにやり方がこみ入っている。収税吏が手こずるのももっともだ。ダンテの『神曲』ではないが、ダニエルがウェルギリウスとなって地獄を案内してくれなければ、ヘレナはとうに迷子になっていただろう。せめて煉獄《れんごく》までは行きたいと思った。天国までというのは、この状況ではとても無理だろうから。

ジャックが先に立って玄関に向かう。「坊主、少しだが朝飯もあるぞ」

ふっと口もとがほころんだ。ジャックがダニエルを〝坊主〟と呼ぶのには、いつまでたってても慣れそうにない。自分を見おろす大男を、よちよち歩きの子供とでも思っているかのようだ。

「ダニー・ボーイ！　ダニー・ボーイだぜ！」玄関を入るや、コテージにいた男たちからいっせいに声があがった。背中の手からダニエルの緊張を感じとって、ヘレナはつらい気持ちになった。かわいそうなダニエル。この状況にとけこめないのは彼も同じなのだ。

中央にあるオーク材のテーブルには男たちがひしめいていた。もとは居間として使われていた部屋らしい。複数の刺繍《ししゅう》のサンプルが壁を飾り、石づくりのマントルピースにも白目の皿が並んでいるが、それらはもう小汚い食器や火薬の袋、果てはひと振りふた振りの剣に侵食されて目に入りづらくなっている。完全な男の部屋だ。自由貿易商がカード遊びに興じ、酒を飲み、大声で笑う部屋。ヘレナは本能的にダニエルに身を寄せた。

「座ってくれ。食べものをとってくる」ジャックは足早に部屋を出ていった。

ダニエルがテーブルに席を見つけたときにはもう、ジャックは食べものを持って戻っていた。食事をしながら、ヘレナはテーブルの男たちを見まわした。こんな行動はミセス・ナンリーの教えの少なくともひとつ――〝気品ある若いレディは、人をしげしげと見つめてはなりません〟に反しているのだけれど、ミセス・ナンリーが誘拐事件にかかわったときの作法集を出してくれるまでは、その場しのぎで対処するしかない。それに、男たちはヘレナの視線をまるで気にしていなかった。自分たちと別れてからどうしていたのかと、ダニエルから話を聞きだすのに夢中になっている。

おかげでヘレナは自由に彼らを観察することができた。背の高い赤毛の男はこめかみに傷がある。歯がゆがんだ男はきれいな青い目をしている。自慢屋でお調子者の若者はネッドと呼ばれている。無事にここから抜けだせたときのために、特徴はしっかり覚えておきたかった。グリフは彼らを当局に突きだすのをいやがるかもしれないが、もし彼がその気になったときは、助けになりたいと思う。

絵が描けないのがもどかしかった。ダニエルのスケッチと鉛筆はまだ手もとにある。描くこと自体はむずかしくない。その似顔絵を誰かに託して、ロンドンのグリフに届けてもらうことができたら、そうしたらグリフがきっと何か手を打って……。

でも、今は描くチャンスがない。どうやら、しばらくはこの男たちに囲まれて過ごすことになりそうだ。

ただひとり、モーガン・プライスの姿が見えなかった。今でもジュリエットとふたりで別の場所にいるのだろうか。考えると落ち着かなかった。食事を終えたヘレナは、ポケットから丁子を出して口に入れ、それからダニエルに身を寄せてささやいた。「プライスがいないわ。ジュリエットもここにはいないのよ」

ダニエルがうなずいた。「そのへんはぼくがなんとか探ってみる。きみは何も言うな。正体に気づかれるとまずい」

「何をこそこそしゃべってるんだ？」ジャックがきいた。顔をしかめている。

ダニエルがぎゅっと手を握ったのは、黙っていろとの合図だろう。「妻は疲れたようだ。あんな失礼な起こされ方をしたからな。妻が休める部屋はあるか？」

ヘレナは驚いてダニエルを見た。彼を残して部屋を出たくはないのに。

「ああ、二階にふたりで使える部屋がある」ジャックが席を立ち、階段のほうを手で示した。「おれが連れていこう」

「ありがとう、ジャック」ダニエルはヘレナを見た。行ってくれと目が訴えている。たぶん、それがいちばんいいのだろう。ヘレナがいなくなれば、男たちは遠慮なくジュリエットとプライスのことを話題にする。そしてヘレナも似顔絵を描く時間が持てる。

噛んだ丁子を皿に出して、ヘレナは席を立った。年配の密輸業者が出した腕に手をかけ、彼にしたがって階段をのぼった。目に入るものすべてを記憶するように心がけた。あとで絵にするためだ。二階に着くと扉が三つあった。どれも閉まっている。

ジャックがヘレナの視線に気がついた。「娘はいねえよ。それを考えてたんだろう？前にも言ったが、おれらは彼女とは接触しない」

「わかったわ」ヘレナは落胆をのみこんだ。

案内されたのは広い部屋だった。掃除や片づけには少々難があるけれど、調度が整ってこざっぱりとした印象だ。ジャックがばたばたと動き、あっちのシャツ、こっちの靴下と、脱ぎ捨てられた衣類を拾ってまわった。「すまないなあ、奥さん。弁解するわけじゃないが、今朝は早くて、片づけてる間がなかったんだ。それに、おれは家事が苦手でな」

「ここはあなたの部屋なの？」

「いいや、せがれの部屋だ。息子は三人いるが、みんなおやじに似てだらしない」

その言葉に親しみがわいた。ウォーレスを悪者と言いきるのは簡単だったが、亡くなった奥さんの話といい、片づけが苦手な息子の話といい、ジャックに邪悪な雰囲気は感じられない。

見かけからして悪人っぽくないのだ。どうしてだろうと、ヘレナは画家の目で観察してみた。たぶん年齢だ。髪には白髪が増え、目や口のまわりには小皺《こじわ》が刻まれている。五十歳くらいだろうか。密輸業の過酷さを知った今は、その年齢だと少し年をとりすぎているように思う。もうひとつの理由は、ダニエルに見せるまぎれもない愛情だった。

愛情があっても、クラウチから逃がしてくれるわけではないわ。ヘレナは自分にそう言い聞かせた。密輸業者は信頼できない。たとえ家族があってもだ。彼らといるときのダニエルの油断ない目つきでわかるが、ダニエルはたぶん、密輸業者たちの優しさの限界を知っている。そしてその限界は、突如として訪れる。

ジャックが笑顔を向けた。「じゃあな、奥さん。自由にくつろいでくれ。〈牡鹿亭《おじかてい》〉から夕食を届けさせるのはまだ何時間かあとだ。寝る時間はたっぷりある」

彼が出ていったと見るやヘレナは窓のひとつに駆け寄った。しかし、釘《くぎ》が打たれていて開かなかった。階下はあの騒々しさだから、気づかれずにガラスを割ることは可能だろうが、この脚で窓から無事脱出できたとしても、石畳の道には武器を持った男が見張りに立っている。

しかたない。肩を落としてテーブルに座り、鉛筆と紙をとりだした。折りたたんでいた紙を開くと、ダニエルの顔がヘレナを見返した。

悪夢のような現状だけれど、少なくともひとつのことだけははっきりした。今は自分が何を求めているのかがわかる。誰を求めているのかがわかる。今朝のできごとでヘレナは悟った。短い人生で面目を気にするのは愚かなことだ。ダニエルの言うとおり、生きることに貪欲になって、ときには冒険もするべきなのだ。彼はそれを実践している。ああいう両親のもとに生まれても、ならず者に育てられても、彼は自分で道を切り開いた。努力を重ねて立派な人間へと成長した。

この悪夢から抜けだせたときは、彼と結婚しないほうが愚かというものだ。

ダニエルを愛している。今ならはっきりわかる。わたしは悪ぶった外見の奥にある彼の強さに、礼儀知らずな態度の裏にある誠実さに、荒々しい言葉の陰にある優しさに、心から惹《ひ》かれている。

それに、ダニエルはわたしを妻にしたいと望んでくれている。まだ愛されてはいないのだとしても、愛してもらえるまで待てばいい。彼は誠意を証明すると言った。おかしな話だけれど、彼ならきっとそうしてくれると思う。だから、わたしは彼と結婚する。

そのためにも突破口を探さなければ。ヘレナは紙を裏にして鉛筆を走らせた。詳細をあとで説明できるよう、名前や場所も忘れないよう、しっかり頭を働かせる。

そして絵だ。描けるだけの絵を描いておこう。


密輸業者に囲まれたテーブルで、ダニエルは二階で不安を抱えているだろうヘレナのことから気持ちをそらそうと努力した。二階に行かせたときには、黙って見送るのに意志の力を総動員しなければならなかった。今もまだヘレナのにおいが残っている。丁子と蜂蜜水のまざったにおいだ。もし彼女の身に何かあったら……。

ぐっと拳を握った。すると、馬車のなかで聞いたジャックの話が脳裏によみがえり、拳を握る手にいっそう力が入った。クラウチはおじだった。なぜもっと早く気づかなかったのか。ジャックの言ったとおりだ。どこの馬の骨ともしれない子供を、クラウチが救貧院から引きとって遠く離れた密輸団の巣窟で育てようとするはずがない。

クラウチと血がつながっていたという受け入れがたい現実は、朝からずっと考えまいとしてきた別の事実をいやおうなしにダニエルに突きつけてきた――自分は決してここから逃れることはできない。ヘレナとジュリエットを救いだすことはできても、ダニエル自身にとって、それは解決にはならない。努力をすれば密輸をしていた過去から自由になれる。そんなふうに思った自分は浅はかだった。未来を手にしようとあらがった自分は間違っていた。望んでいようといまいと、これが与えられた運命なのだ。最後にはクラウチやウォーレスみたいな連中がいる汚泥のなかに引きずりこまれる。投資会社だとか、ヘレナとの結婚だとか、そんなものはどれも空中の楼閣だった。

幻想のなかで遊ぶのはもうやめよう。これが現実だ。自分の現実なのだ。そろそろ受け入れなければ。この現実は死ぬまでついてまわるのだと。

しかし、そこにヘレナまで巻きこむことはない。彼女を無事に救いだしたら、こんな運命とは二度とかかわらせない。

「それで……」ダニエルは仲間にたずねた。「ここにいる誰がモーガン・プライスなんだ？」

「ここにはいないぜ」ネッドと呼ばれている若者が答えた。彼はほかの三人とカードで暇つぶしをしていた。

ダニエルは椅子の背にもたれ、どうでもいいふりを装った。「あとで来るのか？　一度会ってみたいもんだ」

「何週間も前から顔は見てないな」ネッドはカードを一枚置いた。「クラウチの個人的な計画にかかわってんだ。何をやってるんだか。ジャックはなんにも教えてくれない」

ほっとして力が抜けた。ジャックは嘘《うそ》をついてはいなかった。「じゃあ、プライスがどこにいるかは知らないんだな？」

戸口からジャックの声がした。「そいつは何も知らねえぞ。ここにいる誰にきいても同じだ」

ダニエルは探りを入れつづけた。「プライスとクラウチとはいつから組んでるんだ？」

ジャックは肩をすくめてテーブルについた。「しばらく前からだ」

「紳士みたいな男と聞いたが、そんなやつがなんであんたらみたいな荒くれた連中とつきあうようになった？」

「退屈だったんだろ」ジャックが答えた。「金が入り用だったとか。育ちのいい人間が密輸に手を染める理由なんざ、おれらには想像がつかねえよ。本気で知りたけりゃ、友達のグリフにきいてみるんだな。やつはプライスよりずっと前に密輸にかかわってる」酒瓶をつかみ、グラスにブランデーを注《つ》いでダニエルのほうに押しやった。「そんな話はやめよう、ダニー。酒でも飲んで、力を抜いて。気楽に楽しんでくれ」

ダニエルは歯噛みしながら酒をあおった。一杯、二杯、三杯。時間はどんどん過ぎていった。夕方近くになるころには、もう何杯渡されたか覚えていないほどだった。幸いというべきか、ここで飲まれているのは密輸業者の扱うブランデー——焦がし砂糖を入れて茶色にする前の透明な酒——だったから、彼らの目を盗んで水で薄めたり、そばにある尿瓶《しびん》に捨てたりするのは簡単だった。

思考を鈍らせてはならない。ジュリエットの居場所を探らなければ。ヘレナとここから脱出できたら、すぐにもジュリエットの救出に向かいたかった。居場所を知っているのは、残念ながらジャックひとりのようだ。しかも、彼は絶対に口を割らない覚悟らしい。

夕方になって、コテージの玄関に遠慮がちなノックの音が響いた。ちょうどカードの手があいていたネッドが、さっと立って玄関に向かった。「たぶん〈牡鹿亭〉の食事だ。もう時間だしな。三時には持ってきてくれと言ったのに、ずいぶん遅れたもんだ」

「皿をとってこよう」ジャックが戸口の向こうに姿を消した。そちらに台所があったのをダニエルは思い出した。何度もそこで食事をした。寂しい笑みがこぼれた。自分の家が大勢の男に占拠されているのを見たら、ベッシーはなんと言うだろう。

ネッドが大きな盆を持って戻ってきた。彼のあとについて、ひょろりと細いメイドがうつむいた姿勢のままふたつ目の盆を抱えて入ってくる。やたらとつばの広いボンネットをかぶっているため、顔はほとんど見えなかった。

「前とは違う女の子だ」ネッドが盆を置くと、メイドはさらに顔をうつむけた。「恥ずかしがってるな?」尻をぴしゃりと叩かれて、娘は盆をとり落としかけた。ネッドは笑った。

「緊張するなって。おれたちはみんな優しいんだ。なあ、みんな？」

「はい、そうだと思います」ささやくような声にはかすかに聞き覚えがあり、ダニエルは首をかしげた。ヘイスティングズにこの年ごろの女の知りあいはいないはずだが。

メイドがダニエルの席の横でテーブルに盆を置き、盆から手を引くときに彼の膝に何かを落とした。これは、ハンティング・ナイフ！　ダニエルはすかさず手にとり、柄を手前にして外套《がいとう》の袖に押しこんだ。ちらと見あげてみれば、メイドは青い瞳でじっとダニエルを見つめていた。

笑いたいような、肩に手をかけて思いきり揺さぶってやりたいような、複雑な気分だった。〝彼女〟はセス・アトキンズだ。こいつ、無謀にもほどがあるぞ。

ジャックが戻ってくると、セスはすばやく背を向けた。ジャックは皿の束を置きながら、〝彼女〟にぶっきらぼうに声をかけた。「盆を空にしてくれないか」セスが言われたとおりにすると、ジャックは一枚の皿に料理を盛って、それを盆にのせた。「リチャード、こいつを二階にいるダニーの奥さんに持っていってくれ」

「ネッドに行かせりゃいいだろう。勝てそうなとこなんだ」

「引き受けた」ネッドはいやらしい目つきになった。「喜んで持っていくよ」

怒りに顔色を変えたダニエルをジャックが目で制し、それから言った。「いや、ネッド、おまえをミセス・ブレナンに近づかせるわけにはいかねえな」

「わたしが行きましょう」セスがか細い声を出した。驚くべき演技力で内気なメイドになりきっている。もっとも、近くで顔を見られてしまえばおしまいだろうが。それにしても不細工な面だ。「わたしが運びますわ」

ジャックは少し迷って、それから肩をすくめた。「じゃあ頼もうか。階段をのぼったところにいる男が鍵を持ってる。そいつに部屋に入れてもらってくれ。おれに頼まれたと言えばいい」

セスはこくんとうなずき、盆を持って部屋を離れた。

階段をのぼる足音が聞こえるまで待ってから、ダニエルはさりげなく席を立ってのびをした。「さてと、ぼくは失礼して、二階で妻と食べてこよう。酒のほうはもう充分飲ませてもらったからな」

「待て、さっきの娘がおりてきてからだ」ジャックが疑わしげな目を向けてきた。

「おいおい、ジャック、待ってたら食事が冷めちまう」ダニエルは自分の皿を持って戸口に向かった。ネッドが立って前をふさいだ。

「教えておいたほうがよさそうだな、ダニー」ジャックが言った。「〈牡鹿亭〉の使用人はひとり残らず密輸業者に忠実だ。なんたって、あそこはおれたちが運んでくるブランデーで商いをしている。おまえだってまさか、罪のない使用人を巻きこんでここから逃げだそうなんて考えちゃいないだろう？」

「逃げだす?」ダニエルは大声で笑った。「武器はないし、妻は足を引きずってる。あんたのほうは武器を持った男が十人だ。おまけに二階にもひとりいる。それだけの男を相手にするほどこっちもばかじゃない。妻と食事をさせてほしい。ただそれだけだ」いたずらな笑みを浮かべてみせた。「今朝は早いうちからあんたたちに干し草のベッドを追いだされただろう。朝のお楽しみもまだだっていうのに。だからメイドを追い払って……クラウチを待つあいだの時間を利用させてもらおうかと思ったわけだ」

ジャックはダニエルを凝視した。しかし、かつての彼の好色ぶりを思い出したのだろう、しばらくすると親指で戸口を示した。「わかった、行ってこい。ネッド、通していいぞ。二階にあがるところはちゃんと見てろよ」

階段をのぼっていると、背中にネッドの視線を感じた。二階では力の強そうな大男が見張りについていた。ビッグ・アントニーと呼ばれているイタリア人で、体格はダニエルとそう変わらないが、向こうのほうが二倍は悪辣そうだ。そばの扉があいていた。

男に声をかけたが、返ってきたのは不満そうなひと声だけ。いいぞ、とダニエルは思った。ビッグ・アントニーは英語は苦手なようだ。密輸団にはたいてい外国人がまじっているもので、クラウチの率いる一味も例外ではない。

部屋に入るとテーブルにヘレナが座っていて、セスはその横でのろのろ時間稼ぎをしているようだった。ヘレナが視線をあげ、頭を軽く動かして〝メイド〟の正体に気づいていることを知らせてきた。ダニエルはうなずいた。この状況でセスをどう利用したものか。ビッグ・アントニーの視線もある。しかし、ひと言ふた言でいいから話はしたかった。むちゃな少年を無事に帰すという目的のためだけにでも。

ヘレナがテーブルを指でとんとん叩いているところへ、ダニエルは持ってきた皿を置いた。最初は気づかなかった。袖口にしのばせてきたナイフを、見張りに背中を向けながらポケットに移すことに一生懸命だったのだ。だが、テーブルを叩く音が強くなったのに気づいて目顔で問うと、ヘレナは盆の下から何かをほんの少しだけ外にすべらせてきた。

スケッチ用紙の一部だとわかり、ダニエルはテーブルをまわってヘレナの横に立った。「気分はどうだい？」かがんで彼女の頬にキスをした。セスがふたりの向かいに移動して、テーブルを見張りの視線からさえぎってくれる。

紙を埋めた文章や絵は、ダニエルを描いた用紙の裏を使ったもののようだった。ダニエルは背筋をのばし、ゆっくりと笑みを広げた。こいつはいい。上等だ。うまく利用すれば、ヘレナともども無傷で家に戻ることができるかもしれない。彼女が手に鉛筆を押しつけてきた。その意図を受け、ダニエルは料理についての話をしながら急いで文字を書きつけた。手もとはセスが隠してくれているから、見張りに気づかれる恐れはない。ダニエルが顔をあげると、イタリア人の大男は鋭いまなざしで彼を見つめていた。

「あいつの気をそらせておいてくれないか」身を低くしてヘレナにささやいた。「ぼくはセスと話がある」

彼女はうなずき、テーブルを離れた。ふきんをもらえないかしら、と話しかけている彼女の声が聞こえるや、ダニエルは紙をたたんで前へとすべらせ、静かにテーブルをまわってセスの隣に立った。ふたり並んで戸口に背を向けた格好だ。見張りはヘレナの英語を理解しようと神経を集中させている。ヘレナはヘレナで、外国人に言葉が通じないときに人が愚かしくもやってしまうように、大きな声で話しかけていた。

「ここの連中に、あとできみの正体がばれる可能性はあるのか?」小声でセスにたずねた。セスや彼の家族の命を危険にさらすわけにはいかない。

「ないよ。ヘイスティングズに入るときから母さんの服を着てたんだ」セスは恥ずかしそうに笑った。「女の子だと、つくり話のひとつでもすればなかに入れてもらえるかもしれないだろ。そう思っていたら、宿から料理を運んでいるメイドを見かけて、ぼくから声をかけた。宿の主人に頼まれて追いかけてきたと言った。ご家族に何かあったようだから、すぐに帰ったほうがいいって。嘘だとばれるまでには、まだしばらくかかると思う」

「そうか」充分な時間があることを祈らずにはいられなかった。スケッチ用紙を指で叩いて小声で指示をした。「これをロンドンへ。住所は書いてある。ミスター・グリフィス・ナイトンに手わたしてくれ。そこにいなければ、ナイトン邸で待つんだ。ほうびはたんまりもらえるはずだ。約束する。百ポンド払うように書いておいたが、きみがきちんと届けてくれたら、彼は喜んでもっと支払うだろう」

セスは金額を聞いて低く息をのみ、それから強い口調で反抗した。「ぼくは今ここであなたを助けたい。銃は手に入らなかったけど、ナイフならもう一本あるし――」

「だめだ」ダニエルは制し、なお頑迷に胸を突きだすセスにこう続けた。「相手が多すぎる。正体がばれるぞ」ジュリエットの居場所からしてまだわかっていない。それに、どんな形であれヘレナを連れての脱出には限界がある。「こっちのことは心配するな。ただし、きみがこれを持ってここを出ないかぎりはどうにもならない。さあ、早く」

「何を言っている？」ビッグ・アントニーの大きな声が響いた。一瞬間があいて、それがヘレナではなく自分たちに向けられた言葉だと気がついた。

「ダニー」ヘレナが毅然《きぜん》として言った。「メイドといちゃつくのはやめてちょうだい」

ダニエルは彼女の芝居に調子を合わせ、セスの肩に腕をまわした。「ちょっと仲よくしていただけじゃないか」

「えっ！」反射的に声をあげたセスは、すぐに声色を変えて女っぽくいやがってみせた。きつくダニエルをにらんでいる。

ダニエルは本気で笑い、それからヘレナに声をかけた。「怒るなよ。別になんにもしちゃいないんだ。彼女だってわかってるさ。そうだろ、かわい子ちゃん？」

セスの尻をぱしんと叩き、逆の手でエプロンのポケットに紙を突っこんだ。セスが女声でちくしょうとかなんとかつぶやいたが、幸い、女性にあるまじき言葉づかいだとは、イタリア人には気づかれなかったようだ。

とりわけ功を奏したのがヘレナの加勢だった。ダニエルの〝いちゃつき〟を見て、きいきい大声でどなってくれたのだ。

「きみは帰ったほうがいいな」ダニエルははっきりと言って、セスに空の盆を手わたした。「ぐずぐずしていると、そこにいる怖い妻に何をされるかわからない」

セスは足早に出ていった。見張りは目の前を通りすぎた地味なメイドより、今にも勃発しそうな夫婦げんかのほうに興味がある様子だった。このまま注意を引きつけていれば、セスを無事に逃がしてやれる。ダニエルはヘレナを見ながら、テムズ川のこちら側でおまえほど嫉妬深い女はいないぞと声を荒らげた。するとヘレナも、あなたのほうこそ女にだらしのないろくでなしじゃないのと言い返してきた。

ヘレナの騒ぎ方があまりに真に迫っていたため、そのうち階段のほうからどたどたと足音が聞こえてきた。現れたのはジャックだった。「なんの騒ぎだ？」

ミセス・ナンリーが見ていたらさぞ誇らしかったろう。ヘレナは女王陛下のごとく背筋をのばし、澄ました調子でこう言った。「この人がメイドといちゃついていたんです」

ジャックはくっくと笑い……ヘレナににらまれた。ヘレナの視線で彼は笑いを引っこめた。「別に何をしようってわけでもなかったんだ。そうだろう、ダニー？」

「もちろんさ。なのに、いくら言ってもこいつはわかってくれない」不満を強調した。「ぼくが女の隣にいると、すぐに嫉妬で目をつりあげる」

「よく言うわ。スカートをはいている相手には見境なしに迫っていくくせに。わたしだって我慢が――」

「ほらほら」ジャックが割って入り、階段にちらと目を向けた。「メイドはもう帰ったんだ。けんかしたってしかたないだろう」

その言葉に安堵《あんど》がどっと押し寄せて、ごまかすのがひと苦労だった。

「悪かったよ」ダニエルはヘレナに謝った。「酒が入るとどうも――」

「お酒って！　なんでもお酒のせいにできると思ったら大間違いよ。お酒を飲むあなたの気が知れない。こんなときなのに、寝ているあいだにわたしたち殺されるかもしれないのに、あなたったらお酒を飲んで楽しそうに――」

「あとはふたりだけでやってくれ」ジャックは後退した。と、顔をしかめて足をとめた。「忘れるところだった。部屋に鍵をかける前にしておくことがあったんだ」

言い残してジャックはどこかへ姿を消した。ヘレナの物問いたげな視線に、ダニエルはかぶりを振った。いったい何をするつもりなのか。しかし、悩む時間は短くてすんだ。戻ってきたジャックの手にあったもの、その正体に気づいてダニエルはうめいた。

くそっ。足かせだ。

# 19

積みあげられた気持ちのいい干し草の上に、
すてきな若者と横たわった。
わたしのような若くて優しい女の子に、
こんなハンサムな若者をはねつける力はないわ。

作者不詳
バラッド『糸車』

「それをぼくに使うつもりじゃないよな、ジャック？　それはよくないぞ」

抵抗するダニエルの言葉を聞いて初めて、ヘレナはジャックが何を持ってきたのかと不安になった。振り返ると、ジャックの手にあったのは長い鎖だった。鎖の先には見るからにまがまがしい鉄製の足かせがついている。

「しかたないんだ、ダニー・ボーイ」ジャックは悠然とダニエルのほうに近づいた。「今夜ここに残していけるのは三、四人がせいぜいだ。陽気なロジャー《ジョリー・ロジャー》が来たら荷揚げに人手がいる。そのときおまえがここでじっとしている保証はない」

「部屋に鍵をかけるんだろう。なぜ足かせまで必要なんだ？」

「それはだな、坊主、おまえの悪知恵に操られる者が出ると面倒だからだ」

ジャックがさらに近づく。ダニエルの手がポケットの上に浮いた。さっきナイフを忍ばせていたポケットだ。まさか、今ここでジャックを攻撃するつもり？　武器を持った見張りが戸口にいるのに、そんな行動は軽率すぎる。当人も気づいたのだろう、ぱたりと手をおろした。

ジャックが腰をかがめ、ダニエルの片足にかせをはめた。「鎖は三メートルあるから動くのに支障はない。どうせつけているのは今晩だけだ。といって、何もせずにおまえをここに残していくわけにもな。おっと、ビッグ・アントニーを丸めこもうなんて考えるな。無駄なことだ。鍵はおれが持ってる」腰をのばしたジャックは、にかっと笑った。「こういうのも悪くないぞ」横を向き、残りのかせを鉄製のベッドの骨組みにはめた。「ベッドにつながれてりゃ、連れあいと仲直りするのも楽ってもんだ。よかったら、奥さんのほうにもつけてやるが、どうする？」

ダニエルの顔が真っ赤になった。怒ったのか、それとも何かほかの……興味深い理由からか。「よせ」彼はすぐに答えた。「ただでさえ脚に問題があるんだ」

脚の問題がなんなの？　ヘレナはいたずらな気分になった。ダニエルとふたりでベッドにつながれるなんて、ちょっと……面白そうだ。期待にざわつく心にヘレナは制御をかけた。いけない。自分がどんどんお行儀の悪い女性になっていくのがわかる。

「断ったのはおまえだからな。あとで文句を言うな」ジャックはヘレナにウインクした。

「うまく仲直りできるかどうかは、あんたしだいだよ、奥さん」

「ええ、頑張ってみますわ」明日までは完全にとらわれの身だ。クラウチとの対決を控えて、自分たちにできることはすべてやった。となれば、どんなに頭のかたい女性でもはめをはずしたくなる。しかも、今のヘレナは以前より考え方が柔軟になっていた。ベッドにダニエルがつながれているとなれば、なおさら……。

ジャックが、戸口に向かう途中で立ちどまった。「ビッグ・アントニーには、やつ自身も含めて誰も部屋に通すなと言っておく。安心して楽しんでくれ」

ばたんと閉まった扉に向けて、ダニエルが拳を振りかざした。「ジャックのやつ！　見張りのほうはうまく引きつけて力で倒せたとしても、くそっ、この足かせが」

こんなときにダニエルに抱かれる想像をしていた自分を、ヘレナはきつく戒めた。今はここからどう脱出するかをふたりで考えるべきときだ。「錠はこじ開けられない？」

「密輸はしたが泥棒の経験はないんでね。錠に関しては、きみと同じで素人だ」彼は低く悪態をついた。「隙を突いて逃げだすつもりだった。きみを安全な場所に隠してジュリエットを捜そうと思っていたんだが、こうなったらお手あげだ」

「ジュリエットの居場所はまだわからないの？」

ダニエルは首を振った。「はっきりしていることはひとつ。ここの連中はジュリエットを知らない。彼女の世話をしているのは、プライスだ」

「もし、あの男が妹に何かしたら――」

「わかってる、そのときはぼくがまっ先に首をへし折ってやるさ」鎖がじゃらじゃら鳴るのもかまわず、ダニエルは杭《くい》につながれた見世物の熊のように、いらいらと部屋を歩きまわった。「少なくとも希望はある。セスがロンドンに向かっているからな」

「彼になんて言ったの？」

「グリフにあの紙を渡してくれと」満足そうな顔がヘレナを見返した。「きみはよくやったよ。きみの絵とぼくの筆跡を見れば、グリフは何をおいてもすぐに駆けつける。あれは役に立つぞ。たとえぼくたちが……」言いかけて彼は悪態をついた。

「殺されたとしても？　ええ、わたしも考えたわ。だからああやって絵を描いたの」

「クラウチはぼくたちを殺さないと、ジャックは言っていた」

「でもあなたは信用していないんでしょう？　血を分けたおじさんでも」

ダニエルの顔が苦しげにゆがんだ。「そのとおりだ。だが、クラウチが極悪人だとはっきりしたときは、きみのまとめた情報が武器になる。殺されずにすむかもしれない」

「セスはロンドンまでたどりつけるかしら？」

ダニエルの唇にかすかな笑みが浮かんだ。「ここに来て無事に出ていったやつだぞ。あいつはどうかしている。それに、あの醜い顔だ。まあ、美人にならなくてよかったが。でないと、女好きのネッドにキスを迫られて、お返しに顔をぶん殴るはめになっていた」

突拍子もない想像にヘレナは笑った。「それにしても、女の子に変装するなんて賢いと思わない？」

「賢いというよりむちゃだ」

「そうかも」ヘレナはダニエルのそばに寄った。「でも、あのくらいの年には、あなたもきっとあんなふうだったのよね」

どうしたわけか、ダニエルは身をかたくしてヘレナから離れた。「ぼくは違った」窓辺のほうにずんずんと歩いていく。鎖が途中でぴんと張り、窓の手前で立ちどまった。ヘレナに背中を向けてはいるが、広い肩やこわばった両腕を見れば、緊張しているのは明らかだった。「あんなふうだったらよかったよ」

何が気にさわったのか理解できず、ヘレナは胸の前で腕を組んだ。「あなたを侮辱したくて言ったわけじゃないわ。セスの勇気に感心しただけよ。それと賢さに。彼くらいのときのあなたも、きっと賢かったんだろうと思ったの」

「ああ、賢かった」その口調には、自嘲めいた響きがあった。「賢かったから、女遊びや酒の味を覚えた。肉親だとも気づかないまま、おじの率いる密輸団で帳簿もつけた」彼はさっと振り返った。暗く沈んだ瞳がヘレナを見つめた。「きみの妹を、ぼくの汚い過去のせいで危険にさらすはめにもなった」

「あなたのせいじゃないわ！　あなたはクラウチがグリフを脅したことを知らなかったのよ。知っていれば、ジュリエットの誘拐はなんとしても防いだはずだわ」

ダニエルは意外そうな表情を見せた。「信じてくれるのか」

信じないと思っていたの？　ヘレナはショックを受けた。しかし、彼を責めることはできない。容易に人を信用できずにいた今までの自分が悪いのだ。「もちろんよ。疑う気持ちなんて、これっぽっちもないわ」恥ずかしげにほほえんだ。「信用しないはずないでしょう、わたしの夫になる人なのに」

ダニエルの顔がぱっと輝き、喜びが赤々と燃えあがった。ところが炎はいきなり消えて、あとに残ったのは冷えきった白い灰だけだった。「だめだ」

何を言われているのかわからなかった。「だめ？　何がだめなの？」

「結婚はしない」

「しない？」ヘレナは声を落とした。「どうして？」

ダニエルはまた窓のほうを向いた。「ぼくはきみに求婚してはいけなかった。今なら、本当にばかげていたとわかる。すまなかった。結婚はできない。何があろうと」

彼の言葉が頭を連打し、自尊心をめちゃくちゃにした。ヘレナは自分という存在を見失いかけた。とっさに彼を非難しそうになった。最初からこうなるかもしれないと思っていたと。あなたは最悪の求婚者で、知恵がまわる分よけいにたちが悪いと。

でも違う。違うのはわかる。たぶん心の奥ではずっとわかっていた。でなければ、長年男性を近づけずにきた自分が彼だけに心を許すはずはない。身も心もゆだねてしまうはずはない。わたしは感じていたのだ。ほかの男性がどうあれ、この人だけは見たとおりの人だ。この人は決してわたしを傷つけたりしないと。

それが、今はどうして？　理由はともかく、今朝方知った真実のために、ダニエルは突然考えを変えた。彼の本心が知りたかった。傷ついたこの感情を脇に押しやって、彼の心にもっと踏みこんでみれば、わかるかもしれない。

可能なかぎり気持ちを落ち着かせた。「だけど、求婚が〝ばかげていた〟なんて、わたしはぜんぜん思っていないわ」自分が状況を正しくつかめていることを祈りながら、しゃんと顔をあげた。「わたしはあなたの求婚を受け入れます」

「もう遅い。求婚は撤回したんですよ、お嬢さん」

「そんな呼び方しないで！」今日までの数日をなかったことにしようというのね！　憤然とダニエルの前にまわりこみ、無理やり自分と向きあわせた。「わたしはそんなに偉くないわ。わかっているはずよ。仮に身分が高かったとしても、あなたと結婚したい気持ちは変わらない」間を置いて、心を静めた。「あなたを愛しているこの気持ちは、何があっても変わらないの」

ダニエルはぎくりとしたように身をすくめた。疲れた顔で、強いとまどいさえ見せながら、いらだちのすべてを吐きだすかのように、くそっと呪いの言葉を口にした。そして目をそらした。さしこむ夕日が、かたい表情を浮きあがらせた。「そんなことは……重要じゃない。そんなことはぜんぜん関係ないんだ」

ヘレナはつらさをのみこんだ。「わたしには大事なことよ。大事というより、すべてだわ」心変わりの理由がどうしても知りたくて、言葉をたたみかけた。「ゆうべあなたは、わたしを妻にしたいと言ってくれた。わたしにとって、あのときのあの言葉より大事なものなんて何もないの」

ダニエルの顎がぴくりと動いた。「女の気を引くためなら、男はどんなことでも言う」

「かもしれない。でも、あなたがそうだったのだとしたら、ずいぶんへまをしたものね。あなたが結婚を口にしたのは、わたしの気を引いたあとだった。何が手に入るわけでもなかったのよ」ヘレナは挑発を試みた。「つまり、結婚したいというのは嘘《うそ》だったのね？　結局は薄情なファーンズワースと同じだった」

ダニエルは答えない。黙ってその場に突っ立って、体の脇できつく拳を握っている。

いいかげんにして！　こうなったら意地でも口を開かせてやるわ。ヘレナは彼のすぐ近くまで歩み寄り、氷の冷たさでこう言った。「それとも、結婚して落ち着くのがいやになっただけ？　娼婦《しょうふ》と遊べないのは寂しいから考え直した。そういうこと？」

「少なくとも彼女たちなら、手に入らないとわかっているものを男に要求したりはしない」彼は苦しげに言葉を絞りだした。

やっと手がかりが見えてきた。「たとえば何？　信頼？　誠実さ？」

「将来だ！」ダニエルはけんか相手を見るような目でヘレナをにらみ、片足を引いて鎖をじゃらんと鳴らした。「きみとは結婚できない。ぼくは一生こうしてつながれているんだ……クラウチや、やつの束ねる密輸団に」

一瞬、息がつまった。「おかしなこと言わないで。ここを出たらそれで――」

「出るのはきみとジュリエットだ。ぼくは決してここから出られない。馬車のなかでの話は、きみも聞いていただろう？　何が起ころうと、終わりはしない。クラウチとの過去はいつまでもぼくにつきまとう。この……この足かせと同じなんだ！」

それがすべての元凶だったのね。彼はジャックから聞かされた真実に動揺したのだ。

「だったらどうだというの？　これまでのあなたは過去に関係なく前に進んでいたわ。とても賢いやり方だった。過去を隠さずに生きてきたから――」

「どんな得をしていようと関係ない」引きつった頬やこわばった口もとから、苦しみがはっきりと伝わってくる。「ベッドの下に光をあてることで、ぼくはそこにいる怪物から自由になろうとした。大っぴらに認めれば逃れられると思った。結局は子供だましだ。大人がやっても意味はない。光をあてれば、それは追いかけてくる。消えることは決してない」後悔に満ちたまなざしが、ヘレナの胸をしめつけた。「ぼくだけならよかったが、今度はジュリエットや、グリフや、きみにまで迷惑がかかりはじめてる。無事に逃げきれたとしても、どうせまた別の形で追いかけられる。悔しいが、クラウチは血を分けた実のおじだ。簡単に絆《きずな》を断てる顔見知りとは違うんだ！」彼はざらついた息を吐きだした。「だから結婚はできない。足かせをつけて生きる運命は変えられなくても、きみまで巻き添えにしようとは思わない。結婚の話は終わりだ。もう決めたんだ」

胸が苦しかった。かわいそうに、わたしのいとしい人は、愚直なほどいちずにわたしを守ろうとしてくれている。過去という〝足かせ〟などヘレナは気にしなかったが、そう言ったところで、いったん心を決めたダニエルが考えを変えてくれるかどうか。

気高くて立派なのはわかるが、しかし、そんな理由だけで頑固な彼をこのまま去らせるつもりは毛頭なかった。ダニエルを正気にたち返らせる方法ならわかっている。その高潔さを逆手にとればいい。「純潔を奪っておいて、このまま放りだすのね？」

効果はてきめんだった。ダニエルは目をそらした。やましさを感じて動揺している。

「きみをぼくの運命に引きこむよりましだ。ゆうべはきみを利用して本当に申しわけなかった。とんでもない過ちだった。だからといって、過ちを正すためにもっと大きな過ちを犯しても、事態は悪化するだけだ」

ヘレナは譲らなかった。「あなたにとって結婚が過ちなのはよくわかる。わからないのは、わたしにとってどう過ちになるのかよ。将来をなくして苦しむのは誰でもない、このわたしなんですもの」

ダニエルは奥歯を噛《か》みしめた。「きみは将来をなくしてなんかいない。きみを妻にしたいと思う男はこれからも大勢出てくる。きみがどう思っていようと。グリフとロザリンドが戻ってきたら、きちんとした形できみを社交界に送りだす。そして、きみにふさわしい男を見つけて紹介するよ。家柄のいい立派な男を。きみのすばらしさを理解して、脚のことも気にしなくて、それから……」

「純潔をなくしたことも気にしない人？」

ダニエルはぶっきらぼうにうなずいた。

ヘレナは乾いた声で笑った。「知らなかったわ。家柄のいい立派な男の人に、女性の純潔を気にしない人がいるなんて」

ヘレナの読みどおり、彼は明らかにあわてだした。「方法はいろいろあると……女なら、その……ごまかす方法が」

「なんてすてきな考え方かしら」とげのある口調で言った。そんな不愉快な提案までしてくる彼が、本当に腹立たしかった。「こんなわたしでも、グリフのお金とロザリンドの口添えがあれば、脚の障害なんか気にしないどこかの立派な人徳家に嫁いでいける。清らかな体でなくても、演技でごまかせば夫婦の絆を深められる」皮肉たっぷりに続けた。「仮にあなたとのあいだに子供ができていたとしても、夫の子だと言えば問題はない」

驚いた顔がさっとヘレナを見返した。「ヘレナ――」

「そのためには、グリフとロザリンドをせかして、早急に結婚相手を見つけてもらわないとね」ヘレナは片手を腰に置き、反対の手で力いっぱい杖《つえ》を握った。つぶれなかったのが不思議なくらいだ。「覚えてないかしら？　ふたりで子供の話をしたでしょう。ゆうべ、あなたが〝過ち〟を犯したあとのことよ。ちなみに、過ちは二度あったわ」

「予防はした。子供はできていない」

それはまさに殴られたような衝撃だった。ヘレナは思い出した。彼はなかに種を残してはいなかった。あんなときでも、自分たちに未来はないとわかっていた？

まさか。結婚するつもりがないのなら、求婚だってしなかったはず。「その〝予防〟だけれど、確実だと言えるの？」

ダニエルの顔色が変わった。考えるようにヘレナの腹部にちらちら目をやっている。

「いや。だが、万が一にでもきみが……妊娠していたら、そのときは事情が変わる」

「つまり、子供に〝足かせ〟の不自由を強いるのはしかたないけれど、わたしだとだめだというわけね？」

ダニエルの首から上がさっと朱に染まった。「きみは何もわかって――」

「子供ができていなければ、わたしが誰に嫁ごうとかまわない。あなたはそう言っているのよ。わたしを抱いたのに。わたしと結婚したいと言ったのに」容赦なく言葉を重ねた。

「それとも、どこの誰と結婚しようが、自分は愛人としてつきあうからいいと？　大っぴらでなければ、そういう関係も世間は認めると聞いているわ。愛人なら、あなたの過去が大きな問題を引き起こすこともないでしょうしね」ヘレナはいったん気持ちを落ち着けた。こんな話をしても、結局自分が苦しいだけなのかもしれない。「最初からそれが望みだったの？　結婚はほかの誰かとさせて、自分は愛人になろうと思った？」

「そうじゃない。わかっているだろう！」

わかっている。わかっているけれど、ほかの見方もできることを彼には考えてほしかった。「あなたにとっては、娼婦の待つ場所に行くのと同じよね。でもお金は払わなくてすむ。わたしには夫からのおこづかいがあるんだから」

「やめろ！」彼はヘレナの肩をつかんで前後に揺すった。「ぼくがきみを娼婦代わりにすると思うか？」

「わたしじゃ満足できないの？」わざと勘違いしているふりをした。「そうよね、脚の悪い娼婦を好む男の人なんていないわよね。高潔さを捨て去るまでは、何があっても絶対に諦めない」

「自分のことをそんなふうに言うな。ヘレナ、聞いているのか？」彼は声を荒らげた。「きみの目が見えなくなっても、耳が聞こえなくなっても、口がきけなくなっても、ぼくの気持ちは変わらない。きみを愛しているんだ！」

ひとつひとつの言葉がはっきりと部屋に反響した。これほど強く心を揺さぶられた告白は初めてだった。胸に希望の火がともった。「わたしを……愛している？」

ダニエルの顔に生々しい感情がよぎった。「本当は言わずにおきたかったが、ああ、愛しているとも。だからこそ妻にはできない。わからなかったのか？」

両手で彼の顔をはさんでささやいた。「妻にしないなんて、わたしは許さないわ」

ダニエルはヘレナを意識から追いだすように目をつぶった。「ああ、ヘレナ……ぼくは今すぐにでもきみと結婚したい。もしも……もしもぼくが……」

「あなたが、何？　今とは違う男だったら？　育ちがよくて、立派な両親がいて、面倒な過去がなかったら？　だけど、そんなのはあなたじゃないわ。わたしだって結婚したいとは思わない」

ダニエルの目が開いた。強い手がヘレナの肩をつかんだ。激しい欲求が表情に躍っている。「ぼくはきみを守りたい。それだけだ」

「何から守るの？　愛する人との幸せな将来から？　そういう意味なら、申しわけないけれど、わたしは守ってほしくなんかない」

「どこまで頑固なんだ」不満をこぼしながらも、彼はヘレナから手を離さない。

突き放されたりしないよう、ヘレナはダニエルの首に両手をまわした。「そうよ、わたしは頑固でしつこいの。だから、お医者さまに死ぬと言われながらも生きのびたし、二度と動かないと宣告された脚だって使えるようになった。あなたとの結婚だって、わたしは絶対に諦めないわ。あなたの暗い過去のせいで、自分たちの暮らしが繰り返し危険にさらされるとしても、あなたを失う恐ろしさに比べたらなんでもないもの」

「頑固なうえに大ばかだったか」ダニエルの心が揺れている。顔を見ればわかる。さっきから何度も渋面でごまかそうとしているけれど、そこには小さな希望がのぞいている。

「わたしが大ばかだとしたら、それは全部あなたのせいですからね。あなたがわたしに気づかせたのよ。冒険を恐れてお行儀ばかり気にしていたら、寂しい未来が待っているだけだって。なのに、今度はあなたのほうが、急に冒険をやめてお行儀よくなろうとしている。わたしが黙って見ていると思うなら、あなたこそとんでもない大ばか者だわ」

「行儀がいいだって？」ダニエルは片方の眉をあげた。「ぼくが？」

「そうよ、ある意味では。お行儀のいい紳士と同じで、よけいなことからわたしを守ろうとしているじゃない」彼の頭を、唇のすぐ手前まで引きさげた。「もうやめて。行儀を知らない無謀なあなたのほうが、わたしはずっと好きよ」軽くキスをした。

うめくような声とともに、ダニエルがヘレナの頭の動きを封じた。ばかな考えを捨てさせたいと言わんばかりに、両手で顎をはさんで小さく揺する。「つまりきみは、行儀を知らない粗野な男に嫁ぐというんだな？」

「ええ」ヘレナはささやき声できっぱりと言った。「迷いはないわ」

「ゆうべのきみはためらっていた」二本の親指がヘレナの喉をざらりとなでた。「ぼくの醜い過去をほとんど知らないうちから、おびえて逃げだしていた。結婚すれば、その過去に飛びこんで泳ぐことになる。きみの辛辣な口調も、過去を消す役には立たない。今までもこれからも、ぼくはぼくのままだ。きみはぼくといっしょに泳ぐか、さもなければ溺れるだけだ。そしてぼくは、溺れるきみを平気で見ていられる自信がない」

「泳ぎは得意なの」ヘレナはダニエルの首を抱く腕に力をこめた。「ばかげた抵抗はやめて、そろそろ降参したほうがいいわ。わたしだって、もし必要なら、あなたに負けないくらいお行儀悪い女になれるのよ」

ダニエルの表情に欲望が花開いた。「頑張ってもきみには無理だ。少しはめをはずすくらいがせいぜいだろうな。きみに行儀は捨てられない」

「宿での夜は？　あのときは、わたしからあなたに飛びこんだようなものよ」

「あれは酒の力だ。人は酔うと人格が変わる」

「お酒だけの力だったと、本当に思っているの？」ダニエルのチョッキに両手をおろし、ボタンをはずしていく。「ジャックがあなたに足かせをはめていたとき、わたしが何を考えたか教えてあげましょうか？　あなたの暗い過去でも、密輸をしているおじさんのことでもないわ。ぜんぜん別のことよ」

「それは？」声が嗄《か》れている。

彼のチョッキの前を広げ、両手をなかにすべらせた。「わたしもベッドにつないでほしい。そう思っていたわ。想像していたの。あなたとふたり、裸になって、どこにも逃げられなくて、できることといったらひと晩じゅう愛しあうことだけで……」

苦しげな声がして、いきなり唇を重ねられた。ブランデーの味といっしょに、捨て鉢な感情が伝わってきた。荒々しくて、情熱的で、余裕などひとつもない――ああ、なんてすてきなの。やっと彼をつかまえた。本人は気づいていないかもしれないけれど。

怒りと欲望とのあいだで揺れながら、ダニエルは舌をさし入れてきた。欲しいものをひたすら求めるダニエルのまっすぐな思いを感じたとき、ヘレナはいっさいの不安を捨てて、彼を丸ごと受け入れた。

彼はわたしを愛している。愛してはいけないと思う気持ちなど、わたしが絶対に変えてみせる。今夜のうちに、これからすぐに。悪夢のような誘拐事件が解決したら、何があってもダニエルと結婚しよう。それこそ、銃を突きつけて脅してでも。

ダニエルが突然体を引いて、ぎらぎらした目で見つめてきた。「わかったよ。そこまで言うなら、証明してみせてくれ」

ヘレナは興奮で頭がぼうっとしていた。「なんのこと？」

「行儀の悪さを見せてくれ。ぼくみたいな男と結婚しても大丈夫だと証明するんだ。ゆうべはぼくから誘った。きみは最初ぜんぜん乗り気じゃなかった。嘘をついてもだめだぞ。きみがぼくのベッドに来たのは誘惑されたからだ。そしてあとで後悔した」

「してないわ！」

「したようにふるまった」ダニエルはヘレナの表情を探った。「ぼくと結婚するなら、結婚は自分の意思だと、きみ自身はっきり納得していてほしい。だから証明してくれ。きみがぼくを選んだのだと」言うなりぱっと手をおろし、後ろにさがった。「ぼくを誘惑するんだ。今度はきみがベッドに誘ってくれ。学んできた行儀作法を全部捨ててでもぼくに抱かれたいのだと、ぼくにわからせてくれ。悪い女になれるというなら、行動で示してくれ。そうしてくれれば、きみが本気だとぼくも納得する」

ヘレナは呆然《ぼうぜん》とした。驚いて口がきけなかった。自分から誘うというのは、それこそ彼の言うとおり、レディの作法をすべて捨てるも同じだ。気品ある若いレディは間違っても男の人を誘惑はしないし、自分の夫であっても、たぶんしてはいけないのだと思う。それが婚約者でさえないとなれば、許されないのは確実だった。

でも、ここにいるのはわたしが愛している人。誘惑することでしか自分たちの深いつながりをわかってもらえないのなら……いいわ、わたしは彼を誘惑する。

とはいっても、いったいどうすればいいのか。下手に動いても間抜けに見えるだけだ。考えてみれば今までは楽だった。熱いまなざしを受け入れて、誘導されるがままに体を重ねた。酔っているときは別にして、決して自分から誘ったりはしなかった。

彼を誘惑する？　向こうはあくまで抵抗する気でいるのに、そんな人を誘惑する方法なんて、わたしに思いつけるはずがない。

ダニエルはにたりと笑った。人の混乱を見透かしたような笑い方だ。「悪い女にはなれないとわかってきたのかな？」

からかわれて心が決まった。「わたしのことがわかっていないのね」髪からピンをはずして次々と床に落とした。小気味よい音の重なりが、たくさんの雨粒を連想させた。恥ずかしさを必死で押し隠しながら、頭を振って髪をふわりと肩に流した。

「髪をおろすくらいじゃ、まだまだ悪い女とは言えないぞ」ダニエルの声はかすれ、顔には興奮の色が濃くなっていた。

彼の言うとおりだ。誘惑しようと思うなら、もっと大胆にならなければ。「そうね、でもこれならどう？」赤面しないように気をつけながら、服のボタンをはずした。幸い、今日の服は紐《ひも》もボタンも前側についている。一瞬、迷いが生じた。すべてをさらしている自分を、見られている自分を、こんなふうに強く意識したのは生まれて初めてだ。

そのとき、ダニエルの疑《うたぐ》り深い顔つきが目に入った。それだけで充分だった。唾とともに緊張をのみくだし、体を揺すって服を床に振り捨てた。続いてペチコートも。それらが床に重なると、シュミーズと靴下だけの姿でちらと視線を上向けた。ダニエルの荒削りな目鼻立ちが、純粋な欲望で強調されている。

それがヘレナに自信をくれた。服といっしょに、いつものつつしみや遠慮まで脱ぎ捨てたかのようだった。自分にもできる気がしてきた。それほどむずかしくはなさそうだ。炎のような彼の視線が、下着姿になった体をこれほど熱く見つめているのだから。

全身の血が騒ぎだし、いかにも悪女らしい笑みが自然と顔に広がった。「もっと見たい？」返事をきくより先にシュミーズの紐をほどき、片方の肩をあらわにした。

「それは誘惑じゃない。じらしているだけだ」そう言うダニエルの両手は、拳を握ったりほどいたりを繰り返していた。下着を破り捨てたいのを必死でこらえているかのようだ。

おかげでぐっと自信がついた。「その気にさせるのが誘惑じゃないの？」シュミーズを両方の肩からはずすと、布地が肌をすべってさらりと床に落ちた。胸があらわになっても気にならなかった。大胆な自分を感じながら、彼のズボンに目を向けた。「ズボンのふくらみから判断して、あなたはその気になっているわ、ダニー」

「その気になるのと、体が動くのとは違う」ダニエルは奥歯を噛みしめて言った。「ぼくを行動に駆りたててみろ」

「心配しなくても、あなたは行動するわ」今のヘレナを支えているのは、どんな力よりも強い、女としての影響力だった。「だけど、まずはあなたが裸にならないと」彼に近づいて外套《がいとう》の襟を引っ張った。「さあ、脱いで」

ダニエルは金色の眉をあげて挑んできた。「悪い女は脱がせてくれるものだ」

なるほど、とヘレナは思った。サリーみたいな女性は欲しいと思えば遠慮はしない。さしだされるまで待ったりしない。そしてヘレナ自身意外だったのが、欲しいものを奪うという考えが、自分のなかでどんどん魅力を増していることだった。

「いいわ」彼の外套を肩の向こうに押しやって脱がせ、床に放った。続いてチョッキとシャツを脱がせた。裸の胸があらわになると、そのすばらしさに口もとがゆるんだ。広くて、かたくて、うっとりするほど男性的だ。「あなたは正しかった。下宿で下着姿のあなたを見たとき、わたしが喜んでいるようだったと言ったわね。そのとおりよ。すごく感動したわ」

ダニエルはうめいた。「きみは違うと言ったぞ」

「あれは嘘」胸毛の上に手をはわせ、好奇心のままに指を動かして、波打つ筋肉の反応を楽しんだ。平らな乳首を親指でからかいながらささやいた。「あのときだって思ったもの。あなたに触れるのはどんな感じかしら」肩まで両手をすべらせ、体を前に倒して胸の先を彼の胸にすりつけた。「触れられるのはどんな感じかしらって」

短く息をのむ声を聞いて、ヘレナはほほえんだ。ヘレナを見おろす彼の表情はかたかった。唇を引き結んで超然としているが、飢えたようなまなざしはごまかしきれていない。その目をじっと見据え、片手をズボンの前におろした。布地の下にあるものが石のようにかたくなっているとわかったとき、ヘレナは女としての深い満足感に包まれた。大胆に手を動かして、荒くなっていく彼の息づかいを楽しんだ。

　腰をかがめ、急いでダニエルのブーツを脱がせた。ズボンと下ばきと靴下を脱がせるのは、少々時間がかかった。というのも、かせのはまった足のほうは脱がせるというより、足首から抜いたそれらを鎖のほうに押しやらなければならなかったからだ。それと、彼がゼウスの石像のように突っ立っているのも、時間がかかる要因のひとつだった。すべてをヘレナにまかせて、自分はヘレナに触れようともしない。

　簡単には屈しないと言っているのね。いいわ、覚えてらっしゃい。彼を裸にしたヘレナは、ゆうべ自分が馬房でされたのと同じように、少しさがって彼の裸身を眺めた。ゆっくりと時間をかけたのは、彼の苦痛の時間を引きのばすためだ。見事な胸板、しっかりと筋肉がついた肋骨《ろっこつ》まわり、引きしまった腹部。そこからさっとさがって、元気のいい下腹部で視線をとめた。

「すてき。あなたの体は男として完璧だわ」その言葉に、彼の持ちものがうなずくようにひょこひょこと動いた。ヘレナは笑って近づき、それを手で受けとめた。うめきとも呪詛《じゅそ》ともつかない彼の言葉が小さく聞こえた。ヘレナは話しつづけた。「そうね、これを使ったいちばんお行儀の悪いことって、どんなことかしら?」

「考えないと出てこないのなら、悪い女とは言えないな」

「質問したわけじゃないのよ、ダニー。どうすればいいかは、ちゃんとわかっているわ」

ゆうべ彼にどう握らされたかを思い出しながら、すっと指でなであげた。「少しかわいがってあげないとだめなのよね?」軽い力で愛撫《あいぶ》していると、その手をいきなりつかまれた。

「くそっ、何をしてる? ぼくは誘惑しろと言ったんだ。じらして頭を変にさせろとは言っていない」無理やり包むような感じで握らされた。「しっかり握ってくれ」

勝利の喜びが突きあげてきた。今のダニエルに、さっきまでのよそよそしい感じはない。

「これでいいの?」力を入れて握った。

彼は低いうなり声で同意を示し、ヘレナの手を動かしてやり方を教えた。もはや抵抗するそぶりさえ感じられない。つかまえたんだわ。ヘレナは思った。それこそ言葉どおり、本当の意味で、わたしは彼をつかまえた。

ダニエルの手が離れたあとは、教わったとおりに愛撫を続けた。かたい彼のすべすべした感触に感激し、切なげな彼の声に狂喜した。彼が体を固定するかのようにヘレナの腕を両側からつかみ、目を閉じて頭を後ろに倒した。

すてきだわ。彼を意のままにしながら、快感に翻弄される表情を眺めているなんて。ダニエルにどう触れるのも自由。いくら遊んでも遊び足りない。

崩壊する彼の自制心を見ていると気持ちが大きくなって、ヘレナは手の動きを速くした。「これはどう?」

「ああ、いい。ああ、そうだ!」

ヘレナは重量感のある彼をつかんだまま、いきなり愛撫の手をとめた。「だったら、わたしにも触れて」

きっかけはそれで充分だった。ようやくダニエルの手がのび、ヘレナの胸を貪欲に荒々しくなでまわした。ヘレナはにっこり笑って手の動きを再開した。薄く開いた唇を彼に向けると、彼は激しいキスで応えてくれた。ごちそうをむさぼるような激しいキス。

彼の手が下ばきのなかに入ってきた。そしてヘレナのなかにまで。今度はヘレナが声をあげる番だった。彼は立ったままひたすらキスを続け、ひたすら愛撫を続けた。そのうち、長いあいだ体重を支えていたせいで、悪いほうの脚が痛みはじめた。

すぐさま体を引いて、彼を押しやった。「もっと欲しい?」下ばきを脱いだヘレナは、迫ってくる彼を見てわくわくした。ベッドのほうにあとずさり、嘲るように笑いかけた。「わたしがどこまで悪い女になれるか見てみたい?」

彼は目を輝かせてゆっくりと近づいてきた。「ベッドにのるんだ。早く!」

その言葉に、ヘレナは鋭い興奮をかきたてられた。「誘惑してるのはわたしよ。あなたはされるほうでしょう?」ベッドにあがり、なおもじりじりとあとずさりした。

「きみは時間をかけすぎだ」ヘレナに向かって突進してくる。彼の体がマットレスにぶつかると、鎖がベッドの鉄枠にあたって大きな音をたてた。

ヘレナは勝ち誇った笑いとともに身をひるがえして逃げようとしたが、ベッドの向こうにおりる手前で彼の手につかまった。彼はばたんと仰向けになり、ヘレナを引っ張って自分の上に横たわらせた。互いの腹部のあいだにかたい棒の感触がある。彼の脚が動いたと思うと、悪くないほうの足首がひんやりとした。軽く鎖を巻きつけられたようだ。

「いっしょにベッドにつながれたかったんだろう?」彼がささやく。「ぼくを好きにしたかったんだろう?」

ヘレナは彼に大きく笑いかけた。「そんなところかしら」鎖骨に熱くねっとりしたキスをすると、彼はうめいた。

「だったら、膝立ちになってくれ」ダニエルの目には欲望の炎があった。「誘惑の続きだ」

膝立ちに? とまどったのは一瞬だった。ヘレナはすぐにダニエルの意図を理解し、さっと鎖を引いて彼の上にまたがった。

けれど、続ける前にヘレナには確かめたいことがあった。「これはつまり、わたしのお行儀の悪さに満足してくれたということなの?」またがった腿のあいだで存在を主張している彼に、ヘレナは濡《ぬ》れてうずく体を押しつけた。

ダニエルがヘレナの腰をつかんだ。「ああ、充分だよ。ぼくが十人いても、満足させてくれそうだ。さあ、好きにしてくれ。ぼくの気が変になる前に、早く、きみのなかに」

本当はもっと確実な約束を引きだしたかった。結婚の約束とか。けれど、これが全部終わって一度けりがつくまではむずかしそうだ。とりあえずは満足しよう。

腰を浮かせ、彼の上に腰を落としたその瞬間、彼の口から動物の咆哮《ほうこう》にも似た声があがった。「そうだ……ああ、そのまま……」

ヘレナは驚きを禁じえなかった。ダニエルにまたがり、満たされ、彼と完全にひとつになっている。わたしはダニエルを意のままに動かしている。考えると、脚のあいだに熱い喜びがあふれてきた。彼の前でなら、好きなだけ悪い女になれる。彼のほうもそれを許してくれる。許すどころか、励ましてくれる。

そうか、とヘレナは気がついた。だからわたしは彼が好きなのだ。彼の前でなら、レディであることを忘れたいときでさえ、無理をせずにいられるから。欠点まですべて含めて、彼はわたしを受け入れてくれている。きつい物言いも、他人を信用できない性格も、脚が悪いところもだ。ダニエルから脚を隠せと言われたことはない。不自由な動きをごまかせと言われたこともない。彼はただ、わたしが楽になれるよう気づかってくれただけ。

いとしい顔を見おろして、ささやいた。「愛しているわ、ダニー。これからもずっと」

満足しきったダニエルの表情は、さながら天使の笑顔のようだった。「ロンドンでしゃれた舞踏会に行ったときにも、今の言葉を思い出してほしいね」静かな声で言い、ヘレナの顔を引き寄せて温かいキスをする。うっとりする甘いキスに、ヘレナは涙が出そうだった。

そのあとはもう夢中で、わけがわからなくなった。ダニエルを奥深く受け入れ、突きあげてくる彼と呼吸を合わせ、体を揺らしてリズムを刻んだ。しかし、開いているのは体だけではなかった。心も同時に開いていた。

ヘレナは生まれてからずっと、心の奥に人には見せない部分を抱えていた。両親にも、妹たちにも、ファーンズワースにも見せたことはない。そんなときダニエルが現れた。彼はどんな隠しごとも許さなかった。今はすべてを彼に見てほしいと思う。すべてを知ってほしいと思う。

これまで何を隠していたとしても、これからはすべてダニエルに教えよう。秘密も、欲求も、ずっと抱いてきた夢も。彼が突きあげてくるたびに、ヘレナはそれ以上のものを彼に返した。彼を奥へと引きこみ、これまで人を拒絶してきたのとは反対に、彼を自分のなかに迎え入れた。

それを感じたのか、ダニエルがヘレナの全身に手をはわせてキスをしはじめた。それこそ愛撫できる場所すべてを探り、なだめて、熱い記憶を刻みつけようとしてくる。髪にも胸にもキスをされた。腕の柔らかい内側に鼻をすりつけられ、脚のあいだで彼の指がうごめき、ついには体が砕け散った。

千に砕けたわたしのかけらは、すべて彼のもの。永遠に彼のものだ。

「ぼくも愛している」ダニエルが、彼を包んで震えるヘレナにはっきりとささやいた。

「この愛を忘れることは許さない」

ダニエルは喉の奥から苦しげに声をあげ、深く入ってきてヘレナのなかに精を放った。

荒地のブレナン、荒地のブレナン。
大胆で勇敢で怖いもの知らず。
それは荒地の若きブレナン。

アイルランドに実在した追いはぎを題材にしたバラッド『荒地のブレナン』
作者不詳

# 20

夜明けだ。曙光《しょこう》のふくらむ速度のなんと速いことか。この部屋も、もうすぐ真鍮《しんちゅう》を磨いたような明るい光で満たされる。ダニエルはベッドの鉄枠にもたれ、朝の訪れを眺めていた。寝ているヘレナの髪をなでながら、反対の手で頬の髭《ひげ》をなでた。髭をそりたかった。足かせから自由になりたかった。ここがロンドンだったらどんなにいいか。それより何より、いっときもヘレナから手を離せない好色な自分が恨めしい。ばかなことをした。空中に楼閣を建てて遊ぶどころか、とうとう楼閣のなかにまで入ってしまった。

それも相手はヘレナだ。考えると胸が高鳴った。いや、心が泣きそうだった。正直、どっちなのか自分でもわからない。

寝ている彼女を見おろして、ため息をついた。ヘレナはとてつもない信頼を寄せてくれている。ふたりの未来を本気で信じている。彼女の脚にからまった鎖を見ると、それだけで胸が苦しくなった。彼女を自分の人生に引きこむのはやめようと思っていたのに、彼女のほうが負けじと現実離れした希望でこちらの心を揺さぶってきた。

そして、愛していると言った！　ダニエル自身は怖くてそこまでの希望は持てずにいた。愛してはいけないと自分を抑えてきた。なぜなら、いくら愛しても、彼女に愛されることはないと思っていたから。それが、今はとても心地いい。彼女を愛することも、愛していると言ってもらえることも。愛を口にしたときのヘレナは、ごまかしではなく、心からそう信じて、魂をこめて言ってくれたようだった。こんなふうに誰かに愛されたことはなかった。今まで気づかずにいたけれど、自分はどうやらひどく愛に飢えていたらしい。

それでも、まだ不安は残った。これはただ、一時的に心がはめをはずしただけではないのか？　ヘレナは違うと言うが、危機的状況で交わす約束の危うさを、ダニエルは知っている。この件が片づいてヘレナが本来の生活に戻ったあとでも、自分の行為がむちゃだったと彼女が気づいたあとでも、今の約束は生きつづけるのか？　ロンドンに戻れば、彼女はたぶん、今回のことを恐ろしい間違いだったと考える。

そう考えないことを、ダニエルは祈るしかなかった。今彼女の愛を失ったら、その甘さを鼻先で見せつけられたあとだけに、どうなってしまうかわからない。

廊下に人の動きまわる音が聞こえ、ダニエルはヘレナを軽く揺すった。「さあ、起きて。何か起こりそうだ。ぼくたちも服を着たほうがいい」

目を覚ましたヘレナは、まさに驚いた白鳥だった。羽毛を震わせ、目をしばたたき、翼を大きく動かした。「何？　ここはどこ？　何が起こっているの？」ダニエルと目が合うと、彼女は赤面した。「ああ」唇がゆっくりと官能的な笑みを形づくった。「ただのすてきな夢かと思ったけど、違ったのね」

「夢じゃないさ。夢なら、きみはもっとましな形でぼくたちを閉じこめてる」

「もっともだわ」彼女はダニエルにすり寄って、唇にキスをした。「おはよう、ダニー」

「おはよう、ヘレナ」

「あなたも今朝は、わたしみたいにすてきな気分？」ヘレナが両方の腕をぐっとのばし、その拍子にシーツがはがれて魅力的な胸があらわになった。

ダニエルの腕白なジョン・トーマスが目を覚まして、同じようにのびをした。「聞いてくれ」緊張した声で言った。「今すぐにでもその扉が開いて、ぼくたちをさらった連中が入ってくる。クラウチに会わせるためだ。彼らにベッドの上でのダンスを披露したくなかったら、ぼくを誘惑するのはやめたほうがいい」

ヘレナは目に恐怖を浮かべ、シーツをつかんで胸に押しあてた。「わたしたちを連れに来るの？　今から？　どうして言ってくれなかったの？」

「だから、今言った」

彼女は美しい曲線にさっとシーツを巻きつけると、ベッドをおりて服を捜しはじめた。

「だけど、どうしてこんなに早く？」

ダニエルも立ちあがって服を身につけた。「クラウチはゆうべ密輸品を運んでいた。いつもどおりなら、彼はさっさと仕事を片づけて娼婦《しょうふ》をベッドに引きこもうとする。こうしているあいだにも荷運びは進んでいるだろうから、連中が呼びに来るのももうじきだ」

「これからどうするの？」ヘレナはそそくさと服を着た。

「さあ。まずは向こうの出方を見てからだな」ダニエルは外套《がいとう》だけを残して身支度を整え、それからヘレナのそばに行った。膝をついてピンを拾う彼女の手からピンをふたつもらい、外套のある場所に戻った。ポケットからナイフを出して外套の裏地、袖口ぎりぎりのところに穴を開け、ナイフをそこに入れて、ピンで穴をふさいだ。

「それが必要になると思う？」

振り返ると、恐怖と不安の交錯したヘレナの顔がダニエルを見つめていた。

「必要がなければいいんだが。陽気なロジャー《ジョリー・ロジャー》に理屈が通じることを願うよ。できるなら流血沙汰は避けたい」

扉の取っ手ががちゃがちゃ鳴って、ふたりは会話を中断した。扉が開いてジャックが入ってきた。後ろにはビッグ・アントニーが控えている。「さて、仲よしのおふたりさんのお目覚めはいかがかな?」ジャックは目を輝かせた。「ゆうべは夜中まで鎖の音がうるさかったと聞いたぜ」

「足首に鉄の輪っかがはまっていて寝つけなかった。それだけだ」ビッグ・アントニーに――いや、この問題では誰にでも同じだが、ヘレナとのセックスを盗み聞きされていたかと思うと、心穏やかではいられなかった。不思議だ。前にはまったく気にならなかったのに。しかし、考えてみればベッドのなかの女性に愛を感じたことなど過去にはなかった。

「着替えができていて助かったよ」ジャックは言った。「出かける時間だ」

「昨日あんたに言ったこと、クラウチにきいてみたのか?」

ジャックのにやけ顔が真顔になった。「まだだ。おまえがいることも話していない。ほかの連中にも口どめしてある。おまえを見たときのやつの反応が楽しみでな」

ジャックは片言のイタリア語でビッグ・アントニーに何事か指示をした。ビッグ・アントニーがすぐに動いて、ダニエルの手首を縛りはじめる。ナイフを隠した袖口が彼にあたらないよう、ダニエルは細心の注意を払った。手首がきっちり縛られたと見るや、ジャックが来て足かせをはずした。

「ぼくをどんな乱暴者だと思っているんだ、ジャック？」皮肉めかして言った。

「ただの用心だ。最後におまえと乱闘になったとき、こっちは五人もいたのに、おまえとグリフのふたりに負かされちまった。おまえを見くびっていたとあれで学んだよ」

ダニエルはヘレナを見やった。彼女は縛られていない。あの力強い杖《つえ》の握り方……ジャックが見くびってはいけない人物がここにはもうひとりいる。ヘレナならジャックの頭にいつ杖を振りおろしてもおかしくない。どうせやるなら、的確なタイミングをねらってほしいものだ。押されてヘレナの横を通るときも、だからダニエルは安心していた。その彼女はジャックに命じられて、ダニエルのすぐ後ろをついてくる。

ビッグ・アントニーを先頭にダニエル、ヘレナ、最後にジャックという順番で階段をおりた。狭い階段をヘレナが杖をつきながらおりるのは容易ではなく、ダニエル自身も両手を縛られている。一行の歩みが遅くなるのは当然だった。

おかげで楽にナイフをとりだすことができた。後ろにはヘレナがぴったりくっついているから、ジャックに見られる心配はない。周囲の薄暗さも彼に味方してくれた。ナイフの柄を握るや、手首のあいだに切先をすべらせて縄の切断にとりかかった。

一階におり、さらに地下に通じる階段に向かいかけたとき、ヘレナが言った。「どこに行くの？」

「洞窟だよ」ジャックに代わってダニエルが答えた。洞窟があるから自分たちはジャックの家に連れてこられたのだ。今ごろ気づくのも情けないが、洞窟のことは完全に忘れてしまっていた。「地下のトンネルがウエスト・ヒルの下のセント・クレメントの洞窟とつながっている。クラウチが密輸品を保管しておく場所だ」

「上出来だ、ダニー・ボーイ」後ろでジャックの声がした。「おれたちのことを完全に忘れたわけじゃなかったんだな。また戻ってきたくなったらいつでも歓迎するぞ」

「いいや、遠慮しとくよ。収税吏から逃げまわる毎日はぞっとしない。それに、こっちはまっとうな稼ぎで、何倍もいい暮らしができているんでね」

ジャックはくっくと笑った。「だったら、クラウチもおまえのところに資金繰りの相談に行くんだったな」

「まったくだ。ぼくなら追いだす程度じゃすまなかった。監獄に送ってやったのにな。おじだとわかっていたら、なおさらだ」

ジャックがぴたりと口をつぐんだ。ありがたい。

地下室に入り、ビッグ・アントニーが敷物を脇にどけると、トンネルに続く秘密の扉が現れた。それからまもなく、一行は松明《たいまつ》の明かりを頼りに、くだり勾配の砂岩の通路を進んでいた。

一心にナイフを動かしているあいだにも、ダニエルの胸には過去の記憶が重くよみがえっていた。うっとうしくもほろ苦い記憶だ。ジャックが言ったこともひとつは正しかった

――このじめじめした広大な洞窟で、ダニエルは楽しさも苦しさも経験したのだ。何年も胸の奥に封じて忘れていたが、ほかの少年たちとかくれんぼをしたり、入ったことのない通路を探検したり、酔ったジャックやクラウチをからかったりするのは、純粋に楽しかった。

手首の縄がぷつりと切れた。切れた縄は下に落とし、ジャックが気づかずに通りすぎてくれることを祈った。手はナイフの柄を握って組んだままにした。刃は袖口に入れて隠しておく。状況を把握するまで、縄を解いたことを知られてはならない。

トンネルの先に、砂岩の洞窟のなかでもいちばん広い場所が見えてきた。入っていくと、大声で指示を出している背の高いブロンドの男が目に入った。指示にしたがって、五、六人の男たちがせわしげに働き、ストックウェルに運ぶたばこを包装し直したり、酒樽《さかだる》を目につきにくい場所に保管したりしている。記憶に深く刻まれていた光景は、たまらない懐かしさをダニエルに感じさせた。好き嫌いは関係ない、ここが自分の原点なのだ。

「クラウチ」ジャックが声をかけた。「驚くものを見せてやるぞ！」

振り返ったブロンドの男を見て、ダニエルは思わず足をとめた。見覚えのある顔だと気づいて呆然《ぼうぜん》とした。なんてことだ。

十年という歳月は、クラウチを一見彼とはわからないほどに変貌させていた。ブロンドが銀髪になりつつあるのは予想の範囲だった。彼ももう五十を超えているはずだから。しかし、ただ年を重ねただけで、こうは変わらない。両肩が前に落ち、乾いた肌が骨に張りついている。以前の偉丈夫さが嘘《うそ》のように、今では少し強い風が吹いただけで飛ばされてしまいそうだ。具合が悪いと言っていたジャックの話は嘘ではなかったのだ。

クラウチは――腹立たしくも血のつながった実のおじは、棺桶《かんおけ》に片足を突っこんで踊っているように見える。心が揺れた。クラウチの過去の悪行や、これから遂行しようとしている計画は許せないが、ここまで弱った姿は見ていてつらい。

いい面だって持っている男なのだ。ダニエルを救貧院から救わずそのまま堕落させてもよかったのに、クラウチはそうしなかった。

クラウチはよどんだ暗がりを透かし見ながら、ダニエルたちのいるトンネルの入口にゆっくりと近づいてきた。ダニエルの顔が見える位置まで来ると、彼は凍りついた。「これはいったい……ダニー・ボーイか？」

「ああ、ダニーだ」ジャックがダニエルの肩に手を置いた。「おれたちに顔を見せに来てくれた」

「やあ、ジョリー・ロジャー」ダニエルは穏やかに言った。「久しぶりだな」

再会を喜ぶ様子が見えたのは最初の一瞬だけだった。クラウチの表情は怒りにゆがみ、その怒りはまっすぐジャックに向けられた。「てめえ、気でも違ったのか？　なんでここに連れてきた？」

「連れてきたくて連れてきたんじゃねえ。こいつはサセックスで例の娘のことをかぎまわっていた。ウォーレスの一味がたまたまそれを見つけて、おれに知らせてきた。だが、おまえは海の上だ。それでおれが、おまえの代わりにこうすべきと思うことをやった。こいつを、なんというか……まあ、とっつかまえたわけだ」

「このたわけが。ナイトンもすぐに追ってくるぞ。おれたちがかかわっていることをばらしてどうする！」

「ダニーはもう知っていた。こいつは自力で探りだしたんだ」

「あんたの仲間のプライスが、用心を怠って足跡を残してくれたからな」ダニエルはさらりと言った。

クラウチは小声で悪態をついた。そこでヘレナに気づいたようだった。「この女は？」

「ダニーの女房だ」ジャックが答えた。

冷ややかな笑い声が響いた。「今やおまえも女房持ちか、ダニー。どれ、見せてみろ」

ジャックに押しだされるヘレナを見てダニエルは緊張したが、奥歯をぐっと噛《か》み、あえて黙ったままクラウチに彼女を観察させた。驚いたことに、クラウチは軽く腰を曲げてあいさつをした。「あんたがダニーの奥さんかい？」

「はい」ヘレナはしゃんと顔をあげて嘘をついた。

「だったら目が離せなくて大変だろう。こいつはやくざなやつだからな」

ダニエルは鼻で笑った。まったく、自分のことを棚に上げて。「ぼくたちをどうする気だ？」

「こうなったらしかたない」クラウチは言った。「おれといっしょに来てもらうか」

　ダニエルは驚いた。「どこに行くんだ？」

「ワイト島だ。ナイトンがイングランドに戻りしだい、ロンドンにいる仲間がやつに接触する。そして島に行けと指示を出す。こっちもすぐに出発だ。ナイトンが島に着いたら別の仲間が出迎える。おれたちはやつに連れがいないかどうかを確認する。やつにはおれの船から娘の姿を拝ませる。そうすりゃ、やつがこっそり味方に指示をして、おれがとっつかまるなんてことも避けられる。金が手に入ったら、娘は解放する」クラウチはため息をついた。「おまえがかかわった以上、やつはまっ先にここに来るかもしれん。だが、おれたちは出発したあとだ。誰もいないとなりゃ、指示にしたがうしかない。娘の命にかかわる問題だと、やつにはよくよくわからせてやるつもりだ」

　みぞおちが緊張した。隣でヘレナも身をこわばらせている。「あんたもとうとう人を殺せるまでに落ちぶれたか」

「ダニー！」クラウチが声を荒らげた。「なんてこと言いやがる。まさか、おまえの口からそんな言葉を聞かされようとはな。おれはその女に指一本だって触れやしない。ナイトンにそう言わないだけの話だ。やつにはおれが悪魔だと思わせておく。どう思われたっていいんだ。こちらの計画どおりに身の代金を渡してくれるならな。金が手に入ったら、おれはフランスで暮らす」

「ぼくと妻はどうなる？」

クラウチは目をそらした。「言われたとおりにしていろ。それですべて丸くおさまる」

そんな適当な答えで納得できるはずはなかった。このまま海に出ていくのか？　あっという間に海に突き落とされる危険を覚悟で？　おじが絶対に襲ってこないことに賭けるのか？　両親を裏切った過去があるのに？

そんな危険は冒せない。クラウチはそこまで信用できる男じゃない。ヘレナやジュリエットの命がかかっているのだからなおさらだ。自分たちのような邪魔者は切り捨てたほうが金は簡単に手に入るし、フランスへの逃亡も楽になる。追っ手がかかる心配もしなくていい。遅かれ早かれ、クラウチもそう考える。

だめだ。ダニエルは思った。船に乗せられる前に行動を起こさなければ。とはいえ、今はまわりでうろついている密輸業者の数が多すぎる……。

クラウチが唐突に洞窟を見やってにやりとした。「プライスと娘が来たようだ。出発にちょうど間に合ったな」

ダニエルが顔をあげると、近くにある別のトンネルから若い男が出てくるところだった。ほかの数人といっしょに洞窟へと入ってくる。身なりのよさがきわだっていて、物腰が貴族さながらだ。そのプライスがいきなり立ちどまって、洞窟内を見まわした。ジュリエットを後ろに隠しているが、無事でいるのは充分見てとれた。

プライスはダニエルとヘレナに気づいて眉間に皺《しわ》を寄せた。ジュリエットに小声で何か言っている。ジュリエットにも姉の姿は見えただろう。振り返ってジュリエットかと思いきや、意外にもそんな気配はなかった。叫ばれると厄介だと思っていたが、心配は杞憂《きゆう》に終わった格好だ。ジュリエットはプライスにさらに身を寄せて、不安げな視線をクラウチとジャックに等分に投げた。

プライスは彼女を背中に押しやり、その場から動こうとしない。「客人がいるようだな、ジョリー・ロジャー」

クラウチはプライスをにらんだ。「ナイトンの仕事仲間のダニー・ブレナンだ。女房といっしょにおまえのあとをつけてきた。へまをやってくれたな」

「そうらしい」穏やかな口調。彼の視線がヘレナをとらえた。「彼の奥さんか?」

「ああ、女房を連れてくるとは、ダニーも愚かなことをしたもんだ」

ダニエルは固唾《かたず》をのんだ。プライスはすぐにもクラウチの勘違いを正すはずだ。クラウチがここで人質にしているグリフの親戚は、ひとりではなくふたりなのだと。

ところが、プライスはダニエルに視線を移しただけだった。「失敗したね、ミスター・ブレナン。密輸業者の巣窟に自分の……妻を連れてくる危険は予期できたろうに」

ヘレナが息をのむ声がした。プライスが彼女の正体を明かさなかったことに、ダニエル同様驚いている。

「駆け落ちだと思っていたからな」ダニエルは言った。「こうなるとわかっていたら連れてくるもんか」プライスめ、何をたくらんでる？　なぜ近づいてこない？　さっきからジュリエットを背中に押しやり、反対の手を外套のポケットに入れたままだ。

「これはつまり、ナイトンにもあんたのかかわりが知られているということなのか？」プライスがクラウチにたずねた。

「だろうな。そんなわけで、計画を少々変更する。ダニー・ボーイとこいつの連れあいもいっしょに連れていく。おまえはここに残れ」

プライスが身をこわばらせた。「どうして？　ナイトンが兵士を引き連れてここを襲撃してきたときに、弾の標的になれというのか？」

「その娘の命がかかっているんだ、ナイトンもそこまでばかじゃあるまい。だが、万一ってことがある。その場合はおまえからやつにはっきり伝えろ。女をとり戻したければ、身の代金を払うのが先だってな」

「断る」プライスが静かな声で言った。

クラウチのやつれた体が、弓の弦のようにすっとのびた。「どういう意味だ？」

「ぼくといっしょでなければ、彼女はどこにもやらない」

「言われたとおりにするんだ」クラウチがすごんだ。

プライスは黒い目をかっと見開いた。「ぼくは約束を守ったぞ、クラウチ。誰にも不審を抱かせずに彼女をここに連れてきた。なのにあんたはまだ役目を果たしていない。だから、彼女はぼくの目の届くところに置いておく。ここに残ってナイトンにあいさつするのもいいが、それはあんたが約束を果たしたあとだ」

いい展開だ、とダニエルは思った。少々けんかしてくれたところで、こちらは痛くもかゆくもない。「グリフだったら、クラウチがとうてい払えないような金額が払えるぞ」火に油を注ぐつもりでプライスに声をかけた。「彼女を無事に家に帰せば、おまえの懐にはほうびの金がたんまりだ」

背後でクラウチが耳ざわりな笑い声を響かせた。「残念だな、ダニー。プライスは金が欲しいんじゃない。あいつの望みをかなえてやれるのは、このおれだけだ」

クラウチがジャックに顎をしゃくり、ジャックがプライスに近づいた。

プライスは拳銃を抜いて銃口をジャックに向けた。ジャックの顔からさっと血の気が引いた。

賢いやつだ。最初から立ち位置を考えていたらしい。トンネルの入口にいれば逃走ルートが確保できる。複雑なトンネル内では、追っ手の足も鈍るだろう。うまくすれば、有利な距離を保ったままでジュリエットを外に連れ出せる。

「おい、プライス」クラウチは下手に出た。「そんなばかげたことをしてどうする?」

「約束を果たすのが先だ、クラウチ」プライスはただ同じ台詞を繰り返した。

どういう事情なのかとダニエルはますます興味を引かれたが、こんないいチャンスをふいにはできない。洞窟内にいる全員がこちらに近づいてくる。何やら騒ぎが起きているらしいと、彼らもようやく気づいたのだ。密輸業者たちがプライスに気をとられている隙に、ダニエルはナイフを握ってそっとクラウチに近づいた。

クラウチの醜い顔は怒りでまだらになっていた。「どこまで抜けてやがる! てめえは役目を果たさなかったんだろうが。見つかるようなへまをしやがって、おかげでダニー・ボーイなんて邪魔は入るし、せっかくの予定が総くずれだ!」

「それでも……」プライスは落ち着いていた。ジュリエットを自分の後ろに置いて、ジャックを銃でねらいつづけている。「あんたはミスター・ブレナンと彼の奥さんをつかまえた。ナイトンを脅す材料にはなるはずだ。この娘だって手に入る。約束を果たしてくれればな」トンネルへとあとずさりした。「いやだと言うなら、娘はぼくが連れていく。おまえの手には決して渡さない。ナイトンとはぼくがひとりで交渉する」

その一瞬をダニエルは逃さなかった。背後からクラウチに突進し、彼の腰を引っつかんでナイフを喉に押しあてた。「ヘレナ、こっちへ!」大声で言い、通ってきたトンネルのほうへと、うめくクラウチを引きずった。ビッグ・アントニーがヘレナをつかまえようと動いた。その顎めがけてヘレナが下から杖を振りあげる。相当な力だったのだろう、顎の骨と杖の両方が折れる音をダニエルは聞いた。

ヘレナが急いで隣に来ると、ダニエルはささやいた。「次はぼくがもっと大きな杖を買ってあげるよ」

「わたしは拳銃のほうがいいけど」彼女はさっとダニエルの後ろにまわった。

「いい考えだ。クラウチのポケットを探ってみてくれ。洞窟にいるときのクラウチは、いつも銃を携帯している」

ヘレナは即刻言われたとおりにし、一丁ではなく二丁の拳銃を見つけだした。「ずいぶんお金持ちみたい」

「よくやった。きみは密輸業者のいい奥さんになれる」

「せいぜい努力するわ」彼女は両手に銃をかまえた。「誰を撃てばいいの?」

ダニエルは驚いた。この調子だと本気で引き金を引きそうだ。「撃つのはまだだ。片方の銃でプライスにねらいだけつけろ」こちらを見据えているプライスを、ダニエルは決然とにらみつけた。「ジュリエットを渡せ。でないと、妻におまえを撃たせる」

プライスは笑った。「きみはそんなことはしない。自分でもわかってるんだろう?　きみのその〝奥さん〟だが、ぼくの見たところ、拳銃なんて生まれてこの方一度も使ったことはなさそうだ。下手をすれば、ぼくの人質に弾があたる。きみの奥さんがそんな危険を冒すとは思えないが」

　くそっ、頭のまわるやつだ。「だったらこれはどうだ？　ぼくはこれからクラウチの喉をかき切る。おまえの欲しいものは一生手に入らない」

「ダニー、まさかおまえ、実の――」ジャックが話しはじめた。

「黙ってろ、ジャック。ここは好きにさせてもらう」今はクラウチが自分のおじだったと告白しているような場合ではない。

　プライスはまだジュリエットを渡そうとはしなかった。「きみがクラウチを殺したら、こちらもジャックを撃つことになる。そうなったら、お互い駆け引きの材料を失って丸裸だ。女を連れて逃げるのに苦労するぞ」

　女を連れて逃げる？　それがプライスの目的か？　それとも、逃げると見せかけてジュリエットをさらい、さっき言っていた〝ナイトンとの交渉〟に使うつもりか？

　クラウチの手下たちがじりじりと迫ってきた。ダニエルはクラウチの喉にしっかと刃先をあてた。「さがるように言え、クラウチ。本気で喉をかっ切るぞ。口先だけでないのはあんたにもわかるはずだ。あんたとは過去に一戦まじえた。二度目をためらう理由はない」

　クラウチはダニエルに罵声を浴びせ、それから手下をさがらせた。

「よし、次はプライスにやつの欲しがっているものを渡せ」ダニエルはほえるように言った。「やつに娘を解放させろ！」

それからいっとき、洞窟内のすべての動きが停止した。おのおのがクラウチの次の出方をおしはかっている。クラウチは震えていた。その喉にダニエルはぎりぎりまで強くナイフを食いこませた。

そしてついに、クラウチの体から力が抜けた。「やってくれたな、プライス。てめえは最低なやろうだ。今から言うから好きにしろ。オセアナ号、七月十七日」

わけのわからない言葉を聞いてダニエルはクラウチの首を絞めそうになったが、プライスのほうは充分満足したらしい。「嘘じゃないな？ もし嘘だったら、あんたをどこまでも追いかけて、心臓をえぐりだしてやるからな」

「嘘なもんか。正真正銘、おまえの欲しがっていた情報だ。さあ、ダニーに女を」

プライスは唇の両端を引きあげてにやりと笑い、ダニエルに視線を据えた。「すぐには渡せない。ミスター・ブレナン、その状態じゃ、今は手いっぱいだろう。きみの勝利が確信できるまで、レディ・ジュリエットはぼくがあずかっておく。外で落ちあおう」ジュリエットに小声で何か言った。ジュリエットは抵抗しそうな様子を見せたが、プライスが有無を言わさずトンネル内に押し戻した。

「プライス、戻れ！」ダニエルは叫んだ。答える代わりに、プライスはトンネルの入口の天井を銃で撃った。ばらばらと落ちてくる岩が、あっという間に彼とジュリエットの姿を視界からかき消した。

「逃がすな！」クラウチがビッグ・アントニーに叫んだ。ビッグ・アントニーが土煙の立つトンネルに向かう。

それを見たダニエルは瞬時に決断をくだした。クラウチにあてたナイフはそのままに、反対の手でヘレナから銃をとって叫んだ。「とまらないと撃つぞ！」

その程度の英語は理解できたらしい。イタリア人はぴたりと足をとめた。ジャックもその場に凍りついた。ダニエルは銃をヘレナに戻した。「ビッグ・アントニーをねらえ。もう一丁のほうはそのままジャックに向けていろ」

「でも、ダニエル、ジュリエットが――」

「これはぼくの勘だが、ジュリエットはクラウチの近くにいるより、プライスと逃げたほうが安全だ」

さっきのプライスの言葉は正しかった。ヘレナだけでも確実に守れるとは言いきれない。そこにジュリエットが加われば脱出はさらに困難になる。

「おれはあの娘をどうこうする気はなかった」クラウチがつぶやいた。「本当だ」

「それをぼくが疑わないと思っているなら、おじさん、あんたは大ばかだ」

ダニエルの腕のなかで、クラウチが身をこわばらせた。「お、おじさん？」

「ジャックに聞いた。あんたがおじのトーマスだってな。ジャックには、ひとくさり面白い話を聞かされたよ」

「ジャック、てめえ――」

「しかたなかった」ジャックが体の向きだけ変えてクラウチを見た。「ダニーときたら、おまえが自分と女房を殺すと信じきっていた。違うと納得させたかったんだ。だが、ダニーが言うには……」口ごもり、ダニエルをちらと見てから、たどたどしく先を続けた。「こいつの両親を兵士に売りわたしたのはおまえだと。冗談じゃねえ。おれはそう言ったが、こいつは聞く耳を持たなかった。違うよな？　違うんだろ？」

クラウチはがっくりと肩を落とした。「そうか、ダニー。耳に入ったか。おまえがどう思ったかは想像がつく」

ジャックは青ざめた。「本当だったのか？　おまえ……おまえが……」

「あれからずっと……」クラウチはジャックの反応を無視して話しつづけた。「いつ知られるかと不安だった。で、ダニー・ボーイ……いつわかった？」

「エセックスに戻ったときだ」苦々しく答えた。「人にきいてまわった」

クラウチは喉もとのナイフも気にせずに、かぶりを振った。「事実は、おまえの考えているのとは違う」

「違う？」ナイフの柄を握る手が震えた。今ならこの男を簡単に殺してやれる。「どう違うんだ？　どんな理由で実の妹を兵士に渡した？　言えるものなら言ってみろ」

クラウチの手下全員が、驚いて話に聞き入っていた。残りの人間もみな――何ひとつ理解できていないであろうビッグ・アントニーでさえ――その場に突っ立ってクラウチの答えを待っている。

「ああ、おれはおまえの父親をつかまえさせた。だが、妹は違う！」クラウチは身を震わせた。「モリーはあいつと出かけるはずじゃなかった。まさかモリーがいっしょだとは思わなかった。本当だ！　あいつはいつも手下を欲しがっていた。だからモリーを直前になって連れていったんだ」感情の高ぶったクラウチは、ダニエルの腕のなかで突然大きく動いた。「おれはあのアイルランドやろうが憎かった。妹と結婚するわけでもない。妹は娼婦のように扱われていた。それが哀れだった。おれは思ったんだ。あいつがいなくなりさえすれば、妹はもっといい縁にめぐりあえる。あいつのうろつく場所はわかっていた。だから、そうだ、おれが兵士に話したんだ」

「見返りに金を受けとったろう」ダニエルはぴしゃりと言った。

「受けとった。妹に渡すつもりでな。おまえを育てるためには金がいる。そして、あとで聞かされた。妹もいっしょだったと。あいつといっしょに絞首刑にされると……」クラウチは声をつまらせた。「ダニー、おれは死にたかった。死のうとして川に身を投げた。だが、臆病なおれは怖くて死にきれなかった。かわいそうなモリー……おれの妹……」

頭のなかで反響するクラウチの言葉が、長年抱えてきた憎しみと反発しあった。

だが、それでも……。「結局、金はあんたがいいように使ったんだ。サセックスに逃げたあとで。そうだろう？　その金を元手に自由貿易を始めた」

「それしかできなかったからだ。おまえ、母親が〝野獣のダニー《ワイルド・ダニー》〟とどうして知りあったか知っているのか？　おれとあいつがエセックスで密輸をやっていたからだぞ」

かびくさい洞窟内に重い沈黙が満ち、ダニエルは息が苦しくなった。もう二度と呼吸ができない気さえした。クラウチの喉に置いていた手をぱたりと落とし、よろよろとあとずさりした。過去が全身を圧迫していた。消したそばから過去はあふれてくる。苦しくて、苦しくて、いくら光と空気を求めてあがいても、どんどん水底に引きこまれる。

何もかも、ろくでもないあの父親のせいなのだ。ダニエルは今ほどワイルド・ダニー・ブレナンを憎いと思ったことはなかった。

まわりの男たちはいちように とまどった表情を見せていた。老いの迫る顔に当惑と裏切られた思いを刻んで、ジャックがクラウチを目で非難した。

だがクラウチは気づかない。クラウチの顔はまっすぐダニエルに向けられていた。その目に涙が光った。まぎれもない後悔の涙だ。彼が泣きそうになっているところなど、ダニエルは見たことがなかった。一度だってなかった。

「おれがおまえを捜したことは、おまえにはなんの意味もなかったのか？」クラウチが力なくたずねた。「救貧院から連れてきたのにか？」

「本当ね」ヘレナが強い口調で割って入った。「ずいぶん急いで捜したものだわ。彼は救貧院に三年もいたのよ！　まだ小さな子供だったのに！」

ヘレナが自分に代わって反論してくれたことで、ダニエルの胸の痛みはいくらかやわらいだ。

反論されたクラウチは逆に青くなった。「エセックスを離れたとき、おれは親戚がおまえの面倒を見ると思っていたんだ」わかってくれと懇願するようにダニエルを一瞥《いちべつ》する。「本当だ、ダニー。おれは子供を引きとれる状況じゃなかった。おまえが親戚から見捨てられて救貧院にいると人づてに聞いたのは、もっとあとになってからだ。くそっ、あいつらめ」息を吸う額に苦痛が見えた。「早く捜さなくてすまなかった。きちんと世話をされていると思っていた。でなけりゃ、誰がモリーの産んだ子供をあんな……」あとが続かず、言葉は先細りになった。

「やっと行動を起こしてぼくを見つけたとき、なぜおじだと名乗らなかった？」ダニエルは言葉を絞りだした。長いあいだ抑えこんできた苦しみが、怒りが、じわじわと表にしみだしていた。「いっしょにいながら他人のふりで、ぼくをだまして――」

「話せばおまえに憎まれていた。そうだろう。おまえは両親を恋しがっていた。いつかは必ず、親に何があったかを探ろうとする。真実を知られたが最後、おれは一生恨まれる。名乗れなかった。正直に言うが、おまえがおれを捨ててナイトンのほうを選んだとき、おれはむしゃくしゃしたが黙って引きさがった。ナイトンといたほうがおまえの未来が開けると思ったからだ。ナイトンといればおまえは変われる。おれといたって先は見えてた。おまえにはもっといい人生を送らせたかった」

ダニエルは体を硬直させた。「へえ？　だったら、なぜ舞い戻ってきてそれをぶち壊そうとした？　なぜぼくの名を出してグリフに金を出させようとした？　なぜ関係のない娘をさらったりした？」

クラウチの顔にいらだちがよぎった。「おれだって聖人じゃない」目に怒りをたぎらせている。「それに、まったく顔を見せないおまえには腹が立った。十年だ。そんなにたつのに、おれたちのことは忘れたきりだ。思い出させてやりたかった。おまえに……そして、ナイトンに、このおれが最初におまえを引きとったんだと。このおれが、ナイトンが現れるはるか以前におまえにチャンスを与えたんだと」片方の肩をそびやかした。「なのにあいつは、おれを犯罪人みたいに扱って表に放りだしやがった」

「犯罪人みたいなことをしたんだ、当然だ」気づけば拳を握っていた。

「それでもだ、少し金を出すくらいなんでもなかったはずだ。たまにこっちの機嫌をとってくれたって罰はあたらない。やつのところには金がありあまっている。おまえの働きと、おまえの賢い頭があって稼げた金だ」

苦々しげな台詞を聞きながら、ダニエルははたと理解した。クラウチがねたんでいるのは裕福なグリフ、というより、ダニエルから信頼と尊敬を得ているグリフなのだ。血のつながりを口にしたくてもできない自分が、さぞかし悔しかったことだろう。そしてもちろん、ダニエルの〝賢い頭〟を自由にできなかったことも。

「よく聞け」ダニエルは言った。「ぼくはグリフのところで働いたが、グリフの財産はすべて彼が、彼自身の努力で手にしたものだ」財産だけじゃない、ぼくの信頼と尊敬もだ。あんたはなんの努力もせずに、失ったあとからあせっているだけなんだ。「自分の財産をどう使おうとグリフの自由だ。しかもそれは、若い娘を誘拐したり誰かを恐喝したりして得た金じゃない。懸命に働いて、自分の義務と真剣に向きあってきた結果だ」

きついほのめかしは、残念ながらクラウチの耳には届かなかった。彼はダニエルをねめつけた。「おれは遠くに行けるだけの金があればよかった。ジャックにきいてみろ」

「ああ、もうきいたよ」ダニエルはヘレナを見やった。かわいい顔に不安が貼りついている。妹のことや、ダニエルのことが心配なのだろう。「だがあんたは関係のない人たちを巻きこんだ。許されない最後の一線を、あんたは越えたんだ」

クラウチの体がぴんと張りつめた。子供のころに見たのと同じ、冷酷な顔がそこにはあった。「そうか、おれに意見しようってんだな、坊主？　血を分けたおれに、いい暮らしをさせてやろうと最善をつくしたおれに。役人に引きわたすつもりか？　おれが縛り首になるのを見たいのか？」

「いいや」ダニエルは震える息を吐いた。「あんたと違って、血のつながりは大切にするほうでね。といって、どんな騒動を起こすかわからないあんたを放っておく気はない。これまで好き勝手に生きてきたんだ。けりをつけるときがきたと諦めろ。引退して、予定どおりにフランスで暮らせばいい。あちらにいるかぎりは、無事に人生を終えられる」

「ダニー、身の代金もなしで、密輸もできないとなりゃ――」

「あんたのことだ、万一の資金をどこかに隠してあるのはわかってる。潤沢な資金ってわけでもないんだろうが、そこは我慢しろ。イングランドに居座るのは許さない。妙な策略でぼくやぼくのまわりの人たちを苦しめるのは、もうこれきりだ」

「おれのかわいい仲間たちが黙っていないぞ」

周囲を見てみれば、その仲間たちはためらっているふうだった。クラウチの密告でダニエルの両親がつかまったと知って、いまだショックから抜けきれない者もいる。「いや、彼らなら、ぼくの言うとおりに動くだろうな。これから言う話を聞けば、まずそうなる。実はロンドンに届けものをした。たくさんの絵がいっしょだ。ジャックの家、ジャックの顔、あんたの仲間の顔。それと密輸に関するあれこれの記述に今度の誘拐の詳細。計画した人物の名前。今ごろはグリフの手もとに届いているころだ」

男たちがざわめいた。

「はったりだ」クラウチが吐き捨てるように言った。

「とんでもない。なあ、ジャック、ぼくの外套のポケットにあったプライスの似顔絵、覚えているだろう?」

「ああ、ダニー」ジャックはおかしなほど弱々しい声で答えた。

「妻が描いたんだ。こいつが実に絵がうまい。ほかのも全部彼女が描いた。どれもそっくりに描けていたから、あんたも仲間も間違いなく監獄行きだ。〈牡鹿亭《おじかてい》〉のメイドがいい子でね、褒美を出すと言うと、喜んで運び役を引き受けてくれた」

ため息をついたところを見ると、ジャックは〝彼女〟をめぐる一連のやりとりをはっきりと思い出したらしい。それらが何を意味するのかも悟ったようだ。

「グリフには、ジュリエットとヘレナとぼくが今週のうちに戻らなければ、手にした情報を適切に使えと指示してある」ダニエルは男たちの上に視線を遊ばせた。「だが、ぼくやぼくの周囲に手を出さないとあんたたちが言うなら、約束しよう。その情報は決して使わせない。これからも好きなだけ自由貿易に精を出してくれ」そこで声を落とし、すごみをきかせた。「ただし、性懲りもなくまたぼくやグリフや家族に罠《わな》をしかけてくるつもりなら、覚悟しろ。即刻役人に知らせて全員とらえさせる。証拠は山ほど握ってるんだ」

「もういい、坊主。よくわかった」ジャックが言った。「ほかの連中はそもそも計画にかかわっちゃいないんだ。おれたちゃもう、何もしやしねえよ」

ダニエルはヘレナの手から銃をとった。「さて、おじさん。あんたにはフランス行きの郵便船に乗ってもらう。そのあとイングランドで姿を見かけたり、戻ったという噂《うわさ》を聞いたりしたら、そのときこそ息の根をとめてやる。わかったな？」

クラウチは首をめぐらした。無言で手下たちに訴えてはいるが、彼らとてばかではない。クラウチも度を越してるぜ、とかなんとかぶつぶつ言いながら、やりかけた仕事に戻っていく。ビッグ・アントニーまでが彼らのあとを追っていった。

「わかったよ、ダニー。おまえの勝ちだ。さぞかし満足なんだろうな」

「そんな気持ちじゃないよ」口のなかで言ったダニエルはクラウチの腕をとり、家に続くトンネルのほうに歩きだした。

ジャックの前を通ると、彼はそばに来てダニエルの隣に並んだ。「たまにはこっちにも遊びに来てくれるだろ、ダニー？　昔のよしみってやつだ」

ダニエルは寂しげにほほえんだ。「ああ、たぶん」

ジャックは親指をクラウチのほうに向けた。「あんまりきつく言ってやるな。やつも家族のためを考えたんだ」

ダニエルはヘレナを見た。彼女は侮辱にも脅しにも耐えた。さらわれて怖い思いをしても耐えつづけた。家族を守るために。

「そうかもしれない。だが世の中には命がけで、将来をなくす覚悟で家族を守る者もいる。そういう者は自分の過ちを認めて、臆病な自分が引き起こした結果から目をそむけたりはしない」

ジャックは何も言わなかった。何も言えないのだ。

ヘレナとクラウチを洞窟から出し、光と空気のあるほうへと導きながら、ダニエルはあることを悟っていた。人に足かせをつけるのは暗い過去ではない。暗い過去があっても、どう向きあうかで結果は変わる。クラウチのような選択をしないかぎり、自分は過去という足かせに苦しむことはないだろう。この先もずっと。

# 21

激しい鼓動が胸を騒がせた。

ためらいながらそっと熱いキスをした。

ロバート・バーンズ作
バラッド『花咲く土手で』

ジュリエットとモーガンはジャック・スワードの家が見える小道に身を隠していた。玄関を見つめながら、ジュリエットは不安でならなかった。モーガンにとめられなければ家に駆けこんで、彼が地下にあると言っていたトンネルに一目散に向かっていただろう。

「ねえ、モーガン、まだ出てこないわよ。本当に大丈夫だと思う？　こうなるとわかっていたら、あなたについて洞窟を出てきたりは――」

「大丈夫。きみの友人のブレナンは困難を恐れない男だ。あの時点でほとんど状況を制圧しかかっていた。もう少し待とう。それで出てこなければ、ぼくがなかに入る。ただ、これだけは確かだ……クラウチは彼らを傷つけない」

心配を共有しているような話し方に、ジュリエットは驚いた。というより、モーガンにはずっと驚かされっぱなしだ。

唇の震えを意識しながら彼を見あげた。「もしクラウチが要求に応じていなかったら、もしかしてあなた……。言ってたでしょう、自分でグリフと交渉して身の代金をって」

「はったりって言葉を知らないのかい？」モーガンがさっと目を合わせた。「やつの欲しいものが……身の代金が手に入らなくなると脅したのは、そうしなければこちらの欲しいものが手に入らないからだ」

「彼がだまされなかったらどうなっていたの？」小声できいた。

モーガンはほほえんだ。「ぼくの怒りが頂点に達していただろうな。それでも今ごろはきみとここにいた。ここに立って、きみの友人たちを待っていたよ」

これまでのいきさつがどうあれ、そう聞くとうれしくて鼓動が跳ねた。わたしったら、本当にどうしようもないわ。「なぜ？」

「なぜとは？」

「なぜわたしをさらったの？　さらっておいて、どうして渡さなかったの？」

「クラウチは何週間も前から誘拐の計画に執着していた。この計画を実行するのがぼくだったら……」急に言葉を切って、皮肉っぽい笑みを唇にのせた。「完璧な方法に思えたんだ。ぼくが実行役になれば、欲しかった情報を彼から手に入れられる」

「その情報だけど、どういう意味なの？　七月十七日の船がどうとかって？」

モーガンは表情を消して玄関に視線を戻した。「きみには関係ない」

「いいえ、わたしには知る権利があるわ！　あなたは……あなたは甘い言葉でわたしを家から連れだした。なんだかわからない目的のためにわたしを誘拐した。なのにその理由も教えないというの？　わたしはもう一生結婚できないかもしれないのよ。駆け落ちの話はロンドンじゅうに広まるわ。なのに独身のまま戻ったりしたら……」ジュリエットは唾をのんだ。「理由くらい聞かせてもらって当然でしょう」

モーガンの頬がぴくりと動いた。だが、それだけだった。「くそっ、どうしたブレナン？　いつまでかかってるんだ？　マントンの火打ち石銃が二丁とナイフまで持っていたじゃないか……そろそろ出てこないとおかしいぞ」

また返事をうやむやにされた。いつもと同じだ。ずるい人。

「モーガン――」

「見ろ！」彼がジュリエットをさえぎって玄関を示した。

振り返ると、ジャックの家の扉が開いてヘレナが出てくるところだった。足を引きずりながら戸外に出た姉は、日ざしのまぶしさに目をしばたたいた。すぐにダニエルも現れた。クラウチを突いて玄関から押しだしている。

モーガンが安堵《あんど》に笑みくずれた。「彼ならやると思っていた」ジュリエットを見た。「言ったとおりだったろう?」

「ええ」静かに答えながら、頭にあるのはこれからモーガンがどうなるのかということだった。こんな犯罪者といつまでもかかわっていたくはない。でも……。

「さあ、行って」その刹那、モーガンは貪欲な視線をジュリエットの顔にはわせてきた。しっかり覚えて記憶に刻みつけようとするかのように。

「お礼を言ったほうがいいのよね」

「お礼?」

「あなたは約束を守ってくれた。わたしを守ると言って、そのとおりにしてくれた」

モーガンの瞳に濃い影が落ちた。「きみはキスをしてほしいとぼくに言ったね。じゃあ、もうお別れだから……」

いきなり強く抱き寄せられた。それはどんな男の人のキスとも違う、一生覚えていてほしいという意図さえ感じるような激しいキスだった。こんなキスは初めてだ。みぞおちがかき乱されて、気持ちがどんどん混乱していく。

モーガンが体を引いた。その瞳に生々しい欲望が揺らめいた。「お元気で、レディ・ジュリエット」

何を言っていいのか、どう反応していいのかわからず、ただ彼を見返した。

そのとき、ヘレナの声がした。「ジュリエット！　どこなの、ジュリエット！」

「さあ。みんなが待っている」モーガンが少し厳しい口調で言い、軽く背中を押してきた。

それで踏んぎりがついた。ジュリエットは身をひるがえし、小道を駆けだして姉のもとに走った。「お姉さま、ここよ！　ここにいるわ！」

姉と妹はひしと抱きあい、少女のように笑って、泣いた。ダニエルが満面の笑みでふたりを見つめていた。あまりに強く抱かれて、ジュリエットは息もできないほどだった。

「わたしは大丈夫」小声で言った。「本当に、大丈夫だから」

ヘレナが妹の体をつかんだまま両腕をのばした。「あの男に何かされなかった？」

「何も」自尊心は傷つけられたけれど、それだけだ。「モーガンは、わたしが困らないようにずっと気にかけていたわ。だから大丈夫。本当よ」

「彼はまさかあなたに……あなたはもしかして……」

一拍遅れて、姉が何をきこうとしているのかに気がついた。「そんなことない！　ぜんぜんないから安心して！　彼はキスだって……その、つまり、いっしょにいるあいだずっと敬意を持って接してくれたの。ほとんど妹みたいな扱い方だったわ」そう、ほとんど。最後の熱いキスの感触は今も唇に残っている。

ヘレナが背後の道路に目をやった。「その悪党は、今どこに？」

ジュリエットは振り返った。「すぐそこ……」小道に誰もいないとわかると、重い落胆が胸をえぐった。「そこにいたのよ、さっきまで」

その少しあと、ヘレナはジュリエットとともに〈ヘイスティングズ・アームズ〉という酒場の二階にいて、階下で旅の手配をしているダニエルを待っていた。意外なことに、洞窟を出る際にはジャックが外までついてきて、没収していたヘレナたちの荷物を全部返してくれた。ダニエルの財布も手つかずのままだった。しかも、ロンドンに戻るなら自分の馬を使ってほしいと言う。ダニエルは断っていたが、彼の申し出をうれしく思っているのは、はたから見てもよくわかった。

クラウチのあの告白に、ジャックはひどく打ちのめされたのではないか。ヘレナ自身、聞いていて本当に驚いた。少しばかり同情する部分もあったけれど、ジュリエットの誘拐を命じたクラウチの非道な行いは決して許されるものではない。

妹の表情を探ってみたが、モーガン・プライスに何かされたような感じはまるでなかった。ただし、そう見えるだけなのかもしれないし、もしやと思うと胸がしめつけられた。

「本当に大丈夫？」もう十回はきいたとわかっている質問を繰り返した。

「ええ、大丈夫よ」ジュリエットはヘレナの手を軽く叩《たた》いた。

「あの嘘《うそ》つきの大悪党、逃げのびるなんて絶対に許さないわ。あなたにあんなひどいことをして、この手で首を絞めてやりたいくらいよ」

黙っているジュリエットを見て、ヘレナは眉根を寄せた。ジュリエットはモーガン・プライスを追わないでほしいと頑固に言いつづけている。彼の最後のふるまいを見れば、それまでの悪事は帳消しにできるはずだと。

そんな理屈、ヘレナとしてはとても納得できなかった。けれど、判断をくだすのはグリフと話をしてからだし、今は無事に戻ることが何より大事だ。

ジュリエットが椅子の上で体を動かし、ヘレナを不思議そうに見つめてきた。「ねえ、ダニエルの妻だと洞窟のなかで言っていたけれど、あの嘘はなんなの？」

そうだった。すっかり忘れていた。「ダニエルは……つまり、旅のあいだはわたしを妻だと周囲に言っていたの。わたしの評判をけがさないように」

「よく考えたわね」

「ええ、本当」ヘレナは苦笑いを浮かべた。現実にミセス・ブレナンになるかもしれないのだとは言えなかった。今でもその気でいてくれるのか、まずはダニエルに気持ちを確かめてからだ。ゆうべ愛しあったとはいえ、あらためてきちんと求婚されてはいない。

と、折りよく個室の扉が開いて、それ以上答えづらい質問はされずにすんだ。ダニエルがクラウチをしたがえて入ってきた。「ロンドン行きの郵便馬車がもうすぐ通るそうだ。ふたり分の席を予約してきた」

「わたしたちもドーヴァーに行くんじゃなかったの？」ヘレナは不安になった。

ダニエルはヘレナの肩に手を置いた。「きみたちは行かないほうがいい。グリフがロンドンに着いているとしたら、彼もロザリンドも心配で気が狂いそうになっているよ。それに、彼らといてくれるほうがぼくも安心だ。郵便馬車なら夜までにはナイトン邸に着く」

「そんなに早く？」

ダニエルは苦笑いした。「驚くぞ。誰かのあとを追ったり、馬車が壊れたり、信用できない自由貿易商から身を隠したりしなければ、こんなに早く戻れるのかってね」

そうね、宿で酔っ払ったり、納屋で愛しあったりすることもないんですもの。思い出すと頬が熱くなった。「あなたはいつごろ戻るの？」

「数日あれば戻れるだろう。クラウチを手伝っていくつか片づける仕事はありそうだが、それもこの国から永久に彼を追い払うためだ」廊下が騒がしくなり、荷運び人が郵便馬車の到着を告げた。「さあ、急いで。馬車に乗ってくれるまではこっちも安心できない」

姉妹はせかされて外に出た。ダニエルの手を借りてこみあった馬車に乗ったとき、ヘレナは不安なままひたと彼を見据えた。「戻ってくるわよね、ダニー？」

「もちろんだ」ダニエルは手に軽くキスをした。「約束する」

それでも、ロンドンまでの道中、ヘレナはずっと落ち着かなかった。ほかの乗客がいるからジュリエットと話もできず、結局ひとりで思い悩んでしまう。ゆうべはヘレナの人生でも最高にすばらしい驚きに満ちた夜だったけれど、あれから結婚の話は出ないままだ。

それに、ダニエルは今日、家族についてのつらい事実を聞かされた。また昨日のように結婚はしないと彼に突き放されたら、自分はただの抜け殻になってしまう。

いいわ、たとえ遠ざけられても簡単には離れないから。ダニエル・ブレナンはわたしと必ず結婚する。彼がどんなばかげた理屈を持ちだそうと関係ない。

ロンドンのナイトン邸に着いたとき、屋敷内は騒然としていた。グリフとロザリンドの夫婦はすでに戻っていて、グリフの要請で早くも保安要員と兵士とが駆けつけていたのだ。ぞろぞろ集まった彼らは廊下という廊下を埋めつくし、グリフの書斎からもあふれだしていた。小汚くて、礼儀知らずで、それこそクラウチの密輪団そっくり――いや、あちらのほうがまだましだったかもしれない。ヘレナとジュリエットが彼らのあいだを通って書斎に入ると、セス・アトキンズが大人たちに囲まれて小さくなっていた。机ではグリフが真剣にヘレナのスケッチに見入っていて、その横ではやきもきしたロザリンドが、状況がわからず説明をせかしている。

「ただいま!」ジュリエットの明るい声で、場は一瞬にして静まった。

ロザリンドの驚いた顔に、たちまち喜びの笑みが広がった。「ジュリエット! ヘレナお姉さま!」

声をあげるなり、彼女はふたりに駆け寄ってきた。

そのあとがまたひと騒動だった。泣いて、抱きあって、さらには質問の嵐。矢継ぎ早に飛んでくる質問に答えていると、時間はいくらあっても足りなかった。集まった全員が引きあげ、セスが客室に案内され、ほっとひと息ついて……そうやって家のなかがもとどおりになるまでにはかなりの時間が必要だった。

そして今、ヘレナとジュリエットはロザリンドをまんなかにして、グリフの書斎の長椅子に座っていた。姉と妹が宙に消えそうで不安なのか、ロザリンドはふたりの手をしっかり握って放さない。ヘレナはクラウチとの最終対決の場面から話を始めていた。今は時間をさかのぼり、起こったできごとすべてを話そうとしているところだった。

「ぼくがわからないのは、ヘレナがダニエルの妻だというばかげた話の背景だ」グリフが言った。「ブレナン夫妻を助けたんだと、セスははっきり言っていたぞ」

「ああ、それね」ジュリエットが明るく説明した。「ダニエルとお姉さまは旅のあいだ、しかたなく夫婦のふりをしていたの。お姉さまの評判を守るためよ」

グリフは片方の眉をあげた。「そうなのか？　セスの話しぶりだと、まだ何かあるように思えたんだが」

真実を言いあてるとはさすがに抜け目のない義弟だ。ヘレナは世にも冷たい一瞥《いちべつ》をくれてやった。「セスの勘違いよ」ヘレナが我慢できないのは、ダニエルとの関係がどうとか、ふたりで何をしたかとか、そういうおせっかいな質問をされることだった。ダニエルがいっしょでなければ何も答えられない。婚約したと大声で言いたいけれど、彼の帰りを待って、結婚の意思を確認するまでは、話すわけにはいかなかった。

なのに、グリフはしつこかった。「いや、それでもだ。きみたちが託した絵なんだが、あれは実に面白い。密輸業者の絵じゃないぞ。裏に描かれた絵のほうだ」

半裸のダニエルが馬房に横たわっている絵。ヘレナは赤面した。「あれは人に見せる絵じゃなかったの。あなたには関係ありません」

「きみはぼくの義姉《あね》になったんだ。関係はあるよ」

「言っておくわ、グリフ・ナイトン。いくら妹と結婚したからって、わたしはあなたのそういう――」

「ダニエルはまだ何日か戻らないんでしょう？」ロザリンドがすかさず割って入った。

ヘレナはグリフをにらんでから、妹に顔を振り向けた。「そうよ」

「だったら、今ここでごちゃごちゃ言ってもしかたないんじゃない？」

この話にかぎってなぜ突然助け船を出してくれたのか、ヘレナは不思議に思ったが、もちろん文句があるはずはなかった。

実はこのとき、ロザリンドはヘレナとあの小癪《こしやく》なダニエルに関して、彼が戻ったら何か策を講じなければとすでに心に決めていた。話に出てきた絵はロザリンドも目にしていた。胸をあらわにして眠っているダニエル。肌にかかっていたのは毛布だろうか。ああいう絵が描けたということは、すなわち、同じ部屋にいたということだ。そしてたぶん、同じベッドを使った。想像できなかった。あの姉が――行儀作法には特別厳しいヘレナが、相手が誰であれ男の誘惑に屈したなんて。それでも何かが起こったのは事実なのだ。その何かがロザリンドの考えているとおりなら、ダニエルにはなんとしてもベッドの温め役とは違う、もっとちゃんとした居場所を姉のために用意させよう。

ダニエルならきっとそうしてくれるだろう。姉に好意を寄せている雰囲気は前々から感じていたから。けれど、今の姉は何も話したくなさそうだ。男性への不信感がまだぬぐえずにいるのだろうか。それとも、単にダニエルの気持ちを確かめていないから黙っているだけ？

いずれにせよ、姉にはなんとしても幸せになってもらいたかった。ダニエルとうまくいかなければ、どこかから姉にふさわしい立派な紳士を見つけてこよう。

そのためには、別の問題への対処が欠かせない。ロザリンドは長椅子から立って部屋を歩いた。「お姉さまもジュリエットも無事に戻ったことだし、ふたりの評判に傷のつきそうなところはさっそく手当てするわよ」

ヘレナが眉をあげた。「まあ、あなたが世間体を気にするなんて」

「彼女は自分の評判は気にしないが……」グリフがさらりと言った。「姉や妹のこととなるとうるさいんだよ」

ロザリンドは夫をにらんだ。「ええ、つき添いもなしに田舎を連れまわしたりして、あなたの野蛮なお仲間たちが面倒を起こしてくれたおかげよ」眉間に皺《しわ》を寄せて、姉と妹に向きあった。ジュリエットは顔を赤くしてうなだれたが、ヘレナはいつになく強気な顔でロザリンドをじっと見返してきた。「公の場に顔を出すのが早ければ早いほど、悪い噂《うわさ》を封じるのも楽になるわ。ふたりとも田舎から出てきたばかりだということにしましょう。新婚旅行から戻ったわたしたち夫婦を訪ねてきたの」

「ごまかす必要がどこにあるの？」ヘレナは泰然としている。「ロンドンに知りあいはいないのよ。何をしたとか、誰といたとか、知られようがないでしょう」

「わたしがロンドンに来て学んだことのひとつが、使用人は口が軽いってこと。お姉さまとダニエルがふたりだけで出かけたのを、わたしがどうやって知ったと思うの？　グリフの使用人が話してくれたのよ」

ヘレナはため息をついた。

ロザリンドは続けた。「幸い今はロンドンから人が出払ってる。といって社交行事に出かける気分じゃないわよね。それでも気力を振り絞らなくちゃ。明日からさっそく社交的な訪問を始めて、ほかにも打てる手はすべて打って、若い男性と遊び歩いていたわけじゃないというところを周囲に印象づけるようにしましょう。グリフとダニエルの密輸がらみのお仲間なんかに、姉と妹の将来を台なしにされてたまるものですか」

# 22

崇拝すると彼は誓った。
これからずっと証明しつづけると。
きみと結婚する、きみとベッドをともにする。
この世できみだけを愛すると。

十九世紀のアイルランドのバラッド『ウナの錠』
作者不詳

八年たってもロンドンの社交界は何ひとつ変わっていない。今日は今日でロザリンドとまた別の舞踏場に入っていきながら、ヘレナは思った。今回訪れたのは、ラシュトン卿《きょう》と夫人がメイフェアの屋敷で開いた舞踏会だ。

この一週間、ヘレナとジュリエットはロザリンドに連れられて、こっちの行事あっちの行事と忙しく動きまわった。朝食会に、夜会に、オペラ。妹たちのことを思って、ヘレナはしぶしぶしたがっている。ほかにすることもないし、今はダニエルを待つだけの身だ。けれど、今どこにいるとも、いつ戻るとも知らされないままなのは本当につらい。喉をふさぐかたまりをヘレナはのみくだした。彼は絶対に戻ってくる。約束したんだもの。

でも、もし戻らなかったら？　気が変わって、どこか遠くに行ったきりになるとしたら？　ふたりで共有した感動が色あせて、彼のなかではけりのついたただの楽しい冒険の記憶になっているのだとしたら？　誓いを交わしたすばらしい一夜だと思っていたけれど、それがわたしひとりの思いこみだったとしたら？

やめよう、変な想像をしてはいけない。ダニエルはわたしを愛している。わたしにはわかる。彼はきっと戻ってくる。

今の自分にできるのは、気品ある若いレディに戻って日々を過ごすことだけ。不思議だけれど、最近のヘレナはそんな毎日に違和感を覚えはじめている。上流階級ゆえの制約を、生まれて初めていらだたしいと感じている。ダニエルと過ごす一分のほうが、はっきり言って〝洗練された社交界〟で過ごす一週間よりもずっと楽しかった。

今夜も同じだ。ジュリエットがいてくれたら気もまぎれるのだけれど、ジュリエットはまだ社交界へのデビュー前だから舞踏会には出られない。ヘレナはしかたなく、ロザリンドが噂《うわさ》好きな婦人と例によって積極的に会話している様子に耳を傾けた。

よくできた嘘《うそ》ばかりで、聞いていて笑みがもれた。妹のおしゃべりはとまらない。最近の暮らしぶりや田舎の退屈さ等々、ジュリエットとヘレナが一週間前までずっとウォリックシャー州にいたとの印象を相手に植えつけるよう、巧みに会話を誘導している。妹が舞台での端役を見事に演じきったのは明らかだった。

「テンプルモア男爵はごぞんじ？」噂好きの婦人が言った。「男爵になられたばかりなの。レディ・フェザリングなんか、自分の娘たちを恥ずかしげもなく彼のほうに追いたてているわ。謎めいた感じのいい男よ。もうお会いになった？」

ロザリンドとヘレナは目を見交わした。今の自分たちにとって、謎めいたいい男との出会いはそれほど重要ではない。「いいえ、まだですわ」ロザリンドが答えた。「噂だけはこの一週間よく聞きましたけれど、どの催しでもごいっしょすることがなくて」

婦人は少しだけヘレナに視線を移した。「そう、機会があれば、あなた方姉妹にぜひとも紹介させてちょうだい。でも、わたしの出る幕はないかもしれないわね。今週は大勢の殿方が、お姉さんや妹さんを追いかけているみたいですもの」

婦人が去っていくなり、ロザリンドがくすくす笑いながら声を低めた。「大勢の殿方に追いかけられる前に、ラタフィアの味見でもしてくる？」

ヘレナは眉をあげた。「今のご婦人は、言うことがいちいち大げさなのよ」

「そんなことないわ。紹介してほしいと言ってきた紳士は、本当に列をつくるくらいいたくさんいたじゃない。パンチをとってきたり、会話に引きこもうとしたり、一生懸命お姉さまに気に入られようとしてる。どこに行っても注目されるのよ、お姉さまとジュリエットは」

「ジュリエットはね。だけどわたしはだめ。舞踏会ではとくによ。ダンスもできないのに注目される道理はないわ」

「だけど、みんな向こうから近づいてきたのよ」

確かにそうで、考えてみると不思議だった。「それはたぶん、グリフがくれた持参金のせいで――」

「持参金のことなんか誰も知らないわ。評判の修復に忙しくて、お姉さまたちの細かな美点を広めている暇なんてなかったもの」

「そうなの？」ふと見れば、前にも会ったことのある紳士がふたり、こちらに近づいてくるところだった。だが、今気になるのは、男性より話の続きだ。ヘレナは妹をすばやく壁のくぼみに引きこんだ。「だとしたら、なぜ男の人はわたしを追いかけるの？　長いあいだ来ていなくて知らなかったけれど、ロンドンではストラトフォードと違って、男の人が必死で結婚相手を探すようになっていたってこと？」

ロザリンドは笑った。「おばかさんね、男の人じゃなくてお姉さまのほうよ。故郷でのお姉さまはいつも男の人に容赦なかった。誰かが勇気を出して近づいてきても、冷たいひとにらみで追い返してた。男は信用できないと思いこんでいて、向こうが優しくしたくても、お姉さまのほうがチャンスを与えなかったの」

ふっと笑みがもれた。「変ね、ダニエルにも似たようなことを言われたわ」

「そう?」ロザリンドは興味津々な顔になった。「旅に出てから、よほどいろいろな楽しい話を聞かされたのね。お姉さまが男の人の話を何度もすることなんて、これまでは一度もなかったわ。ファーンズワース子爵のことでもよ」

「やめて、ダニエルは誠意のないファーンズワースより十倍は男らしいわ」

「誠意のないファーンズワース?」ロザリンドは興奮して早口になった。「お姉さまはやっぱり変わった。ひと月前のお姉さまなら、子爵をそんなふうに遠慮なく切り捨てたりはしなかったもの」しげしげとヘレナの顔をのぞきこむ。「わたしが思うに、変わったのはダニエルのせいね」

ヘレナは赤面して首を引っこめた。「わたし、どう変わった?」

「無理をしていない感じかしら。ミセス・ナンリーの教えにもとらわれていない。昨日の食事では驚いたわ。エール酒をちょうだいだなんて。グリフが肉を喉につまらせてたわよ」

ヘレナは笑った。「楽しい食事だったわ」

「それから、男の人の前でも自然にふるまってる」ロザリンドはにっこり笑った。「無作法な相手なら前と同じようにたしなめるけど、そうでなければ前よりずっと穏やかに接してる。ひとりひとりを区別することをようやく覚えたみたい」

ヘレナの喉をかたまりがふさいだ。何年も寂しく過ごしてきた。他人と距離を置いてきた。でも、そうなった理由の大半はヘレナ自身の無知にあったのだ。他人を近づけても脚のことやら何やらでどうせ拒絶されると思っていて、そんな不安も引きこもりを助長した。誠意のないファーンズワース子爵にひどい仕打ちをされると、やっぱり自分は結婚には向かないと思いこんで、それを証明するために近づいてくる男性をひとり残らず追い払った。目のくもりをとってくれたダニエルには感謝しなければ。彼にはたくさん感謝したいことがある。

戻ってくれたら、ありがとうが言えるのに。

ロザリンドが壁のくぼみを出た。「行きましょう。ひと晩じゅうここにいて他人を避けているわけにはいかないわ」

「どうしてだめなの？」ヘレナはぶつぶつ言いながら妹にしたがった。多くの紳士に興味を持たれてわかったのだけれど、自分はどんな紳士にも心を動かされない。非の打ちどころのない人たちだとは思う。ただダニエルと比べると、油絵の肖像画の隣に並べられた木炭の素描みたいに退屈でつまらなく感じてしまうのだ。自分の人生には、ダニエルの与えてくれる活気が必要だ。彼がいなければ、行儀作法に背を向けることも楽しくはない。

部屋をひとまわりしていると、どこかしら見覚えのある若い紳士が近づいてきた。目の前まで来てはっと思い出した。どうしよう、ダニエルの事務所で見た公爵だ。この公爵に一週間前まで田舎にいたというごまかしは通じない。気づかれるだろうか。

「レディ・ロザリンド！」公爵は妹に呼びかけた。「また会えてうれしいですよ」

「うれしいのはわたしのほうですわ、公爵さま。姉とは初めてですね。ヘレナお姉さま、こちらはモンフォール公爵さまよ」

「はじめまして」もごもごとあいさつして手をさしだした。

その手をとりながら公爵は眉根を寄せた。「ああ、お姉さんには前にお会いしたな。うん、間違いない」顔をじっと観察してきた。「先月のマールバラ邸での朝食会でしたか？　お会いしたのは日のあるうちだったように思うんだが」

「先月のはずはありませんわ」ロザリンドが言う。「姉は先週田舎から出てきたばかりなんです」

公爵はとまどっている。杖《つえ》に目をとめ、眉間の皺《しわ》を深くした。「だが、確かに見覚えが……」ヘレナの手を放すことなく、こう続けた。「レディ・ヘレナ、ラシュトン邸の温室はごらんになりましたか？」

心臓がめちゃくちゃに打ちはじめた。「いいえ、まだです」

「でしたら、わたしが案内しましょう。話をしていれば、あなたをどこで見たのかも思い出せそうだ」

ヘレナは内心でうなった。よりにもよって、どうして彼みたいな嘘の通じない人と鉢あわせしてしまったの？　それに、ダニエルの話を信じるならば、彼は遊び人だ。でも、妹たちのことを考えなければ。なんとか公爵の記憶を混乱させるように努力しよう。

促されるまま、手を彼の曲げた肘に置いた。「ええ、光栄ですわ、公爵さま」

ダニエルはラシュトン邸に到着した。グリフの執事にヘレナとナイトン夫婦の居場所を聞いて駆けつけたのだが、玄関ホールまであふれだす人の多さには、見たとたんぞっとさせられた。すばらしい。自分はただヘレナを見つけて、庭かどこか人気のない場所に連れだして、激しいキスで彼女を熱くとかしたいだけなのに。

たぶん、来るべきではなかったのだ。まともな紳士なら、明日まで待って訪問しただろう。まともな紳士なら、こんなふうに着替えもそこそこに、熱に浮かされた愚か者みたいに大急ぎで会いに来たりはしない。

だが、自分はまともな紳士ではない。まったく、それを思い出すのにこんなぴったりな場所もなかった。服装こそ整えてはきたが、気分は愛玩犬の群れに囲まれた猟犬だ。事務所ではまったく気にならないのに、ここでは……。

ため息が出た。慣れなければ。これはヘレナのいる世界だ。夫婦になれば――彼女にまだ結婚の意思があるとしてだが――こういう世界で自分も長い時間を過ごすことになる。

いやだとは思わなかった。問題だらけのおじの相手をしてきたこの悲惨な一週間で、ダニエルははっきりと悟っていた。何があろうとヘレナを妻に迎えたい。強くて勇敢な彼女が好きだ。過去をすんなり受け入れてくれた彼女が好きだ。頑固な性格さえいとしいと思う。彼女を妻にできるのならば、この先一生、毎晩舞踏会に行くことを強いられるとしても喜んで我慢する。

不安なのは、ヘレナが受け入れてくれるかどうかだった。慣れ親しんだ環境では考えも変わり、ダニエルのような男とはかかわりたくないと思っているかもしれない。同じ上流社会の人間に囲まれているうち、あんな男と結婚しても損ばかりだと気づいたかもしれない。自分はいい家に生まれたわけでも、立派な親戚がいるわけでもないのだ。

この数日は不安に押しつぶされそうだった。おかしなものだ。クラウチや彼の手下を敵にまわしても平気でいられた自分が、女性ひとりを失う恐怖に心底おびえている。

ぐずぐずしていても事態は悪化するだけだ。ダニエルは背筋をのばしてヘレナを捜しにかかった。ところが、最初に見つけたのはロザリンドだった。

ダニエルが近づいていくと、ロザリンドはぱっと笑顔になった。「ダニエル！　戻ったのね」

「ああ。ついさっき戻ったところだよ」さしだされた頬にキスをし、いらいらと周囲に目を走らせた。「ヘレナは？」

ロザリンドが声をあげて笑った。「まあ、ダニエル・ブレナン。失礼にもほどがあるんじゃなくって？　わたしと話もしないうちからお姉さまはどこかときくなんて」

「これは失礼」ダニエルは苦笑した。「彼女に急いで会いたかったもので」

「そうかしら。本当ならとうに戻っていたはずよ。少なくとも姉はそう思ってたわ」

「ぼくだって。だが、考えていた以上に状況がややこしくなってね」そう、クラウチはことあるごとに足をとめ、貸し金をすべて回収するまではイングランドを離れないとごねつづけた。しかし、金を貸した相手の名はぞろぞろ出てくる。しびれを切らしたダニエルは最終的に力で彼を脅しつけ、感傷的な別れをするでもなく、さっさと郵便船に乗せてフランスに送りだした。「ヘレナはどうしている？　元気なのか？　ナイトン邸でジュリエットと少しだけ話をした。彼女は元気そうだったが、ヘレナの話はほとんど聞けなかった」

「姉なら元気にしているわ。わたしたち、それはもう毎日忙しくて。あなたがつき添い人もつけずに姉を連れまわしたでしょう。評判に傷がつかないようにするのが大変なの」口調に明らかなとげがあった。「パーティやら舞踏会やらに出つづけなの。姉はすっかり人気者よ」彼女は言葉を切って片方の眉をあげた。「とくに殿方にね。ぞろぞろ集まってくるの。わたしがいくら追い払ってもきりがないくらい」

　喉をしめつけられたように呼吸が苦しくなった。「へえ？」うつろな声が出た。「当然だな。彼女の魅力に気づかないようなら、その男はどうかしている」

「ええ。だけれど、今までの姉はずっとその魅力を隠していたわ。戻ってからの姉はすっかり別人よ。いったい姉に何をなさったの？」

本人にどれだけすばらしい女性かを教えてやっただけだ。ダニエルは暗い気分で考えた。今や彼女も自分の魅力に気がついた。ぼくはもう必要のない男になったのか？「ヘレナはぼくが何をしたと？」返答を避けた。

「それが、話そうとしなくて。あなたが戻るまでは話さないと決めているみたい」

不安が胸を圧迫した。いや、深読みする必要はないのだろう。ヘレナは慎重だから、ことがはっきりするまでは婚約を公表したりはしない。自分もまた、結婚の意思が変わらないことを彼女にきちんと告げてはいないのだ。しかし……。

厄介なことに、グリフが話に加わった。「おお、放蕩者《ほうとうもの》がようやくご帰還か」

ダニエルは奥歯を噛《か》んだ。とてもじゃないが、今ここでグリフに逐一話をしている気分ではなかった。彼にも関係があるのは承知のうえだ。「今彼女にも話していたんだが、ヘレナを捜している。大事な用事があってね。おまえとはあとでいいだろう」

「ずいぶん熱心じゃないか？」グリフはにやりと笑った。「そういえば、ぼくの結婚式でヘレナについておまえと話をしたっけな」

うっと言葉につまった。あのときはたしか、ヘレナを口説いてはどうかとグリフが言い、ダニエルはあんな〝高慢ちき〟な女はいやだと切り捨てたのだ。向こうがいやがらなくてもこっちから願いさげだと。もとより嘘だったが、今思えば皮肉としか言いようがない。

核心を突いたと判断したのか、グリフは上機嫌だ。「で、おまえをモデルにした興味深いスケッチなんだが――」

「スケッチ？」

「セスに持たせたろう。おまえが肌もあらわにベッドに横たわっている絵だ」

「ああ、あれか」まったく。

「そのヘレナのスケッチから判断するに……判断というのは本人が何も言おうとしないからなんだが、おまえ、最近彼女に対する考え方を改めたな」

「そんなところだ」ぼそりと言った。あんなきわどい絵について、ヘレナは何も語っていないのか。いったい、どういうことなんだ？　彼女を見つけなければ。話をしなければ。

部屋を見まわしたが、ヘレナの姿はどこにもなかった。「くそっ、どこにいる？」

哀れに思ったらしいロザリンドが、開いた扉を指さした。「温室を見に行ったわ。モンフォール公爵といっしょよ」

「モンフォール！」そうか、とダニエルは思った。女好きのあいつならヘレナを連れだしてふたりきりになろうと考えてもおかしくない。自分の意のままにならない女はいないとモンフォールは思っている。なぜなら、たびたび実行に移して成功しているからだ。

だが、ヘレナのことは好きにさせないぞ。

無言で去りかけたダニエルの腕をグリフがつかんだ。表情が険しい。「聞け、ダニエル。以前おまえは、ぼくのロザリンドへの接し方のことでひどく腹を立てていた。あのときのおまえは正しかった。だが言っておく、ヘレナをもてあそぶつもりなら――」

「そんなことはしない、信じろ」ダニエルはグリフの腕を振り払ったが、不安そうなロザリンドを見て、あせる気持ちに制御をかけた。「結婚式の日、おまえはこう言っていたな。女に夢中になって、その女の本心がわからずに地獄の苦しみを味わっているぼくの姿をいつか見てみたいと」自尊心をぐっとのみくだした。「その日がきたんだ。おまえはぼくの苦しみを長引かせたいのか？　抜けだすチャンスをくれるのか？　どっちなんだ？」

グリフはにかっと笑った。「ロザリンドのときはさんざんうっとうしい思いをさせられたからな、苦しみを長引かせるのも楽しそうだ」

「やめてちょうだい、グリフ・ナイトン」ロザリンドが割って入り、ダニエルに大きく笑いかけた。「さあ行って。早く。この人に何もかも台なしにされないうちに」

目で感謝の気持ちを伝えるや、ダニエルは示された扉に走った。背後では台なしにするとはなんだとグリフが文句を言い、それに対してロザリンドが何やら熱く切り返していたが、続きを気にしてなどいられなかった。使用人に場所をききながら進んでいくと、わずか数分でヘレナとモンフォールのいる温室に到着した。

なかに入ると、ふたりは温室のいちばん先にいた。裏庭を見わたせる窓の手前に立って外を眺めている。入口に背中を向けた格好だ。自然とヘレナに、白鳥を思わせる白いドレス姿がなんともかわいらしい彼女に目が吸い寄せられた。陶然と見入りながら、彼女が周囲にしっくりとなじんでいることに、ダニエルは悔しさを覚えた。

ぼくでいいのか？　こういうすべてを捨てろという権利がぼくにあるのか？

ありはしないだろう。だが、こちらはわがままなろくでなしだ。どうあろうと、引きさがるつもりはなかった。ヘレナがそばにいなければ、ぼくの世界は意味を失う。

そのときだった、ヘレナの柔らかな声が風にのって聞こえてきた。はっきり聞くために少し前に出た。「本当ですわ、公爵さま。前に会ったというのは公爵さまのおかしな思い違いです。お会いしたのは、間違いなく今夜が初めてですもの」

「純情ぶるのはよしたほうがいいな。今思い出したよ。二週間前にブレナンの事務所で見たんだ。知っている顔だとすぐにわかった」

ヘレナはため息をついた。「ああ、そうでしたわね。うっかりしていました」

「わたしは覚えていたぞ」モンフォールの語りはなめらかだ。「こんな美人をわたしが忘れると思うかい？」

怒りに体が硬直したが、ダニエルはどうしてもヘレナの答えが聞きたくて、聞かずにはいられなくて、あえてその場にとどまった。

「お世辞がお上手ですこと。公爵さまにはお話ししておいたほうがいいようですわね」彼女は公爵を見あげた。「公爵さまがわたしを見かけたあの日、わたしはちゃんとした理由があってミスター・ブレナンの事務所にいたんです。彼はわたしの夫になる人です」

胸を圧迫していた不安が、ヘレナの告白で粉々に砕けた。あとには希望が花開き、それは全身を駆けめぐって、収拾がつかないくらい大きく胸で燃え広がった。

モンフォールは鼻で笑った。「ブレナンと結婚？　からかっちゃいけない。駄馬と上等な馬とをくびきでつなぐようなものじゃないか」

「今なんとおっしゃいました？」いかにもヘレナらしい、ぞっとする冷たい口調だ。「わたしを馬にたとえたのですか？」

「いや、わたしは別に――」

「わたしはどっちですの？　駄馬なのか、上等な馬なのか」

ダニエルは吹きだしそうになった。ここまで来ると公爵に勝ち目はないが、当人はそのことに気づいてもいない。

「それは……上等な馬ですよ、当然だ！」

「わたしの婚約者は駄馬なんかじゃありません」

今度は〝婚約者〟と言ってくれるのか。あまりのうれしさに、ダニエルは舞踏場にいる愛玩犬たちに大声で触れてまわりたい気分だった。

彼女は話しつづけた。「たとえわたしが礼儀を忘れて彼を動物にたとえたとしても、わたしなら獅子《しし》だと言いますわ。彼はイングランド屈指の立派な男性。本物の紳士です」

モンフォールは平然としている。「立派な男性か。あなたもおかしなことを言う。彼がある種の低俗な女たちに好かれるのはわかるがね、知性や品格があって家柄もいいあなたみたいな女性が、何を血迷ってあんな荒っぽい――」

「大きな困難と闘いながら自分を高めてきた人です。家柄とかお金とか教育とか、あなたが当然のように与えられたものを何ひとつ持たずに、自力で成功した人です」彼女は声に皮肉をにじませた。「ええ、わたしは血迷ってなどいませんわ」

モンフォールはかぶりを振った。「彼は密輪をやっていたぞ。そのことは?」

「もちろん、知っています。ミスター・ブレナンのことならなんでも知っています。わたしの婚約者なんですよ」

婚約者。聞けば聞くほど耳に心地よく、ダニエルは深い満足感に包まれた。

「なんでも?」モンフォールはふんと笑った。「だったら、あなたの大切なミスター・ブレナンが……ああ、どう言うかな……あまりよろしくない趣味に興じていることは？　彼はふしだらな女たちと仲がいい。そここの不道徳な宿に頻繁に通って――」

「終わったことです」ヘレナは断言した。「ですけれど、そのことであなたが彼を非難なさるのはどうかと思いますわ。彼に聞きました。ミセス・ビアードとかいう方のお店には公爵さまもたびたび通われているとか」

ダニエルは舌を噛んで笑いをこらえた。礼儀作法にそむくにしても、ヘレナの場合は加減というものを知らない。

「ミ、ミセス・ビアード？」モンフォールは動揺した。だがすぐに落ち着きをとり戻し、何やら不穏な様子を見せはじめた。「ほほう、レディ・ヘレナ。〈ミセス・ビアードの店〉について詳しいとなると、あなたは相当に世慣れた女性らしい。もしブレナンの寝室での武勇伝がお気に入りなら、いいことを教えましょう。あなたと同じ上流階級にも、そういう欲求を彼より上手に満足させられる男がいるんですよ」

いきなりキスをしようとしたモンフォールを見て、ダニエルは即座に駆けだした。だが彼が近づくより早く、頬を打つぴしゃりという音が温室内に盛大に響いた。

「無礼な……このわたしをぶつとは！」モンフォールは激怒した。

「今度同じようなことをしたら、頬を打つだけではすみませんよ。覚えの悪いその頭にこの杖を振りおろしてみせますわ」

出番とみたダニエルはふたりに近づいた。「よくよく胸に刻んでおくことだな」ざらつく声で言った。「彼女の杖さばきときたら、そりゃあ見事だぞ」

声を聞いた瞬間、ヘレナの心に喜びがあふれた。隣の公爵が恐怖に顔を引きつらせ、はじかれたように振り返った。後ろを見れば、すぐそこにダニエルは立っていた。夜会服に膝丈ズボン《ブリーチズ》。公爵に劣らず堂々としていて、公爵よりもはるかにりりしい。

「ダニエル！」床に倒れた杖が硬質な音をたてるなか、ヘレナは彼の胸に飛びこんだ。抱きとめられたと思うと、すぐに遠慮のないキスで唇をふさがれた。モンフォール公爵が横で身をこわばらせていたが、彼はまったく気にしていない。

天にものぼる心地だった。やっと戻ってくれた！　しかも、誰の目も気にせずにヘレナを受け入れてくれている。興奮ぎみの長いキスのあと、ダニエルはヘレナを抱いた腕だけ残して体を引いた。ぼくのものだという断固とした思いが彼の腕から伝わってきた。

そのときを待っていたように、公爵が謝罪を口にした。「ブレナン、わかってくれるだろうが、わたしは決して――」

「ヘレナを侮辱するつもりじゃなかった？　横どりする気じゃなかった？」ダニエルはヘレナの頭越しに公爵をにらんでいる。「いや、責めるのは酷かな。何しろこれほど魅力的な女性なんだ。だが、あいにくぼくがほれた女性でね。それを忘れてもらっちゃ困る。彼女の半径一メートル以内には二度と近づくな。ぼくの〝荒っぽい〟性分からして、次にはその顎に拳がめりこむぞ」

ぼくがほれた女性。これほどすてきな言葉をヘレナは聞いたことがなかった。

モンフォールは鋭く目を細めたが、反抗するのが愚かだと判断する頭はあったらしい。ことさら威厳を見せつけながら憤然と温室を出ていった。

「ああ、ダニー」公爵がいなくなるや、ヘレナは小さく声を発した。「戻ってくれてよかった。あなたがいなくてどんなに寂しかったか」

「そうみたいだな」不満そうな声だ。「公爵だけじゃなく、ほかにも誰やらかれやらとふたりきりで話をしたんだろう。きみのまわりにはぞろぞろ男が集まってくるとロザリンドが言っていた。いまいましい男どもめ」

彼の嫉妬がうれしかった。「そんなに心配だったら……」ついからかいたくなってしまう。「もっと早く帰ってくればいいでしょうに」表情を引きしめた。「心配で心配で、どうにかなりそうだったのよ」

「本当に？」ダニエルは再びキスをした。永久にそうしていたいかのように、今度はいつまでも終わらせようとしない。ようやく顔を引いたとき、彼はヘレナに劣らず苦しげに肩を上下させていた。「すまなかった。おじがいろいろ問題を起こしてくれてね。だがもう終わった。運がよければ、もう二度と彼に悩まされることはないよ」

「今度おかしなまねをしてきたら、わたしが銃で彼を撃つわ」半分本気で言った。「でも、まずはあなたに銃を買ってもらって、撃ち方も教わらないとね」

彼はくっくと笑った。「銃なんかなくてもきみはうまく対処していたじゃないか。だが、今より大きな杖はあってもよさそうだ。群がってくる好色な貴族たちを追い払える。ぼくは前から気づいていたが、彼らは今知ったんだ」

「きみが宝物だということだ。きみを妻にできる男は最高に幸せだということだ」

「なんのこと？」

鼓動が乱れた。「もしかして、遠まわしに結婚してほしいと言っているの？　一週間前にはあんなに冷たく撤回したのに？」

ダニエルは官能的な笑みを広げ、ヘレナの背筋にぞくぞくする甘い震えを走らせた。「いいや。最初に求婚したときはがっかりする返事をもらったからな、今度は問答無用でしたがってもらう」熱く輝く瞳が、幸せに満ちた将来をヘレナに約束していた。「愛している。逃げる機会はいくつも用意したのに、きみはぼくから逃げなかった。だから、今度こそぼくたちは結婚するんだ。どうあがいてもむだだぞ。結婚は決定事項だ」

ヘレナは恥じらいを見せてほほえんだ。彼への愛で、もう胸が張り裂けそうだ。「あなたみたいな傲慢な男性は、どうやってわたしを要求にしたがわせるの？　裸にして、足かせでベッドにつなげて、ひと晩じゅうわたしを抱くの？」

ダニエルの瞳がきらりと光った。「ああ、必要なら」

ヘレナは彼の首を抱いた。「だったら、何も不満はないわ。さあ、ベッドと足かせを探しに行きましょう」

# 訳者あとがき

亡き母から渡された行儀作法集を行動の指針としている上品な伯爵令嬢ヘレナ。恐ろしい追いはぎの息子で、一時は密輸にもかかわっていた筋肉隆々の大男ダニエル。生まれも育ちも正反対のふたりを主人公とした本書は、スワンリー伯爵の三人の娘たち、長女ヘレナ、次女ロザリンド、三女ジュリエットの恋模様を描く三部作の二話目にあたります。

一作目で結婚した次女のロザリンドと貿易会社を経営するグリフ・ナイトンは、現在新婚旅行中。そんなときに伯爵家では大事件が……。ここは自分が動くしかないと、ヘレナはグリフの仕事仲間であるダニエルを訪ねて、ロンドンのスラム街に向かいます。

何年も田舎に引きこもったままだったヘレナがこれを機にどう変わっていくのか、そんな彼女にダニエルがどう接するのか、心地よいユーモアとどきどきするセクシーさが織りこまれたストーリーに、さあ、今回も酔ってください。読むにあたっては一作目『お気に召さない求婚』を読んでからのほうがベターでしょう。でも、この作品からでも充分楽しめますよ。

各章の冒頭に引用されているバラッドですが、これははるか昔から伝承されていたり、のちに詩人たちが内容や形式を模してつくりだしたりした物語詩です。各章の内容とうまく合っていて、ちょっと面白いですよね。

作者サブリナ・ジェフリーズのリサーチは徹底していて、本書にもそれが充分に生かされています。実在の興味深い場所や人物としては、密輸業者が密輸品を隠していたセント・クレメントの洞窟や、非情で恐ろしいホークハースト・ギャングがあげられます。ヘレナのかかった病気（ポリオだと原書のあとがきにあります）や、密輸関連の記述をする際にも相当な下調べがなされたようです。酒場の名前なども、調べてみると、その昔実際に密輸業者がたむろしていた場所だったりして、感心してしまいました。

さて、本書に登場したモーガンですが、彼はシリーズ三作目で三女ジュリエットと物語を繰り広げるようです。作者によれば、本来彼のことは悪役として描くつもりで、それなのに作者が最初の登場シーンを書こうとすると、「ぼくは悪役なんていやだ」と当人が強く主張してきたため、結果として本書のような登場のしかたになったのだとか。その後の彼が気になる方、三作目の刊行をどうぞ楽しみにお待ちください。

二〇一三年二月

小長光弘美

**訳者　小長光弘美**

大阪府在住。ハーレクイン社のシリーズロマンスを中心に、現代物から歴史物まで、幅広いジャンルのロマンス翻訳を手がけている。話題となった作品も数多く、主な訳書に、キャット・マーティン『緑の瞳に炎は宿り』（MIRA文庫）などがある。

☆　☆　☆

伯爵令嬢の恋愛作法 II

# うたかたの夜の夢

2013年2月15日発行　第1刷

著　　者／サブリナ・ジェフリーズ

訳　　者／小長光弘美（こながみつ　ひろみ）

発 行 人／立山昭彦

発 行 所／株式会社 ハーレクイン

東京都千代田区外神田 3-16-8

電話／03-5295-8091（営業）

0570-008091（読者サービス係）

印刷・製本／大日本印刷株式会社

装 幀 者／伊藤雅美

定価はカバーに表示してあります。

造本には十分注意しておりますが、乱丁（ページ順序の間違い）・落丁（本文の一部抜け落ち）がありました場合は、お取り替えいたします。ご面倒ですが、購入された書店名を明記の上、小社読者サービス係宛ご送付ください。送料小社負担にてお取り替えいたします。ただし、古書店で購入されたものについてはお取り替えできません。

文章ばかりでなくデザインなども含めた本書のすべてにおいて、一部あるいは全部を無断で複写、複製することを禁じます。

®とTMがついているものはハーレクイン社の登録商標です。


この書籍の本文は環境対応型の植物油インクを使用して印刷しています。　VEGETABLE OIL INK

Printed in Japan © Harlequin K.K. 2013

ISBN978-4-596-91534-4

伯爵令嬢の恋愛作法 I
お気に召さない求婚

サブリナ・ジェフリーズ
山本翔子 訳

伯爵家を守るため誰かが結婚しなくては。だが、姉や妹を犠牲にはできない…逡巡するロザリンドの前に遠縁の男と従者が到着する。新3部作スタート！

オニキスは誘惑の囁き

シャーロット・フェザーストーン
立石ゆかり 訳

平穏で安定した結婚を望んでいたはずのイザベラ。ある日、妖しい魅力を放つ謎めいたブラック伯爵と出会い、秘めていた情熱が疼きだすのに気づくが…。

ひと芝居

ジョージェット・ヘイヤー
後藤美香 訳

18世紀、若い女相続人を救ったのは青年に扮した姉と令嬢に扮した弟。美しい〝兄妹〟は英国社交界を見事にだまし通せるか!? G・ヘイヤー初期作。

花嫁たちに捧ぐ詩

メアリー・ジョー・パトニー
キャンディス・キャンプ
シャーロット・フェザーストーン

キャンディス・キャンプが描く超純愛プロポーズに、メアリー・J・パトニーの〝怪物〟公爵との政略結婚など。19世紀のウエディング物語を豪華に3編収録！

隠遁公爵、愛に泣く

キャンディス・キャンプ
佐野 晶 訳

心に傷を抱え、城に籠もる若き公爵リチャード。ある日、彼の被後見人だという少女を連れて美しき家庭教師ジェシカが現れる！ 話題の3部作第2弾。

招かれざる公爵

キャサリン・コールター
杉本ユミ 訳

スコットランドの遠縁の領地を継ぐことになった公爵イアン。馬車で領地に向かう途中、貧しい身なりの娘を危うく轢きそうになり…。貴重初期作！